中國新聞史研究輯刊

三 編

主編　方漢奇

副主編　王潤澤、程曼麗

第 **3** 冊

中國民營廣播史

艾紅紅著

花木蘭文化出版社

國家圖書館出版品預行編目資料

中國民營廣播史／艾紅紅 著 —— 初版 —— 新北市：花木蘭文化
出版社，2016〔民 105〕
目 4+248 面：19×26 公分
（中國新聞史研究輯刊 三編；第 3 冊）
ISBN 978-986-404-524-2（精裝）
1. 廣播事業 2. 歷史 3. 中國
890.9208   105002055

ISBN-978-986-404-524-2

中國新聞史研究輯刊
三 編 第三冊   ISBN：978-986-404-524-2

中國民營廣播史

作　　者	艾紅紅
主　　編	方漢奇
副 主 編	王潤澤、程曼麗
總 編 輯	杜潔祥
出　　版	花木蘭文化出版社
發 行 所	花木蘭文化出版社
發 行 人	高小娟
聯絡地址	235 新北市中和區中安街七二號十三樓
	電話：02-2923-1455／傳真：02-2923-1452
網　　址	http://www.huamulan.tw 信箱 hml810518@gmail.com
印　　刷	普羅文化出版廣告事業
初　　版	2016 年 3 月
全書字數	213875 字
定　　價	三編 9 冊（精裝）新台幣 18,000 元

中國民營廣播史

艾紅紅　著

作者簡介

艾紅紅，女，中國傳媒大學新聞學院教授，文學博士，新聞學博士後。兼任中國新聞史學會常務理事。主要致力於中外新聞史、廣播電視理論與歷史的教學與研究工作。主持並完成教育部人文社會科學基金課題一項；參與國家社科基金、國家廣電總局和教育部基金課題數項。著作有《中國廣播電視史初論》、《新時期電視新聞改革研究》、《〈新聞聯播〉研究》、《中國宗教廣播史》。參著、參編有《中國廣播電視通史》、《中國廣播電視史教程》、《中國廣播電視新論》、《中華人民共和國科技傳播史》、《中國廣播電視圖史》、《廣播電視概論》、《新中國 60 年‧學界回眸新聞學發展卷》等。發表學術論文數十篇。

提　　要

　　本書重點梳理我國民營廣播事業自創立以來所走過的道路，並對其不同類型和各自作用進行了分析論述。作者從國家的政治變遷與制度設計層面入手，分析了我國民營廣播的生態環境；通過民營電臺與官辦廣播的比較，彰顯出民營電臺生存的特殊時空條件及其歷史命運的必然性。此外，本書還對民國時期以城市為中心的廣播從業者和聽眾做了分析，意在從民眾的視角，反觀民營電臺及其節目在當時所產生的社會反響。

目

次

前　言

　　1923 年 1 月 23 日晚 8 點，美國商人 E・G・奧斯邦在上海租界內違禁設立的「大陸報——中國無線電公司廣播電臺」正式播出，開我國境內民營商業廣播之先河。繼之而起的其它外商和中國民間自辦廣播，既爲國人帶來嶄新的聽覺體驗，又對北洋政府的無線電管理提出了挑戰。

　　1927 年南京國民政府成立後，致力於通過完善立法來規範民營事業發展。但因租界及政府在內政外交方面存在的諸多問題，民營廣播的發展始終未能走上眞正的法制化和有序化。及至抗戰爆發，上海等地的民營電臺全力投入抗日宣傳，各界名流在民營電臺的演講和持續不斷的戰事報導，鼓舞了民眾愛國熱情。但隨著國土的大部淪喪，以大、中城市爲安身立命之所的民營廣播電臺普遍遭受重創。在淪陷區，有的電臺設備落入敵僞機關之手，有的因拒絕歸降而被迫拆機停播，還有的在百般艱難中勉強撐持了一段時間，事後卻因與敵僞政權說不清道不明的關係而受到國民黨當局的清算。日本投降後，國統區民營廣播再度繁榮，發展勢頭強勁。遺憾的是接著到來的國共內戰，逐漸使國統區各民營電臺失去了方向。而在相繼解放的大中城市，原有的民營電臺或被軍管會查封，或逐步接受從思想到內容、從機構到體制的全盤改造，以適應新的時代要求。到 1956 年底，中國大陸的民營廣播電臺全部轉由國家所有、國家經營，私有民營的廣播所有制形式至此走入歷史。

　　民營電臺大部分屬於商營企業性質，以文化娛樂和「爲工商業服務」爲名，行賺取廣告費之實。少部分如齊魯大學廣播電臺、河北省定縣中華平民教育電臺、江蘇省立教育學院廣播電臺等，是由學校、民眾教育館或其它社會公益機構所設立，目的或在輔助學術研究，或爲推進社會教育，或熱衷發

揚文化，沒有盈利的動機和需求。還有個別電臺屬於宗教性質，經費由宗教團體或個人提供，不以盈利為目標，專以傳教為宗旨，如上海福音廣播電臺。有的雖播出廣告和娛樂節目，但仍以宗教傳播為主，如上海佛音廣播電臺、妙音電臺和南京益世廣播電臺等。由於類型不同，辦臺旨趣各異，民營廣播的作用和功能也不可一概而論。總體上看，如果說政府和執政黨的廣播機關代表的是「廟堂」言說，體現的是執政者對教化民眾、塑造主流意識形態和凝聚社會共識的願望，那麼民營廣播則更多體現的是現代都市文化、商業文化和宗教文化的精神，是中國現代民間生態尤其是城市市民多元文化需求的真實反映。在過去以政治和階級鬥爭為主旨的媒介史敘事中，民營廣播始終處於輔助性的邊緣位置，有時甚至更多扮演的是被政府嚴厲監管，同時又被政界和文化教育界人士多方批評的負面角色。然而換一角度看，在中國大陸民營電臺發展的三十多年間，其節目內容雖然在總體上不如官辦電臺和政黨電臺的「宗旨純正」，目標宏大，但一些電臺的專業化程度和對象化水平卻遠遠高出了官辦電臺，其在商業運作中的諸多探索和對聽眾的高度重視，對今日「事業單位、企業化運營」的國營電臺來說，仍具有重要的鏡鑒作用。民營電臺的社會影響力雖沒有達到民間報業如《大公報》、《申報》、《京報》那樣振臂一呼即可影響輿論人心的程度，但其對一些重大事件的積極參與和對社會時弊的痛下針砭，有時也會成為民意的看板，發揮著媒體守望社會、干預生活的重要作用。民營電臺中雖沒有湧現出一位如報業巨子成舍我、史量才、汪漢溪那樣的經營天才，也沒有成就一家像美國 NBC、CBS、ABC 那樣的著名廣播公司，更沒有出現戴維・薩爾諾夫或威廉・佩利那樣的廣播巨頭，但其 30 多年起伏跌宕的發展歷程中，也曾有蘇祖國兄弟那樣充滿商業救國理想的創業者，出現過一批膾炙人口的節目欄目，甚至還曾有家喻戶曉的「播音皇帝」、「播音皇后」。在上海、北平、天津等民營廣播發達的地區，民營電臺的節目才是收音機用戶閒暇時的首選。民營電臺播放的那些散發著濃鬱地方特色的戲劇戲曲節目，受歡迎程度也遠遠高出那些宣傳各種「主義」，發起各項「運動」的官辦電臺。這點從抗戰前和抗戰後上海、天津兩地聽眾票選「播音皇帝」、「播音皇后」和「播音明星」的結果就不難驗證〔註1〕。世上沒有打不完的戰爭，也沒有永遠的革命，卻有永遠的百姓生活和大眾趣味。翻閱現代文學名篇佳作，在魯迅、茅盾、張愛玲、老舍等作家筆下，均閃現過

〔註1〕兩地聽眾票選的都是民營電臺從業人員。

民營電臺的身影。在上海《申報》、《新聞報》、北京《晨報》及天津《大公報》、《益世報》等各類報章中，也隨處可見民營電臺的消息。民營電臺以大中城市爲立身之所，在輔助現代工商業，傳播國語，催生流行音樂和傳承民族戲劇戲曲等方面貢獻卓著，目前已受到廣告界、音樂界和曲藝界的高度關注。反觀新聞傳播界，應該說對它的重視和研究還遠遠不夠。

　　對中國民營廣播的研究，目前也已有較多成果問世。筆者導師趙玉明教授較早出版的《中國現代廣播簡史》（中國廣播電視出版社 1987 年版，後曾修訂再版），是國內第一部系統、全面地記述和反映現代中國廣播事業發展的個人專著。內容包括「無線電傳入中國和早期的廣播電臺」、「抗戰前中國廣播事業的發展」、「抗日戰爭時期的廣播事業（分上、下兩章）」、「抗戰勝利後的廣播事業」、「解放戰爭時期的廣播事業（分上、下兩章）」、「舊中國廣播的終結和人民廣播的新發展」等章節，並在附錄中收入大量舊中國（包含解放區）廣播的重要文獻資料，梳理了一條現代中國民營廣播的清晰脈絡。在此前後，趙老師還發表大量文章，論述民國時期廣播事業，如 1979 年刊登在《新聞研究資料》第十輯的《外國人最早在我國辦的廣播電臺》；1982 年在北京廣播學院《現代傳播》連載的《舊中國廣播的產生、發展和終結》以及《新聞研究資料》第 12 輯的《我國廣播事業之發軔》，2009 年在《中國期刊年鑒》刊載的《民國時期廣播期刊綜述》等。他主持編撰的《中國廣播電視年鑒》、《廣播電視簡明辭典》（中國廣播電視出版社 1989 年版）、《廣播電視辭典》（北京廣播學院出版社 1999 年版）、《中外廣播電視百科全書》（中國廣播電視出版社 1995 年版）、《中國廣播電視人物辭典》（北京廣播學院出版社 2000 年版）等，皆爲我國廣播電視學科開創性、總結性、權威性的大型工具書，也是本書的重要參考文獻。

　　上海作爲近代以來中國的第一大商業城市，也是民營廣播的大本營，不僅相關檔案、報刊的資料保存多而且完整，研究成果也最爲豐贍。1999 年，由時任上海廣播電影電視局黨委書記的趙凱任主編，上海社會科學院出版的 150 多萬字《上海廣播電視志》，是第一部反映上海廣播電視歷史的地方專業志。其中對民國時期上海民營廣播的記述翔實，分析客觀。而清華大學郭鎮之教授的碩士學位論文《論舊上海民營廣播電臺的歷史命運》，期刊論文《民營廣播電臺的商業性質》〔註2〕、《中國境內第一座廣播電臺始末記》〔註3〕、

〔註 2〕郭鎮之：《民營廣播電臺的商業性質》，載《北京廣播學院學報（人文社會科

《中國民營廣播大事年表》〔註4〕等，也都對上海的民營電臺進行了切中肯綮的研究分析。華東師範大學汪英博士的學位論文《上海廣播與社會生活互動機制研究（1927～1937）》（華東師範大學，2007），則從廣播的基本特性出發，梳理了近代上海廣播引入的外在基礎和內在條件，並通過廣播與社會生活的互動及其機制調適過程的論述，揭示出廣播在與社會互動中發展的規律。其校友張學美的碩士學位論文《孤島時期上海的廣播電臺（1937～1941）》（華東師範大學，2009）又獨闢蹊徑，擇取孤島時期為考察時段，以廣播電臺的設立為切入點，關注這一時期上海民營廣播電臺的生存與發展，電臺與播音員、電臺與聽眾日常生活之間的關聯，並通過考察廣播電臺的節目內容和播音情況，思考戰爭陰影下的廣播娛樂文化形態。而復旦大學毛維靜的《20 世紀 20、30 年代上海外商電臺發展研究》〔註5〕和上海市檔案館張姚俊的《20 世紀 20 年代上海的外商電臺及其影響》〔註6〕兩篇文章，則從日常運作、內容生產、經營模式等幾個方面，探討了 20 世紀 20～30 年代上海外商電臺的發展及其影響。上述成果均在不同層面、不同程度上深化了上海地區的民營廣播研究。

民國時期和新中國成立初年，天津、北京、廣州、重慶等較大城市的民營電臺數量一度較為繁多，對上述地區民營廣播的研究也有若干成果問世。天津市廣播電視電影局在整理和出版《天津廣播電視電影志》的過程中，曾整理和總結當地民營電臺的發展情況，並出版了幾本由課題參與者分頭撰寫的研究文輯。北京市地方志編委會編纂的《北京·新聞出版廣播電視卷·廣播電視志》〔註7〕中，也對當地民營電臺的發展有較為詳盡的記載。

此外，南京、濟南、昆明、無錫、蘇州、寧波、杭州、青島等地也曾設立過一些民營的廣播機構，並被載入近年來各地出版的廣播電視志中。因此，地方廣播電視志也是本書收集、整理民國時期民營廣播史料的一個重要參考。而中山大學招宗勁博士的學位論文《民國時期廣播事業研究——以上海、

　　學版)》1982 年第 4 期。

〔註3〕郭鎮之：《中國境內第一座廣播電臺始末記》，載《新聞研究資料》1986 年第 1 期。

〔註4〕郭鎮之：《中國民營廣播大事年表》，載《新聞研究資料》1986 年第 2 期。

〔註5〕復旦大學 2011 年碩士學位論文。

〔註6〕張姚俊：《20 世紀 20 年代上海的外商電臺及其影響》，《都市文化研究》2013 年第 1 期。

〔註7〕北京市地方志編纂委員會編：《北京志·廣播電視志》，北京出版社 2006 年版。

南京、廣州爲中心（1923～1949）》（中山大學，2010）以廣州、上海和南京爲中心，既探討了幾個地方的民營廣播生態，也對官辦電臺進行了考察。其中對廣播產生的社會影響研究，具有較高的啓示意義。

　　總體上看，上述成果或對民營電臺的共性進行概括總結，或對個別民營電臺進行深入分析，或對區域性的民營廣播進行多元透視，大大拓展了民國媒介研究的範疇，有助於後人對這段歷史的認知和把握。但無論從研究視角還是研究框架看，上述成果均未涉及「民營」這一關鍵性議題，也沒有把同一時空下並存的民營廣播與官辦廣播進行比較與分析。有的即使有少量的涉及，但卻因對民營電臺總體把握的不全面，形成民營廣播輔助地位或商業性質的結論，還有的對民營電臺給出負面的評價，這也未免有失偏頗。更爲重要的是，迄今還未有人對中國30多年民營廣播進行全局性的縱覽與橫向的比較分析。這正是本書寫作的初衷和鵠的。

　　本書重點梳理我國民營電臺創立以來所走過的道路，並對這一過程中民營電臺的不同類型和各自作用進行分析論述。本書的主要目的在於通過盡可能詳實的歷史梳理，分析和呈現民國時期至新中國成立幾年內民營廣播的本來面貌，以糾正以往歷史敘述中民營電臺的「唯利是圖」、「封建迷信」等刻板形象。本書還對民國時期以城市爲中心的廣播從業者、聽眾做了分析，力圖從民眾的視角反觀民營電臺、民營廣播從業者在當時的社會影響。

　　民營廣播的發展，既需要政府的政策支持和民營電臺同仁的努力，又需要聽眾及收音機市場的培育和發達，四者缺一不可。對上述四要素而言，政府對其治下廣播業的制度設計無疑是決定一國廣播生態的核心要素。「制度是一種媒介，它在一定程度上決定了一種文明的形態與生息。」〔註8〕中國民營廣播的創設與曲折發展，也是我們觀察和思考這一時段媒介制度及其效果的一個典型樣本。同樣，研究民營廣播，還需要對這一時期的民營電臺內部「構造」和外部廣播政策、廣播環境以及民營電臺的起始和發展過程有切實瞭解。而研究民營廣播事業幾十年間「枝繁葉茂」、興旺發達，卻終未曾發育出一棵「參天大樹」——民營大臺的主客觀原因，也需要從這一時期民營廣播事業身處的政治經濟環境與制度設計入手，探討其外部環境與民營電臺發育之關聯。這就需要對民國時期的政治、經濟、社會及民眾狀況即民營電臺的整體

〔註8〕【美】戴維・哈伯斯塔姆著，尹向澤譯：《媒介與權勢——誰掌管美國》（上卷），第3頁，國際文化出版公司2006年版。

－5－

生存環境做出符合實際的判斷與分析。只有宏觀處放眼，微觀處著手，才不致淹沒於那些殘碎的歷史資料或片段中，並有可能從現象中抽繹本質，透過歷史洞察未來。基於這一考慮，本書力圖一方面從國家的政治變遷和制度設計層面，對中國民營廣播的生態環境進行綜合分析；另一方面則通過民營電臺與官辦廣播的比較，彰顯民營電臺生存的特殊時空條件及其歷史命運的必然性。

需要提及的是，本書沒有涉及自古以來就是中國神聖領土的香港、澳門和臺灣三地民營廣播。眾所週知，由於近代以來的外強入侵，臺灣、香港和澳門三地曾長期爲外國殖民者佔據，廣播事業的發展路徑與大陸有很大不同。臺灣在鴉片戰爭後爲日本佔據，長期在日僞總督府操控下實行半官半民的廣播體制，直到 1945 年以後才出現眞正的民營電臺。香港在鴉片戰爭後逐漸淪爲英屬殖民地，港英當局對島內的廣播事業高度重視，在一段時間的民間廣播實驗後，很快被政府接手經營。1928 年，香港政府倣仿英國的公營廣播體制，建構起公營的香港電臺。直到 1949 年 3 月 21 日，港英當局頒發第一個商業廣播電臺執照給「麗的呼聲」有線廣播，才開啓了商業廣播之路。澳門長期處在葡萄牙當局的控制之下，最早的廣播開始於 1933 年 8 月 26 日，是一些「專業人士作爲業餘愛好創辦的，呼號爲『CON-MACAU』，每天 21：0：00 至 23：00 用葡萄牙語播送新聞和音樂，後改爲隔天廣播一次。」〔註 9〕1937 年停辦，1938 年恢復。1948 年後歸澳葡當局經營。最近幾十年，臺、港、澳三地的民營廣播都獲得長足發展，也取得一些寶貴的經驗。但由於本書把時間下限設爲 1956 年，故沒有將上述地區納入研究範圍。因此，準確地說，本書的「中國民營廣播」僅指中國大陸地區的民營廣播。

〔註 9〕趙玉明主編：《中國廣播電視通史》，第 526 頁，中國傳媒大學出版社 2006 年版。

第一章　民營電臺在中國的出現

　　廣播是一種電子媒體，是在電子傳聲技術逐步成熟後得以迅速推廣的新興傳媒。由於廣播業自身蘊藏的巨大市場潛能，一些歐美發達國家首先出現民間經營的廣播電臺。在其帶動下，發展中國家的民營電臺也陸續創辦。

第一節　外商在中國違法設立廣播電臺

　　「在世界上，所有國家的廣播在起源時期都經歷過短暫的無政府狀態，從技術方面說，由於廣播來自電報、電話和無線電，又因為電器公司在行業發展中的關鍵作用，因此，早期各國廣播大多採用了公司經營、促銷產品的商業模式。那時廣播節目是副業，是為推銷收音機而附帶經營的。」〔註1〕中國廣播事業的發端也大致遵循這一路徑，即採取了民間經營的方式。

一、上海租界出現的第一家外商廣播電臺

　　1922 年 12 月，美國商人奧斯邦（E・G・Osborn）以東方無線電公司子公司中國無線電公司經理的身份，從美國運進上海一套完整的無線電廣播設備，並與上海的英文報紙《大陸報》（China Press）〔註2〕館合作，在上海公共

〔註 1〕郭鎮之：《中國廣播電視史》，復旦大學出版社 2008 年版，第 40 頁。

〔註 2〕《大陸報》（China Press）係美商密勒、費萊煦、勞合和中國人聯合組織的。中美雙方各擁有一半股本，於 1911 年 8 月 20 日試刊，九天後正式出版。該報言論代表在滬美僑的利益，消息報導繁簡得當，迅速及時，文筆活潑輕鬆，為上海最早的美國式編排的報紙，頗受讀者歡迎，發行量一度超過《字林西報》。1949 年上海解放後，該報停刊。也有人認為，奧斯邦的合作對象是旅日華僑曾君，創辦電臺的資本就是曾君提供的，「美商」只是個名義。

租界內最繁華的地帶廣東路大來洋行屋頂（Dollar Building）辦公室的一套房間中，安裝並組建了「大陸報——中國無線電公司廣播電臺」（Radio Corporation of China，以下簡稱「奧斯邦電臺」），呼號 XRO，發射功率 50 瓦。

　　從 1923 年 1 月 19 日開始，《大陸報》陸續刊載了幾篇奧斯邦廣播電臺正在籌備的消息。報導稱，奧斯邦之所以開設廣播電臺，是爲了「將上海帶入世界先進城市的行列」，並用「人所能達到的最快速度在空中傳布新聞消息、證券交易和匯兌價格」，同時他還計劃自己組織一支廣播樂隊，以「深深地取悅於所有音樂愛好者」。〔註 3〕不過，能讀懂英文《大陸報》的中國讀者畢竟有限，需要中文媒體的二度傳播才能達致更多的人群。

1923 年奧斯邦電臺所在的大來洋行

　　1 月 22 日，上海灘影響最大的中文商業報紙《申報》以《無線電傳播音樂之試驗》爲題，報導了中國無線電公司廣播電臺的新進展：「大陸報云，中國無線電公司 Radios Corporation of China 在廣東路大來洋行屋頂造有無線電

〔註 3〕上海市檔案館、北京廣播學院、上海市廣播電視局合編：《舊中國的上海廣播事業》，檔案出版社 1985 年版，第 4 頁。

臺，安置應用機械，能傳聲至各處，大陸報已與該公司約定，自星期二晚起，每晚八時以新聞音樂演說等傳播空中，凡上海附近無線電臺及裝有收電機械者不下五百處，將盡能聞之。昨日午後曾經試驗一次，據上海附近各船發來無線電報，及北京蘇州南京等處發來電報，咸稱曾聞上海傳出音樂之聲，甚為清晰，雖遠如奉天，亦聞之云。」以《申報》在當時的社會地位，上述報導無疑大大提高了電臺的知名度。

1月23日，《大陸報》以《今晚八點開始新聞、音樂及娛樂節目（Program Starts at Eight o'clock: News Music Entertainment）》為題，刊載了奧斯邦電臺將於當晚實驗播出的消息，並附有「今晚廣播節目單」。

時　間	節目內容	備　註
20：00	介紹性預告	
20：15	德芙扎克的小提琴獨奏《詼諧曲》	世界著名的小提琴家賈羅斯拉·科西恩（Jaroslav Korian）今夜稍晚時候在法國總會演奏
20：30	金門四重唱	目前每晚在卡爾登演出
20：45	薩克管獨奏	最動人歌曲《藍調》，卡爾登樂隊的喬治·霍爾
21：05	舞曲	《大陸報》還將在節目之間插播國際和本埠新聞簡報〔註4〕

《大陸報》表示，之後將每日刊載奧斯邦電臺的節目單。「無線電愛好者要是現在尚未成為《大陸報》日益增多的讀者中的一員，建議他們訂閱《大陸報》。」〔註5〕這種用刊載電臺節目表以促進報紙發行的營銷手段，顯示出奧斯邦對廣播與報刊聯動傳播以實現雙贏的深謀遠慮。

電臺開播初期，每晚播音一個多小時，以娛樂節目尤其是音樂演奏的實況轉播為主，有時也播放唱片，中間還有拉里·萊爾巴斯先生報告的取材於《大陸報》的政經新聞和短篇滑稽小說等。《申報》1月25日、26日均做了簡短報導〔註6〕。電臺開播後的第五天即1月27日，《大陸報》刊載了一篇名

〔註4〕趙玉明主編：《現代中國廣播史料選編》，汕頭大學出版社2007年版，第15頁。

〔註5〕《舊中國的上海廣播事業》，第7頁。

〔註6〕《空中傳聲法已開始運用——本埠與天津所置之收音機共有500座》，《申報》1923年1月25日；《昨晚空中傳音機所發之聲浪，內有愛地西戲院伶人之歌舞》，《申報》1923年1月26日。

為《孫逸仙博士祝賀〈大陸報〉廣播》的新聞：「孫博士的宣言，和他將於星期六離滬的消息，與其它中外新聞一道，星期四（1月25日，筆者注）晚上從〈大陸報〉暨中國無線電公司廣播電臺播出。」孫中山對此做出及時反應，讚揚了《大陸報》的做法：「余切望中國人人能讀或聽余之宣言。今得廣為傳佈，被置有無線電話接受器之數百人所聽聞，且遠達天津及香港。誠可驚可喜之事。吾人以統一中國為職志者，極歡迎如無線電話之大進步。此物不但可於言語上使全中國與全世界密切聯絡，並聯絡國內之各省、各鎮，使益加團結也。」〔註7〕

為了「使廣播不致干擾政府電臺和船舶電臺的空中正常通訊業務，」奧斯邦等人對電臺的相關技術問題也做了周密安排，「將發射波長降至 200 米，並準確校對了那個特殊的波段。即使有了這樣的預防措施，但當附近電臺的對時信號和其它重要的無線電報在空中進行時，任何發射工作都絕不進行。」〔註8〕但事實上，電臺的開播由於未經中國政府同意，波段是電臺自己設定的，因此該臺仍不時與其它空中電波發生衝突，造成收聽節目的困難。電臺還曾為此與上海各無線電公司接洽商談，以減少相互干擾。

當時的上海灘，除了幾百架私人安裝的無線電接收機外，在四川路中華基督教青年會大樓禮堂和租界最豪華的兩家飯店——理查飯店的格子房和卡爾登飯店內，也專設了收音放大設備，電臺晚間播音時，所有在兩家飯店就餐者均可收聽到奧斯邦電臺的節目。

儘管電力小，音質差，兩大飯店中安置的「放大機工作得不夠好，致使千載難逢的演出美中不足」〔註9〕，但這種以實地「廣播」演示無線電功效，以報紙報導和豪華飯店接收「三管齊下」的宣傳，很快被證明是一場成功的營銷策劃。一時間，無線電廣播成為上海租界內西方上層人士的熱門話題。

奧斯邦電臺之所以選擇播出節目，只是為了推銷無線電器材，電臺沒有廣告業務。但該臺的創辦未經中國政府審批，違反了政府的相關法令，因此開播初期即引起政府極大關注，交通部為此提出嚴正交涉。三個月後，

〔註7〕《孫逸仙博士祝賀〈大陸報〉廣播》，1923 年 1 月 27 日上海《大陸報》。
〔註8〕《舊中國的上海廣播事業》，第 3 頁。
〔註9〕《大陸報》1923 年 1 月 24 日報導，轉引自《舊中國的上海廣播事業》，第 8 頁。

中國無線電公司發生人事變動，奧斯邦離職，由一位姓張（一說姓曾）的中國人與美國工程師迪頓繼續經營，並繼續與《大陸報》合作管理廣播電臺。3 月 28 日，交通部再次下令禁止裝設無線電機。4 月 8 日，奧斯邦電臺停播。

1923 年 5 月，奧斯邦又請美國人許士氏（A. T. Hughes，有人將其翻譯爲「愛其亨」）出面，以每月租金三百兩的價格，承租了永安百貨公司屋頂的位置，並在樓頂架設 100 英尺鋼桅，天線從鋼桅的頂端伸向原有的永安塔頂，準備再度設立廣播電臺，並使用一架 14 個眞空管的特製接收機，接收和轉播美國無線電公司（Radio Corporation of America. RCA）和威斯汀豪斯公司（Westinghouse Electric，有的譯爲「西屋公司」）在舊金山建立的一座 5 千瓦廣播電臺的音樂和語言節目。爲愼重起見，永安公司呈請英美領事轉請上海交涉公署查照立案。「然而此一謹愼行爲卻使百貨公司引進廣播一事生變。」因爲奧斯邦等人未經申請即在永安樓頂安裝一百英尺鋼桅一事本已引起極大關注，而當時的北洋政府尙未公佈無線電報電話規則，無由准予立案。「又北洋政府雖對洋行進口無線電機設備採默許態度，但在相關法令公佈之前，仍嚴禁華商私自進口電信材料並裝設電臺，故飭令永安公司退租拆除。」〔註10〕永安公司屬於在香港英署註冊的華商公司，政府在管理方面比純粹外商要相對容易得多，故經北洋政府交涉，該電臺尙未開播，就於當年 7 月 31 日被勒令拆除。

作爲第一家在中國境內定時並連續播出節目的商業電臺，奧斯邦沒有通過北洋政府的審批就私自設電，顯然違反了中國的電信法規，同時也對北洋政府及租界當局提出了廣播管理的新課題。

二、「繼往開來」的租界外商廣播

奧斯邦電臺廣播實驗的接連受挫，似乎並未打消租界內其它無線電器材商的熱情。對於投身上海的無線電器材商而言，要增加無線電器材銷售額，就必須拓展市場，而廣播事業則是拓展無線電市場的最好方式。1923 年 5 月，位於上海南京路 50 號的美商新孚洋行（Electric Equipment Co.）又設立了一座功率爲 50 瓦特的無線廣播電臺，自當月 30 日起不定期播音，主要「用於實

〔註10〕曹仲淵：《三年來上海無線電話之情形》，《東方雜誌》第 21 卷第 18 號，1924 年 8 月 15 日。

驗和向顧客示範該公司經售的收音機及其零件」，並打算把電臺的用途「擴展到那些希望隨時廣播自己的節目或廣告的組織和團體」〔註 11〕，同時亦有新聞及音樂。爲了吸引聽眾，新孚洋行還在公司底樓設置了樣品陳列室，到此參觀購物的顧客可以打開任一架收音機收聽節目。

在上海報紙的鼓吹下，江浙居民爭先購置收音機，新孚洋行的營業一時大盛。但 1923 年 11 月，北京政府發佈禁止無線電機進口令，要求津滬各海關嚴行搜查，該行進口無線電機屢屢被海關扣押。遇此重挫，該洋行「大有不能維持之勢」，於 1924 年 8 月「忽將全部電料及無線電機遷移樓上，退出臨街門窗轉租他人，一時營業驟形停頓，其樓上之播送站亦復於月初停止播送」。〔註 12〕

同年，天津的日本商號義昌洋行〔註 13〕申請創辦電臺，獲得批准。義昌洋行是一家經營無線電器材的商號，開辦電臺的目的是擴大該行影響，推銷無線電零件。次年 1 月，義昌洋行在日租界旭街（今和平路 251 號）四面鐘處義昌洋行的樓下，開設了津門首家廣播電臺，負責人爲日本岡崎家族的一位企業家。〔註 14〕電臺規模不大，主要轉播日本國內的日語廣播節目、音樂及少量廣告。「由於當時日商的無線電零件在貨源質量等方面與美國相比均有差距，故義昌洋行的廣播電臺並未給它帶來太多商業上的好處，它也就沒有發展成爲正式的商業電臺，播音時間常有變化，時斷時續。到 1927 年北洋政府創辦的天津廣播電臺開播後，義昌洋行的廣播電臺才停辦。」〔註 15〕

〔註 11〕《大陸報》1923 年 5 月 30 日報導，參見《舊中國的上海廣播事業》，第 15 頁。

〔註 12〕張姚俊：《中國最早的外商電臺及其影響》，東方網。http://sh.eastday.com/m/20120620/u1a6640202.html。

〔註 13〕義昌洋行 Gisho Electric Co.; Gisho Yoko，天津日商貿易行。1920 年前由日本人竹下重太開辦。初設於松島街，嗣遷旭街營業，河北日緯路樹德里設工場，大連、北京及東京先後設支店或營業所。進口電器、電機器具材料、無線電用品、鐵路機械、礦山機械、汽車及霓虹燈等；承包電氣及無線電工程事務；生產無線電電訊、電話機具。1930 年代中岡崎義鹿加入，洋行成爲合資會社。1940 年前後復改組爲股份有限公司，稱「株式會社義昌洋行」，竹下任社長，岡崎爲專務。1944 年尚見於記載。本條注釋參見黃光域編著《外國在華工商企業辭典》，四川人民出版社 1995 年版，第 64 頁。

〔註 14〕參見《天津通志·廣播電視電影志（1924～2003）》，天津市社會科學院 2004 年版，第 77 頁。

〔註 15〕《天津通志·廣播電視電影志（1924～2003）》，天津市社會科學院 2004 年版，第 77～78 頁。

1926 年 12 月，上海北蘇州路的日本新昌洋行（即神戶電機公司）在與開洛公司的合作播音結束後，開始自己實驗廣播，於每晚 7 點到 8 點之間播送西方音樂、中國音樂和日本音樂節目。〔註 16〕直到 1928 年，該臺還在堅持播音。有關開洛公司廣播電臺的情況，下文將有詳細交代。

外國人「身先士卒」，在中國違禁興辦廣播事業，受到中國政府的嚴厲禁止。一些人極力鼓吹，認為廣播事業有利於中國的國家治理，民眾齊一。美國 RCA 公司總經理兼 RCA 勝利公司、國民播音公司經理哈巴德（James Guthric Harbord）就在 1925 年 10 月 10 日的《申報》發表《無線電之有利於中國》一文，強調「今日中國亟應解決之問題，莫此為甚：因國人發言，言語不同，甚形龐雜。而欲謀國家之統一，必須先圖統一於語言；尤須籍無線電以傳播。……無線電交通及無線電傳播，實於中國有絕大之希望，可以促進其經濟社會及政治之發達。且世界之進步，固有賴乎智慧之交換。因有無線電而一遠立之國家，亦得察見他國之人情教育，社會狀況。故無線電實可化各國之特性及促進萬國之利益。充其極量，控制國家，援助人類，其力胥不可忽焉。」此文雖有誇大其詞之嫌，也不乏「營業宣傳的意味，但可說是冠冕堂皇地把無線電及其播音的效用說明了。」〔註 17〕

三、開洛公司廣播臺的創辦及其節目

在早期租界內此起彼伏的外商廣播實驗中，歷時最長、影響最大的一家，是美商開洛公司（Kellogg Switchboard and Supply Co.）在上海設立的無線電廣播電臺。

奧斯邦電臺開播時，美國開洛公司上海總部和供應公司遠東分公司的經理羅伊‧迪萊（Roy Delay）既是這一實驗的積極參與者，又是堅定的支持者，認為這是「中國傳播進程中一次巨大的飛躍」。事實上，早在奧斯邦電臺實驗之前，迪萊就因「一直積極在中國密切參與通訊設備的商業活動」〔註 18〕而獲利不菲，並由此推斷無線電廣播事業是一項有利可圖的事業。他確信，「中國人民將歡迎廣播，因為它不僅證明是一種娛樂的源泉，同時也是一種教育

〔註 16〕《新昌洋行無線話播音臺之告成》，《申報》1926 年 12 月 8 日第 19315 號，第 17 頁。
〔註 17〕任白濤著：《綜合新聞學》，商務印書館 1941 年版，第 666～667 頁。
〔註 18〕《大陸報》1923 年 1 月 23 日報導，參見《舊中國的上海廣播事業》，第 6 頁。

中國青年的手段，是科學貢獻給世界的最新通訊手段。」〔註 19〕奧斯邦電臺停播後，迪萊以每月租金 75 兩的價格租下這套機器設備，並把電臺發射機裝設於福開森路（今武康路）的一片草地上，播音室設在江西路（今江西中路）62 號開洛公司內，於 4 月開播。電臺的呼號 KRC，電力 100 瓦。後爲改換裝置，增加電力，電臺於當年 7 月 18 日停播，8 月 4 日擴充電力爲 200 瓦後繼續播出。

與奧斯邦電臺僅與英文《大陸報》館合作不同，開洛電臺起初是多家媒體機構協同播音的，開洛公司並未參與節目製作和播出，只是爲幾家公司提供播出渠道——電臺和播送站，從 1924 年 4 月 21 日起，「《大晚報》館開始於每日中午 13 點傳播新聞等類，每星期至少播送音樂一次，星期日停止。〔註 20〕5 月 15 日，《申報》館開始借該臺報告新聞，並特設「申報館無線電話部」，由該報著名記者趙君豪〔註 21〕負責其事，並在報社五樓放置一臺對講電話，直通至廣播電臺。〔註 22〕《申報》館無線電話部每日播出兩次，上午 9：45 至 10：15 報告匯兌、市價、錢莊兌現價格、小菜上市等等，晚上 7 時至 8：30 爲重要新聞及百代公司留聲機新片。有時還有音樂和名人演說等。該報聲稱，「本館每日報告一切，係以便利本埠市民爲目的，想國內不乏電學專家，如有以無線電話普通智識，有極趣味新聞，投函本館者，本館當爲分別披露於常識或自由談，並給薄酬，以增興趣。又海上如有名樂師欲獻藝而欲籍本

〔註 19〕《舊中國的上海廣播事業》，第 6 頁。

〔註 20〕《大晚報新裝無線電傳聲器》，《申報》1924 年 4 月 20 日。《大晚報（Evening News）》爲英文報，是在 1922 年由《英文滬報》與《星報》同時被中國人佔有大部股份的晚報公司收購後改稱現名的。

〔註 21〕趙君豪（1900～1966）江蘇興化人，著名新聞記者，學者。1920 年畢業於交通大學，翌年進《申報》工作，先後擔任過記者、編輯、編輯主任等職。1929 年兼任復旦大學新聞系編輯課教授。30 年代還兼任過中央大學、上海商學院、暨南大學教授。1932 年在滬創辦與主編《旅行雜誌》。上海淪陷後《申報》在滬暫時停刊期間，他寫成《中國近代之報業》，於 1938 年出版。「孤島」時期，《申報》掛美商招牌於 1938 年 10 月在滬復刊，他又返回報社，進行愛國抗日宣傳，被日僞特務機關作爲暗殺對象列入黑名單。1941 年到重慶，一度任職於國民黨中央秘書處專門委員會，將「孤島」時期愛國報人的抗日事跡寫成《上海報人的奮鬥》一書出版。抗戰勝利後返滬，任《申報》副總編輯。1949 年上海解放前夕前往臺灣，爲臺灣《新生報》主持人之一。1966 年病逝於臺灣。

〔註 22〕趙君豪：《記〈申報〉播音》，《無線電問答彙刊》第 19 期，1932 年 10 月 10 日版。

館無線電話供同好者，可先期來函商酌，函面請書『申報館無線電話部收』即可。」〔註23〕之後由於電臺時發故障，報館無線電話部開始不定期報告播音時間的調整情況，並刊載聽眾來信。

　　同年 8 月 15 日的節目單顯示，除周日外，電臺每天播送四次，分別由《申報》館、《大晚報》館、新孚洋行和巴黎飯店承擔，周日則由日本神戶電器公司用日語報告一次新聞，並奏唱日本音樂。周一上午 9：45 至 10：15 是《申報》館用上海土語報告匯兌、市價、船舶班期的時間；中午 12：00 至 13：30 是《大晚報》館用英語報告匯兌及市場消息並演奏音樂；下午 18：00 至 18：30 由新孚洋行用英語報告新聞並演唱歌曲；晚上 20：30 至 21：30 再由《申報》館用上海土語報告新聞並演唱歌樂；晚上 9：30 至 11：00 是巴黎飯店用英語報告新聞並奏演歌曲的時間〔註24〕。

IRENE KUHN

《大陸報》女記者庫恩，第一位在中國做電臺播音員的女性

　　在上述五家機構利用開洛公司播音設備播送了一段時間後，1924 年 12 月 15 日，《大陸報》再次加入播送節目的隊伍中來。《大陸報》記者艾琳·庫恩由此成為該臺第一名專職女性播音員，「第一個過去在東方做廣播的女性，可能也是第一個做商業性廣播的女性。」在一篇回憶文章中，庫恩寫道，「我走到『麥克風』面前，把我的聲音傳到空氣中」。「這一小小工具的引進，用人類的聲音填補了文化的代溝，同時也改變了中國的整個未來」。「我們獲得了許多報導，華北、華南以及日本的崇拜者滿腔熱情地寫道，國內傳教士們用

〔註23〕《本埠新聞：本館無線電話報告新聞》，《申報》1924 年 5 月 14 日第 13 版。
〔註24〕曹仲淵：《三年來上海無線電話之情形》，《東方雜誌》第 21 卷第 18 號，1924 年 8 月 15 日。

他們小小的廣播電臺就與世界接通了。」〔註25〕

1924 年 12 月 19 日開洛電臺的節目表：

時　　間	節目內容	備　　註
9：45～10：15	中西音樂及商情新聞	除星期日外，按日播送
13：00～13：30	西樂	除星期日外，按日播送
18：00～18：30	西樂及新聞	每星期三改爲晚八時至九時有特別音樂
20：30～21：00	中西音樂及新聞	除星期日外，按日播送；每星期六或有特別節目
22：00～23：30	西樂	卡爾登跳舞音樂，按日播送
10：00～20：00	日本音樂	每星期日播送

　　開洛電臺的節目，既有西方音樂，也有中國音樂、日本音樂，還有戲曲、商情節目以及美國教堂講道、讚美歌及各種新聞，播出新聞及氣象報告時則中英文並舉，〔註26〕「務使全部節目盡使中西人士滿意愜心而後已」〔註27〕。有研究者因此指出，開洛電臺的這種做法是把本應出現的民族文化衝突化解成了一場貌似公正的商業遊戲〔註28〕。而這種中西交匯，五方雜糅，融多元文化於

〔註25〕據 Michael A. Krysko: American Radio in China──International Encounters with Technology and Communications, 1919～41 Palgrave Macmillan, 2011 P3 譯。原文如下：To serve as the program's announcer, he hired China Press reporter Irene Kuhn, who shared his enthusiasm for radio's future in China. "The possibilities of radio in China are beyond the wildest dreams of the most perfervid romanticist," she wrote in one of her articles. "In his great country where thousands of people are living in the hinterlands, so far removed from even the fringes of civilization that they are as yet unaware of the fact that China threw off her monarchial from of government in 1911," she posited, "the introduction of a small instrument which can bridge the gap with the human voice can change the entire fortune of China." On December 15, 1924, Kuhn did her part to spark that change over the new Delay station. "I had stepped before a 'mike,' and sent my voice into the air," she recollected, "the first woman ever to broadcast in the Orient and probably the first feminine announcer in the business." Her broadcasts were apparently a hit. "We got reports by the table," she recalled. "Missionaries cut off from the outside world in their little stations in the interior, fans in North and South China, and Japan, wrote enthusiastically."

〔註26〕參見《舊中國的上海廣播事業》，第 23～24 頁。

〔註27〕參見《舊中國的上海廣播事業》，第 26 頁。

〔註28〕楊葉青：《中國早期廣播的形態與特徵》，http://blog.sina.com.cn/s/blog_6e8098cf01012g61.html。

一體的廣播節目設置，無疑也鮮明地體現出大上海租界文化的特徵。

在開洛電臺的特別節目中，名人演講可說是電臺與各界名流建立直接聯繫的一個重要方式。1925 年 3 月 12 日，孫中山先生因病在北京逝世。電臺連續三天播送了孫先生 1924 年 5 月應《中國晚報》留聲部之請所錄製的勉勵國民演講詞。8 月 15 日，播送了西北邊防督辦馮玉祥將軍告誡軍官、士兵的演說留聲片；18 日續播。10 月 4 日，播出了上海美術專門學校校長劉海粟的《人體模特兒與美術》演講。1926 年，應國民政府上海市教育局的要求，開洛電臺開關社會教育廣播節目，請名人定期播講。曾請南洋大學教授李熙謀演講《無線電信》〔註 29〕，介紹世界和中國無線電事業的發展及無線電廣播的文化教育作用；請無錫縣長孫祖基演講《十年來中國之職業教育》〔註 30〕；請中華郵票會會長周今覺播送《集郵之趣味與裨益》〔註 31〕；請金融家、教育家王志莘主講《中國今日之平民經濟問題》〔註 32〕；邀中國電影事業的開拓者、我國最早的電影編劇和導演之一鄭正秋講《一家不知一家難》，評述中國家庭制度之不良，勸社會人士將家中人送市民學校或民眾學校去讀書受教育；請中國婦女協會幹事舒惠楨講演《中國婦女經濟獨立問題》等。這些專業人士的廣播演講不僅提升了開洛電臺的文化品位，履行了廣播本應承擔的社會教育職責。

電臺的特別娛樂節目策劃也扣緊時代脈搏。1925 年 12 月 31 日，開洛電臺又特設「慶祝元旦節目」。經過預先排演，有「上海貧兒院合唱國歌、國樂研究會之崑曲、大套琵琶、及絲竹鷓鴣飛、漢宮秋月、到春來、中板花六四調、蘇州粟社社員著名崑曲等，元旦次日適逢星期六，照例仍有特別節目，以餉聽眾，時間均自七時半起。」〔註 33〕

為擴大影響，開洛公司還以聽眾來函、電臺節目介紹、收音機推銷等多種方式，在《申報》刊發廣告：「現在跳舞盛行了，諸君要學習跳舞，請從速購備

〔註 29〕李熙謀（1896～1975），字振吾，浙江嘉善人，電機學教授，浙江大學工學院首任院長。早年畢業於上海工業專門學校電機專業，後考取浙江官費留美。1918 年獲麻省理工學院電機工程碩士學位，嗣後又獲哈佛大學哲學博士學位。回國後，先後在浙江大學、暨南大學任教。1927 年夏任浙江大學工學院首任院長。1949 年後去臺灣。
〔註 30〕參見孫祖基：《十年來中國之職業教育——在開洛公司無線電話中演講》，《教育與職業》1927 年第 85 期。
〔註 31〕參見今覺：《開洛無線電臺播音演說記》，《郵乘》1926 年第 2 卷第 3 期。
〔註 32〕王志莘：《中國今日之平民經濟問題》，《教育與職業》1927 年第 81 期。
〔註 33〕《開洛無線電話慶祝元旦節目》，《申報》1925 年 12 月 31 日版。

開洛無線電話收音機，那紐約跳舞音樂團是天下馳名的，諸君聽了一次，包你上癮，天天不肯放手哩。」〔註34〕還有一篇題為《無線電話贈品》的文章寫道：

> 冬節將屆，諸君饋贈戚友的禮品已經準備好了嗎？若用開洛無線電話收音機作為冬節禮品送給年高長者：聽新聞報告、弦樂歌曲，足以延年益壽，頤養天和；幼年兒女：聽名人演說、英語新聞，足以啓發心智，增長教育；遠方戚友：聽商情交易、京調崑曲，足以靈通市面，無窮興趣；心愛情侶：聽名劇歌曲、跳舞西樂，足以翩翩起舞，促進愛情。〔註35〕

開洛公司還承諾：

> 凡購買開洛收音機者，永遠予以收聽播送之種種權利，而對於機件永遠保證。」〔註36〕「然本公司之所以如此苦心經營、勞神傷財者，不過欲使惠顧諸君，加以贊許，源源採購，借答雅意而。
> 〔註37〕

開洛公司煞費苦心地撐持各種節目，卻又把這些節目稱作「無線電話贈品」，顯示出廣播傳播的獨立性和廣播行業的地位在當時尚未引起電臺主辦者的足夠重視。

既是出於商業目的，那麼如何盈利就是電臺創辦者必須慎重考慮的問題。要運營一座廣播電臺，其初創時期的基本建設投資包括機器設備、房屋場地等費用不算，日常運營支出也極為浩繁。如播音人員、管理人員、機械和電力維護人員的工資，房屋及電話線的租金，播音節目的安排等，都需不斷投入資金，方可維持運轉。廣播電臺每日的播音節目不能像留聲機一樣重複播放而不更換，它的優勢就在於聽眾「能同時直接收聽播音者之音咳，若非留聲機之機械動作缺乏生氣。故為播音主任者，必四出羅致人才，名伶、票友、灘簧、說書，務必愜聽眾之望，博得佳評而後已。」〔註38〕而一個民

〔註34〕《申報》1925 年 10 月 20 日廣告語，轉引自《舊中國的上海廣播事業》，第29 頁。

〔註35〕《無線電話贈品》，《申報》1925 年 12 月 18 日，轉引自《舊中國的上海廣播事業》，第 32 頁。

〔註36〕《無線電話之保證》，《申報》1925 年 12 月 22 日，轉引自《舊中國的上海廣播事業》，第 32 頁。

〔註37〕《舊中國的上海廣播事業》，第 26 頁。

〔註38〕芳美：《廣播無線電話之費用》，《申報》1926 年 9 月 16 日版，轉引自《舊中國的上海廣播事業》，第 75～76 頁。

營廣播電臺維持播音的方式不外兩種，一是電臺出錢，請人到播音室演播；二是把時間出售給演播節目者。第一種「電臺出錢請人」的方式，只有在電臺盈利的情況下才可能持久，而這一點在廣播事業誕生初期是做不到的。至於第二種，奧斯邦辦臺前曾萌生過售賣播音時間的念頭，但由於各種原因沒有實現，該臺也未通過其它渠道獲得任何經濟援助，電臺經費只能從「大陸報——中國無線電公司」售出的無線電器材所得盈餘中開支。開洛電臺起初也沒有任何收入，《申報》、《大晚報》、巴黎飯店和神戶電器公司「使用此種接通線路之號數及播送之電費未出分文。緣各家利用開洛以樹先聲，開洛亦即利用各家以廣招徠。否則開洛欲求營業之發達不免出於大登廣告之一途。此種廣告在吾國今日尚無何種法令可以根據，漫論其不敢公然刊登，即令無所畏忌，亦非千金不辦。」〔註39〕直至 1927 年，上海的一個西方人組織——「中國無線電播音會」（CBA）願意出錢點播節目及津貼報告員，由此構成電臺收入的部分來源。同時開洛電臺還自創了一項「行情密碼單」業務，「就是把市面行情像交易所開盤及收盤情形、外匯市況、金融市面等的數目編寫密碼，每月印行一次。電臺上所報告的市況數目，都是密碼，聽眾欲知道行市，非出資購買密碼單不可。」〔註40〕對開洛公司來說，「中國無線電播音會」的點播費和行情密碼單的銷售額雖然不高，卻是電臺探索廣播盈利的有益嘗試。

不僅如此，電臺還聘請了中國人曹仲淵〔註41〕和徐大經擔任播音正副主任，由曹仲淵負責節目統籌，徐大經報告時事新聞，反映了辦臺者爭取中國市場的良苦用心。這與早期外商創辦《申報》時為擴大發行而直接聘用中國人主持報務的做法，可謂異曲而同工。

〔註39〕曹仲淵：《三年來上海無線電話之情形》，《東方雜誌》第 21 卷第 18 號，1924年月 15 日版。

〔註40〕《上海播音臺的歷史（志）》（1938 年 12 月 23 日），轉引自《舊中國的上海廣播事業》，第 482 頁。

〔註41〕曹仲淵（1892～1972），名肅，無線電專家，對中國早期廣播尤其是上海廣播多有研究，著有《馬可尼》、《無線電發明及發展史》、《通俗無線電學》、《三年來上海無線電話之情形》等。

開洛電臺播音主任曹仲淵

　　爲吸引中國聽眾，1928 年 7 月，曹仲淵等人在上海南京路 12 號發起成立了「中國播音協會」（BAC），「該會章（原文如此，作者注）永久會員十位，每位付基本金 100 元，存入銀行，每年只用利息洋 10 元，如中國播音協會解散時，將基本金 100 元仍歸永久會員收回，機關會員（經售無線電商店）年納會費洋 100 元，分四期繳納。讚助會員 30 元，普通會員年納會費 10 元，礦石機會員二元，以加添文化娛樂等節目，於聽眾裨益良多」〔註42〕。與「中國無線電播音會」點播西樂節目不同，中國播音協會點播的節目以中國傳統戲劇戲曲爲主，並且組織會員到電臺演講，作爲機關會員的無線電廠商也可通過點播節目，爲他們的無線電產品打開銷路。1929 年，「中國播音協會」因機關會員少，收入低而漸漸經濟不支。此時，羽翼漸豐的中國本土無線電經銷商亞美無線電公司挺身而出，以機關會員的資格獨立承擔了開洛電臺一檔彈詞節目的費用，使該會得以維持到 30 年代。

　　電臺既積極參與上海的外國人事務，也爲中國官方的某些活動提供宣傳平臺。1927 年 10 月，「中華國民拒毒會」發起「全國拒毒周」運動，拒毒會總幹事當天下午即在開洛電臺發表「全國拒毒運動之使命」的數千言演講，由該臺傳播到全國九千餘家聽戶。〔註43〕之後該臺持續一周每天都有相關節目。

〔註42〕金康侯：《中國播音協會之興替》，《無線電問答彙刊》1932 年第 19 期
〔註43〕《拒毒運動周之第一日》，《申報》1927 年 10 月 3 日版。

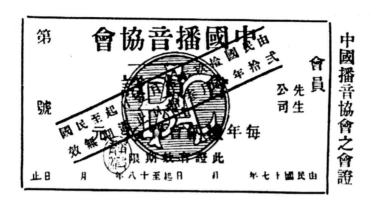

1929 年 10 月 26 日，開洛電臺的電杆忽然折斷，以致難以發音〔註44〕。之後再無該臺的其它消息。

作為一家外商公司所辦的廣播電臺，開洛電臺在中國廣播史上開了許多先例。它既是國內首家上午時段開始節目並早晚兩次（後改為三次）定時報告新聞的電臺，又是最早開設聽眾點播節目，售賣市面行情密碼單盈利的電臺；既使用多種語言，還整合多家媒體，使電臺實際成為一個媒介「融合」的渠道。

近代以來，隨著國門被迫打開，中國開始走上艱難的現代化道路，在這一進程中，中國本土文化與西方文化的衝突與融合始終如影隨形，並伴隨著意識形態領域的各種爭論而喧囂至今。作為人類現代科技發展的成果，廣播這種由西方人發明並引進中國的媒介，在中國租界內落地生長，並在利益驅動下自覺選擇了中西合璧的商業模式，等於是充當了溝通華洋的文化中介。借助這一看似「中性」的科技手段，外商廣播已在不著痕跡地引導中國人對之產生由陌生、排斥到欣然接受的文化心理變遷。

四、租界外商廣播與中國法令的衝突

廣播事業由外商在上海租界捷足先登，應該說既非意外，也非偶然，而是具有一定的歷史必然性。這些電臺未經中國政府許可即自行開播，卻違反了中國的法律法規，踐踏了中國的電信主權。

事實上，早在 1915 年 4 月 18 日，北洋政府就已經頒佈《電信條例》，對包括無線電在內的所有國內電信事業以法律形式進行監管。《條例》規定：

〔註44〕《開洛公司播音電杆折斷，一星期內可修竣》，《申報》1929 年 10 月 27 日版。

第一條，電報電話，不論有線無線，均稱爲電信。

第二條，電信由國家經營。

第三條，左列電信，經政府之許可，得由個人或團體私設：一、供鐵路礦山及其它特別營業之專用者。二、個人團體或官署，因圖遞送之便利，設於其所居之處，與電報局相接續者。三、個人團體或官署，專供一宅地範圍內通信之用者。四、船舶航海時所用者。五、供學術試驗上之用者。六、電話之通信範圍。

作爲無線電廣播出現前最高層級的無線電管理法規，《條例》對「電信」範圍和電信經營權的界定極爲明晰。其第三條「政府許可」個人或團體私設電信的條款中，不僅有六種情況可以例外處理，而且「其它特別營業之專用」因無指明範圍，等於是爲「私設」電信留出了很大餘地。而在上述條例中的「電報電話」顯然沒有包含後來的廣播事業——1915 年該條例出臺時，廣播業尙未誕生。新興的無線電廣播業屬於特殊的「電信」範疇，與個人或團體之間的「電報」和「電話」通訊有很大不同，屬於功效強大的大眾傳媒。而當法律制訂者無法預見幾年後才會出現的無線電廣播時，是不可能對其給出合適的法律規範的。

無線電是可以輕易跨越國門的現代通訊手段，需要國際間的齊抓共管。在這方面，中國政府較早參加了一些國際無線電組織，並參與了部分國際無線電規約的制訂工作。1920 年，中國政府應意大利之邀，加入國際無線電公會。1921 年，華盛頓限制軍備會議第十八決議案規定，各種無線電機非經中國政府允准，不得在中國境內經營或建設。上述無線電組織和相關議案的簽署，爲中國在處理國際間無線電關係方面確立了基本的法律框架，也贏得了一定的主動權。

對照上述條款，早期來華創辦電臺的外國商人不僅違反中國法律，同時也違背了國際電信交往準則。但由於這些電臺都設在租界，由外國人創辦，屬外國人所有，使得這一行爲由於法律解釋的相互矛盾而在執法層面陷入了困境。

按照《現代漢語詞典》的釋義，租界是「帝國主義國家強迫半殖民地國家在通商都市內『租借』給他們做進一步侵略的據點的地區」。鴉片戰爭後，清政府被迫打開國門，並相繼開放了上海、廣州等沿海城市。英國最先於 1845

年在上海設立租界〔註45〕，接著，美國、法國、等列強也相繼在上海開闢了
租界。列強還強迫中國在漢口、天津、廣州、廈門、九江、鎮江、蘇州、杭
州、重慶等地相繼開闢租界，對中國沿海的發達城市形成環繞包圍之勢。在
上述租界內，逐漸集中了洋行、銀行、領事館等外國政治經濟組織。與被割
讓的領土不同，租界領土在名義上仍屬出租國，自身不具備治外法權屬性。
但歷史上租界使用國均是借由本國，通過不平等條約取得了嚴重損害租讓國
司法權的「公民領事裁判權」，即「本國僑民不受所在國法律約束，而由領事
依其本國法行使司法管轄。」〔註46〕換句話說，凡在中國享有領事裁判權的
國家，其在中國的僑民不論發生任何違背中國法律的違法犯罪行為，或成為
民事訴訟或刑事訴訟的當事人時，中國司法機關均無權裁判，只能由該國的
領事等人員或設在中國的司法機構依據其本國法律裁判。也即租界內許可外
國人（不僅是外交人員）進行任意不違反國籍所屬國的活動，哪怕這個活動
是違反租借地所在國法律的，租讓國卻無權對其直接進行管理或干預。正是
由於這類特殊地區的存在，近代以來，許多外國人出入租界，把一些中國政
府轄區內不允許存在的西方器物、制度與文化也順便帶了進來。在五方雜處、
中西交匯的租界地區，中國人眼見一幕幕鮮活的「西洋景」上演，親身感受
到兩種文化的衝突與融合，體會到中西方的巨大差異，由此也形成了國人對
租界認知和敘事的巨大反差：在民族主義敘事中，租界是恥辱；而在現代化
敘事中，租界無疑又是展示西方文明的鮮活「櫥窗」。

　　正是在這一背景下，外國人在中國租界頻繁地開設無線電收發報臺，嚴
重干擾了中國電政環境，政府雖屢次交涉，但收效甚微。「在華外人，深覺中
國人之易欺，乃各自裝設電臺……或以軍用為名，或借報告氣象為辭，擅收
電報，擾亂空間秩序，無所忌憚。其間迭經交涉，或則頑抗，或則狡辯，卒

〔註45〕 1843 年 11 月 17 日，根據《南京條約》和《五口通商章程》的規定，上海正
　　　　 式開埠。1845 年 11 月 29 日，清政府蘇松太兵備道、上海道臺宮慕久與英國
　　　　 領事巴富爾（George Balfour）共同公佈《上海土地章程》（也稱《上海租地章
　　　　 程》）（The Shanghai Land Regulations），設立上海英租界。此後，美租界、法
　　　　 租界相繼在上海闢設。1854 年 7 月，英、法、美三國成立聯合租界。1862 年，
　　　　 法租界從聯合租界中獨立。1863 年，英美租界正式合併為公共租界。在租界
　　　　 中，外國人投資公用事業，興學辦報。租界當局負責市政建設，頒佈一系列租
　　　　 界管理的行政法規。租界也成了中國人瞭解和學習西方文化制度的一個窗口。
〔註46〕 趙曉耕：《近代不平等條約與清末法制的變革》，《浙江社會科學》1999 年第 1
　　　　 期。

無結果。」〔註47〕

　　無線電廣播與無線電收發報機又有很大不同。它是面向不特定受眾的大眾傳媒，是可以隨意「越界」的大眾事業，比無線電收發報臺的傳播和接收區域更廣。任何人只要擁有一臺收音機（Radio），即可以成為廣播電臺的聽眾，這是中國政府不能容忍的。1923年3月7日，北洋政府交通部致電各地電政機關，要求查處外國人私設電臺事。3月12日，天津業餘無線電學會主席歐爾曼在回英格蘭途中來到上海，會見了奧斯邦和《大陸報》編輯等人，告訴他們天津方面已請求北洋政府交通部考慮修改現有的限制無線電法令，但迄無答覆。第二天，歐爾曼在奧斯邦電臺發表演講，要求所有業餘無線電愛好者竭誠支持津滬兩地的合作，以削弱中國政府限制使用無線電的政策。上海基督教青年會則在饒伯森博士的支持下，決定從3月12日起開展「無線電周」宣傳活動。但時隔不久，江蘇特派交涉員即收到交通部咨請外交部的飭知，令其「嚴行取締上海西人所設之無線電學會及公司」（即上海國際無線電學會和中國無線電公司，包括奧斯邦所辦的廣播電臺）。〔註48〕但租界當局顯然並未採納中國政府意見，下令奧斯邦電臺停播。而是任其自生自滅。

　　永安公司樓頂的電臺本為奧斯邦電臺的變身。其合作方永安公司作為上海灘出現的第二家大型百貨公司，是在香港英署註冊的華商企業，雖地處租界，卻恪守中國法律。永安公司沒有像奧斯邦那樣，不辦理任何手續即私自建臺，而是分頭呈請英美領事，希望轉請上海交涉公署給予查照立案，沒想到這一守法行為卻引來無窮後患。「農商、交通兩部竟大打電話，以吾國無線電報電話規則尚未公佈，礙難任其設立。」〔註49〕最後由北洋政府、英美領署、上海總商會各方面交涉數月，電臺以被拆卸了事。深諳中國官場習氣並熟習上海電臺情況的曹仲淵對此頗有感觸，認為「倘當時該公司不事呈請，自由建設，吾政府諸公或竟裝聾作啞，不加干涉，何至畫蛇添足，鬥此閒氣。此吾略知吾國官場習氣及歷年來政府對於國內、歐美、日本、私立電臺之態度者，皆有此論調也。」〔註50〕

〔註47〕王崇植、惲震：《無線電與中國》，文瑞印書館1931年版，第91頁。
〔註48〕此處主要參考郭鎮之：《中國境內第一座廣播電臺始末記》，《新聞研究資料》第34輯，1986年版。
〔註49〕曹仲淵：《三年來上海無線電話之情形》，《東方雜誌》第21卷第18號，1924年8月15日版。
〔註50〕曹仲淵：《三年來上海無線電話之情形》。

　　對於開洛電臺，交通部也幾次下文予以取締。1924 年 11 月，交通部頒發禁止無線電機進口的命令，分發津滬各海關嚴行搜查，規定非經特許，一律不准進口無線電機器，同時頒佈通令，重申廣播無線電事業一律照《電信條例》定為國有，「並擬在各通都大邑次第籌設廣播電臺，頒佈領照條例。是將來有志研究者，不患無實驗機會。在此條例未公佈之前，無論何人均不得私自購造無線電報接收機，籍以營業，或私自傳播。」〔註 51〕然而上述禁令在租界卻成為一紙空文，「禁令之威嚴愈凶，機器之來路愈旺。中國官廳之權力，本不能加諸租界，遂至天線愈掛愈多，裝置者愈無限制。」〔註 52〕每個人都心知肚明的事實是，政府的各項通令僅在華人方面發生效力，對租界內外僑的影響卻極為有限。

五、中國政府的應對之策

　　面對上海接二連三出現的外商電臺實驗廣播，北洋政府交通部一面不斷交涉，一面召集專門人員，參考中外成法，研究和籌劃釐定廣播無線電管制規則。在電臺創辦者資質問題上，「顧官辦則經費支絀，難保無虧累之虞；商辦則取締困難，難免生意外之弊。」〔註 53〕而對於收音機的管制問題，決策者們似乎也頗為猶疑。「顧自由售賣則取締之手續紛繁，委託專賣則恐中外詰責，二者亦各有利弊。」〔註 54〕經反覆研究，北洋政府交通部於 1924 年 8 月出臺了《裝用廣播無線電接收機暫行規則》。

　　《規則》對接收機（收音機）裝用地點做了明確規定：「只限於通都大邑及繁盛市鎮，惟軍事邊防、海防及政府或地方官廳示禁之區域不得裝設」。《規則》還要求，裝設收音機者須申領交通部核發執照，申請者除需將名字、住址、年歲、職業及商號性質如實填報外，「凡中國人民裝用接收機 receiver 者，應由其同鄉委任以上職官一人或六等以上殷實商號一家出具證書，以證明其請願書內所列各項均屬實在；凡僑華、外人裝用接收機 receiver 者，請願書內所列各項應由其本國公使、或領事、或同國籍之殷實商號二家為之證明」。

〔註 51〕曹仲淵：《三年來上海無線電話之情形》。
〔註 52〕曹仲淵：《三年來上海無線電話之情形》。
〔註 53〕葉紹藩擬稿：《北洋政府交通部電政司關於討論廣播無線電規則內容的簽呈》（1924），參見趙玉明主編《中國現代廣播史料選編》，汕頭大學出版社 2007 年版，第 20 頁。
〔註 54〕葉紹藩擬稿：《北洋政府交通部電政司關於討論廣播無線電規則內容的簽呈》（1924）。

　　這種實名製的廣播接收機管制措施，在當局可謂用心良苦，但其僅盯著治「標」——收音機，而不是治「本」——廣播發射電臺的法理思路，在那個存在諸多「特區」的時代，未免顯得避重就輕，不得要領。即便如此，《暫行規則》的出臺仍可解讀為當局默許了設立廣播電臺和出售、安裝收音機的合法性存在。只是這種明開實禁的繁瑣規定，實在不符合國際無線電通訊發展的潮流。基於此，1925 年夏季在瑞士舉行的國際無線電話同盟會議提出，「請求各國政府之仍然禁止人民擅用無線電話機者，即行收回此種禁令」。此舉被美國留學歸國的無線電專家方子衛先生〔註 55〕解讀為「此意實指吾國」〔註 56〕。

　　當然，回答政府是否允許私人設立廣播電臺，還要看政府的實際作為。早在 1921 年 12 月，上海基督教青年會「費九牛二虎之力，二百餘日之時，始領得此破天荒無線電話及無線電報之執照第一號」，即「輕便試驗演講用無線電報無線電話局執照第一號」，由時任交通部電政督辦的祝書元親自簽署。執照規定，「在該會上海試驗室建設無線電報無線電話聯合局二所，專為實驗之用。或在中國境內得將該二局自由遷移，惟須在同一城內建設。其設立期限，每次不得逾十日，僅以向公眾演講為目的。」〔註 57〕並規定該臺的最大天線電力為 5 瓦特，最大通信範圍為日間 5 海里，夜間 15 海里。1922 年，上海市基督教青年會幹事饒博森博士曾兩次試驗播音。〔註 58〕上海三育學校依此先例，得到了政府頒發的第二張執照。1924 年，天津日商義昌洋行申請開辦電臺，也順利獲得政府許可。這說明，北洋政府在開禁民營廣播前，已允許非營利性的實驗廣播電臺合法存在了。

　　與此同時，各級政府醞釀已久的官辦廣播陸續創辦，相關規定紛紛出臺。1923 年 3 月 17 日，哈爾濱《濱江時報》發佈消息稱，「本埠無線電臺……任北京交通大學無線電科之劉瀚為副臺長主持其事。現在，擬增加下列數項：

〔註 55〕方子衛（1902～1990），浙江鎮海人，無線電工程專家，公派留美碩士。上海南洋大學畢業後，赴美國留學，獲密歇根大學碩士學位，並獲西屋公司特許工程師證書。回國後先後任吳淞無線電臺處長、國民政府交通部技師、中國無線電工程學校（China Radio Engineering College）校長、中國業餘無線電社社長等職。1949 年後離開大陸。著有《方子衛無線電言論集》。
〔註 56〕方子衛：《世界無線電話事業之發展與吾國應取何種進行政策》，《學林》1925年第 2 卷第 1 期。
〔註 57〕曹仲淵：《三年來上海無線電話之情形》。
〔註 58〕《青年會將試演無線電音樂》，《新申報》1923 年 3 月 6 日。

（一）遠東通訊……（二）行市通訊……（三）無線電話。……現該臺擬就
哈埠市內，於重要機關設置電機，如中俄各戲園中各設電線一架。聞此項話
機該臺即能自製，每架約值七八十元。」〔註59〕1926 年 9 月，東北無線電話
監督處上呈「《廣播無線電條例》、《裝設廣播無線電收聽器規則》、《運銷廣播
無線電收聽器規則》三個法規，得到鎮威上將軍公署的批准，同意頒行。」〔註
60〕三項法規共 44 條，其中規定「任何個人或機關不得在東三省境內私運、私
售或私設無線電機器並經營廣播無線電事業。」〔註 61〕這就進一步確立了官
辦廣播的唯一合法性。10 月，官辦的哈爾濱廣播電臺試播。

　　值得一提的是，在廣東，廣州國民政府於 1926 年 9 月 25 日頒佈《無線
電信條例》。其中第四條規定：「廣播無線電話事業及廣播無線電話收音臺由
政府設立，管理局另定規則管理之。」「第五條，除廣播無線電話收音機外，
個人或團體機關如欲設立無線電發報或收報臺者，需先呈報建設廳。如有下
列理由之一，經核准給予執照，方得設立。惟所給執照得隨時取消之。甲、
行駛海洋及沿海各口岸之船隻為謀航行上之安全。乙、個人或教育機關為研
究試驗之用，其研究試驗之方法確與無線電學前途有重大關係者。丙、個人
或團體機關因特殊情形經建設廳認為有設立電臺之必要。」〔註 62〕這一條例
與北洋政府的《電信條例》在法理思路上相近，又較之有明顯進步，即明確
了「廣播無線電話事業和廣播無線電話收音臺」及「廣播無線電話收音機」
的設置和管理規則。同年底，廣州國民政府交通部成立，並在其組織法中規
定「交部主管全國無線電政事宜，且特設管理處主管之。」〔註 63〕但由於當
時廣州國民政府的控制區域僅限於廣東地區，法律適應面較小，未能推及全
國。〔註 64〕

〔註59〕陳爾泰著：《中國廣播史考》，中國廣播電視出版社 2008 年版，第 26 頁。

〔註60〕陳爾泰：《中國廣播之父——劉瀚傳》，中國廣播電視出版社 2006 年版，第 118
　　　　頁。

〔註61〕《遼寧省志·廣播電視志》，遼寧科學技術出版社 1998 年版，第 53 頁。

〔註62〕參閱「國家圖書館藏民國法律相關資料」電子資源。http://res3.nlc.gov.cn/roclaw/
　　　　jj.jsp?bookid=Z-016004。

〔註63〕《陸桂祥氏——希望中央根據法律解決》，《電友》1929 年第 5 卷第 2～3
　　　　期。

〔註64〕1926 年 11 月 8 日，國民黨中央政治會議決定把中央黨部和國民政府遷往武
　　　　漢。同年 12 月 5 日，國民黨中央正式宣佈中央黨部和政府停止在廣州辦公，
　　　　各機關工作人員分批前往武漢。廣州國民政府的歷史使命隨之結束。

循此條例，1927 年 8 月 12 日，廣州市市政委員會委員長林雲陔提議籌辦廣州無線電播音臺，經市政委員會會議通過並開始籌建，但直到兩年後該臺才開始播音。

此外，1927 年 5 月 15 日，官辦天津無線廣播電臺選址天津的英租界博羅斯道與內比爾道交口（今煙臺道與四川路交口），正式對外播音，呼號 COTH，發射功率 500 瓦，主要播出曲藝、戲曲、新聞等。〔註65〕同年 9 月 1 日，北京廣播電臺正式播音，呼號 COPK，發射功率初期為 20 瓦，後增至 100 瓦，除 20 分鐘的新聞外，主要播送唱片，有中西音樂，戲曲和京劇等娛樂節目。1928 年 6 月北京更名為「北平」，該臺也隨之改名為「北平廣播無線電臺」。1928 年元月 1 日，瀋陽廣播電臺正式開播，發射功率 2 千瓦，呼號 COMK。廣播電臺的覆蓋區域在不斷擴大。

第二節　國人自辦電臺的嘗試

外國商人來華設立廣播電臺，違反了中國的無線電法律，踐踏了中國的電信主權，但也對國人自辦無線電事業起到了一定的引領和示範作用。1924 年後，一些無線電愛好者通過不懈努力，創辦起實驗性的廣播電臺，繼而正式開播節目。「華商廣播的出現，在模仿、學習西方無線電技術適應現代生活的同時，也在與外商角逐中增長了技術水平，衝破了北洋政府管理的設限，改變了外商獨攬電臺的局面。」〔註66〕

一、從實驗廣播到正式建臺

為了盡快掌握西方的先進技藝，中國從晚清時期就開始向歐美國家公費派出留學生。這些學生學成歸國後，很多成為國家的棟樑，並為推動西方科學技術的在華傳播起到了很大作用。中國科學社（1915～1960）就是留美學生建立的一個志在傳播科學的民間組織。它不僅是近代中國歷史上第一個民間綜合性科學團體，也是近現代中國歷史上規模最大、影響最廣的科學團體。中國科學社初名科學社，是由一群庚款留美學生 1915 年在康乃爾大學

〔註65〕南京國民政府統一北方後，1929 年 8 月，天津廣播無線電臺由天津市政府接管，改名為天津特別市廣播無線電話局。

〔註66〕汪英：《聲音傳播的社會生活——1927 年至 1937 年的上海廣播演變軌跡》，《社會科學家》2006 年第 1 期。

組織創辦，旨在「提倡科學，鼓吹實業，審定名詞，傳播知識」。主要發起人爲任鴻雋、趙元任、楊杏佛（楊銓）等九人，任鴻雋爲首任社長。1918 年，科學社自美國遷回中國，總社設於南京高師（現名南京大學）。1924 年 6 月中旬，中國科學社理事會成立，推舉方子衛等五人爲委員，竺可禎任理事會書記，並議決立即組織研製無線電話機。同年 7 月 10 日，中國科學社在南京開會，由朱其清試驗剛建成的無線電話。方子衛則在上海用無線電話向南京中國科學社作了題爲《無線電的趨勢與用途》的演講。首次試驗良好。由中國人自主設計的首臺無線電話機的建成，極大地鼓舞了國內的無線電愛好者們。

　　與此同時，上海的蘇祖國兄弟也已經成功研製出了礦石收音機。開洛電臺播音之初，蘇祖國便第一個給《申報》趙君豪去信，探討播音節目問題。趙君豪隨後登門拜訪，發現了他個人研製的收音機，驚歎其爲「非常之才」〔註67〕。

　　蘇祖國（1904～1984）原籍福建永定，生於上海，父親蘇筠尙曾任上海縣商會副會長，母親曾澤新爲近代史上被譽爲「愛國老人」的曾鑄之女。蘇祖國兄弟姐妹六人，他排行第四。在父母一代「實業救國」理念的影響下，1922 年，蘇祖國高中畢業後就業於正利銀行，業餘時間則與兄弟蘇祖圭、蘇祖修研習無線電技術。1923 年，蘇祖國考入美國萬國函授學校，攻讀無線電專科，旋即裝成一架礦石機，接著從單管機開始向多管機發展。同年，蘇氏兄弟籌集資金，在家中開設工場，次年在住宅花園裏建造廠房，添置機器設備，增添工人，生產無線電原件。另租賃江西中路 323 號三層樓房爲門市部，以英文「愛好者之家」Amateur's Home 的前三個字母 AMA 的諧音「亞美」爲名，開辦亞美股份有限公司，經銷原件、材料、工具、儀表和無線電專業書籍。在「大陸報——中國無線電公司」和「新孚洋行」相繼開辦廣播電臺後，蘇祖國和蘇祖修兄弟又買來書籍和零件，自行裝設了一架能在耳機中收聽無線電訊號的礦石收音機。在組裝收音機的過程中，蘇氏兄弟發現，國外進口的諸多元件價格昂貴，實際卻易於製造，於是萌生了自己動手製造元件的念頭。隨後，兄弟幾人相繼研發出質量優良、價格相對低廉的電容器、礦石架、線圈等電子產品，並委託「新中華電氣公司」和「依巴德電料行」代售。蘇

〔註67〕趙君豪：《記〈申報〉播音》，《無線電問答彙刊》，1932 年 10 月 10 日第 19
　　　　期。

氏兄弟也因此成爲中國生產無線電原件的創始人〔註68〕。

亞美公司不斷引進新技術、新工藝、新材料，以提高質量，降低成本，增強競爭能力。由於自產器材價格比進口貨低廉，引來眾多無線電愛好者爭相購買，生意興隆。1926 年 3 月 20 日，上海滬江大學爲該校科學會發行科學年刊募捐，在該校舉行小規模的遊藝會，並在會上用亞美公司的收音機現場收音，「發音極清晰響亮」。〔註69〕同年，蘇氏兄弟又在上海中華路大南門附近自設 50 瓦實驗電臺，呼號 RAA，用滬語報告，播送音樂。〔註70〕【圖片爲 1926 年第 2 卷第 7 期上海《電友》雜誌登載的亞美電臺廣播實驗的報導】此次實驗廣播無疑爲亞美公司日後進軍廣播業積纍了寶貴經驗。同年 4 月，浙江餘姚紳商何聯第等擬出資購置一架無線電話播音臺，「播放無線電話，通達商情」。但在呈請浙江電政監督後，卻被當局以「與《電信條例》第三條之規定不符」的理由而拒批。〔註71〕

該來的遲早要來。中國人創辦的新新公司實驗電臺也開播了。

1927 年 3 月 18 日上午 9 時 30 分，上海新新公司百貨大樓的六樓大廈屋頂裝設的一座無線廣播電臺開始對外播出音樂節目。電臺呼號 XGX（後改爲 XLHA），發射功率 50 瓦，波長 370 米，每天播音 6 個多小時。除新聞和商情報告外，還有音樂、粵調、蘇灘等娛樂節目，京劇名演員、名票友也常

〔註68〕蘇祖堯：《中國第一家電子工業——亞美機電股份有限公司》，引自中國人民政治協商會議上海市徐匯區委員會文史資料工作文員會編《徐匯文史資料選輯·工商經濟專輯》（第四輯），1990 年版，第 4 頁。

〔註69〕《滬大遊藝會記》，《申報》1926 年 3 月 23 日版。

〔註70〕《上海又有新廣播無線電臺發現——吾國人所設，呼號爲 RAA》，《電友》（民國十五年七月出版）1926 年第 2 卷第 7 期。

〔註71〕任白濤：《綜合新聞學》，商務印書館 1941 年版，第 668 頁。

應邀到電臺演唱。雖然不能確定新新電臺是否申領過北洋政府的廣播執照，但一般認為，這是中國人自主創設、且正式持續播音的第一家民營電臺。

新新公司為澳大利亞悉尼僑商劉錫基和李敏周於 1926 年創立，位於上海市最繁華的南京路中段，是民國時期上海著名的四大僑商百貨公司之一〔註72〕，也是四家中唯一向中國政府註冊的百貨公司，經營的主打產品都是國貨精品。〔註73〕之所以產生創辦廣播電臺的念頭，主要是為了推銷本公司經營的無線電器材，同時也是為了與其它百貨公司競爭採取的創新手段。在此之前，開洛電臺已開播近三年，「無線電話播音消息、音樂、歌曲等，頗為社會人士所歡迎。」新新公司的無線電工程師鄺贊〔註74〕有鑒於此，「獨出心裁，創制特式無線電發音機」〔註75〕，用於公司的廣播實驗。廣播機是鄺贊用公司經營的無線電器材和開洛公司提供的無線電線路圖，用 211 式真空管裝置的，一時在上海商界傳為佳話。

新新電臺一開播，就對節目的安排有通盤考慮：〔註76〕

時　間		節目內容	備　註
上午	9：30～10：30	新友社各種雜調	
	10：30～11：00	國內外重要新聞	
	11：00～12：00	著名粵調西調	
	12：00～12：30	新新公司商業特別行情	
下午	14：30～16：00	張素蘭特別蘇灘	
	16：15～17：00	范少山男女蘇灘	
	18：00～18：30	周筱紅女子雜調	
	21：00～22：00	范少山男女蘇灘	
星期日	上午 10：00～11：00，新新公司德育演講；下午照常		注：每月初一更換一次

〔註72〕四大百貨公司按照開業的先後順序依次為先施公司、永安公司、新新公司和大新公司。

〔註73〕四大百貨公司的創辦者皆為澳洲華僑，且都是廣東香山人，但先施、永安、大新公司都是在香港向英國殖民當局註冊，永安公司後又改向美國註冊。

〔註74〕鄺贊（1892～1958），廣東臺山人，中國著名電影技術家，電影事業家，天才的發明家。他不僅精通廣播技術，還醉心電影技術研究，曾成功試製電影錄音機「鄺贊通」，同時還發明了「鏡神經」等一系列方便電影拍攝的小裝置。

〔註75〕《新新公司無線電話今日播音》，《申報》1927 年 3 月 19 日。

〔註76〕《新新公司無線電話今日播音》。

與開洛電臺中西雜燴的節目設置相比，新新電臺的節目已完全是中國內容，中國趣味。

不僅如此，該臺還長期致力於國語推廣工作。1927 年，南京國民政府為統一全國語言，成立了全國國語教育促進會，開展推廣國語的運動，並開辦無線電國語傳習會，於 7 月 18 日下午八時在上海新新公司無線電播音室舉行開幕式，播送《國語運動歌》，開講國語課程。〔註77〕1928 年 3 月 24 日至 6 月 10 日，新新公司電臺又於每周二定時播出國語傳習節目。第二屆傳習會於同年 12 月 13 日晚 8 點起在新新公司電臺開幕，之後每周一至五晚 8 時，都根據《無線電話新國語課本》教授國語節目。

新新公司電臺有時還免費播送中國播音協會的節目。

1928 年 10 月，新新公司又聘請李介夫為電臺播音員。李介夫是江蘇武進人，曾用名李介甫、李嘉富、李國柄，是解放前上海廣播界從業最早且時間較長的一位播音員兼廣告業務員。他以親切的海派播音風格為聽眾所熟知，被聽眾親切地稱為「姐夫」〔註78〕，並曾獲得「播音皇帝」的美譽。

「播音皇帝」李介夫

同年底，北京也出現了一家民營的廣播實驗電臺，即由燕聲無線電業社開設的燕聲廣播電臺。該臺呼號 XGKD，電力起初僅 15 瓦（1936 年加大到 150 瓦），主要靠廣告收入維持營業，日播音 12 小時，除了 80 分鐘的政治教

〔註77〕《電傳國語今日開幕》，《申報》1927 年 7 月 18 日。
〔註78〕參見卜谷圍：《播音圈裏》，《聞書周刊》1938 年第 1 期。

育、新聞和宗教節目外，其餘均爲娛樂節目，中間還插播大量廣告〔註79〕。

二、早期的廣播聽衆

　　早期上海租界內的無線電廣播，在聽衆中反響熱烈。奧斯邦電臺開播前，由於早有《大陸報》爲其造勢，因而在當晚播出時，位於上海四川路的中華基督教青年會大樓禮堂內，饒伯森博士〔註80〕裝設的一架收音機前，已經有500 多名中外聽衆聚攏在一起，見證了這一歷史性時刻。「饒伯森教授在音樂會開始前發表了簡短講話。準 8 點時，他的講話被無線電傳出的聲音打斷了。從那時開始，一個多小時，一大批聽衆驚訝地坐著，對當代最新奇跡又驚又喜。饒伯森教授的接收機裝配得很好，音樂會從頭到尾毫無故障地傳給了聽衆。」〔註81〕其中就有中國商界精英、中國商會會長聶其傑〔註82〕等。當晚也有一些聽衆（主要是駐滬的外國人）在家裏安裝有收音設備。

　　外商在上海、天津租界的電臺廣播，給中國人上了一堂生動的無線電播音課，也爲無線電器材的銷售營造了良好氛圍，一時間「滬地人民裝設頗廣」。當時，「收音機持有者常邀請友人用自己的耳機聽廣播作爲一種時髦的招待。有一位叫門那·西勒斯的歌唱演員在首次演播的激情中還創作了一首曲子——『聽廣播』，經播出後風行一陣。廣播接收機的數量很快增加到一千多臺。」〔註83〕

　　廣播以聲音爲媒，架起了電臺傳播者與素不相識的聽衆之間的橋梁。在

〔註79〕北京市地方志編纂委員會編：《北京志·新聞出版廣播電視卷·廣播電視志》，北京出版社 2006 年版，第 22 頁。

〔註80〕饒伯森博士（Robertson, Clarence Hovey 1871～1960），原任美國普度大學（University of Purdue）機械工程教授。1900 年來華，任天津青年會幹事，後去上海基督教青年會，前後在華的時間長達 30 年。饒伯森擅長演講，曾到京津各校介紹西方近代體育之各項球類及田徑運動，宣講體育之作用，致使「各項體育活動鵲起」。他還曾經多次發表演講，支持無線電廣播事業的發展，並親自裝配收音機，在上海基督教青年會進行廣播實驗。

〔註81〕參見《舊中國的上海廣播事業》，第 8 頁。

〔註82〕聶其傑（1880～1953）字以行，又名雲臺，湖南衡陽人。幼年隨父聶緝架（蘇浙皖三省巡撫）居滬上，曾從英人學過英語。1893 年歸原籍應童子試，中秀才，以後又學過電氣、化學工程，大半生致力於經營近代企業，曾取得巨大成功。1918 年當選華商紗廠聯合會副會長，1920 年被選爲上海商會會長。

〔註83〕郭鎮之：《中國境內第一座廣播電臺始末記》，《新聞研究資料》第 23 輯，1986年 8 月出版。

奧斯邦電臺首播不久，就吸引了一名位高權重的中國聽眾，他就是曾任民國大總統的黎元洪。1923 年 9 月黎元洪到上海後，饒伯森博士親自爲他演示無線電收音技術。而在 1924 年開洛公司大張旗鼓廣播並借《申報》大作廣告後，該公司的收音機開始銷往很多地方，包括杭州、長沙、漢口等地。至 1925 年 5 月，僅上海「裝有收音機之人家，雖無確數，然約略計之，當在三千以上，吾人過修長之霞飛路，見兩旁樹木掩映，屋頂有線高矗者，均裝有收音機也，而狄思威路一帶，幾於家家戶戶，盡裝天線，成績尤可觀也。」〔註 84〕不僅如此，1925 年，萬國無線電會還在上海虹口組織了一場無線電展覽會，會場陳列了各式無線電收音機、放大器還有送電器等，並現場傳播音樂，參觀的人絡繹不絕。1927 年，有報導稱上海已有收音機一萬架。「城中運音機入口之商人，有 50 家，專營此業者，有 25 家。」〔註 85〕不過這些商行和收音機擁有者多爲租界的外國人。

京津兩地的收音機市場也因官辦電臺和民營電臺的開播而活躍起來。1927 年 7 月，日商義昌洋行率先在北京售賣收音機設備及無線電器材，並在《晨報》大作廣告：

> 近來滬、連、津、京各地先後設立廣播無線電臺（即無線電話放送臺），逐日放送音樂、戲劇、歌曲、新聞、行市、演講等。本行（義昌洋行）爲便利京中各界起見，在京首先發售各種最新式收聽器及其附屬零件等，並備有專門工匠包辦安裝天線、地線，各工程兼售一切普通電料，代辦各種電氣工程，價廉貨精，尚祈賜顧。

> 〔註 86〕

但由於日本生產的收音機售價高昂，北京的收音機銷售狀況比上海要相差很多。1928 年 6 月底的統計數據顯示，北京市銷售收音機的商店有 45 家，但裝有收音機的只有 190 多戶。〔註 87〕

總體上看，廣播事業在我國興起的頭幾年，雖然聽眾對其興趣濃厚，但收音機的普及程度卻不像美國那樣，「城市居民無論矣，即農夫、走販之家，

〔註 84〕芳芙：《無線電話》，《申報》1925 年 5 月 27 日。

〔註 85〕《上海無線電收音機之發展：裝置者已及萬架（錄交通日報）》，《會報》1927 年第 30 期。

〔註 86〕《無線電話收聽器來京發售啓事》，《晨報》1927 年 7 月 22 日版。

〔註 87〕參見喻山瀾：《從〈晨報〉看北京早期的無線電廣播》，《新聞研究資料》1989 年第 1 期。

每喜裝置一收話機，依報所載，按時收聽，以供家庭娛樂。」〔註88〕據 1929
年 12 月出版的《中央廣播無線電臺年刊》〔註89〕附錄部分全國廣播電臺調查
表顯示，當時的南京、杭州、瀋陽、哈爾濱、天津、北平、廣州七大城市附
近收音機約數分別為 300、100、1000、3000、3000、1000、100。顯然，與中
國當時的人口數相比，這只是一個微不足道的數字。

　　至於為何中西方廣播事業尤其是收音機的普及情況如此懸殊，當時的業
內人士給出了符合實際的解釋。時任開洛電臺播音主任的曹仲淵認為，西方
無線電廣播的發達，是由於遵循「官許商辦及一種特殊之條例。商家遵此許
可，人民循此條例，則播送站之踴躍，收話機之推銷，以及機器藝術之進步，
皆不期然而然」；〔註90〕而中國之所以不發達，甚至主權嚴重受損，很大程度
上是由於政府的管制過嚴。他一針見血地指出，「故今日吾無線電界同志最急
切之任務，即為機器之製造。北京政府欲事事收歸國有，大而無當。若其有
當，則民國九年四月間中華無線電公司督辦丁綿在滬大登廣告購地開廠之計
劃早已實現，何致時至今日，北京當軸鰓鰓然尚有官辦無鉅資，商辦唯恐外
股混入之考慮。」〔註91〕

　　而無線電器材在進口、安裝等環節的層層加價，是中國本土收音機價格
高昂、難以普及大眾的主因。由於起初的廣播無線電機件都是禁品，不能進
口，上海「充滿無線電機件者，咸屬私運無疑。」〔註92〕收音機不是一般家
庭所能承受的。1923 年奧斯邦電臺開播時，「聞受話器（即收音機，筆者注）
之價格，多少不一，大概不過五十元至二千元而已。家庭用者，可購二百元
乃至四百五十元者，裝置約需五十元云。」〔註93〕而同年清華學校和燕京大
學對北京西郊成府村的抽樣調查顯示，每個家庭的一年實際用度平均為 135
銀圓，即每月 10 圓 2 角。〔註94〕也就是說，一臺收音機的價格，約等於當時

〔註88〕 曹仲淵：《三年來上海無線電話之情形》。

〔註89〕 《中央廣播無線電臺年刊》由中國國民黨中央廣播無線電臺 1929 年 12 月編
　　　　印。全書分「論著」、「專載」、「紀事」、「報告」和「附錄」五個部分。

〔註90〕 曹仲淵：《三年來上海無線電話之情形》，《東方雜誌》第 21 卷第 18 號（1924
　　　　年 8 月 15 日）。

〔註91〕 曹仲淵：《三年來上海無線電話之情形》，《東方雜誌》第 21 卷第 18 號（1924
　　　　年 8 月 15 日）。

〔註92〕 朱其清：《滬上廣播無線電事業概論》，《電友》1925 年第 1 卷第 6 期。

〔註93〕 《無線電話收音之成績》，《新申報》1923 年 2 月 8 日第 10 版。

〔註94〕 陳達：《生活費研究法的討論》，《清華學報》第 3 卷第 2 期。

一個普通家庭兩年的總支出。可見這種依靠進口設備而維持的現代傳媒,要
想真正實現普及大眾,不僅需要體制層面的變革和國內無線電研發水平的跟
進,而且還需百姓生活水平和平均收入的普遍提高。

第二章　漸入佳境

　　1927 年 3 月 24 日，蔣介石統帥的北伐軍由南京中華門開進市內，次日蔣介石到達南京，26 日又乘軍艦抵達上海。4 月 12 日，蔣介石在上海發動政變，大量逮捕和屠殺共產黨。18 日在南京宣佈另立中國國民黨中央，組織政府，並發表《告民眾書》。8 月 19 日，武漢國民黨中央在擴大會議後發表《遷寧宣言》，宣佈同南京國民政府合併，史稱「寧漢合流」。〔註1〕次年 2 月，蔣介石在國民黨二屆四中全會上正式宣佈國家進入了「以黨治國」的訓政時期，自此形成一黨專政的政治體制。至 1937 年抗日戰爭全面爆發前，在國民黨統治的地區，政治、經濟等方面的建設皆取得一定成就，整體環境爲 1840 年以來的最高水平。民營廣播作爲政府允許的一種合法存在，也隨著現代都市的崛起和工商業的繁榮而進入一個快速發展時期。

第一節　「訓政」框架內的廣播法制探索

　　「訓政」時期的國民黨政府號稱「依法治國」，並於 1927 年 5 月在南京設立中央法制委員會，意圖以法律法規監管各項社會事業。此舉對規範和馴化民營電臺起到了一定作用。企業或個人只要符合規定，皆可申請創辦廣播電臺。

　　民營廣播事業「合法」身份的獲得，無疑具有重要的歷史意義。但在具體實施過程中，也出現了諸多問題。從政府管理層面看，部門利益之爭導致了電臺的規管不順，政府權限過大則使民營電臺在受到公權侵害時難以自

〔註1〕資料來自中國第二歷史檔案館編：《蔣介石年譜》，中國檔案出版社 1994 年版。

保：一方面，違規設臺在上海等地屢禁不止；另一方面，合法電臺受到非法電臺和政府的雙重擠壓，生存不易。

一、民營電臺管轄權之爭

1927 年 5 月，南京國民政府交通部正式成立並運行。同月，交通部在上海設立電政總局，管理全國電報電話和無線電等事業。各省原有的電政監督一律裁撤。「關於國際電信事務，由上海電政總局直接交涉辦理。至商辦電話電燈電車各條例，悉行改訂新章。俟交法制委員會修正後，提交中央政府通過公佈。」〔註 2〕

然而時過不久，1928 年 6 月，國民黨中央政治會議臨時會議決定，包括無線電廣播在內的無線電事業改由新成立的建設委員會管轄。8 月，建設委員會設立無線電管理處，管轄中國境內及國際間包括廣播電臺在內的全部無線電事業；同月，建設委員會公佈《中華民國無線電臺管理條例》，規定廣播電臺「得由人民設立」。11 月又頒行《中華民國無線電臺呼號條例》，宣佈根據 1927 年華盛頓國際無線電報會議的規定，中華民國治權所達之處，電臺呼號應在 XGA-XUZ 字母範圍之間。12 月 13 日，建設委員會頒佈《中華民國廣播無線電臺條例》，規定「廣播電臺得由中華民國政府機關公眾或私人團體或私人設立，但事前須經國民政府建設委員會無線電管理處之特許，違者由當地負責機關制止其設立」。〔註 3〕條例還把廣播無線電臺分為兩種，一種是以營業為目的，須向本地領有收音機執照之聽戶徵收收聽費的，這種電臺一地只能限設一座；一種是經費完全自給，不再向聽戶徵收收聽費。條例申明，廣播電臺的業務範圍包括：「一、公益演講；二、新聞、商情、氣象等項之報告；三、音樂、歌曲及其它娛樂節目；四、商業廣告，但不得逾每日廣播時間十分之一」。「廣播電臺不得廣播一切違背黨義、危害治安、有傷風化之事項」，「政府如有緊急事件須即廣播者，私家廣播電臺應為盡先廣播，不得拒絕，但得酌量收費。」「無線電管理處於必要時得收管或停止私家之廣播電臺」。「廣播電臺對於無線電管理處稽查員隨時入臺檢查時不得拒絕」。〔註 4〕廣播電臺若兼營租售收音機之商業，還需按照無線電品營業規則。」

〔註 2〕《交通部行政一班》，《上海總商會日報》1927 年第 7 卷第 6 期。
〔註 3〕《建設委員會頒佈中華民國廣播無線電臺條例》（1928 年 12 月 13 日），參見《舊中國的上海廣播事業》，第 173～176 頁。
〔註 4〕《建設委員會頒佈中華民國廣播無線電臺條例》（1928 年 12 月 13 日）。

可以看到，上述政策更多著眼於限制民營電臺的權利，而對政府權責範圍的界定卻較爲籠統，司法者在實踐中不易掌握。這也就爲政府管理者隨意處置民營電臺提供了「法律」依據。但《條例》在形式上把政府機關和「私人團體」申辦廣播電臺置於同樣地位，則顯示出時代的進步，也體現了政府欲以法制手段管理廣播事業的初衷。

頗具諷刺意味的是，當建設委員會的立法活動緊鑼密鼓地推進之時，交通部作爲過去主管電信事業的機關（此時仍管轄有線電信業務），卻在建設委員會接收無線電事業之初就採取了不合作態度。因爲直至此時，交通部組織法第六條「電政司掌管全國電報話無線電」的規定仍無任何變更。即按法律規定，交通部仍執掌全國無線電事業。這與建委會的新職能無形中構成了尖銳衝突。

對此，交通部一面延緩機構之間的各項交接，一面又大造輿論，公開與建設部唱對臺戲，並指責建設部「陽以建設爲名，陰做破壞之舉，紊亂系統，爭奪權利，竟以交部已設電局電臺之處另設無線電臺，專收商報。復恐難操勝算，不惜減價求售。馴至國家營業，被其摧殘，交通專權，驟見分裂。」〔註5〕最終，由於建設委員會管理無線電的「法律基礎模糊，難以鑒定，人事關係紛雜，無線電技術不完善，並與數萬有線電人員的生計相關，面對一次次的請願和上書活動，1929年6月，國民黨第三屆中央執行委員會第二次全體會議做出決定，建委會管轄的無線電交還交通部。」〔註6〕

早在1929年4月，交通部無線電報話管理處已「未雨綢繆」，擬訂出了詳細的《廣播無線電臺機器裝設及使用暫行章程》和《廣播無線電話收聽機裝設及使用暫行章程》。「凡完全華商之公司或製造工廠，資本在20萬元以上設立廣播無線電臺以供廣播之用者」，均適用於《廣播無線電臺機器裝設及使用暫行章程》。《章程》要求，廣播無線電臺「除供作廣播新聞、宣傳、講演、商情、歌曲、音樂等項外，不得作其它任何通信之用。」〔註7〕《廣播無線電話收聽機裝設及使用暫行章程》則對裝設收音機的個人或團體有詳盡規定。「裝設收音機者爲中國人民時，應開具姓名、籍貫、年齡、職業、住址並取

〔註5〕《江西全省同人電》，《電友》1929年第5卷第2~3期。
〔註6〕張雲燕：《論1928~1929年國民政府建委會的無線電管理》，《河北大學學報》
　　　2006年第6期。
〔註7〕《舊中國的上海廣播事業》，第176~178頁。

－39－

具殷實鋪保，呈請交通部註冊，核發執照及註冊證。」「裝設收聽機者爲外國人民時，應開具姓名、籍貫、年齡、職業、住址並取具該館領事證明書，呈請交通部註冊，核發執照及註冊證。」〔註8〕

1931年4月，交通部修訂《廣播無線電話收聽機裝設及使用暫行章程》，規定凡欲裝收音機者均應登記，且不得任意變更收音機內的裝置作發報或發話之用。

1932年11月，交通部又頒佈《民營廣播無線電臺暫行取締規則》，主要有：

一、廣播無線電臺須經交通部頒發許可證後才能裝設。裝設完成後，電臺的工程機件及一切設備，須經交通部派員進行查驗，檢查合格並發給廣播電臺執照後才能播音。

二、凡中華民國之公民，完全華商之公司，經在國民政府立案之學校、團體或其它合法之組織，得在中國境內設立廣播電臺，但須呈交通部領得許可證後始得裝置。其非完全華商之公司及非完全華人國籍之團體，須經在國民政府註冊領有註冊證書者，始得請領許可證在中國境內設立廣播電臺。

三、廣播電臺的執照不得移轉頂替或租讓。

四、廣播電臺的呼號與所用頻率由交通部指定。

五、廣播電臺不得擾亂或妨害國有陸海空及公眾通信電臺業務，不得播送虛假及未經證實的消息或新聞，不得傳遞私人消息，不得播送危害治安或有傷風化的一切言論、消息、歌曲、文詞與擾亂其它廣播電臺的播音等等。其業務範圍有公益演講，新聞報告（必要時交通部得制止之），音樂、歌曲及其它節目，商業報告（不得逾每日廣播時間十分之二）等。」

……

「凡違反本規則中任何一條者，交通部按其情節的輕重，予以下列處罰：停止播音；取消執照；沒收機件，並處以50元以上2000元以下的罰金。」〔註9〕

〔註8〕《舊中國的上海廣播事業》，第179頁。
〔註9〕《舊中國的上海廣播事業》，第185頁。

1936 年 2 月，交通部下令一律不許民營電臺增加電力，理由是防止「發生電波互擾情事，整理困難，殊足以妨礙整個廣播事業之發展」。〔註10〕

在國民黨執政者看來，無線電廣播作為「宣傳之利器」，必須承擔起嚮導國民、文化教育等「載道」之職，更須主管機構成立專門機關，對其日常播出進行指導。為此，1935 年底，由國民黨中央執行委員、常務委員陳果夫和葉楚傖兩人連署，提請國民黨第五屆中央執行委員會第三次常委會決議，設立「中央廣播事業指導委員會」，並在 1936 年 2 月 6 日第五次國民黨中常會上通過了組織大綱，由國民黨中央廣播事業管理處、中央宣傳部、中央文化事業計劃委員會、軍事委員會、交通部、內政部、外交部、教育部各推代表組成中央廣播事業指導委員會，陳果夫任主任委員。該委員會於 1936 年制訂並由交通部頒佈的《指導全國廣播電臺播送節目辦法》，從「編排節目」、「節目內容」、「播送時間」及「附則」四方面確立了廣播電臺的節目播出守則。在節目編排方面，要求各電臺須排定節目表並按期送審。每天播送節目的標題及播音員的姓名應將預定表（轉播「中央電臺」的節目除外）送「指委會」審閱。在節目內容方面，要求「（一）播音節目之成分：關於宣傳、教育及演講方面，公營廣播電臺應占多數，民營廣播電臺亦不得少於百分之四十；其娛樂節目至多不得超過百分之六十，廣告節目應包括在娛樂節目之內，不得超過娛樂節目三分之一。（二）各廣播電臺除娛樂節目外，對於宣傳、教育、演講節目應以國語播送為原則，暫時兼用當地方言者，應另加教授國語節目。（三）各廣播電臺不得播送有干禁例或偏激之言論、誨淫誨盜、迷信荒誕之故事及歌曲唱詞。」〔註11〕

在此基礎上，1937 年 4 月 10 日，國民黨中央廣播事業指導委員會又頒佈《暫定民營電臺播音節目時間標準表及說明》〔註12〕，對各電臺時間分配、節目安排、節目性質等皆有詳細要求：「節目內容成分之分配，計教育占 38%，娛樂占 62%，故娛樂節目中插播商情、氣象、警策語或各種小常識，適足補教育節目成分之不足。」〔註13〕兩天後，中央廣播事業指導委員會又公佈《播音節目內容播查標準》和《民營廣播電臺違背〈指導全國

〔註10〕《民營廣播電臺不准增加電力　交部昨訓令國際電信局知照》，《申報》1936年 2 月 29 日。

〔註11〕《舊中國的上海廣播事業》，第 227 頁。

〔註12〕《舊中國的上海廣播事業》，第 235 頁。

〔註13〕《舊中國的上海廣播事業》，第 237 頁。

廣播電臺播送辦法〉處分簡則》。《播音節目內容播查標準》共 10 條，規定了各廣播電臺的演說、歌曲、唱詞及廣告等所有節目中不得播放的禁止性內容。《民營廣播電臺違背〈指導全國廣播電臺播送辦法〉之處分簡則》共五條，規定了對民營電臺警告、停播、取消執照的處分標準。對不提前寄送審稿者、播音節目內容與審定稿本不符者，給予警告處分；對播送詆毀或違背政府法令，詆毀或違反國民黨主義的，給予停播一月或弔銷執照的處罰。

全面抗戰爆發前，國民黨中央廣播事業指導委員會還先後通過了《徵收收音機執照案》、《推進收音事業案》和《加強舊臺電力添建新臺及抗禦播音侵略案》、《教育節目材料標準》等。對新聞類節目，《教育節目材料標準》中明確要求，「國內外重要新聞均根據中央社稿或採用當地報紙上的『中央社電』或收錄中央電臺之廣播新聞」，即重要新聞信息的發佈必須與國民黨中央保持高度一致。

各地方政府也陸續出臺了一些針對民營電臺的管理法規。在民營廣播最集中的上海，鑒於廣播電臺之多和背景之複雜超出任何地方，交通部遂於 1931 年 2 月在上海成立國際電信局，承擔起上海市廣播電臺管理之責。該局設置專門人員和機構，管理上海的民營廣播電臺，負責校正波長、查驗機件、審核節目、發給許可證等，並設專人守聽上海民營廣播電臺的波長、節目等事項，由王葆和、陳俊武、黎智展、袁匡仁、王光烈等人具體負責。「該局為提高民族思想，特又收買大批黨歌及名人演講之灌音片，將來義務出借與各電臺播送，不取費用，藉資充實廣播內容。」〔註 14〕1936 年，交通部國際電信局撤銷，上海方面的廣播電臺交由交通部上海電報局管理。

至此，南京國民政府已形成較為系統的管理民營廣播的法規體系。從 1928 年《中華民國廣播無線電臺條例》中規定民營電臺對政府要求「不得拒絕」、「應為盡先廣播」，到此時的《教育節目材料標準》中嚴苛的新聞統制政策；從一種信息必須「得以廣播」而變為只能廣播一種信息；從最初只規定節目內容範圍而變為每日節目需經事先「審閱」，反映出南京政府的廣播統制越來越趨於嚴厲。

相比北洋政府時期，南京國民政府從廣播傳輸端到接收端都以立法的形式加以監管，其積極意義不言而喻。它確立了民營廣播及其業務的合法性和

〔註14〕《舊中國的上海廣播事業》，第 223 頁。

實踐標準，推動了民營廣播的發展。但其消極作用也不容忽視。首先，兩頭管控不僅提高了政府的行政成本，也消耗了大量不必要的人力物力。其次，由於租界等特殊地帶的存在，加上國內外各種政治因素不斷侵擾，政府在內外交困之下，對民營廣播的監管並不到位，一些時候採取的管控措施也欠缺考慮。有法不依，違法不究的情況屢有發生，相關機構的嚴肅性和正當性屢屢受到質疑。這不僅體現在租界內大量外商電臺的違法私建沒能及時糾正，更體現在一些國人自辦的民營電臺屢屢違反禁令，或私自設臺播音，或播出一些低級趣味的節目，或超量播放廣告卻沒有得到應有的懲處。民營廣播的繁榮與政府管理理念和方法的粗暴滯後，成為這一時期廣播事業發展中存在的突出問題。最後，它對民間裝設收音機的規定不但沒有簡化，反而更加繁瑣，不利於收音機的普及。

二、官辦廣播「老大」地位的確立

　　在頒佈各項法令，訂定民營廣播發展規則的同時，依靠政權的資源優勢，國民黨政府的官辦廣播獲得較快發展。到 1937 年抗戰爆發前，官辦廣播無論是在傳輸功率還是傳輸質量、節目水準方面都遠遠超出了民營電臺。

　　在首都南京，國民黨中央廣播電臺於 1928 年 8 月 1 日正式播音，全稱為「中國國民黨中央執行委員會廣播無線電臺」，簡稱「中央廣播電臺」。該臺隸屬國民黨中央宣傳部，呼號「XKM」（1932 年更改呼號為「XGOZ」），波長300 米，發射功率 500 瓦。開播當天，蔣介石、陳果夫等國民黨政要悉數到場祝賀並致辭，顯示出對廣播事業的高度重視。

　　電臺成立之初，即確立了「施政之喉舌」定位，所有新聞稿件均由國民黨中央通訊社提供，宣傳內容則以國民黨中宣部交辦的新聞和教化節目為主，並輔以部分音樂節目，沒有廣告，經費全部由國庫支撥。

　　國民黨中央廣播電臺背後的最有力支持者，是國民黨元老陳果夫（1892～1951）。陳果夫，浙江吳興人，陳其美兄長陳其業之子。受陳其美革命活動影響，陳果夫少年時代即加入同盟會。辛亥革命爆發後，他赴武漢參加了革命軍，後隨陳其美參加討袁鬥爭。1918 年起，陳果夫在上海經商，與蔣介石等從事交易所投機買賣。1924 年廣州黃埔軍校創辦後，陳果夫負責在上海為軍校招募新生兼採購物資。1926 年當選為國民黨第二屆中央監察委員，任國民黨中央組織部代部長，掌管國民黨黨務。1927 年春積極參與蔣介石「清黨」

反共，同年兼任國民黨中央政治學校總務主任。後曾幾度出任國民黨中央組織部部長，是第三、四、五、六屆國民黨中央執行委員、中央常務委員、中央政治會議委員，長期掌管國民黨黨務，是民國大陸時期國民黨高層實權人物之一。他畢生關注和支持國民黨廣播事業的發展，在業內有「廣播保姆」之稱。

　　從政治需要出發，陳果夫較早認識到廣播的宣傳教化作用，不但積極動議國民黨政府創設廣播電臺，還直接參與了中央廣播電臺的籌建工作：1924年，時在上海的他偶然聽到美商開洛公司的無線電廣播，隨即對這種新興媒介產生了極大興趣，並進而聯想到，「利用無線廣播電臺進行宣傳教育，可以打破地域限制，四方收聽，廣爲傳遞，縱然萬里之遙，關山阻隔，也可轉瞬即至；且說唱俱全，足以令人耳目一新，即使文盲村叟，亦可收聽；比起辦報紙來，其功能要強上許多。」〔註15〕爲此，陳果夫給在廣州的蔣介石寫信，談到他對廣播的看法，並問是否要收集無線電人才。蔣介石立刻回電說很需要，希望羅致。〔註16〕

　　在蔣介石支持下，陳果夫經多方籌款，又廣泛搜尋無線電專家，最終在1928年春向美商開洛公司訂購了一座500瓦的播音機。不久，國民黨中央宣傳部委任徐恩曾〔註17〕爲電臺主任，負責籌辦電臺事宜。經幾個月緊鑼密鼓的籌備，國民黨中央廣播電臺終於建成。

　　然而電臺開播後，其本應發揮的「輿論中心」作用卻因技術限制而未能很好體現。由於電力過小，許多地方的收聽效果欠佳。據上海市國民黨宣傳部彙報，該部雖然裝設了收音機，卻收不到任何「中央消息」〔註18〕。1929年，中央廣播電臺把一批經過訓練的收音員派往各省市縣黨部駐地，彙集當地的收聽反饋情況，發現山東、湖南、天津等地白天收聽時音質不良。1930年後經過機件改造，上述情況有所改善。但在若干地區，包括漢口、河南、

〔註15〕汪學起、是翰生編：《「揭幕大典」前前後後》，《第四戰線——國民黨中央廣播電臺揭賓》，中國文史出版社1988年版，第3頁。

〔註16〕陳果夫：《關於無線電建設》，《陳果夫先生全集‧第一冊》，臺灣近代中國出版社1991年版，第279頁。

〔註17〕徐恩曾（1896～1985），字可均，浙江吳興人。早年畢業於上海南洋大學，後留學美國，學習機電工程，回國後在上海當機電工程師。1927年「四一二」政變後，他加入陳果夫、陳立夫的CC集團。1931年當上中統調查科長，成爲中統的實際負責人。

〔註18〕《各部工作概況》，《上海黨聲》1928年第15期。

山東、福建、天津等地，仍夾雜有強烈電報，嚴重影響收聽效果。〔註19〕擴充電力的計劃再次被提上議事日程。

1929 年 2 月 18 日，國民黨中央第 198 次常委會通過了戴季陶、陳果夫、葉楚傖提議並由陳、葉二人負責的《擴充中央廣播無線電臺計劃》。該計劃總預算 40 萬銀元，其中購買「十基羅長波機件全套」15 萬美金，建新臺址 2800 銀元，臺址選定在南京西郊江東門北河口，每月經常費預算 7500 元〔註20〕，結果購進德國造 75 千瓦發射機，於 1932 年 5 月竣工。同年 11 月 12 日，號稱「東亞第一、世界第三」的中央廣播電臺正式開播，呼號 XGOA，信號覆蓋範圍「晝間可達 4 千里，夜裏可達 1 萬里」〔註21〕，最遠達到伯力〔註22〕、緬甸、印度、澳洲、美加等地，一時執遠東之牛耳。

爲了適應業務擴大的需求，1930 年 7 月，經國民黨中央核准，「中央廣播電臺」開始增強編制，設置「中央廣播電臺管理處」，直屬國民黨中央執行委員會。後因籌建 35 千瓦強力中央短波廣播電臺，工作日益繁重，於是在 1936 年 1 月擴大改組爲「中央廣播事業管理處」，負起政令傳播、文化教育及新聞報導等任務，並於同年加入國際廣播公會。中央廣播事業管理處爲當時國內最大的廣播機構。

從 1934 年 10 月 1 日起，國民黨中央臺又「仿照歐美各電臺之成例，試辦播音廣告，徵收費用，以期聚，成塔，（原文如此，作者注）挹注開支，發展業務。」〔註23〕

各省市黨部和政府電臺也相繼開播。1928 年 10 月，浙江省廣播電臺成立。次年 2 月 26 日，時居杭州的著名民俗學家和比較宗教學家江紹原在致周作人的信中，談到他所接觸到的廣播節目，「有人自動願意給我裝一個無線電收音機，但我國所能收到的不外乎梅蘭芳唱的天女散花、黎明暉小妹妹的毛毛雨，浙江諸偉人反赤演說，和女同志用假官話廣播的省務會議報告——所以情願

〔註19〕　參見劉振清：《中央廣播無線電臺重行布置播音經過及改善概況》，載上海中國工程師學會《工程》，1930 年第 5 卷第 3 期。

〔註20〕　轉引自溫世光：《中國廣播電視發展史》，作者 1983 年自印，第 12～13 頁。

〔註21〕　邵力子：《十年來的中國新聞事業》，中國文化建設協會編《十年來的中國》（下冊），商務印書館 1937 年版，第 495 頁。

〔註22〕　伯力是位於黑龍江和烏蘇里江會合口東岸的城市，爲清前期東北邊疆重鎮之一。1860 年《中俄北京條約》簽署後，伯力被沙俄割占，1893 年改名爲「哈巴羅夫斯克」。

〔註23〕　陸以振：《對於播音廣告之我見》，《廣播周報》第 9 期，1934 年 11 月 10 日。

不裝。」〔註24〕應該指的就是浙江廣播電臺。

1929 年 5 月 6 日，「廣州特別市無線電播音臺」開播。

1933 年 10 月 16 日，福建廣播電臺建成試播，功率 250 瓦。該臺是 1933 年由福建省政府以法幣 4.4 萬餘元的價格委託上海亞洲電器公司設計的，是福建省內出現的第一座廣播電臺，臺址設在福州市東大路湯井巷。同年 11 月，國民革命軍第十九路軍發動「福建事變」，在福州成立「中華共和國人民革命政府」，該臺被接管使用。翌年 1 月「閩變」失敗，十九路軍撤離福州，該臺又歸福建省政府管轄；同年 3 月 1 日移交國民黨中央統一管理，定名為「福州廣播電臺」。抗日戰爭期間，該臺內遷永安，改稱「福建廣播電臺」。

在山東濟南，1930 年韓復榘出任國民黨山東省政府主席後，即倡議創辦山東省會廣播電臺，並責成省政府無線電管理處辦理籌建事宜。奉此命令，山東電臺於 1931 年開始籌備，1933 年 5 月 1 日正式建成播音，呼號為 XOST，發射功率 500 瓦，頻率為 857 千赫，臺址在濟南市經四路小緯六路。試辦一年後在全省二、三等縣配備了收音機和收音員，初步建成覆蓋全省的廣播收音網。此後，山東省政府各機關發佈的政令消息，一般都由電臺播音員用記錄速度播出，各縣收音員按時抄收膽清，送縣長閱悉後寫在縣政府門前的黑板上，以示週知。在青島，市民眾教育館廣播電臺於 1933 年 6 月開播，呼號為 XTGM，發射功率為 100 瓦。它的前身是青島無線廣播電臺。1933 年 6 月，為了傳播將於下月在青島舉行的第十七屆華北運動會的消息，青島政府投資一萬多元，在本市朝城路 7 號的民眾教育館內創設青島無線廣播電臺，呼號 XTGM，發射功率 100 瓦。這是青島官辦的第一家無線廣播電臺。運動會結束後，電臺由青島市教育局民眾教育館負責指揮監督，電臺的講演、戲劇、報告等節目由民眾教育館講演部編輯提供，經費開支由該館總務部辦理。為了用好這座電臺，1933 年 12 月，青島市教育局特制定電臺播音規則，規定其宗旨是普及社會教育，宣傳政治工作及公益事項，並將收音機分設在市內民眾教育館及滄口、李村、九水、陰島、薛家島各鄉區建設辦事處內。廣播音機由教育局派員管理，各處收音機由民眾教育館及各鄉區建設辦事處負責，各收音機聽眾秩序則由教育局函公安局轉所在地崗警維持。電臺每天廣播九小時，內容主要有中央各種報告、國內重要新聞、本市重要新聞、教育局重要

〔註24〕孫郁、黃喬生主編：《回望周作人：致周作人》，河南大學出版社 2004 年版，第 249 頁。

報告、通俗講演、天氣預報、報告標準時間以及戲曲唱片等。1938 年 2 月青島被日軍侵佔後，該臺停止播音。

河北廣播電臺始建於 1934 年，1935 年 6 月中旬奉國民黨中央的命令結束播出，移至西安。1936 年 8 月，西安廣播電臺正式成立，電力 500 瓦，呼號 XGOB。

1935 年，交通部上海電臺和上海市政府電臺相繼開播，電力分別為 2000 瓦和 500 瓦，在電臺林立的大上海，兩家電臺可說是鶴立雞群，不要說功率強大，技術先進，就是財力和人員配備也為所有民營電臺望塵莫及，交通部上海廣播電臺一開播，「《字林西報》、電話公司、各大戲影院及中外各商行均已紛紛前往預定廣播節目。」〔註25〕

長沙廣播電臺建於 1936 年底，1937 年 5 月 5 日正式開播，呼號 XGOV，電力 10 千瓦。

抗日戰爭前全國官辦廣播電臺的分佈及電力情況〔註26〕

所在地	臺　名	呼　號	電力（瓦特）	周率（千周波）	備　註
南京	中央	XGOA	75000	660	公營
南京	南京短波	XGOX	500	6820	公營
上海	交通部	XOHC	500	1300	公營
上海	市政府	XGOI	250	500	公營
長沙	長沙	XGOV	10000	790	公營
長沙	湖南	XGOH	1000	590	公營
福州	福州	XGOL	1000	1030	公營
西安	西安	XGOB	500	1290	公營
北平	北平	XGOP	300	950	公營
成都	成都	XGOG	10000	560	公營
濟南	山東	XGOF	500	852	公營
山西	太原	XGOT	50	1000	公營
開封	河南省	XGOQ	200	1070	公營

〔註25〕《交通部上海廣播電臺今日開幕》，《申報》1935 年 3 月 9 日報導。
〔註26〕殷增芳：《中國廣播無線電事業》，燕京大學文學院新聞學系學士畢業論文（1939 年 5 月）。

鎮江	江蘇省	XGOZ	100	1150	公營
無錫	江蘇省	XLIJ	75	790	公營
徐州	徐州	XHIA	60	1410	公營
淮陰	淮陰分臺	XGOU	100	1350	公營
杭州	浙江	XGOD	2000	990	公營
重慶	重慶	XGOS	1000	711	公營
南寧	廣西省	XGOE	1000	1300	公營
南昌	江西省	XGOC	5000	1130	公營
昆明	雲南	XGOY	250	6973	公營
廣州	市政府	XGOK	1000	750	公營
漢口	市政府	XGOW	5000	1010	公營
青島	市立民教館	XTGM	100	1210	公營

1937 年 5 月統計的各省廣播電臺數〔註27〕

省　份	公營電臺數	民營電臺數	共　計
江蘇	8	45	53
浙江	1	8	9
河北	1	7	8
山東	2	1	3
安徽	-	2	2
湖南	2	-	2
四川	2	-	2
福建	1	1	2
廣東	1	1	2
湖北	1	1	2
陝西	1	-	1
山西	1	-	1
河南	1	-	1
江西	1	-	1

〔註27〕 殷增芳：《中國廣播無線電事業》，燕京大學文學院新聞學系學士畢業論文（1939 年 5 月），據目前筆者掌握的資料看，這是一份不完全的統計，且與吳保豐先生《十年來的中國廣播事業》數據不符。

雲南	1	-	1
廣西	1	-	1
總計	25	66	91

數據顯示，截至 1937 年 5 月，中國共有官辦電臺 25 座，總電力 106735 瓦，是民營電臺總電力的 9 倍。而在 16 個已有廣播電臺的省份中，公營電臺分佈於 15 個省，民營電臺卻集中於 8 個較發達省份；其中僅江蘇一省的電臺數量就占 68%以上。官辦電臺的功率大、覆蓋範圍廣與民營電臺的功率小、分佈區域集中形成了鮮明對比。

在上述官辦電臺中，歸中央廣播事業管理處管轄的有福州臺、河北臺（西安臺）、長沙臺、南昌臺、漢口臺和南京臺，經常轉播南京中央電臺的「兒童教育」、「時事述評」以及「簡明新聞全國氣象報時」等節目，同時各自創辦了一些富有地方特色的節目。福建省因地處中國東南沿海，語言分歧，交通阻隔，且許多本省同胞遠赴南洋一帶謀生，無時不在思念故土，因此福建電臺承擔起了政府對海外僑胞傳遞祖國消息的特殊任務，根據傳播對象的語言特點，分別採用國語、福州語和廈門語播音，並每周播送國語教授三次，以收統一語言之功效。〔註 28〕而西安廣播電臺（原河北廣播電臺）除一般的教育娛樂節目外，還有宣揚西北文物、開發西北交通實業，及播送西北本地風光的娛樂節目如秦腔等，「對內為提高文化水準，激發民族意識，傳達中央意旨；對外則介紹古都文物，招徠開發西北之同志，其所負使命，至為重大也。」〔註29〕

由交通部管轄的是北平臺、上海臺和成都臺。北平臺初創時只有 20 瓦，1934 年 5 月改由交通部管轄後，電力增為 300 瓦，呼號 XGOP。由於北平舊劇昌盛，該臺每晚必播送各戲院的舊劇。上海臺前身是民營的外商美靈頓廣告公司廣播電臺，1934 年為交通部收購，電力初為 500 瓦，1937 年增為 2000 瓦；成都臺於 1936 年 11 月 1 日正式播音，娛樂節目中常播送川劇和滇劇。

其餘各臺分別由各省市地方政府和國民黨地方黨部管轄，如山東電臺、山西電臺、河南電臺等。

〔註28〕參見殷增芳：《中國廣播無線電事業》，燕京大學文學院新聞學系學士畢業論文（1939 年 5 月）。
〔註29〕殷增芳：《中國廣播無線電事業》。

「南京夜鶯」劉俊英在電臺播音

　　這一時期，官辦廣播在推行政令、宣傳教育、動員民眾、統一語言等方面都發揮了較大作用。加上與國民黨中央通訊社的天然聯繫，到 30 年代中期，以國民黨中央廣播電臺爲首的官辦電臺，吸引了許多精英前往工作。尤其是南京中央廣播電臺的編播、技術人員，「在全國所有電臺中，堪稱一流水平。」〔註 30〕他們創辦了一些受到聽眾追捧的節目和欄目，並培養了一批具有較高知名度的播音員。北京姑娘劉俊英自 1933 年以優異成績考入中央電臺後，因吐字清晰，音質圓潤，加上抑揚頓挫的標準北京語調（劉俊英是北京人），不僅深受國內聽眾歡迎，而且在東南亞、日本等地也享有較高知名度，被日本媒體稱爲「南京夜鶯」。

　　官辦廣播的配套服務體系也是民營電臺望塵莫及的。以國民黨中央廣播電臺爲例，1934 年 10 月 1 日開始，中央廣播電臺開設廣告節目的同時，還在南京設立中國電聲廣告社，專理中央廣播無線電臺管理處各電臺播音廣告事宜，以服務各種企業及提倡國貨爲要旨，收費低廉，分普通和特種兩個等級。普通者每次兩分鐘，每次價格最低 4 元，最高 8 元；特種每次 20 分鐘，音樂或歌劇團則由廣告戶自備，價目最低 12 元，最高 24 元，如果連續播放，價格還會有一定折扣。由於該臺「效力宏大，取費低廉」〔註 31〕，且意在提倡國貨，發展國內工商業，因此吸引了相當一部分國內客戶。

　　而江蘇省立電臺作爲「全省消息之喉舌」，在「設立之初，即列政令爲

〔註 30〕汪學起、是翰聲編：《第四戰線：國民黨中央廣播電臺掇實》，中國文史出版社 1988 年版，第 13～14 頁。

〔註 31〕《中國電聲廣告社啓事》，《廣播周報》第 5 期，1934 年 10 月 13 日版。

主要工作之一，」〔註32〕同時還承擔了爲下屬各縣訂購、代辦和設置收音機，開設無線電技術人員訓練班等任務，以便使他們到各臺工作後，除「隨時收聽本臺新聞政令及其它播音外，並須負責指導各該縣無線電事業之推進，及機件之修理等等，於每周塡送記錄表寄至本臺，備檢查考績之用」。〔註33〕此外，江蘇電臺還承擔了以播音訓練全省小學教師的任務。從 1936 年 4 月下旬起，每逢星期五都增設小學教師進修節目，由教育播音設計委員會編撰補充教材，聘請教育專家來臺播送，各縣政府所在地的公私立小學校長及全體教師均須收聽，並隨時記錄筆記。該臺還配合中學教育，「每周星期三青年教育時由設計委員會與本臺編輯稿件作爲中等學校學生課外補充教材，內容分爲非常時期之各科常識講話（包括軍事、政治、經濟、國際情勢等）、青年進修講話（包括修學方法、精神修養、健康衛生、勞動服務等）、青年問題解答、消息報告（包括有關青年學生之重要命令或消息等）四項。「凡本省各地省立中等學校全體學生均須悉心收聽，隨時記錄筆記，由教廳抽查其成績。」〔註34〕

從「闡揚黨義、傳佈政令、講述學術、報告新聞，以音樂陶冶聽眾性情，以科學增進人民常識」的辦臺初衷出發，國民黨中央電臺自 1932 年後，每日播出的節目總長 11 小時 20 分，內容設新聞、教育、文藝、社會服務、天氣及水位預報、商情、廣播劇等，其中新聞節目約占 1/3，稿件來自當天的《中央日報》及中央通訊社。在其通令、通告、宣傳大綱、報告決議等 120 分鐘的宣傳節目中，通令、通告來自國民黨政府及中央黨部，宣傳大綱來自國民黨中央宣傳部，報告決議則由國民黨及其政府有關會議提供。其「演講節目、教育節目、文藝節目，形成了系列化、系統化，特別是文藝節目，出現了『本臺同仁』的演奏節目，接著便成立了音樂組；還將話劇改編，搬上廣播，出現了『廣播劇』。播音工作得到了加強，逐步採用多種語言（包括外語和中國方言）廣播。」〔註35〕

爲了提高中央電臺的節目覆蓋率，擴大宣傳效果，1936 年 4 月 20 日起，國民黨中央廣播事業管理處呈請行政院，飭令全國各地所有的公私營廣播電

〔註32〕載於《江蘇廣播雙周刊》，1936 年第 27 期。
〔註33〕《江蘇廣播雙周刊》，1936 年第 27 期。
〔註34〕參見《江蘇廣播雙周刊》1936 年第 27 期。
〔註35〕汪學起、是翰聲編：《第四戰線：國民黨中央廣播電臺揭實》，中國文史出版社 1988 年版，第 13～14 頁。

臺除星期日外每晚 8 點至 9 點零 5 分一律轉播中央臺節目，內容包括簡明新聞、時事述評、名人演講、學術叢談、話劇、音樂等六項。「各民營電臺無轉播設備者，應於此節時間時暫行停播，以杜分歧，務使意志集中，收效宏速。」〔註 36〕中國廣播電臺全國聯播的制度即肇始於此。

這種用行政命令推行全國廣播電臺「並機」播出同一節目的做法，在當時社會條件下是具有一定積極意義的。

首先，各地方言分歧，全國語言極不統一，交通、通訊條件也極不便利。國民黨中央廣播電臺的新聞節目使用標準國語，無疑給全國聽眾提供了學習國語的機會，這對推廣國語意義重大。「這是沒有辦法的，國語如打算統一，唯有雜亂的方言來化入純正的國語，這是一種革命的工作，遲早都須做的重要工作。」〔註 37〕國民黨當局還擬訂計劃，向美國購買收音機 10 萬架，分配於中國各地區市鎮公共場所，專作統一語言、推進人民教育水準之用。惜因中日戰爭爆發而中斷。

其次，全國聯播制度的推行，對於增強國民黨中央政權的輻射力，實現「一個中心、一個領袖、一種聲音」的政治宣傳目標也起到了助推作用。在當時技術和媒介條件下，如果其它省市電臺不轉播中央節目，本地收音機用戶就可能無法接收，或接收不好；而在這一時間全部停播其它節目，統一播送中央電臺的節目，就可以使中央的聲音傳至各地，成本低、易操作，無疑是當時社會條件下執政當局的首選。

官辦廣播的創立和加強，是對民營商業電臺唯利是圖的一種糾偏，也是國家對無線電廣播的一種責任擔當。但這種明顯偏向於官辦廣播的制度安排和規則設置，對民營廣播的發展又造成了極不公平的市場環境和競爭格局。

第二節　民營廣播在沿海城市的崛起

從南京國民政府建政至 1937 年抗戰爆發前，不僅官辦廣播迅速發展，民營電臺也如雨後春筍，在一些大中城市陸續創辦，成為流行音樂、地方曲藝和商業廣告的重要載體，也是衡量當地工商業發達程度的一項重要指標。

〔註 36〕《舊中國的上海廣播事業》，第 221 頁。

〔註 37〕《我們應當儘量利用新興廉價的文化工具》，《大公報》1935 年 1 月 7 日，轉引自《廣播周報》第 17 期，民國 24 年（1935 年）1 月 20 日版。

一、上海：電臺多，治理難

上海廣播業的發達，是與其特殊地位分不開的。1927 年 5 月，南京國民黨中央政治會議通過了《上海特別市暫行條例》，決定設上海為特別市，直隸中央政府，不入省縣行政範圍，地位與省相等。7 月 7 日，上海特別市政府成立。到抗日戰爭爆發前，上海已發展成為中國乃至遠東地區公認的商貿中心、金融中心和工業中心，是當時世界知名的大都會。1930 年，上海總人口約 31 萬，1936 年則達 38 萬多。〔註38〕

上海經濟的快速發展和人口數量的劇增，反過來刺激了民營廣播的發展。1929 年 12 月 23 日，亞美無線電公司自建的一座 50 瓦廣播電臺正式播音，臺址位於江西中路 223 號亞美公司內，初名「上海廣播電臺」，亦稱「亞美電臺」，呼號 XGAH，發射功率 50 瓦（後增至 100 瓦）。亞美電臺的開播時間是在開洛公司電臺停播不久，而當時的新新公司廣播電臺也因經濟原因暫時停播。在業內普遍感到前途渺茫之際，早有準備的亞美公司毅然成立「上海廣播無線電臺」，以提倡科學為職志，每天間歇播音 4 小時，節目內容除報告新聞、商情及無償播送中國播音協會點播的節目外，還設有《學術講演》、《無線電問答》等知識性專題。這是國人在上海自建的第二座廣播電臺，也是民營電臺中歷史最悠久、宗旨較純正的一座廣播電臺。之後，上海陸續出現許多家民營電臺。到 30 年代初，當內地很多居民對廣播還心嚮往之的時候，上海的廣播卻「是一種腦充血的狀態，畸形不平均的發展。空中傳音，內地人民夢想未到，但上海的居民已經引起了一部分人的厭惡。」〔註39〕1934年，時居上海的作家鄭逸梅撰文稱，過去的 1933 年可以叫作「無線電年」，因為「那蓬蓬勃勃任你什麼都不能相提並論，卻要算是無線電事業，那些電臺在這一年中，雨後春筍般地產生著，中產階級以上的人家，差不多家置一具無線電，什麼歌唱咧，說書咧，演講戲劇國學小說故事咧，聽得一般人們笑逐顏開，視為唯一的消遣」。〔註40〕1936 年 9 月，據國民黨中央廣播事業管理處的調查數據顯示，全國共有民營電臺（西人電臺除外）65 座，上海占41 座，約為民營臺總數的 66%。僅從電臺數量來看，上海在當時已居世界之

〔註38〕 參見上海市地方志辦公室網站。http://www.shtong.gov.cn/node2/node2247/node4564/node79123/node79137/userobject1ai103292.html。

〔註39〕 曹仲淵：《從上海播音說到國際糾紛》，原載《無線電問答彙刊》，1932 年 10月 10 日第 19 期，轉引自《舊中國的上海廣播事業》，第 246 頁。

〔註40〕 鄭逸梅：《無線電年》，載《友聯二週年紀念播音特刊》（上海，1934）。

冠。〔註41〕

抗戰爆發前上海民營電臺的創辦情況〔註42〕

年份	1930	1931	1932	1933	1934	1935	1936	1937
開設	1	2	13	33	4	2	1	0
關閉	0	1	0	0	0	12	0	10

可以看到，1932 年、1933 年爲民營電臺創辦的高峰期，僅僅兩年的時間，就新成立了 46 家廣播電臺。這些電臺有的設在百貨公司內，有的設在旅館中，還有的設在寫字間，多數設在弄堂中；「尤其應注意的，就是沒有一座設在新聞社。」〔註43〕

爲了吸引聽眾，各電臺頻出奇招。新新公司把廣播電臺的播音室設成了透明玻璃狀，往來購物、閒逛的顧客可以很清楚地觀看到其中播音員的樣子和電臺內部的工作流程。1933 年，年僅 16 歲的富家千金金嬌麗成爲玻璃電臺的主持人，吸引了大量聽眾駐足觀看，也因此使其結識著名作曲家陳歌辛，成就了一段美滿姻緣。

新新電臺播音員金嬌麗

〔註41〕 袁林：《宣傳陣線上的勁旅——廣播》，《中國青年》1946 年第 15 卷第 1～2 期。
〔註42〕 本表數據援引自華東師範大學人文學院歷史學系張學美【2009】碩士學位論文《孤島時期上海的廣播電臺》。
〔註43〕 任白濤：《綜合新聞學》，商務印書館 1941 年版，第 673 頁。

　　民營廣播漸次發達，各臺爭相播出商業廣告以牟利，無形中對上海市的GDP 增長也做出了一定貢獻。「1927 年，各民營電臺節目規模也只每天播出6 小時左右；1934 年 4 月上海 28 家電臺的統計，其廣播節目以娛樂爲主，並有大量廣告，文娛節目及插播的廣告時間占 80%左右。據此估計每天廣告時間約 1 小時；按每則廣告 1 分鐘計算；每天插播 60 個廣告，若每個廣告每月按 60 元標準收費，則每座電臺一年廣告收入 4.32 萬元，1936 年上海 48座廣播電臺廣告費合計收入 207.4 萬元。加之其它收入粗略估計約 50 萬元，再扣除人員經費及各項成本粗略估計約 100 萬元，上海廣播業淨所得約 157萬元。」〔註 44〕與同一時期上海的文化出版和報業收入相比，民營電臺的收入還是很可觀的。

　　1935 年，上海市宣佈，本市無線電播音已許可設立 90 多處，周波已分配完畢，無法准許增設電臺。同年，華泰、東陸、利利、市音、華興、中西、鴻康等十餘家民營臺被分別取締或罰款，原因「有繫於准予設立後，迄未依限成立者；有係機件不良，迭經令飭改善未能遵辦者；有係播送淫詞邪曲，復不遵令受罰者；有係私自轉讓頂替者。」〔註 45〕

　　1936 年以後，經過交通部整理並取締一部分電臺，上海民營電臺的數量大爲減少，但總電力反而增加了。

1932 年至 1937 年 5 月上海民營電臺的數目增減和電力總計〔註 46〕

年　　份	電臺數	電力總計（瓦特）
1932	7	815
1933	42	3860
1934	50	5570
1935	51	5982
1936	41	6280
1937	36	6020

　　由於許多電臺設於租界，無形中增加了治理難度，一些規定在租界成爲一紙空文。在法租界，既有私自開辦卻不向中國政府申領執照的國人電臺；

〔註 44〕 李敦瑞、朱華：《抗戰前夕上海 GDP 及結構探析——以 1936 年爲例》，《史林》2011 年第 3 期。
〔註 45〕 《交通部謀防止流弊整飭廣播電臺》，《申報》1935 年 11 月 7 日。
〔註 46〕 參見殷增芳：《中國廣播無線電事業》。

也有從不向中國政府登記的外國電臺，如「法國藝術和文化電臺就從未接受過中國政府的管轄，作爲一家法國電臺，它向法租界當局登了記，並設在法租界內」〔註47〕；還有拒不執行中國當局規定，不肯在規定時間內轉播國民黨中央電臺晚間新聞節目的電臺。〔註48〕公共租界當局甚至公然宣稱，「任何時候都沒有承認過中國政府登記租界內廣播電臺的權利。」〔註49〕

上海元昌電臺負責人張元賢先生

　　另一個令上海當局難堪的問題，是上海法租界公董局居然欲自行頒佈條例，管理界內的廣播電臺。1932年11月29日，《泰晤士報》刊載了上海法租界欲管理界內電臺之事。元昌電臺負責人張元賢先生聞訊親自向國際電信局彙報並轉呈交通部，咨請外交部交涉制止。爲此，交通部國際電信局致函法租界當局，措辭委婉懇切：「今報載各節，如係貴局爲整理廣播事業起見，有所研求而將其結果供諸交通部，以謀合作而資改進者，自所歡迎；倘欲將租界內電臺歸貴局辦理，則非特與我國政府明令及部頒章則有所衝突，即事實上亦有爲難之處。」〔註50〕函文強調，「華界與租界毗連，天空秩序尤不能有界限劃分，倘不在同一管理機關之下，將來呼號、波長、電力等項衝突必多，騷擾難免。還祈貴局爲上海全埠廣播情形著想，開誠合作。」〔註51〕

〔註47〕《舊中國的上海廣播事業》，第293頁。
〔註48〕聞：《華人電臺大致遵辦，西人電臺不轉播中央電臺節目》，《娛樂》（上海，雙周刊）1936年第2卷第17期。
〔註49〕參見1938年5月14日工部局總辦處致總董報告。轉引自《舊中國的上海廣播事業》，第316頁。
〔註50〕《舊中國的上海廣播事業》，第189頁。
〔註51〕《舊中國的上海廣播事業》，第189頁。

　　國際電信局態度誠懇客氣，法租界當局卻不領情。交通部國際電信局只好自付廣告費，於 1933 年 1 月 30 日至 2 月 1 日在上海《申報》、《晨報》、《時事新報》、《新聞報》封面發佈通告，要求上海市各區域內民營電臺包括租界內民營電臺須向其重新登記。

　　中國政府屢次交涉，法租界當局仍置若罔聞。1933 年 6 月，法租界公董局擅自頒佈管理界內私立無線電臺章程，提出管理界內電臺註冊及收費等細則，要求「申請設立無線電播音臺者，應預先向法駐滬總領事提出書面申請。」〔註 52〕對電臺廣播的節目內容，章程也有明確規定：「嚴禁各無線電臺有：1.宣傳政治或廣播足以擾亂公共治安的新聞；2.傳播違背道德的節目；3.播送私人消息或函件；4.擾亂他臺的聲波。」不僅如此，法租界公董局還根據界內民營廣播電臺的功率大小，分別徵收每半年 10 元到 75 元的費用。而當交通部國際電信局出面再度進行交涉，要求收回廣播管轄權時，得到的卻是這樣荒唐的回答：「該項廣播電臺規則業經公佈，原則未便撤銷」〔註 53〕。此後，法租界內的所有廣播電臺要在界內警務機關領取執照的政策一直執行到上海淪陷時期。

二、天津：四大商業電臺均設於租界

　　天津是中國最早的通商口岸之一，也是北方第一大商埠和工業重鎮，市內租界洋樓林立，外商也較為活躍。1929 年秋，美國無線電公司（RCA）的中國獨家代理——天津中國無線電業股份有限公司在天津濱江道 112 號馬路對面的基泰大樓設置了一座廣播電臺，主要播出科技知識和文藝節目。電臺開辦一年後由於各種原因停辦。之後「仁昌」、「中華」、「青年會」、「東方」四大民營電臺在租界相繼成立，迎來天津民營廣播史上的第一個繁榮期。

　　1934 年初，天津老字號仁昌綢緞莊經理王銘孫在法租界梨棧（今和平路東）慶豐里開辦了仁昌廣播電臺，機器設備為原日商義昌洋行所擁有，初期功率 7.5 瓦，呼號 XQKC，臺長為仁昌綢緞莊廣告部主任劉家祥。播音一年後，為與其它電臺競爭，擴充電力為 50 瓦，1935 年底再次擴充為 200 瓦。仁昌電臺的節目以曲藝廣告為主。在仁昌電臺經常播音的，有張壽臣（評書演員兼說相聲）、常連安（相聲演員，張壽臣師弟）、王佩臣（鐵片大鼓演員）等曲

〔註 52〕《舊中國的上海廣播事業》，第 198 頁。
〔註 53〕《舊中國的上海廣播事業》，第 196 頁。

藝演員。著名的京東大鼓表演藝術家劉文斌也常在仁昌電臺報延壽堂的藥品廣告。當時天津平民百姓家有收音機的還很少,「那玩意兒主要是大商號用,但到了電臺說書的鐘點兒,買賣家為了招攬生意,就在店鋪門口放上一個大喇叭,播放長篇鼓書,此刻人們都尋聲來到店鋪門前聽劉文斌的演唱錄音,有的手裏幹著半截子活兒也把活兒停下來聽書,也有正在生火爐子的,光顧聽書了,連爐子火滅了還不知道呢。」〔註 54〕

1934 夏天,中華無線電研究社天津分社在法租界 4 號路設立中華廣播電臺〔註 55〕。電臺成立時發射機功率僅為 50 瓦,1935 年春改為 100 瓦。中華無線電研究社是我國較早製造和銷售無線電零件的商行,設立電臺的目的是擴大該社影響,促進無線電零件銷售。由於該臺開播時功率較大,音質優良,節目的花樣繁多,因此在聽眾中反映不錯。

1934 年 11 月,天津仁立毛紡廠、東亞毛呢紡織公司、正興德茶莊與盛錫福等工商業主聯手投資,在意租界的東馬路青年會(今市少年宮)樓上開設了青年會廣播電臺,一方面免費播報各自公司的廣告,另一方面還宣傳基督教青年會的各項宗旨,設有「宗教節目」、「聖經金句」、「警策語」、「恭讀聖經及晚禱」等。該臺發射功率起初 50 瓦,1935 年 9 月改為 150 瓦,播音效果良好。

1935 年春,位於法租界 32 號路(今哈爾濱道)的東方廣播電臺開始播音〔註 56〕,同年 5 月領取政府的執照和呼號。該臺發射功率為 150 瓦,為東方貿易工程公司所辦。

天津由此形成四大商業電臺並立的局面。

四大電臺均以戲曲、曲藝和評書為主,新聞節目極少。為了招攬廣告,各臺不惜重金聘請名角支撐門面,評書、大鼓、相聲等具有濃鬱地方特色的曲藝佔據了文藝節目的大部分。借助廣播電臺的推波助瀾,天津曲藝界一時名家輩出。1935 年 9 月,最先在天津中華電臺說評書的陳士和先生開講《聊齋》比北京電臺演播評書早了兩年。當時有富平安在仁昌電臺說評書《狸貓換太子》,張浩然在東方電臺說《峨嵋七劍》,佟浩如在青年會電臺說《兒女英雄傳》。此外還有張士誠的《元俠女》、周萍鎮的《五女七貞》、吉評三的《武

〔註 54〕 王宗徵:《劉文斌與京東大鼓》,《天津日報》2009 年 11 月 1 日版。
〔註 55〕 中華廣播電臺後來又遷到意租界大馬路 29 號。
〔註 56〕 東方廣播電臺後來又遷到法租界 2 號路大陸銀行貨棧的樓上。

俠三續清烈傳》、包仲軒的《三國志演義》以及周士鵬的《鐵冠圖》等。

　　此外，1934 年春，天津南開大學在校內設立了一座廣播電臺，功率 5 瓦，專爲學生實驗之用，同時供學校開展活動。1934 年 10 月，第 18 屆華北運動會在天津舉行，在天津北站體育場也設立了一座廣播電臺，用於轉播運動會實況。1935 年秋，天津中原公司（現百貨大樓）也在五樓設立了一座小型廣播電臺，播送舞曲。另外，西沽工業學院（現河北工學院）、北寧鐵路局、《益世報》、社會局、教育局等也先後籌設無線電臺，但由於各種原因，均沒有正式播音。〔註57〕1936 年 3 月，《新天津報》社長劉髯公還曾在其家宅設立一座功率 15 瓦的廣播電臺，播出幾個月後停播；同年 4 月，17 歲的朱傳榘〔註58〕在家中設立了一座功率爲 5 瓦的電臺，冬天停播。1937 年 3 月，天津青聯廣播電臺成立，臺址在遼寧路與錦州道附近的常盤大樓上，當年下半年即停止播音。

　　天津繁榮的廣播市場還催生了相關的媒介產品。1935 年 7 月 16 日，天津市出版了一家四開四版的廣播行業報——《廣播日報》，這也是迄今發現的國內最早的廣播日報，社長爲天津新聞界名人袁無爲。該報「第一版主要是刊登時事新聞和廣播節目消息。另有三分之一的版面刊載廣告，第二版大部分版面是與電臺有關的無線電技術講座，包括無線電工程學、無線電修理技術等，另配有無線電和電器維修等廣告；第三版主要介紹仁昌、中華、東方、青年會等四家商業廣播電臺的節目，同時還刊載中央電臺、北平電臺的節目。」「第四版除文壇信息外，主要刊登一些文藝作品，包括小說連載（如李燃犀的《換巢鸞鳳》）、幽默小品等。此外還刊載一些曲藝演員的照片（如著名的西河大鼓演員馬增芬等）。」〔註59〕作爲一份專業的廣播報刊，《廣播日報》在當時無疑具有首創之功，對於普及無線電常識、聯繫電臺與聽眾起到了很大作用。在報紙創刊一週年時，有人撰文稱讚說，「《廣播日報》，音傳萬里，鏗鏘韻調，畫刊諷美，家喻戶曉。農工商兵，戲劇文學，應有盡有，

〔註57〕參見《天津通志·廣播電視電影志（1994～2003）》，天津社會科學院出版社 2004 年版。

〔註58〕朱傳榘（1919～2011）生於天津，1939 年赴美留學。1946 年在美國賓夕法尼亞大學與其它 5 人共同發明了世界上第一臺計算機（ENIAC），因此被稱爲「計算機先驅」。

〔註59〕侯福志：《鮮爲人知的〈廣播日報〉》，載《天津民國的那些書報刊》，上海遠東出版社 2009 年版，第 68～69 頁。

不失毫毛，豈惟斯民喉舌，亦社會之領導！行銷一載，民眾心傾，不畏強暴，扶濟艱窮，國以之而奠安，族由是而復興。與中華共萬歲兮，居無冕王之首領」。〔註60〕

1936年4月，天津還曾出版有另一家四開四版的《無線電日報》，社長翁一清，總編輯陸淚魂，編輯王子庵等。

三、其它省市的民營廣播

江蘇省作為民營廣播最為發達的省份，抗戰爆發前，蘇州、無錫、高郵、常州等地均出現了民營的廣播電臺，僅毗鄰上海並與之有著緊密貿易聯繫的蘇州一地，就先後成立了七家。〔註61〕主要有：（一）陸辛生自設電臺。1930年由陸辛生購買無線電廣播發射機，在蘇州天官坊自己家中試驗播音，唱戲取樂。電臺的發射功率很小，數月後停播。這是蘇州最早出現的民營電臺雛型。（二）陳景學自設電臺。1931年2月7日由陳景學自行安裝一臺7.5瓦發射機，在蘇州婁門外家中試驗播音。第一個節目是由吳知修講化學工業。該臺存在的時間很短。（三）國華廣播無線電臺。1931年8月，陳景學、張賡綏在蘇州察院場開設國華電器行，自裝發射機，設立國華廣播無線電臺。試播不久即被電信部門查封。（四）婆羅花館廣播電臺。1932年9月22日試驗播音，功率15瓦，創辦人吳似蘭係畫家，家庭殷實，開設婆羅花館，作為文人畫家聚會的場所，後又在婆羅花館裏辦起廣播電臺。該臺播音沒有固定的節目和時間，隨興所至，臨時拼湊。試播數月後停播。（五）久大廣播電臺。1932年由蘇州久大布店李寶林創辦，呼號XLIB，功率15瓦。1933年，交通部發給播音執照。該臺每天「播音的時間幾乎早上到深夜，全是廉價的商店廣告，所謂假座播送便是，從這裏川流不息的人物，有的是職業藝人，有的來看熱鬧助興，我們可以看出蘇州悠閒享樂者怎樣多，蘇州商業也怎樣的不景氣，同時這電臺工程上也很值得讚譽一聲」。〔註62〕（六）百靈廣播電臺。1932年秋播音，呼號先後為XLIL、XHIC，功率20瓦，後增為75瓦，創辦人楊景春。平日的節目主要有《曲藝》、《滑稽》、《評彈》、《中西唱片》、《教授英語》、《佛

〔註60〕《〈廣播日報〉週年紀念》，濟南健康實驗社主辦《求是月刊》1936年第2卷第11～12期。

〔註61〕有關江蘇省民營廣播的發展情況，本書主要參考《江蘇省志・廣播電視志》，江蘇古籍出版社2000年版。

〔註62〕仁：《蘇州久大廣播電臺》，《實用無線電雜誌》1935年第1卷第2期。

學》等，常邀請名人發表廣播演講。（七）蘇州廣播電臺。1935 年 9 月由吳克
明創辦，交通部核發給建臺許可證和播音執照。電臺呼號 XLIP，功率 50 瓦，
是蘇州電力較大、設備較完善的電臺。辦有《評彈》、《滑稽》、《歌詠》、《中
西唱片》等節目，還曾刊印《天聲集》兩冊，內容有電臺創辦經過、工作概
況、節目設置、評彈開篇等。譽滿蘇滬的評話家嚴冠英與彈詞家張慧君、王
廷蓀、俞韻香都曾在蘇州電臺演播過評話《英烈傳》、《金臺傳》和《奇俠傳》。
1936 年，蘇州電臺突遇大火，損失慘重。〔註63〕

蘇州百靈廣播電臺內景

　　無錫市抗戰爆發前也有六家民營的廣播電臺。分別是：（一）華美廣播
電臺。1932 年下半年由華美電料行創辦，功率 15 瓦，臺址在無錫漢昌路華
美無線電料行內。該臺是無錫較早創辦的商業電臺，每天播音一至二小時，
主要是播放唱片。開播不久即停播。（二）振詳廣播電臺。1933 年上半年由
振詳五金店創辦。次年 5 月前停播。（三）時和廣播電臺。1933 年上半年由
時和綢布莊創辦。呼號 XLCH，功率 75 瓦，負責人胡棣華，是無錫成立較
早且影響較大的商業電臺，顧客來店買布，可以上樓參觀播音室，藉以擴大
營業。設有《無錫氣象》、《佛學》、《滑稽》、《平劇》、《獨腳戲》、《彈詞》、《文

〔註63〕　《蘇州廣播電臺彼（疑爲「被」，原文如此，本書作者注）焚》，《無線電》1936
　　　　年第 3 卷第 2 期。

學與醫學》等節目。（四）國泰廣播電臺。1933 年 6 月 18 日試播，次年 10 月 28 日正式播音。呼號 XLIF，功率 50 瓦，由國泰電器公司創辦，負責人華重光、許毓生。（五）世富廣播電臺。1934 年 8 月由富新電器公司與世泰盛綢布莊聯合籌辦，故又名「世泰盛、富新合組廣播電臺」。呼號 XLIN，功率 50 瓦，負責人王炳生。主要節目有《黨義》、《國語》、《兒童故事》、《通俗常識》、《民族英雄故事》、《科學演講》、《衛生常識》等。1937 年 10 月日機轟炸無錫，該臺停播，後來毀於戰火。（六）興業廣播電臺。由日新綢布莊創辦，負責人蔣瑾懷。1934 年正式播音，呼號 XLWU，功率 50 瓦。辦有《演講》、《故事》、《醫藥常識》、《滬市彙報及滑稽》、《話劇》、《彈詞》、《平劇》、《歌曲》等節目。

　　浙江省的杭州、寧波、嘉興、湖州、紹興等地也先後成立了一些民營廣播電臺。〔註64〕杭州最早的民辦電臺是 1932 年 4 月由浙江省政府批准成立的「亞洲無線電公司廣播電臺」，是由許建任獨資興辦的，機器設備也全部由該臺自行設計安裝。初期發射功率 15 瓦，後增至 50 瓦。臺址位於杭州市迎紫路 3 號。辦有《當日金融》、《法律常識》、《學術講演》、《無線電常識》、《唱片及廣告》等節目，每天播音 8 小時。杭州淪陷前夕停播。同年開辦且不久停播的另一家民營電臺名爲「杭州電臺公司廣播電臺」，呼號 XGYC，發射功率 15 瓦，臺址位於杭州市新民路 400 號。該臺全天播音 5 小時，節目有《中西音樂》、《無線電問答》等。1933 年，杭州敬亭無線電商店經理邵敬亭創辦了杭州市第三家民營電臺——敬亭廣播電臺，呼號 XLIQ，發射功率 50 瓦，用上海話播音。抗戰爆發後停播。杭州的第四家民營電臺是 1934 年由潘錫璋等合資開辦的宏聲廣播電臺，呼號 XLIR，功率 50 瓦，每天用杭州話和上海話播音 11 小時，辦有《國文教學》、《錢市》、《證券紗花行情》、《電器常識》及戲曲音樂等節目。寧波的民營電臺則有：（一）1932 年 5 月由寧波中國銀行職員潘也魯在磚橋寓所設立的「寧波實驗無線電臺」，發射功率僅爲 0.5 瓦，不久停辦。（二）「上海電料行」老闆袁士川於同年創辦的「黃金廣播電臺」。爲了擴大電器生意影響，袁士川自己動手裝起一臺功率爲 15 瓦的廣播發射機，在商店樓上辦起這座試驗性的廣播電臺，兩三年後停辦。（三）1935 年由富商子弟李厚衷、林肯堂開辦的「四明廣播電臺」。呼號 XHID，發射功率爲

〔註64〕浙江省的民營電臺資料主要來源於浙江省新聞志編纂委員會編：《浙江省新聞志》，浙江人民出版社 2007 年版。

25 瓦，以播送廣告和文藝節目爲主。由於當時設備和技術條件較差，電臺經常因爲機器零件損壞而停播。這樣斷斷續續堅持播音了五年時間，到抗日戰爭爆發前才停辦。這一時期，嘉興的「利聞廣播電臺」、「久大廣播電臺」、「挹芳堂廣播電臺」，湖州的「湖聲廣播電臺」和紹興的「越聲廣播電臺」、「陶樂廣播電臺」也相繼成立。

在青島，宏波廣播電臺由青島宏波電氣公司創辦，1933 年 7 月開始播音，臺址在中山路 60 號亞當姆斯大廈，呼號先後爲 XGGW 和 XHKB，發射功率先後爲 50 瓦和 100 瓦。該臺辦有《新聞》和《特別節目》，主要播送商業廣告。

漢口的第一座商辦電臺華中廣播電臺於 1934 年秋成立，每天播音 12 小時，以傳播商情、文化娛樂爲主，設有《民眾教育》、《常識談話》、《兒童教育》、《金融消息》、《娛樂消息》等。

北平不是沿海城市，卻是有名的歷史文化名城。抗戰爆發前，北平除燕聲電臺外，先後有通縣潞河中學廣播電臺、育英中學廣播電臺、亞北商業廣播電臺和英商增茂廣播電臺。潞河中學和育英中學均爲美國基督教公理會創辦的教會學校，潞河中學廣播電臺約在 1932 年 4 月前開播，呼號 LVHO，爲基督教教會控制。育英中學廣播臺於 1933 年 5 月 6 日晚試播，6 月末正式播音，呼號 XLKA。電臺經費的 1/3 來自學校和學生總自治會，其餘 2/3 由學生捐助，並同時向家長、教職員勸募。起初發射功率 30 瓦，1934 年因電力不足暫停廣播，1935 年秋復播。節目安排爲每周二、四、六晚七時至八時半由學校擔任，三、五、日爲華北福音廣播社擔任〔註65〕。1937 年「七七」事變後自行拆毀〔註66〕。

1934 年，英商增茂洋行和北平電報局訂立合同，租用 280 瓦和 15 瓦廣播發射機各一臺，開辦增茂廣播電臺，每天播送廣告、英語節目和西方音樂等。1935 年 4 月，增茂電臺被國民政府交通部收回官辦，改稱「交通部北平廣播無線電臺分臺」，電力 300 瓦，後增至 1000 瓦，是抗戰前北平電力最強的廣播電臺。〔註67〕

亞北商業廣播電臺約在 1935 年前後開播。

〔註65〕齊耐敵：《四年來育英廣播電臺之概括》，《育英史鑒》，北京市第二十五中學校史編委會編輯，2004 年 9 月印刷，第 150 頁。

〔註66〕董恩：《我們的電臺》，《育英史鑒》，北京市第二十五中學校史編委會編輯，2004 年 9 月印刷，第 256 頁。

〔註67〕宋鶴琴：《解放前的北京廣播事業》，《現代傳播》1984 年第 2 期。

1937 年初，華北最大的無線電業商行孔安商行為「繁榮商業，宣傳文化起見，特向交通部呈請，設立五百瓦特電臺，現交部業已照准，發給執照。」〔註 68〕電臺初擬設在北平王府井大街，後又打算遷往天津，終因戰事繼起而未能按時播出。

在山東省府濟南，齊魯大學試驗廣播電臺於 1933 年底開播，呼號為XOCL，發射功率 7.5 瓦，為齊魯大學無線電專修科創辦，設有《學術演講》、《無線電常識問答》及《聽眾指定》等節目。1937 年底，日軍侵佔濟南，齊魯大學實驗電臺停播。此外，濟南還有民辦的長興源廣播電臺，發射功率 7.5 瓦，地址在濟南市估衣市街，為長興源電料行創辦；福令克廣播電臺，功率 7.5 瓦，地址在濟南經七路小緯二路，是華僑無線電專家朱富寧創辦的。而在四川重慶以及安徽蕪湖、河北唐山、福建廈門和河北定縣等地，也曾設有民營的廣播電臺。由於這些電臺功率較小，大都在 100 瓦以下，還有一些甚至未取得政府執照，屬於非法運營，如重慶抗戰前出現的民營復亞、華記行、行功廣播電臺均未取得執照，因此這些電臺的影響範圍大多僅限於本地，且很多開辦不久就因各種原因停播。

抗戰前國內民營廣播電臺一覽 〔註 69〕

所在地	臺　名	呼　號	電力（瓦特）	周率（千周波）	備　註
上海	華泰	XLHB	45	560	民營
上海	大陸	XHHK	100	620	民營
上海	東陸	XLHG	100	640	民營
上海	華僑	XMHC	500	700	民營
上海	建華	XHHB	100	740	民營
上海	亞東	XLHJ	100	760	民營
上海	新新	XLHA	50	780	民營
上海	福音	XMHD	1000	840	民營
上海	安定	XHHD	50	860	民營

〔註 68〕鈞：《華北又將發現一最大民營廣播電臺》，《實用無線電雜誌》1937 年第 2卷第 8 期。
〔註 69〕殷增芳：《中國廣播無線電事業》，燕京大學文學院新聞學系學士畢業論文（1939 年 5 月）。

上海	友聯	XHHV	100	880	民營
上海	富星	XHHK	100	920	民營
上海	李樹德	XHHE	100	940	民營
上海	明遠	XHHF	100	960	民營
上海	佛音	XMHB	300	980	民營
上海	東方	XHHG	100	1020	民營
上海	中西	XHHH	100	1040	民營
上海	華美	XHHI	100	1060	民營
上海	上海	XHHS	100	1100	民營
上海	元昌	XLHM	50	1120	民營
上海	亞聲	XLHN	200	1120	民營
上海	大中華	XHHH	100	1160	民營
上海	航華	XHHZ	150	1180	民營
上海	國華	XHHN	100	1200	民營
上海	麟記	XQHG	250	1220	民營
上海	利利	XHHY	100	1240	民營
上海	華興	XHHP	100	1260	民營
上海	華東	XQHD	200	1360	民營
上海	惠靈	XLHF	50	1380	民營
上海	新聲	XLHE	50	1380	民營
上海	鶴鳴	XLHQ	30	1440	民營
天津	青年會	XQKB	150	750	民營
天津	仁昌	XQKC	200	870	民營
天津	中華	XHKA	200	1050	民營
天津	東方	XQKA	150	1350	民營
寧波	四明	XHID	75	770	民營
寧波	黃金	XLIA	15	1320	民營
蕪湖	亨大利	XLI	30	830	民營
蕪湖	大有豐	XLIH	15	1270	民營
杭州	敬亭	XLIQ	50	850	民營
杭州	宏聲	XLIR	50	1230	民營

杭州	亞洲	XLID	50	1370	民營
蘇州	百靈	XLIL	75	870	民營
蘇州	蘇州	XLIP	50	1310	民營
蘇州	久大	XLIB	15	1450	民營
嘉興	縣黨部	XGKA	15	895	民營
嘉興	榮德堂久大	XLKS	20	1490	民營
廈門	同文	XLIM	30	910	民營
無錫	時和	XHIB	75	970	民營
無錫	國泰	XLIF	100	1170	民營
無錫	興業	XLIE	50	1250	民營
無錫	世態盛福星	XLIN	50	1390	民營
廣州	無線電專校	XKRI	100	1070	民營
紹興	越聲	XLIO	20	1090	民營
高郵	楊氏	XLIG	15	1110	民營
上海	中華研究社	XHHL	100	1140	民營
定縣	中華平民	MABS	35	1250	民營
漢口	華中	XHLA	100	1280	民營
常州	武進	XLIK	75	1330	民營
北平	育英	XLKA	100	810	民營
濟南	齊魯	XOOL	7.5	1500	民營
上海	大東	HQHA	250	580	西人
上海	華美	XMHA	600	600	西人
上海	奇開	XQHB	30	820	西人
上海	法人	FFZ	250	1400	西人
上海	其美	XQHE	250	1460	西人
北平	燕聲	XGOM	15	1450	西人

可以看到，越是商業文化氣息濃厚的大都市如上海、天津、蘇州、杭州，民營廣播事業就越發達；越是東南沿海的開放城市，民營電臺的分佈越稠密。而在廣大的西北內陸地區，如西藏、新疆、蒙古、寧夏、青海、貴州和陝西等地，抗戰前竟然沒有出現過一家民營的廣播電臺。

上述電臺的畸形分佈，顯然是由民營廣播業的生存條件決定的。儘管官

辦電臺也設於通都大邑，與民營電臺的分佈類似。但對政府來說，把電臺設於任何地方都「非不能也，乃不爲也」。民營廣播與官辦廣播不同。對絕大多數民營電臺而言，廣告收入幾乎是其唯一的經濟來源。民營電臺要想維持並擴大經營，除非有大量的外資注入且不求回報，否則就只能依靠企業或商家的廣告。僅此一點，就把絕大多數工商業不發達的地區排除在外了。而相對穩定的供電系統和一定規模的受眾群也是民營電臺立身的必要條件。這在戰前也只有沿海和內陸的少數發達城市才能夠做到。

第三節　民營電臺同業公會的成立

廣播業作爲一個新興行業在上述城市的迅猛發展，使相關從業人員驟然增加。民營電臺和民間廣播從業者的數量增長，也意味著一個新的利益群體正在生成。在上海，民營無線電播音業同業公會率先組織起來，參與到協調和管理民營電臺的各項事務中。

一、上海民營無線電播音業同業公會的成立及其運作

在上海的民營電臺中，亞美公司所屬的上海廣播（亞美）電臺較早認識到行業組織的重要性，並著手搭建同業互動平臺，以推動各民營電臺的聯繫。1928 年 8 月 4 日，亞美公司在上海民立中學推出了籌備已久的「第一屆中國無線電展覽會」，設置的獎品包括亞美公司價值五百元的物品及蘇氏兄弟公司贈送的科學叢書各一冊，還有交通部無線電管理處處長之「無線電大全一巨冊、管理處工程師朱其清先生銀盾一座，軍事委員會無線電廠工程師張玉麟君短波無線電手冊二本，中國播音協會及三極銳電公司銀盾各一座，中國電器公司之儀器、利達公司經理奚君之無線電用品等。會場內有國民政府無線電廠之軍用收發報機，商行出品，有開洛公司惠勒公司得律風根公司及大華電池廠茂生洋行等」〔註 70〕。開洛公司電臺爲展覽會播送了特別音樂，蘇祖國則親自到場爲參觀者講解，場面熱烈。《申報》等上海報紙還對這次展覽會進行了報導。這次展會不僅使外界加深了對亞美公司的認識，也使參會的無線電愛好者受益匪淺，同時還給無線電研究家提供了技術交流的平臺和機會，可謂一舉多得。

〔註70〕《第一屆中國無線電展覽會》，《申報》1928 年 8 月 1 日版。

以此為契機，亞美公司又「屢擬聯絡業餘家，以求切磋之益，曾呈主管機關，以無明文規定而未果」〔註71〕。蘇祖國曾撰文談到自己對無線電同業機構的認識：

> 凡事之成功或發明，務必有相當研究與實驗，尤以科學事業為甚。……業餘家於業餘時間，孜孜於其所好，其成就之希望自多。故我國欲求科學之進步，業餘家實負重大責任，而吾無線電界來日之發展，尤賴乎業餘家也。但我業餘家既從事於研究，各不相謀，僅擇其所好而試驗之，設或有人已得其究竟者，其它尚摸索於黑暗中，既費金錢，又耗時間，其不經濟可知。是以非相互聯絡不可，而業餘組織有成立之必要也。業餘組織既知需要矣，其組織之綱要，與進行之目標，更非有相當之準備不可。否則易滋流弊，於前途殊多妨礙。故希業餘家踊躍廣賜意見，俾為大眾謀學術之進步，為社會國家謀國際科學地位之光榮也。〔註72〕

正是基於這一切身體驗，亞美公司成為最早加入曹仲淵發起的中國播音協會會員單位之一。在公司的廣播無線電臺（XGAH）成立後，又於黃金時間免費播放播音協會節目。下表為上海廣播（XGAH）無線電臺 1932 年 1 月的播音節目單〔註73〕：

時　　間	節　　目	備　　註
9：30～10：30	報告商情，當時上海氣象及唱片	
11：10 起	報告各交易所商情	
11：45～12：30	唱片、報告商情，當時上海氣象、轉播杭州氣象報告	
12：30～12：57	最新西樂唱片	
13：00	上海標準鐘點	
14：00～14：45	報告各交易所商情	
15：30 起	報告各交易所商情	

〔註71〕《為業餘組織啟事》，引自蘇祖國：《中國無線電》，1934 年 8 月 20 日第 3 卷第 16 期，第 693 頁。

〔註72〕蘇祖國：《業餘組織》，引自蘇祖國：《中國無線電》1934 年 9 月 5 日第 2 卷第 17 期，《編者餘話》。

〔註73〕上表根據蘇祖國編：《無線電問答彙刊》第一期第 12 頁繪製，國華電器行、亞美無線電公司編印，中華民國 21 年 1 月 10 日版。

16 時起	報告各交易所商情	
16：20～16：50	兒童節目（演講部）	星期二、四舉行
同上	演講（演講部）	星期六舉行
17：10 起	最新唱片、報告商情、當時上海氣象	
17：20～18：10	彈詞 朱介生 落金扇	中國播音協會會員國華電器行播送
18：10～19：00	評話 黃兆麟 三國志	中國播音協會播送
19：00～19：50	彈詞 楊任林 白蛇傳	中國播音協會會員明遠電器行播送
19：50～20：40	四明南詞 陳昌浩 十美圖	中國播音協會播送
20：40 起	無線電常識問答（問答用紙購貨時請向亞美公司門市部索取）	星期一、五
星期三下午 20：40～21：30	特別節目（節目臨時報告）	中國播音協會會員國華電器行播送
星期六下午 20：40～21：40	特別節目（節目臨時報告）	中國播音協會播送

　　可以看到，電臺每晚 17:20 以後都是中國播音協會的節目時間。但遺憾的是，到 1932 年，隨著上海民營廣播漸呈興旺，非會員也可自由收聽電臺的娛樂節目，於是一些原來的會員便不再向「中國播音協會」繳費，各項會務活動遂難以為繼。對此金康侯曾撰文剖析這種心態，認為「吾國人無論對於何事，只顧貪圖便宜小費，而不肯熱心鞏固公眾團體，無堅忍之志，致處處落於人後。」〔註74〕

　　1932 年 8 月，亞美電臺邀請上海及附近的各民營廣播電臺相關人員 50 多名，參觀了亞美無線電公司，並組織了一次宴請聚會。元昌電臺老闆張元賢在會上建議，應組織業內「聯合同盟」，以「聯絡感情暨調解電波互擾糾紛等情」，並提出了組織「業內同盟」的六條意見：

　　1. 暫由問答彙刊編輯部代收各電臺「聲請加入書」或意見（須蓋章簽字）；

　　2. 然後通函選舉執行委員執行之；

　　3. 各同志與各電臺（不論電力大小）如經加入當守會章；

〔註74〕金康侯：《中國播音協會之興替》，《無線電問答彙刊》第 19 期，1932 年 10 月 10 日。

4. 大電臺留出相當時間予較小電力之電臺以播音機會（此乃指電力較小之電臺並非試驗或業餘性質者）；

5. 每日提出半小時之時刻為新播音臺校驗，勿使在各播音臺播送節目時有播音機電波侵入之現象發生；

6. 各播音臺聯合呈請當局頒佈管理條例以免步以前「國華」、「天靈」之後塵。〔註75〕

同年 10 月 29 日，上海民營電臺的第一個聯合組織——中國播音會成立。這是一個範圍較小的民間組織。以此為基礎，1934 年春，上述電臺發起組織同業公會，並呈經中國國民黨上海市執行委員會核准。5 月 1 日，國民黨上海市執行委員會頒發了上海市無線電播音業同業公會許可證書。11 月 11 日，上海市各民營廣播電臺在上海市商會舉行成立大會，凡屬上海市華商經營的電臺並經過交通部發給執照或登記註冊者均為該會會員。播音業同業公會成立的目的為聯絡感情，互通信息。先後參加該會的共有民營電臺 23 家。公會設總務、組織、調查、會計、研究五科，日常會務為解決各電臺相互間的問題，並為各電臺上報和收轉國民政府當局交辦的各項事務等。會議推舉福音電臺負責人王完白為主席，蘇祖國、胡芝楣（不詳）、王完白、金康侯（亞美電臺）、陳子楨（國華電臺）、王緯之（利利電臺）、陳靭春（東方電臺）、陳懋甫（友聯電臺）、張元賢（元昌電臺）等九人為執委。陳仰乾、顧克明（在上海創辦紗廠、藥廠等多種實業，是上海總商會和股票商業公會會員）、李瑞九（李樹德堂電臺負責人，上海青幫大字輩，商界精英，在青幫和洪門的地位都很高）三人為候補執委。當天，上海市黨部、社會局和市商會都派出代表參加了揭幕儀式。

機構甫一成立，即馬上投入民營電臺的各項公共事務中。1935 年 6 月初，就一些民營電臺無端被取締，造成電臺業主的損失事件，以及許多電臺呈請審查播音的材料往往得不到及時批覆，導致電臺無法取捨材料等情況，播音業同業公會派出王完白、蘇祖國和王緯之前往上海民營電臺的主管機關——交通部上海國際電信局交涉。在與局長溫毓慶〔註76〕面談後，問題獲得圓滿

〔註75〕 張元賢：《無線電界聯合之建議》，《無線電問答彙刊》，1932 年 9 月 5 日，第 268 頁。

〔註76〕 溫毓慶，廣東省臺山縣人，清華大學畢業，後留學美國，獲哈佛大學博士學位。回國後曾任清華大學教授、財政部稅務專門學校校長、財政部參事等職。

解決。以前，國際電信局一旦查出某電臺「不合格」便立即下令停播，令電臺損失慘重。經過交涉，國際電信局承諾以後會事先書面知照，以三日為期，要求電臺自行改正即可。而對電臺呈請材料批覆緩慢問題，國際電信局也表示可以轉催教育局，要求盡速審查發還。

時隔不久，播音業同業公會又在與英商電器音樂公司的經濟糾紛中，堅決捍衛了民營電臺的行業利益。

上海廣播業的興起，是與收音機數量的猛增互為因果的。截至 1935 年 9 月 30 日，上海地區已有 6.8 萬餘具收音機在國民政府交通部國際電信局登記備案。如此龐大的聽眾群，意味著一個巨大的廣告市場已經形成。為吸引聽眾，招徠更多廣告，各商業電臺紛紛使出招數，開設了花樣繁多的音樂和戲曲節目。這無形中對「傳統」的唱片業市場造成巨大衝擊。

上海唱片業始於 19 世紀末。到 20 世紀 20 年代，上海已發展成為全國的唱片製造和發行中心。廣播事業興起後，唱片業多了一個與聽眾接觸的載體和渠道，自然受到唱片生產商的青睞。一些唱片公司為提高知名度，不惜廉價向各電臺推銷本公司唱片，甚至允許其免費播放。當時的上海民營電臺幾乎家家都有播放唱片的節目。社會上對廣播的種種期待、稱讚或批評，實際不少針對的就是電臺唱片。在一般的商業電臺，每只唱片播送之後，接著就是商品廣告，如一曲梅蘭芳的《貴妃醉酒》唱完，便會引出一長串的絲襪、醬鴨、肉骨頭、人參補藥之類的廣告。這也是當時商業電臺的一大特色。越來越多的人選擇收音機，意味著唱機將受到冷落，市場上的唱片和唱機銷量大減。以百代公司組建的寶芳公司（Pao Fong Talking Machine Co.）為例。該公司原以販賣留聲機和唱片為主，幾乎不涉足無線電生意。「往年興盛時，每年營業額達五十萬元左右」〔註77〕。然而進入 30 年代，卻『『因市況衰落及無線電盛行，留聲機生意大受打擊，年僅二十五萬元左右』，1934 年『尤為清淡』，從往昔的年有盈餘跌落至虧蝕的境地。又如成立於 1927 年前後的中國

由於他精通無線電業務，曾為蔣介石研究過中文密電。20 世紀 20 年代末光華大學教授顏任光任交通部電政司司長期間，溫毓慶參與籌建我國第一座國際無線電臺——設在上海真茹的國際無線電臺，並出任交通部上海國際電訊局局長。

〔註77〕 「中國徵信所報告書」第 6390 號，上海檔案館所藏檔案。轉引自葛濤：《電波中的唱片之聲——論民國時期上海廣播唱片的社會境遇》，《史林》2005 年第 5 期。

唱機公司（Chung Kou Talking Machine Co.）一度以製作和銷售唱機為主，老闆干阿寶曾長期供職於謀得利琴行，是聞名的巧匠。該號初創時，正值『唱機暢銷時代』，每月的營業額可達 2 千至 3 千餘元，『利益頗厚，約有二、三分錢利益』，且『年年可獲利』。但是自『盛銷無線電收音機以後，竟大受打擊，唱機銷路，寥寥無幾』。」〔註78〕眼看免費播放唱片的電臺盈利年年攀高，那些非但沒有從中漁利，反而深受其害的唱片公司坐不住了。

1935 年 6 月，英商電氣音樂實業有限公司（即百代唱片公司）致函國民政府交通部國際電信局和上海市民營無線電播音業同業公會，要求各廣播電臺最遲於 8 月 1 日起，每月向公司預付 150 美元作為播放旗下唱片的公演費。在致國際電信局局長溫毓慶的信中，百代董事 H・L・威爾遜的措辭強硬而傲慢：

> 您也許對唱片廣播的法律規定並不清楚，我們藉此機會告訴您，這種法規在全歐洲各國已經普遍建立，在美國現在沒有得到製作者的允許而播放唱片是非法的。也就是說，購買一張唱片並不等於給任何人公開播放即廣播唱片的權利。英國法院在最近宣佈的一份判詞中認為，唱片製作商花了一切技術和勞力所得來的利益不能簡單地被唱片的買主取去。這個判決的公正性，深信您不難承認吧。

他進而強調，

> 雖然中國法律適用於保護版權，不採取和其它國家一模一樣的形式，然而對我們希望利用的東西確也提供了保護。中國的版權法擴大到音樂作品的保護，唯有唱片的製作人有公開演播的專門權利。在此情況下公開演播即為廣播之意。〔註79〕

在信函中，英商電氣音樂實業公司還明確提出了六項要求：

1. 只有簽署了專門用於廣播協議而製作的唱片才能廣播。

2. 唱片須向製片公司直接實價購買，播送時也只能以實價購買的唱片為限。

3. 唱片廣播每日不能超過三小時。

〔註78〕葛濤：《電波中的唱片之聲——論民國時期上海廣播唱片的社會境遇》，《史林》2005 年第 5 期。
〔註79〕《舊中國的上海廣播事業》，第 211 頁。

　　4. 新出的唱片，在發行出售第一周內每天至多廣播一次，此後每周不能超過一次。

　　5. 在廣播唱片前後，須將每張唱片的片名號數及製片者名稱向聽眾報告；

　　6. 新播唱片須完好無損，凡認為不適用的，在唱片製片商要求下可收回。〔註80〕

　　這些近乎苛刻的要求，對於剛剛起步且主要靠唱片維持生計的上海民營電臺來說，無疑是十分不利的。

　　這一事件的起因，其實也有著深刻的國際背景。

　　在英美等西方國家，自從廣播業興起後，唱片一度成為電臺節目的重要組成部分，對唱片業構成了巨大威脅。為此，唱片公司不得不聯合起來，組織了一個國際留聲機事業聯盟。20世紀30年代初，他們先是在英國取得法律上的勝利，也就是廣播電臺在未取得唱片公司允許之前，不得隨意播放該公司的唱片；接著在歐美其它國家也逐漸取得「版權」，作為保護措施。當中國廣播事業的發展已明顯危及唱片業根基時，作為唱片業老大的百代公司率先向上海的相關責任機關發難，也就在所難免了。

　　最先做出反應的是上海市民營無線電播音業同業公會。經過議決，同業公會除委託「上海時人」〔註81〕朱亞揆律師履行相關法律手續外，還通告各會員電臺，在爭端未解決之前，一律不得與英商電器音樂公司私訂任何合同，「如有不顧同業公共利益私自簽訂者，將擔負全體會員電臺之損失」〔註82〕。同時與國人自營的大中華留聲唱片公司正式簽約，凡該公司提供的特價購片和出品的所有唱片，在全國各電臺均可播放。所有會員電臺從7月1日起，除大中華唱片外，暫停播送其它公司的唱片。同業公會又去函百代公司，詳陳唱片在電臺播送不能收費的理由，並要求於7月8日前回覆。

　　同業公會給出的拒絕繳費的理由是，各電臺是在取得百代公司同意後才播送該公司唱片的，並有函件為證；而百代公司早期為了營業，向各廣播電臺廉價傾銷唱片，等各電臺購置完備後卻又用此要挾手段限制播送，希圖獲得「不法利益」，在道義上是站不住腳的。據此，同業公會強調，「此種行為，

〔註80〕《舊中國的上海廣播事業》，第211頁。
〔註81〕戚再玉：《上海時人志·朱亞揆》，展望出版社1947年版，第33頁。
〔註82〕《舊中國的上海廣播事業》，第243頁。

殊難予以承認，而放棄法律上應得之權利。」〔註83〕7月8日，英商百代公司沒有答覆，電臺方面因為超過期限，又將唱片重新播送。

與播音業同業公會的快速反應加訴諸法律手段維權不同，交通部國際電信局採取了調查研究後呈報上級交通部批覆的辦法。7月3日，國際電信局據此呈報交通部，認為英商的要求不應得到支持，原因是上海各廣播電臺尚在草創期間，經濟狀況自屬困難，無法負擔這種高額費用，忍受此等摧殘；而英商電器音樂公司在各電臺成立之際，曾分別致函要求播送本公司製作之唱片，並贈送樣片，請廣為宣傳，事先也沒有不得公演的聲明，「足見其對於公演不特早已承認，抑且甚為需要，此次突然要求收費，殊屬矛盾。」〔註84〕呈文還強調，如果准允唱片公司的要求，那麼書籍、歌曲的著作人或版權人也會援例請求演播者付費，難免引起無限糾紛。最後交通部裁決，「留聲機片既非出版品，亦非出版物，並無專有公開演奏之權。購買人本其所有權作用，無論如何使用，即不問其以供個人娛樂或以供公眾收聽，應任憑自由，出售人、製造人、發行人均不得干涉」。「所有外商唱片公司向該局廣播無線電臺要求繳納公演費一節，應毋庸議，仰知照。」〔註85〕國際電信局接到命令後，迅速通知民營無線電播音業同業公會，正式駁回了百代公司的請求。

1936年12月25日18時15分，上海市播音業同業公會收聽到國民黨中央電臺關於「蔣介石離開西安、西安事變和平解決」的新聞，立即通知各會員電臺轉播。19時左右，上海各報始有號外出版。電臺播送新聞首次搶在了報紙的前面。〔註86〕而江蘇無錫各界收聽到上海亞美廣播電臺的報告後，通過長途電話詢實，亦隨即播送，該地報紙亦出號外。

二、民營無線電播音業同業公會的作用

同業公會是中國近代特別是民國時期普遍存在的新式工商行業組織，主要是為了使一些行業尤其是新興的職業能夠自我管理而成立的。由於它承擔著半政府職能，與政府之間建立起各種正式或非正式的合作關係，因此「不僅在行業的自治與自律、整合與管理中起著重要作用，而且在維護同業利益，

〔註83〕《舊中國的上海廣播事業》，第242～243頁。
〔註84〕《舊中國的上海廣播事業》，第210頁。
〔註85〕《舊中國的上海廣播事業》，第213頁。
〔註86〕參見趙凱主編：《上海廣播電視志》，第168頁，上海社會科學院出版社1999年版。

促進行業發展乃至整個社會經濟生活的運轉中也有著不容忽視的影響，同時在很大程度上又是政府進行經濟調控與管理的重要工具。因此，同業公會的活動內容與影響常常突破經濟範疇而滲透到社會生活的諸多層面，從而對近代中國社會的變遷不無作用。」〔註87〕

「訓政」時期的南京政府，意欲加強民間同業組織的法制化管理，使之成為在社會局註冊的公開化、社會化合法機構。1929 年，國民黨第三屆中央執行委員會第二次全體會議通過了《人民團體組織方案》，對人民團體的類別、黨團關係及組織程序作了詳細規定。按照這一方案，各民營廣播電臺可以合法地組織職業團體，並在政府監管下有一定運作空間和權利職責範圍。

「只要有組織，便可有力量。」〔註 88〕上海市民營無線電播音業同業公會在杜絕電臺之間的無序競爭，維護民營電臺的合法權益，以及架設官民溝通的橋梁、促進民營廣播自身發展等方面，都發揮了積極作用。

首先，播音業同業公會的成立，起到了保護同業，為同業爭取合法權益的作用。如與英國唱片巨頭百代公司的糾紛，就在民營電臺同業公會與政府通力合作下，最終取得了勝利。而民營電臺同業公會通過向政府請願、交涉等方式，抗議政府對一些電臺的無理取締行為，也有效保護了電臺自身的合法權益。

其次，播音業同業公會釐訂的行業規則和行為規範，較好地發揮了行業自律和行業規範的功能，彌補了政府職能的缺失。如廣告節目定價及電臺每日播出內容等細則，都會隨市場行情不斷變化，而政府管理中卻難以顧及。為商家做廣告是民營電臺最重要的經濟來源，也是其核心業務之一。當時的廣告客戶若想在一個民營電臺播送節目，需要支出兩項費用，一是給請曲藝家演奏的演奏費，一是給電臺的電費。1934 年以前，各電臺收費標準不一，令廣告客戶無所適從。播音業同業公會成立後，通過協商，制定了各電臺統一收費標準。這就避免了電臺之間競爭時的互相殺價或漫天要價現象，既維護了行業形象，也有利於廣告客戶的市場投放。從這一意義上看，播音業同業公會的成立，不是與政府對立，而是相互協作，擔當著民營電臺與政府溝通的中介角色，在許多方面加強了政府的管理與調控功能。

〔註87〕馬德坤：《民國濟南同業公會研究的回顧與反思》，《東嶽論叢》2011 年第 8 期。

〔註88〕錢穆：《中國歷代政治得失》，九州出版社 2012 年版，第 169 頁。

　　1936 年 7 月，播音業同業公會又主動承擔起審查各民營電臺播音稿的職責，在貫徹政府的政策規定方面，也起到了很好的監管和過濾作用。

　　第三，播音業同業公會成立後，進一步加強了民營電臺間的溝通和聯繫，有利於壯大聲勢，促進本行業更好發展。公會成立後，經常組織電臺負責人聚會，及時通報各自情況，關鍵時刻及時發聲，並組織勸募活動，支持災區，一定程度上擴大了民營電臺的話語權，也壯大了民營電臺的力量。1935 年夏天，長江流域發生洪澇災害，武漢市被水淹沒 90 天。從 8 月份開始，播音業同業公會執委會發起宣傳籌賑的活動，並決定給予捐獻 100 元以上的商號廣告上的優惠。

　　最後，播音業同業公會的成立並正常運作，意味著現代民營廣播的管理運行模式已由「政府→民營電臺」的單向管理模式，變成「政府←→民間行業組織←→民營電臺」的三方協議和博弈方式。播音業同業公會與下屬各電臺構成一種垂直的組織網絡，同時與其它的社會組織發生網絡化聯繫。同業公會再憑藉這一網絡系統，在市場經濟體制內起著調控功能，表現為維護公平的競爭秩序、調解電臺之間的訴訟糾紛，起到國家和民營電臺之間的橋梁紐帶作用。

第三章　各爲其「主」

　　1930 年代陸續開辦的各城市民營電臺中，絕大多數爲商業性質，目的是盈利。爲了生存，商業電臺多以播放迎合市民趣味的娛樂性節目爲主，加以大量廣告和少數的新聞或教育性節目。少數電臺爲宗教團體設立，目的在傳教而不是盈利，如上海的福音電臺和佛音電臺。也有的是以探討學術或文化教育爲使命，不以賺錢爲目標，如齊魯大學廣播電臺、河北定縣實驗電臺等。由於設立電臺的初衷和目標不同，30 年代的民營廣播在整體呈現出各不相同的面貌與特徵。

第一節　商業電臺廣播與現代都市文化

　　所謂商業電臺，是指以盈利爲目標，靠廣告費或訂戶費維持運營的一類電臺。這類電臺普遍重視聽眾需求，以大眾趣味爲指揮棒，把吸引聽眾和經濟效益作爲最高追求。如此一來，則不免使得電臺節目流於庸俗甚至低俗，受到聽眾的批評。

一、以娛樂與廣告爲主的節目安排

　　節目是廣播電臺的立身之本。電臺在安排節目時，需考慮其形式是否適於廣播，時長多少，同類節目占播出總額的比例，以及與其它電臺的節目是否有同質性等問題。而商業電臺爲了爭取市場份額，尤其重視節目的社會反響。那些大眾喜聞樂見的民間曲藝、流行歌曲等節目，往往成爲商業電臺的

首選。很多商業電臺還自覺地選擇本地方言播音，以迎合當地聽眾。然而在市場作用下，一旦有一家電臺節目取得成功，往往會引起其它電臺的群起做仿；而多家電臺同時播出一類節目，或爭相延聘某位受歡迎的播音員，又會造成所謂的「流行」，引起社會的跟風。從 1934 年上海各廣播電臺的節目表中可以看出，商業電臺儼然已成爲上海大眾文化尤其是戲曲和流行音樂的天地。著名教育家俞子夷先生〔註 1〕就曾用嚴謹的數理統計方法，調查分析了1934 年 4 月 5 日上海市各電臺節目的構成：

　　播音臺一天一天的增加，當然是一個進步的現象。上海一地，電臺數獨多。所播節目有好多人提出疑問，以爲娛樂的太多，學術與教育的太少。就四月五日中國無線電所載節目表，上海中國電臺二十八家（暫停播音者或無詳細節目表者不計）節目做一統計如下。數目是指檔數，每檔約三刻或僅一點鐘，每星期五次或六次者作一檔算，不過二三次者作半檔算。

　　彈詞 90，評話 17，開篇 7，歌唱 19，其它娛樂 10，講演問答12，兒童節目 1.5，申曲 26，蘇州文書 9，四明文書 7，播音劇 9，話劇等，教國語 13，英語等，其它教授 6.5，蘇灘 7，宣卷 5，南方歌劇陶情 4，故事 7.5，新聞 6，娛樂的共 217.5，非娛樂的共 39。唱片節目沒有計入。其它娛樂，包括小調、越調、滑稽、大鼓、群芳會場等。其它教授，包括教新歌、提琴、口琴、京胡、平劇等，也含有若干娛樂的意味。

　　拿 28 家平均起來，非娛樂的，每家平均不過 1.3 檔罷了。娛樂的每家平均有 7.75 檔。每日每家平均播送七八時的娛樂，娛樂的機會眞多。娛樂中彈詞占第一，私定終身後花園，落難公子中狀元可以說是大眾最歡迎的了。〔註2〕

〔註 1〕俞子夷（1886～1970），名旨一，字逎秉，祖籍江蘇蘇州，後遷居浙江。現代教育家，思想家。早年肄業於上海南洋公學、愛國學社，後留學日本，並赴美國考察。一生出版很多教育論著。

〔註 2〕俞子夷：《談廣播節目》，《中國無線電》1934 年 5 月 5 日第 2 卷第 9 期，轉引自《舊中國的上海廣播事業》，第 253～254 頁。

蘇州評彈名家陳瑞麟在電臺演出

　　商業電臺的勃興，為傳統民間曲藝提供了一個新的傳播平臺。20世紀30年代，一些大中城市的遊藝人員開始把演藝空間拓展到民營電臺。蘇州評彈名家陳瑞麟（1905～1986）1931年進上海後，先是在亞美電臺自編自演《反倭袍》、《雙傑傳》、《張文祥刺馬》等，後又輪流在「華東」、「亞聲」、「國華」、「大中華」、「東方」等十九家電臺播音達十年之久，成為上海灘家喻戶曉的播音明星。

　　上海是這樣，其它城市也差不多。在天津，由於曲藝深受聽眾歡迎，也因曲藝演唱的簡便性，四大電臺紛紛約請曲藝藝人直播，並由藝人在節目演唱中間代播商品廣告。當時京東大鼓藝人劉文斌就經常在各電臺直播演出，其間不時穿插廣告，社會反響不錯。劉文斌演唱的曲目很多，有《十字坡》、《雙鎖山》、《劉金定觀星》、《朱買臣休妻》、《諸葛亮招親》、《諸葛亮押寶》、《借女弔孝》、《鐵冠圖》、《韓湘子上壽》、《郭子儀慶壽》、《昭君出塞》、《紅月娥做夢》、《探窯送米》、《王三姐剜菜》、《倒娶連科》、《大西廂》等。當時津城的許多企業都看中了劉文斌在電臺播唱的京東大鼓，與電臺商量把自己的新產品和推銷產品夾進去。因此，劉文斌的京東大鼓將廣告最早帶入電臺，奠定了有聲廣告的基礎。1936年4月3日的《廣播日報》載文稱，「劉文斌的唱段深受大家喜愛，尤其是廣大家庭婦女，特別是老太太的青睞。」那時，走在馬路上常能聽到有人哼唱他的段子，就連一些相聲大家也紛紛學唱，形成一時的「京東大鼓熱」。

　　廣播為民間傳統戲劇增添了一條傳播路徑，對曲藝特別是曲藝音樂的普及起了不可估量的作用。它不僅使京韻大鼓、單弦等當地曲種為更多聽眾所熟悉，也使河南墜子、遼寧大鼓、京東大鼓、單琴大鼓等新流入或新創立的曲藝音樂

形式登堂入室，爲聽眾喜聞樂見。「自從有了廣播電臺之後，的確替遊藝界各式人等開闢了一條生路，除了場子、堂會之外又多了一筆收入。」〔註3〕

除了傳統曲目，新的適於廣播的節目樣式如廣播劇也被創制出來。所謂廣播劇，就是以廣播爲介質構建的一種故事敘述方式。它有典型的事件，有不同人物的對話和曲折起伏的情節，集故事性、文學性、趣味性於一體，適於以聲音爲載體的電臺傳播。1933 年 1 月 26 日，上海亞美公司廣播電臺舉辦「一二八週年」紀念播音。27 日，電臺播送了蘇祖圭編寫的播音劇《恐怖的回憶》。一般認爲，這是國內最早的一部廣播劇。

天津話劇演員梁赤俠則成功地將單人話劇引入廣播。梁是天津本地人，曾爲小學教師，後加入文明戲班，和田韻舫、周石吟等在春和大戲院演出，之後又離開文明戲班。經過潛心刻苦的思索，梁赤俠終於研究出一種獨特的藝術形式——單人話劇，即參照口技藝術的形式，一人模仿男女老少不同人的聲音，刻畫人物，發展情節，完成故事，受到聽眾的追捧。梁赤俠播放的劇目，多爲社會家庭的生活問題和倫理道德，懲惡揚善爲主題，多取材於《聊齋誌異》中的故事，也取材於自己過去演的文明戲劇目。約在 1935 年首播於中華廣播電臺，因他播的節目通俗易懂，情節動人，故事完整，又兼當時正值壯年，口齒清楚，聲音洪亮，模仿各種人物惟妙惟肖，一時聲譽鵲起，在電臺大紅大紫。〔註4〕

從上海樂壇興起後漸次推及全國的流行歌曲，也少不了商業電臺的推波助瀾。黎錦暉〔註5〕詞曲、黎明暉〔註6〕演唱的《毛毛雨》、《桃花江》就借助無線電波，長久地飄蕩在上海的上空。而周璇、張靜、黃韻、汪曼傑、姚莉、張時隱等歌壇明星也因爲商業電臺日夜不停的傳播而聲名遠揚。1934 年，上海各民營電臺還聯合舉辦了一場歌星比賽，推選出了「金嗓子」周璇等十大

〔註 3〕湯筆花：《播音生活》，《申報》1939 年 2 月 3 日，轉引自《舊中國的上海廣播事業》，第 486 頁。

〔註 4〕王木：《回憶舊中國天津電臺的一些往事》，天津廣播電視局史志編審辦公室主辦《天津廣播電視史料》1995 年第 5 期。

〔註 5〕黎錦暉（1891～1967）是中國流行音樂的奠基人，也是中國兒童歌舞劇的創始人，同時還是第一個中國歌舞學校的創辦者。他創作的《桃花江》、《特別快車》、《夜深沉》、《小小茉莉》、《薔薇處處開》、《妹妹我愛你》等，是中國最早的流行歌曲。他的流行歌曲集《家庭愛情歌曲 100 首》，由上海文明書局分 16 冊出版，在當時的中國產生過巨大的影響。

〔註 6〕黎明暉（1909～2003），中國早期歌星和影星，黎錦暉之女。

歌星。

　　與今日所有歌曲、樂曲、曲藝節目的電臺播出方式不同，20 世紀 30 年代，除了一些唱片外，絕大多數都是現場直播的。即使一些流行歌曲或樂隊節目，也都是請演員到電臺演出同時播放。1936 年，上海的《小朋友》期刊登載了一篇署名「楊慰堂」的《我們參觀廣播電臺》的文章，記錄了自己元旦那天到大陸電臺參觀的情形：「播音員是四個女子，其中一個坐在當中的一支臺子旁邊，面前放著一架播音機。這時，她看著唱歌簿，正在唱一支《漁光曲》，她唱完了，又交換了一個女子，唱一曲《永別了我的弟弟》；接著，又換了一個女子，唱了一曲《燕燕歌》，後來，又換了另一班人唱滑稽戲……」〔註7〕

　　吸引聽眾、迎合大眾趣味固然是商業電臺的趨利本性使然，但主管機構卻不允許其放任自流。國民政府交通部和國民黨中央廣播事業指導委員會對商業電臺的節目內容有嚴格的限制和規範。1936 年頒佈的《指導全國廣播電臺播送節目辦法》規定，娛樂及廣告節目至多不能超過 60%。同年，北平燕聲廣播電臺負責人趙伯庸申請於每晚 7 點至 11 點連續播放音樂，供平津兩市外國僑民收聽，結果交通部批覆：「該臺應注意發揚中國文化及有益民眾教育之節目，音樂節目應以國樂為主，所有播送西樂節目不宜過多。」〔註8〕

　　在商業電臺中，有幾家獨闢蹊徑，走上了專業化、對象化道路。如上海華泰電臺為全部播送唱片的「唱片電臺」，華美西人廣播電臺從早 7 點至晚 12：30 全部播送西樂，中西大藥房開設的中西電臺則以推廣營業並灌輸市民衛生常識為主。

中西廣播電臺 1934 年 2 月 5 日節目表：

時　間	節目內容	備　註
9：00～9：30	新聞、節目預告	
10：00～11：00	唱片	
11：00～12：00	大紅袍	周劍虹
12：30～13：00	醫藥常識	王完白 秦道源（星期六）

〔註7〕楊慰堂：《我們參觀廣播電臺（參觀記)》，《小朋友》，1936 年第 702 期，上海中華書局小朋友編輯部編。

〔註8〕參見北京市地方志編纂委員會編：《北京志·新聞出版廣播電視卷·廣播電視志》，北京出版社 2006 年版，第 163 頁。

時間	節目內容	備註
13：00～13：45	歡喜冤家	周鳳文
13：45～14：15	故事	徐哲身
14：15～15：00	三笑	劉天韻
15：00～15：30	電影介紹	李君磐
15：30～16：00	緊要電訊	
15：00～16：00	基督教義	

　　一些電臺則在開拓廣播節目空間方面另闢蹊徑。上海元昌電臺就曾嘗試打通廣播、電影的界限，於 1934 年開設了由播音名家湯筆花主持的《影訊》節目，既爲電影作廣告，也爲廣播擴大聽衆來源。循著這一思路，1937 年，該臺又開設了《書報介紹》節目（張悌主持）。電臺還較早嘗試空中教學節目，設立了教手工、教珠算、教美術、教國語、英語及專家擔任的法律講座等，並配合有相應的刊物，既發揮了廣播的教育作用，也具有較強的實用功能。

元昌廣播電臺 1937 年 7 月節目表：

時　　間	節目內容	備　　註
8：00～8：10	早操	
8：10～8：40	教國語	
8：40～9：20	唱片	
9：20～9：50	教手工	馮秋萍
9：50～10：00	書報介紹	張悌
12：00～12：10	商業介紹	
12：10～12：40	申曲	朱泉根
12：40～13：00	防衛知識	張悌
13：00～13：10	商業介紹	
13：10～13：40	毛家書	陳瑞麟
13：40～14：00	教珠算、美術、醫學常識	
16：00～16：30	四明講卷	虞祥甫
16：30～17：00	故事	高陽山人
17：00～17：40	玉蜻蜓	蔣月泉
17：40～18：00	太極操	
18：00～18：10	商業介紹	

18：10～18：40	申曲	小文濱 小月珍
18：40～19：00	晚操	
19：00～19：20	唱片	
19：20～20：00	評話 英烈傳	許繼祥
20：00～21：05	中央節目	
21：05～21：55	華麗緣	陳蓮卿 祁蓮芳
21：55～22：00	商業介紹	
22：00～22：20	金臺傳	淩幼祥
22：20～23：00	申曲	沈小英
23：00～23：20	金臺傳	淩幼祥
23：20～24：00	三笑	嚴雪亭

　　一些商業電臺還注意與報紙等傳統媒體聯合，使報紙可以獨家刊登電臺節目，電臺則通過播報該報消息實現互利共贏。大中華電器公司廣播電臺1932年開始與《晨報》接洽，每日下午和晚間供給該報的當日新聞。因新聞消息及時準確，受到了上海和外地聽眾的歡迎，公司的無線電生意也因此興旺起來。中西大藥房電臺則與《申報》合作，其所報告的新聞全部由《申報》提供，「自開辦以來，深受聽眾歡迎」。〔註9〕

　　還有廣播電臺自己辦報辦刊，對廣播節目資源進行二次使用，再轉化為衍生產品。亞美電臺辦的《無線電問答彙刊》、《中國無線電》；1935年6月上海播音界出版社創辦的《播音界》半月刊（出版至當年8月停刊）；1935年上海國華廣播電臺主辦、陳子禎主編的《播音潮》雙月刊（由上海無線電廣播社出版，該刊為專業廣播刊物，載有廣播員通訊、節目、唱詞選段等，大量刊載上海播音員的照片及播音員的投稿），都較好地體現「圈內」優勢。

　　上述商業電臺的創新之舉和責任擔當，一定程度上顯示出商業廣播自我完善的良好願望，提升了商業電臺的節目品味。極少數電臺甚至較好地平衡了私利與公益的關係，在節目設置中體現出較強的文化教育色彩，受到社會褒揚。如亞美電臺的經營者就不像一般商人那樣目光短淺，唯利是圖，而是有較明確的文化和教育目標。它以提倡無線電學術為宗旨，設立無線電知識問答節目，還設有國語、文藝、體育等節目，並與上海民眾教育館合辦教育節目。亞美電臺和蘇氏兄弟作為上海商業廣播的典範，一直為同行和社會所

〔註9〕《中西藥房播音時刻》，《申報》1932年8月12日。

敬重。

亞美電臺聘請的第一位播音員，是原任開洛電臺播音副主任兼播音員的徐大經，由他播送時事新聞和商情，同時聘票友金康侯爲文娛節目主任。亞美電臺宣稱「以學術爲主，娛樂爲輔，並努力於公眾視野之廣播」〔註10〕，每天第一次播音從上午9點45分至下午1點，第二次播音從下午5點到20點15分。廣播的節目有新聞、國語、文藝、京劇、歌曲及評彈等，還曾辦過體育介紹節目。爲「提倡科學著想，增學術演講節目；爲釋答疑題發揮無線電學識及實驗著想，增無線電問答節目；爲闡髮兒童智識著想，增入兒童節目；爲公眾得正確時間著想，增入上海天文臺標準鐘點節目；爲遠地明瞭上海天氣狀況便於行旅著想，增入報告天氣節目；最近鑒於無線電報紙重要，更增入電碼練習節目等項」〔註11〕。1930年全國運動會在杭州舉行期間，亞美電臺主動與浙江廣播電臺聯絡，及時傳播運動會消息。第二年秋天遠東運動會在日本舉行，該臺又及時轉播了運動會當日消息。「1932年，蘇祖國在電臺廣播中介紹亞美產品，使其銷路大增。接著他又向較熟悉的廠商徵求廣告。開始這些廠商迫於情面，同意試做一段時間，豈知效果極好，於是電臺廣告業務日漸繁榮，有了盈利。不久投資電臺的增多起來，到這年秋天，就先後開設了20多家。」〔註12〕其開設的《無線電常識問答》節目對提高聽眾無線電技能有很大幫助。聽眾的提問在亞美無線電節目中的答覆，以後又彙印編成《無線電問答彙刊》，起到了延伸閱讀、擴大與聽眾交流、保留無線電資料的作用。而其早間上海氣象節目（7：50～8：00），〔註13〕早操（健身操）和晚操（太極操）〔註14〕節目在當時的民營電臺中也獨樹一幟。

1932年1月28日，淞滬抗戰爆發，上海、浙江等地交通受阻，信息不通。亞美電臺設立臨時電臺，與南京中央廣播電臺及浙江、江蘇等電臺聯絡，及時報導了淞滬戰況和各項消息，《申報》的《播音二周刊》1937年3月7日曾評價說：「亞美電臺在播音方法和辦臺成效上在當時上海國人自辦的廣播電臺

〔註10〕 蘇祖國：《中國無線電》1933年第1卷第19期。

〔註11〕 蘇祖國：《無線電問答彙刊》1932年10月10日第19期《廣播特刊》，第335頁。

〔註12〕 葛正心：《蘇祖國與亞美無線電公司》，《近代中國工商人物志》（第三冊），中國文史出版社2006年版，第218頁。

〔註13〕 參見《舊中國的上海廣播事業》第124～125頁。

〔註14〕 參見《抗戰前夕上海各廣播電臺播音節目時間表》，《舊中國的上海廣播事業》，第146～147頁。

之中是有成就的，辦臺的歷史也最悠久。」〔註15〕尤其是在特殊時期到來後，播音主任徐大經總是不辭勞瘁，毅然播出號外消息。

上海民營廣播的領軍人物、亞美電臺負責人蘇祖國

上海（亞美）廣播電臺 1932 年 1 月節目表

時　間	節目內容	備　註
9：30～10：30	報告商情、當時上海氣象及唱片	
11：10 起	報告各交易所商情	
11：45～12：30	唱片、報告商情、當時上海氣象、轉播杭州氣象報告	
12：30～12：57	最新西樂唱片	
13：00	上海標準鐘點	
14：00～14：45	報告各交易所商情	
15：30 起	報告各交易所商情	
16：00	報告各交易所商情	
16：20～16：50	兒童節目（演講部）	星期二、四舉行
16：20～16：50	演講（演講部）	星期六舉行

〔註15〕《申報》，1937 年 3 月 7 日，1983 年。

17：10 起	最新唱片、報告商情、當時上海氣象	
17：20～18：10	彈詞朱介生：落金扇	中國播音協會會員國華電器行贈送
18：10～19：00	評話黃兆麟：三國志	中國播音協會播送
19：00～19：50	彈詞楊仁林：白蛇傳	中國播音協會會員明遠電器行播送
19：50～20：40	四明南詞陳昌浩：十美圖	中國播音協會播送
20：40 起	無線電常識問答（問答用紙購貨時請向亞美公司門市部索取）	星期一、五
星期三		
20：40～21：40	特別節目（節目臨時報告）	中國播音協會會員國華電器行播送
星期六		
20：40～21：40	特別節目（節目臨時報告）	中國播音協會播送
星期日休業		

此外，上海新新公司電臺播出的國語傳習課程，李樹德堂電臺廣播的空中學院《英文教授》、《國語教授》，華東電臺開設的教授國樂、教授口琴節目，安定別墅電臺（呼號 XHHD，電力 50 瓦）開設的法律演講節目，以及國華電臺（XHHN）的何嘉法學士演講《法律常識》等，也都是當時較有特色的文化社教類節目。不過整體而言，類似上述電臺和節目畢竟鳳毛麟角，不具有普遍性特徵。

二、商業電臺的主辦者

商業電臺的創辦者和經營者中，很多都同時經營著其它實業公司，其中又以經營無線電器材公司起家，後順勢開辦商業電臺的為最多，電臺的一個主要職責就是為公司業務做廣告。在這些公司中，蘇氏兄弟經營的亞美無線電公司以無線電研發和收音機生產、銷售來帶動廣播發展，又借電臺廣播和刊物參與社會事務的做法，尤其受到時人稱道，可說是同業中的佼佼者。

為擴大廣播市場，亞美公司積極進行收音機的技術研發工作，力圖實現收音機生產的本土化，降低收音機成本和零售價格。為此，亞美公司內設產品試驗部，下設無線機械、化學、電氣等各部門和技術資料圖書室，以承擔產品設計、試製和改進任務，並研製了各種精密測試儀器，為調試新產品創

造技術條件。從 1924 年至 1935 年，亞美公司共生產了 7000 多種無線電元件和零配件，除電子管外，基本都能製造。1935 年，公司研發生產的「亞美1651 型」交流五燈超等外差式五管收音機上市，翌年 1 月成批投產。在這款收音機中，除當時國內尚不能製造的電子管外，全部採用國產品，各項技術指標與國外同類產品水平一致，但售價卻便宜一半。「亞美」牌收音機的問世，也標誌著中國無線電工業歷史性的進步。1933 年至 1937 年上海淪陷前，該公司的營業額每年都成倍增長。〔註16〕而公司業務的不斷擴展和收音機銷售額的提高，反過來為亞美電臺的維繫提供了強有力的經濟支持。

與亞美公司一樣，新新公司廣播電臺的創辦初衷也是經銷無線電器材，電臺開播後成了公司的一塊活招牌，一時生意興隆。

正是受上述辦臺模式的啟發，同時借近水樓臺之便，一些以電器經營和無線電器材研發為主的公司紛紛涉足廣播業，成為早期從事商業電臺經營的最大群體。

在上海，1930 年，經營無線電零配件的明遠電料行創辦了明遠廣播電臺，呼號 XHHF，功率 100 瓦（該臺於 1933 年始取得政府執照）。1931 年 1 月，上海大中華電器公司創辦大中華電臺，呼號 XGNE，功率 50 瓦，由無線電業餘研究家陳志賢設計建造，臺址在南京路 501 號大中華電器公司內。電臺初建時僅有三名管理人員，一人專司報告，一人收集商情和編排節目及答覆聽眾書箋，一人管機務。〔註17〕同年 2 月 1 日，專營電器材料的上海國華電器行金哲夫、陳子禎等創辦國華電臺，呼號 XGKH，功率 100 瓦〔註18〕。1932年 5 月，上海建華電機公司開辦建華廣播電臺；6 月，港粵滬華美電器行附設華美廣播電臺，呼號 XHHI，發射功率 100 瓦，由資方任職工毛禮祚兼管。同年還有上海亞聲無線電研究社創辦的亞聲廣播電臺，呼號 XGYS，功率 200瓦；友聯電器公司鄭國治辦的友聯電臺，呼號 XHHV，功率 100 瓦；快樂無線電研究社創辦的快樂電臺及凌雲無線電研究社創辦的凌雲電臺等。1933 年2 月，鶴鳴無線電研究社王文斌創辦鶴鳴電臺；6 月，富興電器行創辦富興廣

〔註16〕　《上海電子儀表工業志》編纂委員會編：《上海電子儀表工業志》，上海社會科學院出版社 1999 年版，第 107 頁。

〔註17〕　《XGNE 播音臺概況》，《無線電問答彙刊》第 19 期，1932 年 10 月 10 日，第348 頁。

〔註18〕　《XGKH 播音臺》，《無線電問答彙刊》第 19 期，1932 年 10 月 10 日，第 348頁。

播電臺；同年麟記蓄電池廠劉鳳麟創辦麟記電臺，呼號 XQHG，功率 200 瓦……據筆者不完全統計，抗戰前上海的民營廣播電臺有近 40%是由電器經銷商及無線電研發機構所創設。〔註19〕

　　這一現象在其它城市也較爲普遍。如山東濟南的長興源電料行廣播電臺、青島的宏波電器公司廣播電臺；浙江杭州的亞洲無線電公司廣播電臺、敬亭廣播電臺，寧波的黃金廣播電臺，嘉興的利聞廣播電臺以及湖州的湖聲廣播電臺等，都是由當地的無線電器材商投資興建的。某種程度上說，廣播事業與無線電行業是唇齒相依的關係。廣播事業的發展，使得無線電收音機的市場需求增大；而收音機需求的增加，必然會刺激相關的無線電行業獲得更大市場空間。

　　一些工商界巨頭和政界人士也熱衷於投資興辦廣播電臺。上海富商李國芝〔註20〕就於 1929 年創辦了李樹德堂電臺，以播放戲曲音樂爲主。李是晚晴名臣李鴻章侄孫，在上海青幫和洪門地位均享有很高地位。上海總商會會長、航業界領袖虞洽卿等人也於 1934 年 8 月初投資興建航運廣播電臺，以播送娛樂節目爲主。1935 年 12 月 21 日開播的上海「大陸廣播電臺」，臺主爲追隨孫中山總理多年的林祝三。電臺開幕時，不僅請到了國民黨中央委員褚民誼、潘公展以及汪精衛的岳母衛月朗，一些上海灘聞人如王曉籟、徐曉初等也到場祝賀。

　　北京的英商增茂廣播電臺、上海的美靈登廣播電臺，則爲外國人所擁有。美靈登電臺由創辦於 1912 年的美靈登廣告公司與路透社合辦，設有中西董事會，還有滬上著名外商無線電公司專家組織的顧問團和節目委員會。1931 年 5 月 14 日，美靈登電臺開始試播音樂，電力四百瓦特，呼號 XCBL（後改 XQHC），臺名「Shanghai Calling」。節目內容有音樂唱片、商情報告及華、英語演講等，節目極爲豐富，「誠爲華人練習英語良機。」〔註21〕該臺與其它商業電臺的顯著區別在於其新聞由世界著名通訊社路透社提供。加上英語播音這一優勢，等於是爲在華的外國人增闢了一條新聞渠道。由於該臺功率大，

〔註19〕上述資料及數據主要來自於趙凱主編：《上海廣播電視志》，上海社會科學院出版社 1999 年版，第 109～135 頁。

〔註20〕李國芝（1897～1940），字瑞九，號滋圃，安徽合肥人。李鴻章侄孫。曾在上海開設銀行，經營房地產，創辦上海唯一一家以堂爲名的民營電臺——李樹德堂電臺，並開創了講故事等節目形式。

〔註21〕《上海全日播音之無線電臺》，《申報》1931 年 3 月 16 日報導。

新聞信息準確，在上海西人中產生了較大影響，廣告收入頗豐。1934 年，該臺由交通部收買，改爲上海交通部廣播電臺。

到 1936 年 9 月，上海仍有西人廣播電臺五座：

臺　名	呼　號	電力（瓦特）	周率（千周）
大東	HQHA	250	580
華美	XMHA	600	600
奇開	XQHB	30	820
法人	FFZ	250	1400
其美	XQHE	250	1460

一些電影公司和報社也希望通過創辦和介入電臺業務，在廣播領域有所作爲。上海天一影片公司與中華無線電研究社合辦了天一電臺。天津久負盛名的《益世報》也在 1936 年打算設立電臺。《申報》甚至還成了上海各民營電臺的廣告基地，時常報導廣播界動態，還預報各電臺的節目。而 1933 年 2 月 26 日發行的《新聞夜報》則「聘請金康侯擔任採訪廣播電臺消息，除每日刊登彈詞開篇唱詞外，逢星期日還出每周廣播節目表」〔註 22〕，深受喜愛評彈的讀者歡迎。

三、商業電臺的盈利模式與播音員待遇

30 年代的民營電臺，盈利模式極爲單一，基本都是以爲商店行號作廣告而獲利。當時常見的廣告形式是「報告員（播音員）在兩個文藝節目之間插播幾條廣告，或是在演播節目的中間，由報告員插播幾句。」〔註 23〕至於這些廣告的來源，一種是電氣公司自己開設電臺，請專人主持節目並以給自己公司做廣告爲主；一種是遊藝人員（到電臺演播者）自己出去兜攬廣告，然後在電臺演出的時間裏隨即插入；還有的是商店委託電臺將廣告插入指定節目中；也有的是由商店請遊藝人員到電臺演播節目，商店給演播者支付薪水，演播者則需給電臺支付「電費」。如此一來，播音員實質成了廣告「中間商」和代理商，其「開始生活，第一就是招攬廣告。這全靠牌子的響當與否和平

〔註 22〕汪仲韋：《新聞報發展過程拾零》，《新聞與傳播研究》1984 年第 1 期。

〔註 23〕天津市地方志編修委員會辦公室、天津市廣播電視電影局、天津廣播電視電影集團編著：《天津通志・廣播電視電影志（1924～2003）》，天津社會科學院出版社 2004 年版，第 971 頁。

日的交際手腕靈敏與否。」「播音員好容易攬得廣告之後，第二步手續就是找電臺、買鐘點」〔註24〕。當時，「播音員」一詞主要是指在電臺中參與各類節目播出的人員，而不是現在通常所說的電臺專職人員。20世紀30年代，在上海、天津等地的一些商業電臺中，除少數人員是電臺聘請的專職「報告員」外，大量播音者並非電臺工作人員，而是受雇於廣告客戶或自己擔當廣播廣告「代理商」的曲藝演員。尤其是到30年代中期，隨著廣播事業在大城市的興旺，僅上海一地就出現數家以演唱流行歌曲爲業的播音歌詠團，其中「除一部分是業餘娛樂性外而大部分屬諸營業性質的」〔註25〕，也就是靠在電臺或劇院中唱歌以維持生計。從1935年上海《明星畫報》刊載的《全市歌詠界播音節目表》可以看出，當時上海已有幾十家固定在電臺播出節目的歌詠團體。〔註26〕播音界甚至把1935年稱爲「歌唱年」。〔註27〕

全市歌詠界播音節目表

時　間	團　體	電　臺	周　率	電臺地址
4：00～4：45	清心	華東	1360	廣西路456號
4：15～5：00	夜鶯	中華	1140	愛多亞路大世界五樓
4：45～5：30	群鶯	惠靈	1380	光啓路傅家街裕成里二號
5：00～6：00	丁香	李樹德堂	940	白克路250號二樓3號
5：15～6：00	曼社	國華	1200	六馬路中央飯店611號
6：00～6：45	芙蓉	上海	1100	河南路錦興大廈410號
6：00～7：00	飛音	中西	1040	四馬路中西樂房樓上
6：00～7：00	百老匯	航業	1180	廣東路93號
6：00～7：00	霞光	大中華	1160	南京路501號
6：00～7：00	美玲	李樹德堂	940	白克路250號二樓三號
6：00～7：00	星星	新新	780	新新公司六樓
6：10～7：00	玫瑰	東方	1020	西藏路東方飯店
6：15～7：00	曼社	國華	1200	六馬路中央飯店611號
6：45～7：30	星光	富星	920	葛羅路94號

〔註24〕湯筆花：《播音生活》，《申報》1939年2月3日。
〔註25〕趙恩：《談談播音歌舞團》，《歌星畫報》1935年第1期。
〔註26〕《全市歌詠界播音節目表》，《歌星畫報》1935年第1期。
〔註27〕徐鳴藝：《歌詠團體的組成》，《歌星畫報》1935年第2期。

6：45～7：30	清萍	永生	1080	先施公司對面
7：00～8：00	上海	新新	780	新新公司六樓
7：00～8：00	明月	中華	1140	大世界五樓
8：00～9：00	夜鶯	敦本	800	民國路紫萊邨 1 號
8：00～9：00	電音	惠靈	1380	光啓路傅成街裕成里二號
8：15～9：00	芙蓉	永生	1080	先施公司對面
8：15～9：00	玫瑰	市音	1340	卡德路 231 號
8：45～9：45	明月	航業	1180	廣東路 93 號
9：00～9：45	大同	永生	1080	先施公司對面
9：00～9：50	玫瑰	安定	860	新聞路 902 弄 B15 號
9：45～10：30	明梅	市音	1340	卡德路 231 號
10：00～11：00	丁香	明遠	960	湖北路 132～134 號
10：10～11：00	玫瑰	利利	1240	北西藏路安宜邨 9 號
10：30～11：15	芙蓉	永生	1080	先施公司對面

對商業電臺來說，播音員及其節目是否受歡迎，是其招徠廣告的重要依據。1930 年代上海、天津等地的商業電臺中，不乏出類拔萃、聲名遠播的播音者。他（她）們以鮮明的個人風格及親和力很強的播音語態而受到聽眾追捧。「那些個紅得發紫的播音員，一人可以有八九檔節目，終日忙碌，連飯也吃不上，出入以車代步。因著牌子響檔，所以少不得有電臺來請，紅播音員會擺起架子。即便如此，照樣還有人來找他們做節目。這樣有名的播音員，每月收入有三四百元，比在洋行當買辦，在公司當經理要好得多。只是有這樣好運的播音員實在是少之又少。最有名的彈詞家，每月的收入可有五百元，節目的鐘點爲每天下午 5：30～11：00，一檔節目時間爲 40 分鐘。這種節目多數就是聯合播送，很少獨家播送，原因是 40 分鐘裏，只有幾分鐘的時間用來花在商品的廣告上。」〔註28〕當時，一座 100 至 300 瓦民營電臺的每月收支也不過 300 元左右。

有名的播音員如李介夫、梁赤俠，無需到處拉廣告，商家會自動找上門來，主動與他聯繫廣告播出事宜。而普通播音員則需要到處託人找關係。爲拉到廣告，他們時常要低聲下氣地去求人，還要看商家的冷面孔，往往是跑

〔註28〕湯筆花：《播音生活》（1939 年 2 月 3 日），轉引自《舊中國的上海廣播事業》，第 487 頁。

十家九家做不成。如果廣告播得好，可以繼續播下去；播得不好，商家就會停止廣告的播送，播音員也就沒了活，需要重新開始拉廣告。天津的單琴大鼓翟青山，因爲在電臺播音時經常罵人，被青年會電臺停止播音。他「去本市各電臺懇求送播，情願甘盡義務，各電臺因其常有口出不遜等事，恐得罪聽戶，皆不敢任用。」〔註29〕

與民營電臺對播音明星的趨之若鶩、大張旗鼓造勢宣傳相比，官辦電臺卻刻意不讓知名播音員在公眾面前曝光，以免引起不必要的麻煩。南京中央電臺的著名播音員劉俊英雖然被許多青年仰慕，卻被電臺負責人嚴格限制，不許她出頭露面與聽眾接觸。〔註30〕

四、商業電臺的社會評價

20世紀30年代的中國，一方面是外患日亟，民族危機不斷加深：1932年，日本關東軍協助清朝的退位皇帝溥儀在東北建立起僞滿洲國，並以東三省爲基地，逐步實施其吞併中國的計劃，國民黨政府卻奉行「攘外必先安內」的原則，儘量迴避與日寇的正面衝突，對國內共產黨及其軍隊卻痛下殺手，多次圍剿。另一方面，以上海、天津爲代表的口岸城市人口迅速增長，工商業日益繁華。即使國難當頭，一些商業電臺卻「隔江猶唱後庭花」，整日播出的都是各種俚俗小曲或情愛故事。「在普通聽眾，則覺娛樂節目之缺乏，猶感枯寂。而有志之士，則覺娛樂節目之過多，徒增亡國之機會。」〔註31〕對有著清醒家國意識的人而言，廣播中持續播出的「靡靡之音」和「念佛之音」，顯然偏離了廣播本應擔當的教化責任，甚至說是一種悖謬。

> 厭惡的起因，不是爲電臺數目之多，是爲節目，而內容排列之濫，機器工程調配之差。節目濫了（就中也有幾座是很好的），結果是有電皆啼笑，無臺不說書。工程差了，弊端在隔不開，彼此擾亂不能悅耳，形成以太的劇烈競爭。〔註32〕

1934年5月25日的《申報·自由談》刊載的魯迅作品《偶感》中，也激憤地評論當時的無線電廣播，「無線電播音所日日傳播的，不往往是《狸貓換

〔註29〕《廣播日報》民國24年10月10日版。
〔註30〕汪學起、是翰生主編：《第四戰線——國民黨中央廣播電臺揭實》，第26頁。
〔註31〕蘇祖國：《播音與教育》，《中國無線電》，1934年5月5日第2卷第9期。
〔註32〕曹仲淵：《從上海播音說到國際糾紛》，《舊中國的上海廣播事業》，第246頁。

太子》、《玉堂春》、《謝謝毛毛雨》嗎？」同年 7 月 20 日，他又在《申報‧自由談》發表《知了世界》，指出：

> 天氣熱得要命，窗門都打開了，裝著無線電播音機的人家，便把音波放到街頭『與民同樂』。咿咿唉唉，唱呀唱呀。外國我不知道，中國的播音，竟是從早到夜，都有戲唱的，它一會兒尖，一會兒沙，只要你願意，簡直能夠使你耳根沒有一刻清淨。同時開了風扇，吃著冰激淋，不但和『水位大漲』、『旱象已成』之處毫不相干，就是和窗外流著油汗，整天在掙扎過活的人們的地方，也完全是兩個世界。〔註33〕

時居上海的女作家張愛玲也對這一現象很不以為然。在她看來，「無線電擴音機裏的《桃花江》聽上去只是『價啊價，嘰價價嘰呀啊價』，外國人常常駭異地問中國女人的聲音怎麼是這樣的。」〔註34〕

對於 20 世紀 30 年代上海商業電臺娛樂節目的狀況，著名作家茅盾在其主編的《中國的一日》書末附錄中，給予了真實的記錄：1936 年 5 月 21 日播出的節目內容，歌曲有《愛往何處尋》、《愛如花月》、《粉紅色的夢》、《雙料情人》、《愛情是什麼》、《小野貓》、《定情歌》等；戲曲有《火燒紅蓮寺》、《劈三棺》、《濟公傳》、《英雄難過美人關》等。

而在北京，據 1936 年《立報》刊載的一篇短評說：「我在北平，對於北平的幾個播音電臺，都感到不滿意：因為他們的廣播多半以舊戲為主體，以外就是商業廣告。這種東西，老實說，天天聽起來，簡直叫人厭煩的不得了了。」〔註35〕

商業電臺「有電皆啼笑，無臺不說書」，不但引起文化人的反感，相關政府職能部門也多次出面干涉，希望有所改善。1932 年 8 月，上海市教育局鑒於「各無線電播音臺播音材料類多彈詞、歌曲，每於言辭聲調之間含有誨淫傷風之意，殊足影響社會風化」，特發佈訓令，要求「關於播音材料務應鄭重選擇，俾免流弊，而維風紀為要。」〔註36〕在上海國際電報局被授權管理本

〔註33〕《魯迅全集》第五卷，人民文學出版社 1981 年版，第 512 頁，

〔註34〕張愛玲：《談音樂》，《張愛玲散文》，第 144 頁，中國戲劇出版社 2006 年版。

〔註35〕了了：《短評》，《立報》1937 年 3 月 17 日版。轉引自任白濤：《綜合新聞學》，第 676 頁。

〔註36〕《舊中國上海的廣播事業》，第 184～185 頁。

地民營廣播電臺後，也多次對電臺實行「整理」，先後停止了敦本、華光、惠靈、新生等八家電臺的播音權，並弔銷上述八家電臺的播音執照。誰知兔死狐悲，唇亡齒寒。交通部的這一限令，在民營電臺引起了巨大反響。1937年2月27日，上海全體民營電臺停止播音一天，並推派代表赴京請願，要求政府依法保護民營電臺的合法權益。〔註37〕

客觀地說，商業電臺的痼疾，可能只是生存重壓下的無奈選擇。當時，一些觀察者認識到，民營電臺的靡靡之音盛行，責任並不全在電臺一方。「惟主播音臺事者，孰不願增加學術節目，利用廣播，以助國民教育哉。但播音臺之維持，大都賴於廣告，而廣告者之所求，則以聽眾之心理為依歸，方可盡宣傳之能事，是播音之節目問題，亦不可獨責之播音者也。」〔註38〕商業電臺如果只注重學術，娛樂節目也取乎高尚，每月不僅需要耗費大筆金錢，還可能會因「曲高和寡」而導致虧本經營。況且，「在鴉片當飯，指南針看風水，鏹水澆衣服的國度裏，單能想播音不宣傳肉麻文學嗎？」〔註39〕基於這一現實，一味苛責民營商業電臺唯利是圖，不肯承擔更多的社會責任，恐怕也有失偏頗。

而商業電臺的播音員素質和教育文化程度偏低，大概也是導致其節目質量不高的一個重要原因。1936年底，上海電報局曾調查上海播音人員457名，結果發現高達19%不識字，52%是小學及以下文化程度者。〔註40〕一些播音員「字也讀不清，句也讀不流利，廣播唱片方法也不悅耳，言語沒有韻味，甚而錯誤百出，時間荒廢，當然大眾對播音員就沒有絲毫信任，以致廣播事業的神聖偉大的使命和力量，就無從獲得效果；只不過虛耗了時間，人力，物資，影響著一般人誤解了廣播事業的重大性，阻害了廣播事業的前途發展！」〔註41〕而在民營電臺聚集的上海，「凡能唱幾句不入流品質曲調，居然播滑稽節目矣；能哼幾隻新歌，備一架音樂器具，居然播歌唱節目矣；能講一段齊東野人之語，遂以故事家自命；能說幾句國語，遂以話劇家自號。牛溲馬渤，充溢於播音機中。」〔註42〕

〔註37〕《舊中國的上海廣播事業》，第232頁。
〔註38〕蘇祖國：《播音與教育》，《中國無線電》，1934年5月5日第2卷第9期。
〔註39〕阿二：《「夜來香」》，《舊中國的上海廣播事業》第254頁。
〔註40〕《舊中國的上海廣播事業》，第230頁。
〔註41〕李鍾祺：《要促進我國廣播事業發展》，《廣播半月刊》創刊號，中央廣播事業管理處天津廣播電臺辦。
〔註42〕浦婺修：《播音臺與播音者之自覺》，《上海無線電》1938年8月7日第18期，

教育程度	人數（總計 457 名）	百分比（%）
私塾出身者	159	32
小學出身者	99	20
中學出身者	120	25
曾受大學教育者	18	4
不識字者	61	19

　　無可諱言，商業廣播的終極目標是盈利。為了盈利，商業電臺會儘量安排一般大眾歡迎的節目。但商業化又是一柄雙刃劍，它一方面大大釋放了廣播界的創造力，各電臺為爭取聽眾和市場廣告份額，可說是挖空心思，使盡渾身解數，力爭在經營管理和節目欄目方面都儘量做到成本最小，收益最大。這在一定程度上豐富了中國的廣播實踐，改變了城市人的業餘文化生活。但廣播的盈利取向又腐蝕了其本應承擔的社會教育職責。一些利欲薰心的電臺主持者只關心眼前利益，節目一味迎合低級趣味，忽視品牌建設，受到有識之士的強烈譴責，也降低了商業電臺的社會地位和媒體影響力，敗壞了民營電臺的聲譽，更重要的是破壞了廣播的生態環境。而這種自甘墮落的行為，也容易使商業電臺授人以柄，成為政府管制的藉口，反過來又使商業電臺的生存和發展空間愈發逼仄。

第二節　教育文化類電臺的探索

　　20 世紀 30 年代初，一些地方民眾教育館和大中學校也開始設立廣播電臺，主要播出文化和社會教育類節目，沒有盈利動機，也基本不播出商業廣告。如廣州無線電專科學校廣播電臺、江蘇省立教育學院廣播電臺（無錫）、徐州民眾教育館廣播電臺、北平育英學校廣播電臺、北平潞河中學廣播電臺、江西省立民眾教育館廣播電臺、齊魯大學廣播電臺、南開大學廣播電臺、河北定縣平民教育廣播電臺、廈門同文中學實驗電臺、廣西普及國民基礎教育研究院廣播電臺等。其目的是研究學術，推進教育，發揚文化，電臺經費來源以社會（學校）資助和自籌為主。這類電臺的成立和運轉需要社會有識之士在資金和人力方面的大力支持；而其健康運轉還需要文化素養較高的傳播者，需要完善的組織和制度保障。缺少了上述任何條件，這類電臺都難以持續。

　　轉引自《舊中國的上海廣播事業》第 465 頁。

一、電化教育之工具

這類電臺以江蘇省設立最多。如無錫的江蘇省立教育學院和徐州的民眾教育館都先後設立了集研究與教育於一體的實驗性廣播電臺。江蘇省立教育學院實驗廣播電臺於 1932 年 7 月 3 日在無錫播音，呼號 XLIJ，功率 75 瓦，臺址位於無錫社橋。其前身是無錫國難委員會集資籌建的無線廣播電臺。1932年的「一·二八」事變激發了全國人民的抗日救國熱情，當年 2 月，無錫市成立了國難委員會。後由國難委員會發起，以工商界爲主，集資 4000 元從上海購回 50 瓦無線廣播發射機一部。在此基礎上，開始籌建無錫廣播無線電臺。同年 3 月 25 日電臺試播。後成立由錢蓀卿（無錫市管會）、高踐四（教育學院）、薛劍明（申新三廠）等十人組成的管理委員會，負責管理電臺的播出工作。5 月 5 日，南京國民政府和日本簽訂《淞滬停戰協定》，之後群眾的抗日浪潮逐漸轉入低潮。再加電臺成立後只是臨時播音，無人招商承包，難以長期堅持廣播。6 月下旬，管理委員會決定電臺停辦，把廣播設備轉讓給江蘇省立教育學院，作爲民眾電化教育之用。經教育學院物理實驗室主任汪畏之等進行整理改裝，於同年 7 月 3 日該院舉行學生畢業典禮時首次播音，轉播了畢業典禮的實況。1934 年，經國民政府交通部核准，發給民營電臺執照。該臺設有《公民常識》、《民眾教育學術講座》、《衛生、農業及科學常識》、《應用文》、《職業英語》、《兒童節目》、《國語》、《簡要新聞》等節目。1937 年 10月，日本侵略軍逼近無錫，教育學院撤退蘇北地區，電臺停播。

徐州民眾教育館廣播電臺於 1934 年 11 月開播，臺址在徐州民眾草堂民眾教育館內，籌建人爲徐州民眾教育館館長趙光濤。電臺主要用於民眾教育，文娛節目中曾播放過抗日救亡歌曲等。每天播音一至兩小時。1938 年 5 月徐州被日軍佔領，該臺停播。電臺機器隨民眾教育館遷移，散失無存。

1931 年秋，北平育英學校的一個以研究無線電原理及製造各種無線電零件的學生業餘團體「電波團」，爲提倡科學、普及教育、開通民智起見，向校方提議建立無線廣播電臺。校方及學校自治會經研究決定爲建立育英電臺開展募捐，共得捐款七八百元，其餘經費由學校提供，1933 年 5 月 6 日，育英廣播無線電臺試播，6 月末正式播音，呼號 XLKA。〔註43〕電臺的發射功率起初爲 30 瓦，1934 年因電力不足暫停廣播，1935 年秋恢復播音。1937 年「七

〔註43〕《北京志·新聞出版廣播電視卷·廣播電視志》，北京出版社，2006 年六月第一版，第 23 頁。

七」事變後，電臺自行拆毀〔註44〕。由美國基督教公理會創辦、此時已由中國人陳昌祐任校長的通縣潞河中學廣播實驗電臺也於 1932 年初建立並播出，呼號爲 LUHO〔註45〕，電力 20 瓦。

　　抗戰爆發前，位於濟南的齊魯大學爲教學研究需要，由無線電專修科於 1933 年底設立廣播電臺一座，呼號 XOCL，發射機功率 75 瓦，每周播出二至三次，每次播音二到三小時。星期六則播出六小時左右，多爲晚上播音。節目有「學術演講」、「無線電常識問答」、「聽眾指定」、「音樂」、「唱片」等。該臺大約播到 1937 年底日本侵略軍佔領濟南時止。〔註46〕

　　與之類似的還有上海大夏大學和天津南開大學。1933 年，上海大夏大學也設立廣播電臺，進行教育播音。1934 年春，南開大學電機工程系在校內思源堂開設 15 瓦廣播電臺，負責人張伯苓。該臺沒有正式申請波長和呼號，也沒有固定的節目安排，只辦了一年左右即因經費不足而停辦。

　　1935 年，廈門同文中學也曾設立一座實驗電臺。同年 10 月 9 日，廣西普及國民基礎教育研究院在南寧東郊津頭村設立廣西普及國民基礎教育研究院無線廣播電臺。10 月 10 日試播，11 月 1 日正式播出，呼號 XNFE。該臺設立的目的，是爲輔導廣西國民基礎教育研究院實驗中心區（以研究院爲中心的周圍 20 里地帶，即邕寧城區、亭子東西街及 24 個村莊）各基礎學校及各表證中心學校教育而設立的。〔註47〕此外，1936 年 10 月 12 日，江西省民眾教育館設立「民眾教育館廣播電臺」，呼號 XLJA，主要任務是進行民眾教育，同時播送一些文藝節目。1937 年抗戰爆發後停播。〔註48〕

　　上述電臺的相繼設立，是與南京國民政府教育部的提倡和支持分不開的。從 1935 年起，國民政府教育部開始規劃電影教育與播音教育推行辦法，次年成立了播音教育委員會，舉辦了全國中等學校及民眾教育館無線電收音

〔註44〕董恩：《我們的電臺》，《育英史鑒》，北京市第二十五中學校史編委會編輯，2004 年 9 月印刷，第 256 頁。

〔註45〕《北京志·新聞出版廣電視卷·廣播電視志》，北京出版社，2006 年六月第一版，第 23 頁。

〔註46〕有關山東廣播事業的情況，主要參見《山東省志·廣播電視志》，山東人民出版社 1993 年版。

〔註47〕廣西壯族自治區地方志編纂委員會編：《廣西通志·廣播電視志》，廣西人民出版社 2000 年版，第 16 頁。「表證」，即現在的「示範」、「典型」的同義詞。筆者注。

〔註48〕《江西省志·江西省廣播電視志》，方志出版社 1999 年版，第 16 頁。

指導員培訓班，在全國成立了 41 個播音教育指導區，並規定各省教育廳設置播音教育服務處，辦理修理收音機，統籌購配乾電池等事宜。無奈抗戰爆發，這一計劃未能得到系統貫徹和全面實施。

二、定縣實驗電臺對廣播公共服務功能的深度開掘

在這類電臺中，定縣平民教育廣播電臺可謂獨樹一幟。它對廣播公共服務功能的重視和對象化傳播的探索以及對廣播效果的重視都走在了時代前列，成就斐然。

定縣平民教育廣播電臺創辦於 1930 年，是由晏陽初〔註49〕等領導的中華平民教育促進會總會（以下簡稱「平教會」）在河北定縣設立的。

平教會是一個以平民教育為目標的社會團體，成立于 1923 年。1924 年 9 月，平教會添設了鄉村教育部，轉向鄉村平民教育。1926 年秋，在河北定縣（今定州市）翟城村士紳米迪剛的支持下，平教會將定縣辟為「華北實驗區」，於翟城設辦事處，以附近東亭鎮為中心的 62 村作為實驗基地，推行晏陽初所提出的「文藝、生計、衛生、公民」四大教育，即用文學教育治愚，用生計教育治窮，用衛生教育治弱，用公民教育治私。1929 年，平教會眾多知識分子全部遷移定縣，和農民一起生活，並以無線電廣播作為推行、實施四大教育的重要手段。由於平教會的鄭裘裳〔註50〕先生懂電，於是這個廣播電臺就由其負責的「直觀視聽教育部」領導。

> 在這農村破產，災禍遍地的中國，從事促進平民教育的工作，與探討或解決農村一切問題之實驗，這現成有效的利器，如果用得其法，必能幫助我們收到一舉百效的功績。幸於民國十九年六月，承天津中國無線電業公司經理胡叔潛先生慷慨借予價值數千元的電臺一座，供我們做研究的工具。〔註51〕

〔註49〕晏陽初（1893～1990），世界著名的平民教育家、社會學家。20 世紀二、三十年代曾因其卓越的平民教育活動而名噪一時，享譽海內外，被稱為「平民教育之父」。

〔註50〕鄭裘裳（1883～1958），名錦，原名瑞錦，廣東香山人。1897 年留學日本，歸國後先後出任國立北平美術專門學校第一任校長、北京大學高等師範教授、故宮博物院副院長等職。1925 年，鄭與晏陽初博士等同組中華平民教育促進會，實行下鄉，力倡農民教育，改良鄉村，並以河北定縣為實驗區。二十世紀 30 年代後期定居澳門。

〔註51〕鄭裘裳：《廣播無線電在農村教育中的實驗》，《民間》（1934 年）第一卷第六

　　電臺播音設備安裝完成後，平教會在定縣境內選定了 13 個大小、遠近、窮富、智愚等情形各不相同的村子，每村安置一臺公用的四管式收音機，再配以相應的輔助設施。同年 9 月底，電臺播音實驗正式開始。〔註52〕

（左）定縣實驗電臺正在播出節目，（右）定縣實驗電臺舊址

　　定縣實驗電臺的節目，基本圍繞「文藝、生計、衛生、公民」四個方面展開。電臺人員常結合當地農民熟習的地方戲曲，編寫播音稿件和選擇唱片故事，在廣播中教授音樂、戲曲等，使農民得到富有鄉土特色的文藝教育。由於當地多數農民不能認字和看報，也不知外面商業行情，奸商往往任意操縱農產品及日常應用對象價格。為維護農民的經濟利益，電臺參考各地商業狀況，根據實際物價行市，統計出一個物產的標準價格單，每天反覆向當地農民進行廣播。農民以電臺公佈的產品價格來決定是否買賣交易，便不至於再吃大虧了。而城裏人熟知的衛生常識如洗澡潔身、洗衣除污、保護眼睛、喝煮沸的水等，農民卻知之甚少，甚至一無所知。針對這一狀況，電臺開展了許多這方面知識的普及宣傳。尤其是在天花的預防和接種牛痘、傳染病防控等方面，電臺都不厭其煩地反覆宣傳，以求農民聽懂、理解。為了提高農民的社會公德意識和社會參與意識，電臺還改編了一些傳統的教化故事廣播給農民聽。對於國內外大事要事，電臺也都及時予以發佈，使「農民不出村，能知世界事」。

　　平教會認為，對農民播音不僅需要播音員聲色清脆、讀音正確，而且還應結合農民的實際認知水平，盡可能採取他們能夠接受的方式。當地農民很

　　　　期。
〔註52〕鄭聚裳：《廣播無線電在農村教育中的實驗》，《民間》（1934 年）第一卷第六
　　　　期。

少與外界接觸，只能聽懂本地方言，電臺便聘請本地人用當地方言廣播，並組織農民現場收聽。在收聽現場，平教會「直觀視聽教育部」人員還利用圖畫的直觀、收音員的啞示、以及輔導表格等多種講解手段，使農民朋友易於理解和接受。如春天或初秋天花病高發時節，電臺便教導農民預防天花的方法：先將天花的危害告知農民，如果言語不足，再以圖畫配合講解，或編成歌詞及鼓詞之類；同時對如何接種疫苗，每支藥劑的價格等問題，電臺也都真誠懇切、不厭其煩地詳加介紹。而播送新聞時，電臺也注意結合農民們的原有認知能力，配以相關的圖畫、說明，或者課堂講解等輔助收聽，結果證明都非常有效。

定縣實驗電臺服務民眾，一切從當地農民實際情況出發的理念，同樣體現在播音時間的安排上。經過實地調查，電臺人員發現，農民的日常需要和作息時間與城裏人迥然不同，於是他們就依照農民一年間的生活次序，每天早晨 6 點廣播天氣預報；晚上 8 點廣播各村鄉集市、廟會、蔬菜、糧油價格等；有時，還在集市前一天預報物價，使打算第二天上市交易的農民做到心中有數。這樣的節目安排，無疑更符合當地農民的作息規律。

遺憾的是，1936 年，由於日本步步緊逼，平教會被迫退出定縣，定縣廣播實驗也隨之終止。

第三節　宗教廣播日趨興盛

宗教廣播隨著第一家外商電臺在上海的開播就已出現。到 30 年代中期，基督教、佛教和天主教廣播節目紛紛設立，甚至還有專門的宗教電臺。這類電臺（節目）由宗教界人士開辦，有的完全不播商業廣告，一切費用均仰仗信徒捐獻；有的雖播出廣告，但播音內容卻以宗教為主。其中，上海福音電臺為戰前民營電臺中功率最大、影響最著者，也是上海唯一不播商業廣告的民營電臺。

一、基督教廣播〔註53〕

基督教廣播在中國出現較早，在外商廣播創辦初期即有基督教內容。一份 1925 年 6 月 1 日的開洛電臺節目表顯示，每周日上午 11 時至 12 時是美國

〔註53〕基督教廣播部分，參見艾紅紅、朱麗麗《民國時期基督教廣播特色初探》，《國際新聞界》2010 年第 7 期。

教堂講座及讚美歌節目〔註54〕。這一節目安排，顯然是借鑒了美國本土廣播的初期樣式。美國第一家獲得政府執照的 KDKA 電臺就有教堂儀式轉播，稍後開辦的其它電臺也大都有基督教節目。但這種節目「克隆」卻使基督教這一外來宗教在中國率先實現了與廣播的聯姻。

　　上海作爲我國基督教廣播的發祥地，到抗日戰爭爆發前，不僅辦有基督教節目的電臺有所增加，而且還出現了專門的基督教電臺。《中國無線電》雜誌刊登的抗戰前夕上海各廣播電臺（1937 年 1 月 5 日）情況顯示，當時已有四家電臺設有宗教性節目，他們是中西廣播電臺、福音廣播電臺、國華廣播電臺和華僑廣播電臺，其中，福音電臺爲專業宗教電臺。另據福音電臺經理王完白回憶，「因余（王完白）之介紹接洽，請著名教會負責講道，由電臺長期義務播送者，已有多家，如中西，國華，航業，利利，友聯等」〔註55〕。下表是根據資料整理彙集的上海 30 年代曾播出過基督教節目的民營廣播電臺〔註56〕：

電臺名稱	呼號	波長	功率	主辦單位、負責人	開辦時間	停辦時間及原因
中西	XHHH	288.5	100	中西大藥房陳廷楨	1932 年 8 月	1941 年 12 月被日軍封閉
其美	XQHE	205.5	250	待考	1933 年 4 月 26 日登記	待考
福音	XHHA	357.1	100（1936 年元旦後 1000）	中美教會人士捐款設立，臺長王完白，負責人李觀森	1933 年 12 月 2 日開幕	1941 年 12 月 8 日被日軍佔用 1946 年 9 月 8 日復播 1952 年 8 月奉命停播
國華	XHHN	333.3	100	國華電器行陳子楨	1931 年	1941 年 12 月，被日軍封閉
華僑	XMHC	428.5	500	法國人	1934 年 1 月 9 日登記	1940 年售與美商《大美晚報》館改名「大美」電臺

〔註54〕《舊中國的上海廣播事業》，第 24 頁。
〔註55〕《福音廣播季刊》第 2 卷第 1 期，中華民國 26 年（1937 年）7 月至 9 月份。
〔註56〕資料來源自上海市地方志辦公室 http://www.shtong.gov.cn/node2/node2245/node4510/node10159/node10168/node63808/userobject1ai54370.html。

利利	XHHY	241.9	100	利利土產公司吳志權	1933 年 10 月 19 日登記	待考
航運（航業）	XHHZ	254.2	150	航運俱樂部吳釋舟	1934 年 8 月 4 日開幕	1935 年 4 月改名「航業」
友聯	XHHV	340.9	100	友聯電器公司鄭國治	1932 年春	1941 年 12 月被日軍封閉
華美	XMHA	600	500	美商無線電工程有限公司	1931 年	1941 年 12 月 8 日被日軍接管改名「東亞」電臺，抗戰勝利後復播，1947 年 2 月被電信局封閉（不准外商在華設臺）

　　福音電臺於 1933 年 12 月 2 號在上海虎丘路 128 號正式播音，呼號為 XHHA，發射功率 150 瓦，頻率 840 千赫。發起人是王完白等一些熱心的基督徒，由李觀森負責。1936 年元旦，1000 瓦新電機建成啓用，呼號改為 XMHD。該臺完全不播廣告，經費由會員籌募。為了使電臺獲得長久發展，1936 年，福音電臺發起成立了福音廣播社（Christian Broadcast Association），專為徵求社員，維持經費，並創辦《福音廣播季刊》雜誌，登錄電臺的節目單，並刊載與電臺業務相關的文章。福音廣播社認為，「此種事業，不宜由少數人獨任。多數經費，應有多數人各任少數經費。」〔註 57〕在收聽福音廣播電臺的播音後，聽眾中「二三年內因此而得安慰拯救和重生的，已不在少數，惟諸事因人力財力所限，尚未能儘量利用。同時基礎僅建築在少數熱心的人身上不足以永久維持。所以決定利用刊物及徵求會員的方法，來組織聯絡，深信必能得到各方面的援助和同情，使這救世救人的大事業，永遠向前邁進。」〔註 58〕福音廣播社規定，其社費按一年的捐獻數額分類：普通社員二元，協助社員十元，讚助社員二十五元，維持社員五十元，特別社員一百元，名譽社員一千元。除社員年捐外，還有一部分屬於特捐，如 1937 年，「黃藩之太太家屬，為紀念先德，捐來基金伍佰元；另外還有捐贈唱片

〔註 57〕陳文文、徐翠：《上海福音廣播電臺——中國空中福音的先聲》，《科技信息》，2009 年第 25 期。

〔註 58〕王完白：《電臺成立之經過》，《福音廣播特刊》，中華民國二十五年八月及九月份。

者。」〔註59〕1937 年初，該社已發展會員 337 人。福音廣播社的成立和運轉，解除了電臺的經費困擾，也爲非盈利的民營電臺探索出一條可資借鑒的經費籌措模式。

福音電臺的發起人和主持者王完白生長在浙東的一個佛化家庭，受熱衷佛學的父親影響，曾信仰佛教，後轉信仰基督教，並成爲家鄉中信基督的「首熟果子」〔註60〕。他創立過福音醫院和禮拜堂，也開辦過女學校，還曾發起許多地方公益慈善事業，並擔任過一些全國教會、醫學會的名譽職務。「一二八」滬戰後，王完白避難來到上海，並從 1932 年 6 月開始在中西電臺主持講道節目，做教義與醫學常識的演講，同時還邀請國內宗教界名流到電臺演講，如曾邀請前外交部長王儒堂講基督教義，成績良好，許多聽眾就是聽過他的演講後而「歸主」的。這樣過了一段時間，王完白感覺只在商業電臺插播一些宗教節目還不能儘量發展，因此約集數人，另創了基督教福音廣播電臺。他負責每晚七點到七點半的醫學衛生節目，還曾在電臺播講急救防毒知識。很多聽眾來信反映，信仰基督教是從聽王完白的演講開始的。〔註61〕1934 年上海民營無線電播音業同業公會成立後，王完白被委任爲公會主席。

當時上海的教會領袖常來電臺，「主每日早晚之各項節目，皆全滬教會領袖熱心讚助，義務演講，每星期之講員幾達百人之多〔註62〕」。王載、趙世光、戚慶才、竺規身等知名牧師都曾經擔任主講，其中竺規身牧師長期擔任駐電臺講員。

政界的一些基督徒也是福音電臺的常客：「蔣夫人宋美齡女士演講」、「外交總長張岳軍夫人馬育英女士演講基督徒對於社會的責任」、「聖約翰大學卜方濟校長英文演講」、「滬江大學劉湛恩校長演講奮戰、團結、犧牲」〔註63〕，都產生了較大影響。

〔註59〕陳文文、徐翠：《上海福音廣播電臺——中國空中福音的先聲》，《科技信息》，2009 年第 25 期。

〔註60〕王完白：《我的宗教經驗》，《福音廣播季刊》第二卷第四期，中華民國二十七年（1938）4 月至 6 月份。

〔註61〕陳文文、徐翠：《上海福音廣播電臺——中國空中福音的先聲》，《科技信息》，2009 年第 25 期。

〔註62〕《福音廣播季刊》第一卷第二期，中華民國二十五（1936 年）年 10 月至 12 月。

〔註63〕陳文文、徐翠：《上海福音廣播電臺——中國空中福音的先聲》，《科技信息》，2009 年第 25 期。

竺規身牧師和戚慶才牧師在福音電臺主持節目

在該臺的新聞節目、宗教性節目、文藝節目及醫藥兒童節目四大類中，宗教性節目所佔比例最高，爲 43%。它主要是面向基督徒，使他們通過收聽廣播，更加理解聖經等基督教教義，跟隨節目參與祈禱等宗教儀式，從而更加「接近」耶穌基督，來增強信仰，增加「靈性」而獲得「重生」。這也佐證了該電臺的宗旨：「輔助造就基督人格，救助未得眞理者，及輔助各需要者。」〔註 64〕其次是醫藥和兒童節目，占總量的 23%。主要針對病人及兒童這兩類特殊聽眾群體，目的是實現「醫務傳道」和培育「兒童基督化人格」。在該臺的《醫藥衛生》節目中，王完白以一名醫生的身份，每天播講半小時的醫學和衛生常識。他對自己的傳教方法有過敘述：「編者每晚七時起所任之演講，自本臺創設迄今，從未間斷，雖以醫學衛生爲名，實以後半段之道德貢獻爲主體，聽眾之由此信主者，爲數殊多〔註 65〕」。「完白在無線電臺演講，題材是以醫學爲寶，宗教爲主，意在引人入勝，歷年因收音而信仰基督的，已難屈指計算。〔註 66〕」一位寧波的徐先生來信表示：「我最敬愛的完白大醫師，鄙人在五個月前曾經要求醫師答覆醫藥問題，後因經濟不繼，回家調養，現居之地，空氣與環境具佳，依照先生所講之四項肺病調養法，皆悉心遵守，

〔註 64〕《福音廣播季刊》第一卷第二期，中華民國二十五年（1936 年）10 月至 12 月。

〔註 65〕《福音廣播季刊》第二卷第三期，中華民國二十七年（1938 年）1 月至 3 月份。

〔註 66〕《福音廣播季刊》第三卷第一二合刊，中華民國二十七年（1938 年）秋冬兩季。

新近購得收音機，得重聆宏論，對宗教已決意信仰，實行日夜祈禱。」〔註67〕

　　爲了證實「醫務傳道」的效果，《福音廣播季刊》幾乎每期都刊登病人來信，敘述他們在聽了醫學和宗教演講後如何得到身心上的康健。在積貧積弱的舊中國，雖然擁有收音機的家庭大多爲城市中上層人家，但若因「聽」廣播節目而使病體康復，似乎直到今天都是一種經濟而安全的選擇。而大量醫藥知識等內容的播講，也吸引了許多非基督教信徒的收聽〔註68〕，事實上等於培養了一批潛在的基督徒。

　　針對兒童這一特殊群體，福音電臺每日下午五時三十五分由專家擔任兒童節目，除教唱詩外，並演講故事，「本社對於該項節目兒童來信所問一切，皆不嫌麻煩，一一解答，以謀兒童福利」〔註69〕。從《福音廣播季刊》創刊起就辦有《小朋友信箱》，刊載一些兒童聽眾的來信，10 期的季刊中共刊登了18 封兒童來信。對小朋友們來信中提出的各種問題和各種要求，福音電臺都耐心回答，儘量滿足，體現出基督教傳播重視實施兒童教育，培植兒童的基督化人格。

　　最後是新聞節目和文藝節目各占 17%，這說明基督教廣播並未選擇一味說教，而是同時結合了「曲線宣教」的策略，通過播送人們世俗生活中比較喜愛和關心的內容來吸引聽眾，然後慢慢浸潤，改變那些普通聽眾。

　　福音電臺還積極報導時政新聞，並與當局保持著良好互動，以謀求基督教傳播與政治意志的合拍共振。在電臺開幕時，上海市長吳鐵城、張之江督辦都曾到電臺發表演講。1934 年舉行新機落成禮時，曾請蔣介石夫人宋美齡、張群外長夫人馬育英等政界名流（均爲基督徒）到電臺發表演說。針對 1936年 12 月的重大政治事件——西安事變，福音電臺還專門發起爲蔣委員長廣播祈禱的活動。1937 年初，該臺發表蔣介石的《耶穌受難之教訓》，並指出「本電臺素以基督教之信仰與實行爲職志，與蔣委員長的主張如出一轍」〔註70〕。

　　福音電臺重視與聽眾溝通，並善於吸納聽眾意見和建議，據此作出適當修改，顯示出可貴的受眾本位觀。如王完白在每周五的播音時間都針對來信

〔註67〕《福音廣播季刊》第二卷第三期，中華民國二十七年（1939）1 月至 3 月份。

〔註68〕這從《福音廣播季刊》中的聽眾來信可以看出。下文有相關案例介紹。

〔註69〕《福音廣播季刊》第一卷第二期，中華民國二十五年（1936 年）10 月至 12月。

〔註70〕王完白：《前奏曲》，《福音廣播季刊》第一卷第四期，中華民國二十六年（1937年）4 月至 6 月份。

聽眾的問題作詳細解答。其中有些是關於醫學問題的，但更多的是宗教問題，如告訴聽眾怎樣祈禱，應該讀什麼神學書籍等。能夠在播音時間回覆聽眾來信，使聽眾感覺自己受到了足夠的重視，更加願意與電臺互動，也促使他們更願意接受播音者的傳道。一位基督徒就曾去信福音電臺，表達了他在得到電臺答覆時的激動心情：「的確是一劑良好的藥劑，在電臺中這樣誠懇答覆我，這非但是一種極大的安慰，並且還是表現出上帝的榮耀〔註71〕」。

也有不信教的聽眾給電臺寫信，分享聽節目後的感想。一位秋帆君就曾寫信向王完白傾訴說，「我並不是個耶穌教徒，可是因為身體的衰弱，幾年來給疾病纏磨著，弄得精神上苦痛非凡，時常無緣無故的會起厭世思想，所以我很喜歡聽福音電臺的播音，由於是先生的醫學與宗教，我希望宗教能夠解除我的苦痛，但是對於布道之節目，我感到非常失望（恕我坦白地說），因為他們的言論，不能叫我貿然來信仰耶穌，過去我嘗看過一些哲學書籍，那裏的唯物論，給了我很大的影響，因為宗教理論沒有辦法來說服唯物論，所以我也沒有辦法來信仰耶穌，所以我希望今後布道的先生們，能夠側重於宗教理論的講解，想法子使一般未會信仰耶穌的也來信仰，不要單為已經信教的教友們講聖經就完了，要知道像我一樣想信仰耶穌卻沒有辦法相信的青年，不知道多少呢？他們站立在教堂外面，期待著你們理論的說服。」〔註72〕對這樣尖銳的質疑，王完白回應說：「按我已允許秋帆君，在五月起，於每晚七時後講醫學與宗教時略講唯物論與基督教，一經報告，立即受到許多青年學子的來信，表示歡迎此項題目」〔註73〕。

在節目的組織上，福音電臺借鑒了很多聽眾意見。王完白的演講原是前半段時間講醫學，後半段時間講基督教義，後來有聽眾來信反映說，他們並不是教徒，因此一般只聽前半段，當播到後半段時，就轉臺或關閉收音機了。為了引導更多聽眾信教，王完白就在前半段講醫學的時候也穿插著講一些宗教知識。福音電臺還向聽眾徵求播音時間，因為有聽眾要求將王完白的醫學講座延遲一個小時，於是王完白在播音時間向聽眾公開徵求意見，並決定「憑多數解決」，為此電臺收到了70多封信件。

〔註71〕《福音廣播季刊》第一卷第二期，中華民國二十五年（1936 年）10 月至 12 月。

〔註72〕《福音廣播季刊》第一卷第四期，中華民國二十六年（1937 年）4 月至 6 月份。

〔註73〕《福音廣播季刊》第一卷第四期，中華民國二十六年（1937）4 月至 6 月份。

考慮到受眾語言的差異，福音電臺還採用多種語言，包括國語、粵語、俄語、英語來增加其宣傳範圍和效果。而在 1937 年的節目單中，周日還增加了中央節目和播音業公會節目，這是爲了貫徹執行 1937 年 4 月中央廣播事業指導委員會規定的「各廣播電臺必須轉播中央臺的播音」的規定。

爲了擴大福音廣播的範圍，發展更多的信徒，福音廣播社還積極聯絡外地播音電臺，甚至願意提供播音設備。經李觀森等人多方努力，1937 年打算在河南開封設立「中州福音電臺」，並任命了臺長、副臺長，選定了電臺的地址。〔註 74〕但據筆者掌握的資料，迄今未見到該臺播出的記錄。

此外，浙江紹興的越聲廣播電臺也曾播送基督教節目。該臺始創於 1934 年，臺址位於紹興城區淨瓶庵前。1936 年 3 月遷北海橋，呼號 XLIO，功率 25 瓦，距城區 15 公里左右的平原地帶可清晰收聽。電臺除了《基督教義》節目之外，還有《本縣新聞》、《德育常識》、《總理遺教》、《科學常識》、《衛生演講》、《無線電常識》、《商業常識》等。1940 年停辦。

由此可見，在致力於「中華歸主」的宗教傳播過程中，中國的基督教廣播工作者在「主歸中華」方面也做出了許多工作。這些深入千家萬戶、陪伴聽眾身邊的「盒子傳教士」，爲中國的基督徒和普通聽眾建構了不同以往的空中「教堂」，也爲民國時期的廣播事業增添了一道別樣的景觀。

二、天主教廣播

在基督教組織率先利用廣播傳道並獲得較好反響後，天主教組織也看到了這一新興傳媒對宗教的巨大意義，開始積極利用廣播電臺進行宗教宣傳。1931 年 2 月 12 日下午 16：30，借助教宗庇護十一世加冕九週年紀念日和梵蒂岡廣播電臺落成典禮之際，教宗比約首次利用廣播發表講演。這是「教宗親臨電臺，首次以廣播電音向全球講演」。〔註 75〕比約第十一在演講中提到，宣傳聖道本來是他的職責所在，慶幸的是有了廣播這個「馬高尼〔註 76〕君所置玄妙之工具」，使他能夠「向萬物萬民作第一次談話」。他還引用《聖經》中的話，表達自己對宗教廣播的看法：「諸天聽余所言，大地聆余口語；居於普世之萬民不分貧富，專心一志，側耳聽之；環球島嶼及遠方民眾亦聽之。」

〔註 74〕《聖公會報》1937 年 30 卷，第 17 期。
〔註 75〕《教宗於廣播電中之講演：教宗加冕九週年之紀念》，1931 年北平關東店胡同甲一號印行，第 1 頁。
〔註 76〕指實用無線電報通信的創始人伽利爾摩・馬可尼。

〔註77〕

　　上海是天主教最早傳入的地區，也是天主教發展的中心。20 世紀 30 年代，上海市區及郊縣共有教堂 300 餘所，主要有徐家匯、董家渡、洋涇浜、張家樓、唐墓橋及佘山等處。1935 年上海天主教徒已達 12.8 萬人。

　　上海也是天主教廣播的發源地。

　　1934 年 6 月 29 日，上海中華全國公進會在陸伯鴻的組織下，開始借快樂電臺不定期播講天主教義。這是迄今發現的中國天主教廣播的最早記載。快樂電臺呼號 XLHD，功率 50 瓦，由快樂無線電研究社設立，1932 年開播，1935 年 8 月被交通部下令停辦。

　　公進會播音的地址，位於上海南市的天主教會所辦學校——正修中學校內。時間為「每日下午六時至七時。」主要是安排「熟悉教義之會員，輪值演講真理，以救世道人心，各界來函詢問疑難，研究真理者，頗不乏人。均由該會專家詳細答覆。」〔註78〕如 1934 年 7 月 28 日的節目，徐博士為天主教人士徐宗澤〔註79〕安排如下：1.進行曲，弦樂合奏；2.鳴鐘；3.唱耶穌帝王歌；4.報告消息；5.弦樂合奏；6.徐博士演講《明相國徐文定公》〔註80〕；7.仰求聖母保祐中國歌；8.管絃樂合奏；9.唱祈求大聖若瑟降福歌。均由正修中學絃樂隊歌唱班擔任，快樂電臺義務播送。〔註81〕。徐文定公即明代的徐光啓。徐光啓不僅是明末數學和科學家、農學家、政治家、軍事家，官至禮部尚書、文淵閣大學士，同時也是上海地區最早的天主教徒，被稱為「聖教三柱石」之首。徐宗澤是徐光啓的第 11 代孫，著名天主教神父，時任徐家匯天主教堂藏書樓主任，基督雜誌社社長兼總主筆。在這次演講中，徐宗澤詳細

〔註77〕《教宗於廣播電中之講演：教宗加冕九週年之紀念》，第 2 頁。

〔註78〕《上海演講徐文定公歷史：由第十一世孫徐宗澤博士播音》，《公教周刊》1934 年第 278 期。

〔註79〕徐宗澤（1886～1947）青浦人。字潤農，教名若瑟。明代徐光啓的第十一代世孫，天主教神父。曾留學國外，得哲學博士和神學博士學位。民國 12 年（1923）起主編天主教《聖教雜誌》，兼任徐家匯天主堂藏書樓（亦稱圖書館）主持人（司鐸）。抗日戰爭爆發後雜誌停刊，專心致力於藏書樓工作，多年來搜集地方志 2000 餘種，成為該樓藏書一大特色。著作有《中國天主教傳教史概論》、《明清以來耶穌會教士著譯書目》等。

〔註80〕《上海演講徐文定公歷史：由第十一世孫徐宗澤博士播音》，《公教周刊》1934 年第 278 期。

〔註81〕《上海演講徐文定公歷史：由第十一世孫徐宗澤博士播音》，《公教周刊》1934 年第 278 期。

介紹了其祖先徐光啓的事跡。

中華全國公教進行會是天主教的在俗教徒組織，簡稱「公進會」，是 1902年教皇利奧十三世正式命名的。1928 年，教皇庇護十一世爲該會制定章程，規定該會爲在俗教徒從事傳教的組織，維護宗教倫理與原則，舉辦社會福利事業，在家庭及社會生活中建立遵照天主教教義的精神準則。凡天主教徒，不論年齡性別、階層職業、文化程度，均可加入。在庇護十一世的扶持下，該會一度遍佈西歐各國，第二次世界大戰後逐步衰微，爲其它天主教組織所代替。

在中國，最早的公進會組織可追溯到 1911 年。這一年，經天主教人士雷鳴遠〔註82〕、陸伯鴻〔註83〕等發起，在天津、上海等地成立了公進會。「次年即遍及十數省區，後因天主教內部矛盾於 1917 年起開始衰落。」〔註84〕1928年，教廷令駐華宗座代表轉令各教區再次組織該會，當年即在北京成立了中華全國公教進行總會，並在各教區設分會和支會。1932 年，教廷派于斌出任總監督〔註85〕。此後該會的會務發展迅速，1935 年 9 月，該會曾在上海召開全國性會議。大會旨在交流各教區公教進行會的工作經驗，以推廣組織，加強訓練，更好地推進工作。這次會議經過第二任宗座駐華代表總主教蔡寧批准，並得到各教區主教司鐸的重視。會議設大會指導團和主席團，指導團主席蔡寧，成員爲出席大會的全體主教；主席團名譽主席馬相伯，主席陸伯鴻。會議受到上海市政府的高度重視，上海市市長吳鐵城，國民政府行政院副院長孔祥熙分別參加了大會的開幕式和閉幕式。會議提出，要革新傳教方式，以適應現代社會的需要和現代人類的心理，擬加強新聞宣傳，運用廣播、電影等手段，加強天主教出版事業。上述快樂電臺的播音，就是天主教人士實踐「觸電」的結果。

〔註82〕雷鳴遠（Vincent Lebbe, 1877～1940），字振聲，洗名味增爵，本籍比利時，天主教遣使會神父。他 1901 年來華，後加入中國籍。抗日戰爭初期曾組織救濟團隊救治中國各地的平民。

〔註83〕陸伯鴻（1875～1937），原名陸熙順，出生於上海的一個天主教家庭。是第一批進入上海法租界公董局的五名華人董事之一，20 世紀上半葉知名企業家、慈善家和天主教人士，曾任公教進行會會長一職。

〔註84〕中央人民政府情報總署 1950 年編印內部資料《外國在華教會概況》，第 77 頁。

〔註85〕于斌（1901～1978）是天主教會樞機，祖籍山東省昌邑縣，生於黑龍江將軍轄區蘭西縣，洗名保祿，字野聲，爲第二位華人樞機。曾任天主教南京總教區總主教、天主教輔仁大學在臺復校首任校長。

從 1937 年 2 月 19 日起，上海公進會開始借公共租界的英文電臺進行定期廣播。廣播由美籍耶穌會士主持，播音語言為英語。第一次節目的內容為馬監牧對當時在上海流行的由一位墨西哥共產主義者所著的一本攻擊上海罪惡的書的辯護演講。之後的演講每兩週一次，由馬監牧與美籍以及愛爾蘭的兩位司鐸輪流播講，「每次播講之後，各英文報紙或期刊必登載原文或節錄要點。」〔註 86〕此外，每星期午前十一點廣播唱經彌撒，每隔一星期日下午還有大管琴演奏公教音樂。

上海公教廣播在當時頗受英語聽眾尤其是外國聽眾的歡迎，一些英國水兵在咖啡館中，每次都按時前往傾耳靜聽。報刊也關注到了上海公教廣播，「每次講演之後，各英文報紙或期刊必登載原文或節錄要點。」上海寵光社的通訊中更是用了「成績優良」、「大受歡迎」來形容。

這一時期，還有兩位著名的天主教人士也有許多廣播活動，他們是南京的于斌主教和上海的愛國老人馬相伯。

第一任天主教中國國籍主教于斌於 1936 年 10 月 4 日就職後，曾在國民黨中央廣播電臺演講《天主教於中國》，簡要介紹了天主教傳入中國的過程及影響，「如果我們翻檢我國的科學史冊，就可見到傳教士對於我國的天文，曆算，機械，醫藥，繪畫，建築等，發生了什麼樣影響。這是對於利用厚生，物質文明方面的貢獻，至於精神文明方面所有的貢獻，則有過之而無不及……」〔註 87〕

「九一八」事變後，90 高齡的馬相伯〔註 88〕先後作了十幾次國難廣播演說，以喚起國人「自救」，並發出「真宗教家必愛國」的錚錚誓言。他的演說，有時竟一字一淚：「我九三老人是宗教家，向來不主張復仇的！那麼，為什麼堅決底提倡為人道主義而奮鬥？」因為日本這個「國際強盜」在中國的土地上橫行無忌，「或用火器，或用毒氣」殺害我無數的同胞，「真所謂『率土地而食人肉』！我們能不抗爭嗎？不然，人道安在？可證我所主張，根本並非復仇！」〔註 89〕他強調，這在《聖經》上是有根據的。「救世主親諭曰：『我有新命，勒付爾等，俾爾等彼此互相友愛，宛如我之親愛爾等，而爾等亦彼

〔註 86〕《上海公教廣播之成績》，《公教學校》，1939 年第五卷第 11 期。
〔註 87〕張西平、卓新平編：《本色之探──20 世紀中國基督教文化學術論文集》，中國廣播電視出版社 1999 年版，第 209 頁。
〔註 88〕馬相伯（1840～1939），近代著名政治家、社會活動家、教育家和宗教家。
〔註 89〕朱維錚主編《馬相伯集》，復旦大學出版社 1996 年版，第 975 頁。

此互相友愛也』。」〔註90〕這才是真實的人道主義！為此，馬相伯號召，「現在我們愛人，要效法救世主愛了我們；流盡聖血，救拔人類！」而日本侵略者違反此道，即可採取必要的手段予以還擊。「因此，我們照人道主義行事：所謂攻其惡，並非來復仇！那用火器毒氣等違反人道的暴行，我們不僅要來抗禦，實際上要來制裁它才算是盡了人道！」〔註91〕對馬相伯的這一壯舉，上海《申報》、《大美晚報》等多家媒體都作了報導。1932年12月27日《申報》發表題為《援助東北義勇軍，馬相伯播音演講》的報導。報導稱：「九三老人馬相伯熱心愛國，老而愈烈，自去歲『九一八』以來，大聲疾呼，喚起同胞愛國思想，凡聆其言論者，莫不震動感奮。」

三、佛教廣播〔註92〕

　　20世紀30年代，佛教界人士已經普遍認識到廣播具有不受地域和天氣限制，覆蓋面廣，聽者文化知識水平不限等優勢，並對外國利用廣播弘揚佛法的做法大加讚賞：「英國佛學雜誌云，佛學今日在西方，已呈蓬勃光昌之象，余（記者自稱）罕聽無線電播音，而最近於一星期內四次，聽得英國各播音臺所放送之佛法演講，且皆為大有價值之演講。」〔註93〕

　　1933年3月1日，為使廣大佛教徒「同沾法益」，普及佛學，上海佛學書局〔註94〕通過永生電臺首次播送佛教節目，開佛教廣播之先河。「本局定每日起，每晨七時半到八時一刻，假座南京路永生無線電臺，播送佛學答問，並誦金剛經一卷，祈各界仕女，或凝神恭聽，或隨聲讀誦，功德極為無量。若對於佛學有疑問者，請具函南京路永生無線電臺，或膠州路本局，當於每晨在電臺播音普答。希各界君子屆時留意，鑒察為荷。」〔註95〕

　　永生電臺創辦於1933年1月31日，呼號XHHJ，為上海永生無線電公司所設，電力200瓦。從1934年2月5日《中國無線電》刊登的上海各廣播電

〔註90〕朱維錚主編《馬相伯集》，第972頁。

〔註91〕朱維錚主編《馬相伯集》，第976頁。

〔註92〕有關佛教廣播的內容，主要參照本人指導的碩士生吳春威學位論文《民國時期佛教廣播發展研究》（2010）。

〔註93〕《英國播音臺放送佛學演講》，《威音》第28期，第7～8頁。

〔註94〕上海佛學書局，民國18年（1929年）由王一亭、李經緯等發起創辦，是中國近代以來規模較大的一所編輯、刻印、流通佛學典籍的出版機構。初設寶山路，後遷膠州路7號。宗旨為「提倡佛學，弘揚佛法」。

〔註95〕《廣播法音》，《佛學半月刊》第50期，第1頁。

臺播音節目時間表上可以看到，每日 7：45～8：30，永生電臺播出的是《誦金剛經 佛學演講》，周日 10：15～11：00 為《佛學演講》。〔註96〕1935 年 5 月的節目表則顯示，早 7：00～8：00 是《誦金剛經》，8：00～9：00 是《誦地藏經》（星期日停），9：00～10：00 為《佛學演講》（星期日），10：00～11：00 為顧榮官講《四明宣卷》〔註97〕。也即是說，此時該臺整個上午時間基本都是佛教內容。

　　與此同時，佛教界人士開始考慮建立一所專門的佛教電臺。1933 年，被稱為佛教四大名山之一的普陀山普濟寺曾咨詢專業人士建立電臺事宜，「現在普濟寺當家瑩照大和尚，為謀大弘法實灌文明，且便利中外香客起見，特商辦理播音臺一座，圍在太平洋雲海中，真請南海觀音按下雲頭，發出大慈大悲的聲浪來，向大眾說法救苦，最近特邀劉靈華居士到山商議，經劉同山中書記師又林君，前往佛頂山查看。佛頂山又名白華山，居寺後最高處，其西面有慧濟寺，東瞰太平洋，歐美輪船往來滬港者，若在此用英語說法，可使歐美人遙聞。」〔註98〕但不知何故，此項建議一直未見實施。

　　無獨有偶，民國時期佛教的全國性組織——中國佛教會在同一時期也著手籌建廣播電臺。中國佛教會 1929 年 4 月成立於上海。由於 27 年以後南方各地掀起以寺產興辦學校之風，危及佛教，圓瑛大師〔註99〕等於 1929 年 3 月聯合江浙佛教徒開會，集體向國民政府要求在上海組織全國性佛教組織。4 月 12 日，在上海覺園召開第一次全國佛教徒代表大會，正式成立中國佛教會。1933 年 6 月，中國佛教會訂購了一座電臺。「本埠赫德路中國佛教會辦事處，為欲佛教教義，擴大宣傳起見，特設置廣播無線電臺一所，業向德商訂購，其經費由本市居士施省之〔註100〕、黃涵之〔註101〕等所籌集，計該電

〔註96〕參看上海市檔案館、北京廣播學院、上海市廣播電視局合編：《舊中國的上海廣播事業》，第 124 頁。

〔註97〕參見《全國電臺播音節目表》，載於《廣播周報》第 36 期，1935 年 5 月 25 日版。

〔註98〕《普陀山建設播音臺》，《慈航畫報》1933 年第 1 期。

〔註99〕法名宏悟，福建古田人。歷任寧波福州天童寺、法海寺、林陽寺、古田極樂寺等名刹方丈。1914 年任中華佛教總會參議長。1930 年與太虛大師共同發起組織中國佛教會，被推選為會長。1953 年 6 月被選為中國佛教協會首任會長。

〔註100〕近代佛教居士。1912 年上海佛教淨業社成立後被推為董事長。1925 年起，當選為上海世界佛教居士林林長。1934 年，與葉恭綽、王一亭、關絅之、黃涵之、屈文六等聯合發起，成立中國保護動物會，宣傳放生、護生及造橋等公益事業。

臺之廣播能力，爲五百瓦特，即邊遠各省，如滇康綏察等地，亦能於最短時間播達。」〔註 102〕

電臺設備於當年 6 月底運至上海，原本預計裝置完畢，就開始由中國佛教會的各委員宣揚佛法，同時報告總會及各分會各項消息，還計劃在餘暇時間播放商業廣告，但中國佛教會開辦電臺之事而後再無下文。

儘管中國佛教會出資籌建電臺之事夭折，但該會成員黃涵之、施省之、李茞侯、關迵之、王一亭、聞蘭亭、葉恭綽等人同時也是佛教淨業社的成員。正是由於他們的大力支持，佛教廣播電臺才得以最終創辦成功。

1933 年 11 月 28 日，《申報》刊載一篇題爲《佛教淨業社播音》的消息：「上海愛文義路覺園內佛教淨業社因鑒於世道人心之淪落，思有以挽救之，現由該社會員發起集資向歐美名廠定購兩千瓦特電力之播音臺一座，在娛樂之中，下砭世之針，並示以懺悔之途，俾世人知吾佛慈悲，庶幾可挽狂流於萬一。」〔註 103〕

上海佛教淨業社是上海有名的居士團體，1922 年正式成立後，在團結上海佛教居士界，舉辦各種佛教文化事業和慈善事業方面發揮了積極作用。該社起初在愛文義路新聞捕房對面，社址狹小，不足容眾。遂遷至覺園，並建造大講堂樓房二層，社宇寬敞，清淨莊嚴，滬上佛教界經常在此舉行大法會。

1934 年 1 月 22 日，佛教淨業社借慶祝釋尊成道聖節之際舉行了佛音電臺開幕典禮。作爲國內第一座佛教專業電臺，佛音電臺呼號 XMHB，電力 500瓦。其首次播音就讓聽眾大飽耳福。「首由梅畹華〔註 104〕君報告開幕，繼唱黨歌，次由市政府市黨部代表演說，又次圓瑛法師演說，卻非和尚暨淨業社各居士合唱佛寶讚，大悲法師演說，日高法師與淨業社各居士合唱華嚴字母，薛筱鄉彈唱揚吟廬編之佛學開編，及戚飯牛君講演，六時，李柏泉彈唱華麗緣，七時，徐哲身君講故事，八時，京劇。九時，葉如玉蘇灘，十時，劉春山滑稽，十一時，國樂獨奏，外界來賓參加者，達六七百人。」〔註 105〕

〔註 101〕現代佛教居士。曾隨印光大師學佛，對淨土宗尤有研究。1949 年後，任上海佛教淨業社社長，畢生弘揚淨土著作甚多，主要有《觀無量壽佛經白話解》、《阿彌陀經白話解》、《普賢行願品白話解》等。

〔註 102〕《中國佛教會設置廣播無線電臺》，《威音》第 49 期，第 3 頁。

〔註 103〕《佛教淨業社播音》，《申報》1933 年 11 月 28 日。

〔註 104〕即梅蘭芳（作者注）。

〔註 105〕《佛音廣播電臺開幕》，《威音》第 56 期，第 2 頁。

　　這一時期，上海李樹德堂、大中華、大陸等電臺也經常播送講經節目。蘇州的久大電臺、百靈電臺，天津的中華電臺，紹興的越聲電臺以及無錫的時和電臺等也都設有佛教節目。

　　1936 年 8 月 17 日，上海佛學書局又創辦了一座佛化播音會的專門電臺——上海華光電臺，每天全天播音，內容為「純粹佛化」之節目。「窮維世道衰微，人心陷溺，欲謀挽救非弘揚佛化，闡明因果不足……，播音電臺尤為事半功倍之利器，滬上雖有注重佛化之電臺而節目未能純一，有時亦或作輟，本局有鑒於此，援創設一純粹佛化播音之電臺，專司其事佛化外不播別音，每日上午六時起至下午十時止，完全播送佛化節目計講經及佛教演說早暮課誦，余時念佛，必須終日無間，川流不息，隨時隨地充滿法音，俾廣士眾民欲聞者啓之即是隨喜者開之即來。」〔註106〕

　　但佛教界人士的美好願望不久即化為泡影。1937 年 1 月，華光電臺與敦本、惠靈等八家電臺被上海電報局取締，理由是「一方面鑒於本市電臺數目過多，影響電波、呼號，故有減少本市電臺之必要；其次，因該八臺中有二電臺因有特殊事故，須加取締外，餘六電臺均因設備簡陋，欠缺之處過多，故限令停止播音」〔註107〕。為了抗議這一不公平裁決，上海市全體民營電臺於 2 月 27 日停止播音一天。但雖經多方呈請救濟，交通部上海電信局依然堅持關閉了上述電臺。

第四節　大事件中民營廣播的身影

　　中國民營廣播事業勃興的年份，正是中華大地外患未平，內亂不息的時期。民營電臺在平時歌舞昇平，但在重大突發性事件時，各民營電臺不僅如實報導事件進展，還以實際行動參與救援和賑災，表現出可貴的愛國精神和責任擔當。

一、非常時期的權威信源和民意出口

　　1931 年，日軍在東北發動「九一八」事變，第二年又在上海蓄意製造矛盾，挑起侵略戰爭，遭到駐防上海的國民革命軍第十九路軍奮力抵抗。戰事

〔註106〕《佛學書‧佛化播音會簡章》，《佛學半月刊》第 126 期，第 15 頁。
〔註107〕《本部整頓本市播音事業停止八電臺播音權》，《申報》1937 年 1 月 20 日報導，轉引自《舊中國的上海廣播事業》，第 229 頁。

一開，上海各界都積極響應十九路軍的英勇抗戰，各大報紙卻因交通阻隔，無法及時輸送到江蘇、浙江各縣。亞美、大中華、國華等上海民營電臺見此情形，除積極捐款捐物輸送前線外，毅然選擇在敵機的盤旋下繼續播音，成為當時江浙地區獲知戰況的第一渠道。

戰爭一爆發，亞美電臺就獲知並第一時間報導了這一消息，迅速跟中央電臺、浙江電臺和蘇州電臺建立了空中聯絡。滬地其它七座民營電臺凌雲、大中華、李樹德堂、中西廣播電臺等隨即跟進。之後，上海國華、亞聲、鶴鳴、快樂、東方、大聲等也陸續加入，從早7點到晚9點滾動播發戰事消息，由此形成眾多民營電臺規模性播報戰況的局面。「當時日機轟炸，交通線路嚴重毀壞，汽車停開，鐵路運輸中斷，報紙傳遞受阻，傳送戰爭消息跟不上社會需要。在本市傳送也要延擱，運送外地則要耽擱幾天時間。廣播借助電子媒介技術，超越時空，能夠達到播報戰況與作戰現場幾近同步的效果；它的傳遞呈放射狀面向遠距離的多個聽眾的空間穿越，及時、快捷、便利的傳播特點，吸引了戰時民眾，引起社會廣泛的注意力」〔註108〕。上海各民營電臺報導新聞，勸募捐款，聲援十九路軍的前線抗戰，贏得了極高的社會聲譽。江蘇常熟東張市私立益眾圖書館每日按時收聽亞美電臺播送的戰事消息，聽者有千餘人。該館還將電臺所播消息記錄下來，隨時油印單張分發，使大眾明瞭真相。當時停泊在寧波港的海輪嘉禾號全體百餘名船員也自晨至深夜不停地收聽廣播，聞勝則喜，聞敗則憂。〔註109〕總之，30年代研究上海新聞史的胡道靜曾高度評價上海的電臺，「『上海事變中，廣播事業曾顯起報導的偉大功能』。電臺的戰況消息傳遞成為溝通社會民眾的極為有效的路徑之一。」〔註110〕南京政府也高度重視民營電臺的傳播作用，曾特派上海政治要員汪精衛、宋子文通過大中華電臺發佈消息。

此後，每年的「一二八」紀念日前後，各電臺都自覺舉行紀念播音。1933年1月23日至28日，上海各界開展航空救國播音宣傳周活動，由上海市長吳鐵城及社會名流分赴亞美、中西、大中華電臺演講宣傳。亞美電臺在「一二八」抗戰一週年之際還策劃播出了系列廣播宣傳節目，內容包括1月26日

〔註108〕汪英：《傳媒動員與一二八淞滬抗戰——以上海廣播電臺為個案的考察》，《軍事歷史研究》2007年第3期。

〔註109〕趙凱主編：《上海廣播電視志》，第176頁。

〔註110〕汪英：《傳媒動員與一二八淞滬抗戰——以上海廣播電臺為個案的考察》，《軍事歷史研究》2007年第3期。

（農曆正月初一）的《紀念播音開場白》及《「一二八」事變之始末》介紹，1月27日的《「一二八」戰事每日大事記》及播音劇《恐怖的回憶》，1月28日的特別節目《哭週年》，1月30日的航空救國宣傳以及1月31日的紀念播音結束語等。1934年1月28日，中外電臺一律停止娛樂節目，從10時至20時，由七位社會名流到各電臺進行愛國演講。1937年1月28日「一二八」事變五週年之際，上海元昌電臺播送紀念節目，9時播送警策語及防衛知識。15時30分播送愛國劇《「一‧二八」之夜》、《李老大說夢》；22時30分播送愛國劇《爭奪記》、《收回》。

1937年「八一三」抗戰前夕，上海各民營電臺再次同仇敵愾，大力進行抗日救國宣傳。

應該看到，作為自負盈虧的商業電臺，上述愛國之舉也並非完全舍利取義。亂世中求生的民營商業電臺，無時無刻不處在運營資金的困擾之中。以亞美電臺為例，在「一二八」事件中，該臺一面積極報導，用從早至晚滾動播出新聞的方式，最大限度地發揮廣播媒體優勢，一面又為本臺呼籲，希望因交通阻隔而得不到報紙的聽眾能把省下的購報費用以移助電臺，那些靠亞美消息編發號外獲利者也給電臺一定的經濟補償。遺憾的是，電臺呼籲了幾個星期，多數聽眾卻以沉默對之，只有極少數聽眾表達了支持的態度。後來亞美電臺又徵求聽眾意見，若長期早晨報告新聞，就需聽眾年交四元費用。這一動議仍因應者寥寥而擱淺。1932年3月23日，亞美電臺的早間新聞節目告停。

二、籌賑救災的主渠道

近代以來，中國社會內憂外患，官方的救助和賑災力量卻十分有限，各種救濟不過是杯水車薪，難以從根本上解決問題。由民間社會發起的慈善事業，彌補了官方實際能力的不足和在賑災方面的制度性缺失。這些民間組織中既包括前近代社會就已普遍存在的以地方士紳為核心的慈善堂等傳統慈善團體，還包括近代出現的很多新的社會群體和組織，如孤兒院、紅十字協會等。現代大眾報業興起後，各民營大報如上海的《申報》、天津的《大公報》和北京的《世界日報》等也都自覺承擔起救災勸募等慈善事業的組織和宣傳工作。20世紀30年代，民營電臺在大城市逐漸發達，成為救災募捐的另一個重要渠道。各電臺不僅帶頭捐款獻物，還主動提供宣傳平臺，為募捐活動造勢，以實際行動支持各地災民。

　　1932 年 1 月 28 日淞滬抗戰爆發後，亞美電臺通過廣播開展募集慰勞品、慰問金與賑濟金活動，有時早晨播音募捐，到中午就已將所需款項和物資收集齊全。住在上海戈登路（今江寧路）的 10 歲兒童致信亞美電臺說，他每天早晨上學前收聽廣播，知道「許多小同胞家內因為受了日本人的炮火，無家可歸，真正可憐，小生年小無力幫助為恨，將所積壓歲錢購做絲棉馬夾 100 件，計洋 299.3 元，已送往前線。又請母親將小生舊棉衣、棉袍撿出，共 50 件，請轉送受苦的各位小同胞應用。」〔註111〕從 1932 年 2 月 17 日到 3 月 17 日止，亞美電臺共收到捐款 21000 餘元，救濟物資無數，全部及時送往前方難民及傷兵處。為此，第十九路軍總指揮蔣光鼐、軍長蔡廷鍇及淞滬警備司令戴戟聯名致信，向亞美公司廣播電臺表達感激之情：「中華民國二十一年一月念八日倭寇犯上海，光鼐等率十九路軍本守土為國之義，禦之於吳淞、閘北，父老兄弟諸姑姊妹相與庀餱糧，輸財物，所以厚軍實，撫戰士者，無不至民族禦侮精神於以發皇。嗟乎，斬將搴旗已挫封豕長蛇之氣，節衣縮食深知仁人志士之心。謹識數言，永銘高誼。」〔註112〕當時有聽眾評價說，「無線電在中國也盡過二次相當重大的責任的，就是『一二八』、『八一三』的二次戰事中，許多播音臺和播音從業員不辭辛苦地為國家、為民眾們效勞，他們在空氣中那樣大聲疾呼去喚醒在睡夢中的糊塗蟲！」〔註113〕

　　1933 年，日本加快了侵略中國的步伐，4 月熱河〔註114〕全省淪陷，察哈爾部分地區也落入敵手，大量難民被迫流落南方。4 月 29 日，全滬民營廣播電臺為救濟熱河、東北難民，組織募捐聯合播音，持續了 36 小時。〔註115〕

　　1935 年 7 月 3 日至 7 日，鄂西和湘西北山地東側發生了歷時五天的特大暴雨，導致長江中游出現區域性特大洪水，澧水、漢江遭受極為慘重的洪水災害，14 萬多人被淹死。《申報》、《大公報》等幾乎每日都報導這一事件的進展，不斷呼籲募捐和救災活動。上海播音業同業公會也發起宣傳賑災活動，

〔註111〕《舊中國的上海廣播事業》，第 96 頁。

〔註112〕殷訥：《上海廣播無線電臺之經過》，《無線電問答彙刊》1932 年 10 月 10 日第 19 期《廣播特刊》。

〔註113〕羅才清：《上海播音業的盛衰》，《上海人》，中華民國二十七年（1938 年）第 13 期。

〔註114〕1928 年 9 月 17 日，國民政府正式公佈將熱河改為省，屬於關外東北四省之一，轄 15 縣和卓索圖盟、昭烏達盟的共 20 個旗，省會設在承德縣（現承德市）。由奉系軍閥湯玉麟擔任熱河省主席。

〔註115〕《舊中國的上海廣播事業》，第 812 頁。

利用各會員電臺擴大水災募捐宣傳。所捐款項的數額，每日下午八時由各電臺同時播音報告，「凡商號助捐 100 元者，得將廣告詞句三十份（以一百字爲限）連同捐款一併送交該公會，當由三十五家電臺免費報告一次；捐洋二百元者二次，多則類推。」〔註 116〕這種廣播模式吸引了很多聽眾，各大小商號無不踴躍捐款。各民營電臺還聘請文藝界名人到電臺講演和義演，收入全部捐獻給災民。天津四大電臺也在天津救災聯合會的統一協調下，每日報導災區情形，喚起市民注意。

民營電臺在重大事件中嶄露頭角，是民營電臺的努力結果，其實也是廣播媒體的屬性使然。可以說，作爲一種面向不特定受眾的新聞媒體，在條件允許的情況下，參與公眾關心的重大議題，幾乎是出於其生存本能的一個必選項。

但遺憾的是，民營廣播至此已有了十幾年的歷史，卻沒有建立起自己的記者隊伍，只是報紙新聞的轉播臺和各種商業信息的匯總站。當無法預知的突發性事件來臨時，各大報紙如《申報》、《大公報》都紛紛派出記者，密切關注事件進展，並不吝版面，以醒目的標題或篇幅加以報導，推動事件解決。但由於各民營電臺普遍不設專職記者，沒有來自一線的實況報導，因此在大事尤其是重大突發性事中尚無法擔當「船頭瞭望者」（普利策語）的大任，只能成爲新聞信息的「二傳手」和社會動員的放大器。

〔註 116〕《舊中國的上海廣播事業》第 244 頁。

第四章　匯入抗戰的洪流

　　1937 年至 1945 年是中國人民保家衛國、捍衛主權並最終打敗日本帝國主義野蠻侵略的艱苦抗戰時期，也是民營廣播經受生死考驗的時期。抗戰初期，各民營電臺不惜毀家紓難，積極投入抗戰宣傳和募捐救濟中。但隨著戰事升級和日寇侵略的加深，在淪陷區，日本帝國主義及其扶植下成立的偽政權先是用各種卑劣手段，限制和打壓民營電臺，最後全面掌控了區內廣播事業，並取締了民間廣播的經營權。抗戰八年，民營電臺付出了慘重的代價。

第一節　國統區廣播電臺的抗戰宣傳

　　抗日戰爭全面爆發後，國民黨政府的廣播管制進一步收緊。它一方面進一步加強黨營電臺的宣傳力度，另一方面又通過對民營電臺節目欄目的審查，實現戰爭動員和輿論一律。國難當頭，民營電臺史無前例地與政府保持了高度一致，響應政府號召，做了力所能及的宣傳與勸募工作。

一、國統區的戰時廣播統制與官辦電臺的發展

　　非常時期到來後，基於戰時宣傳需要，國民黨政府對包括報刊、廣播在內的大眾傳媒都加大了管控力度，相繼頒佈了《戰時新聞檢查辦法》（1939 年 5 月 26 日）、《對於新聞發佈統製辦法》（1939 年 9 月 15 日）、《戰時新聞違檢懲罰辦法》（1939 年 12 月 9 日，1943 年 10 月 4 日再發）、《戰時新聞禁載標準》（1943 年 10 月 4 日）和《各省市新聞檢查規則》（1943 年 12 月 24 日）等條例，對於新聞報導給予最高規格的事先審查。在國難當頭的特殊條件下，

在共同一致的救亡大目標面前，國統區各大民營報刊、廣播電臺和通訊社幾乎無條件服從了這些近乎嚴苛的規定。

「七七事變」不久，國民黨中央廣播電臺即轉入戰時宣傳體制，「除了新聞和演講外，其它專題節目全部停止；音樂節目只保留軍樂，但更多的是播放抗日歌曲。」〔註1〕特別是淞滬戰役開始後，電臺隨時播報前方戰況。「廣播節目裏戰火紛飛，軍歌嘹亮，這座電臺開始了一段令人振奮的悲壯歷程。」〔註2〕但出乎意料的是，戰局急轉直下。1937年11月20日，中央電臺奉命廣播一條重大新聞《國民政府移駐重慶宣言》。11月23日，南京中央電臺停播，長沙電臺即以10千瓦功率續接。隨著國民黨中央西遷重慶，1938年3月，中央廣播電臺在「陪都」重慶恢復播音，呼號仍爲XGOA，功率10千瓦。

在雙方交戰過程中，國民黨官辦廣播遭受了不同程度的損失，但仍然堅持播音，其國際廣播的發展甚至超過了戰前水平。

1939年2月，國民黨政府利用英國提供的廣播設備，在重慶建起一座中央短波廣播電臺，發射功率35千瓦，呼號XGOX、XGOY。1940年1月，定名爲國際廣播電臺（英文名稱爲「Voice of China」，簡稱「VOC」，意爲「中國之聲」），臺長馮簡〔註3〕。該臺辦有對歐洲、對北美、對蘇聯東部及我國東北部、對日本、對華南和東南亞以及對蘇聯6套廣播節目，分別使用英語、德語、法語、荷蘭語、西班牙語、俄語、日語、越南語、馬來語、泰語、緬甸語、朝鮮語、印地語以及國語和廈門話、廣州話等語種播音，最多時達20多個語種（包括漢語方言），每天播音10多個小時。其節目主要有三類，「一爲通常性質，以粉碎侵略迷夢，宣揚和平國策，及本黨之主義爲主旨，計有演講、新聞、戰訊、時評及音樂等項。二爲應戰時急需者，計有：甲，廣播信箱：在自由之中美人士，均可利用廣播作簡單通訊，由美方收聽抄錄送達。乙，雜誌論文：由在渝外國記者等就時事及地方背景所做報導，播由美方收

〔註1〕汪學起、是翰生編：《第四戰線——國民黨中央廣播電臺揭實》，中國文史出版社1988年版，第23頁。

〔註2〕汪學起、是翰生編：《第四戰線——國民黨中央廣播電臺揭實》，第96頁。

〔註3〕馮簡（1899～1962），字均策，江蘇嘉定人。1913年入南洋公學，由中學而升入該校電機科，1919年以優異成績畢業。1920年入美國康乃爾大學專攻無線電通信工程，獲碩士學位，並先後到美國奇異電氣公司及德國柏林大學進一步深造，又在德國AEG電氣公司工作。1924年回國後，奉命參與了中央廣播電臺的籌建工作。抗日戰爭時期，歷任中央廣播事業管理處總工程師、交通部電波研究所所長等職。

聽刊載雜誌。丙，密碼廣播：海外部外交部對國外之指示，在該臺用秘密電碼，供國外黨部及使領館收聽。丁，鄉情報告，由該臺用粵語報告各地鄉情，慰僑胞思家之念。戊，對遠東盟軍廣播，由駐華美國軍部及大使館在該臺播送新聞樂劇等，供各地盟軍收聽。三為特約廣播：因地方干擾太甚，該臺音波有時不能使美國人民容易接收，故特約美方 NBC、CBS、MBS 等廣播網，及 WLW、WMRA、WHO 等廣播臺，用精良機件，代為收轉，以期收穫最大效果。」〔註4〕在日軍持續的轟炸聲中，重慶中央電臺的廣播不曾有一天中斷，發揮了巨大的信息傳遞和鼓舞士氣的作用，以至於日本東京報紙載文稱：「我皇軍飛機大炸重慶，那裏的青蛙全都炸死無聲。為什麼那個擾人心緒的中央電臺，還是叫個不停？」〔註5〕

　　隨著日本帝國主義對中國侵略的加深，列強各國對在華利益愈加關注。在此背景下，國民黨政府考慮得更多的是外商辦臺引發的政治問題，認為他們「在平時固僅以牟利，非常時期則陰為間諜，不僅妨礙我國播音領空之主權而已。」若不從速「先行收回或撤銷國境內外人所設之電臺，恐將接踵設臺，以巨大電力擾亂我中央電臺與公營民營電臺之播音。並以之作不利我之宣傳，勢將無法制止或干涉。」1937 年，國民黨中央常務委員會第 39 次會議通過《廣播教育實施辦法》，明文規定「絕對禁止外國人在中國境內設立廣播電臺」。〔註6〕但這一規定實際並未得到真正地貫徹實施。

　　此外，國民黨中央廣播事業指導委員會還曾在抗戰期間多次召集會議，修訂組織大綱和辦事通則，健全相關機構，下設指導組、考核組、偵察組和事務組。同時積極籌劃發展廣播事業，以增強戰時廣播宣傳實力，抗禦和反擊日本侵略者的廣播宣傳，先後通過了《迅籌款項添建廣播，並增加原有廣播電臺電力，以抵禦播音侵略案》、《添設流動電臺案》、《增設後方縣市收音機案》、《增加淪陷區廣播節目以利宣傳案》、《改進廣播事業，注重對敵宣傳以應需要案》、《切實推進收音事業方案》等議案，並根據蔣介石的指令，籌劃設立國際廣播宣傳計劃委員會。「指委會」還通過設置收音站，派專門人員偵測收聽各方廣播情況等多種手段，謀求擴大廣播宣傳效果。

〔註4〕中央廣播電臺：《戰前及戰時之我國廣播事業》，載南京中國業餘無線電協會《無線電世界》1946 年第 1 卷第 4～5 期。
〔註5〕汪學起、是翰生編：《第四戰線——國民黨中央廣播電臺揭實》，第 103 頁。
〔註6〕《廣播周報》第 134 期，1937 年 4 月 24 日出版。

1943 年 2 月 15 日，重慶國民黨當局又頒佈《新聞記者法》，規定適用於本法的「新聞記者」是指「在日報社或通訊社擔任發行人、撰述、編輯、採訪或主辦發行及廣告之人。」而只有具備下列條件之一者，才有資格申請新聞記者證書：「一、在教育部認可之國內外大學或獨立學院之新聞學系或新聞專科學校畢業，得有證書者；二、除前款外，在教育部認可之國內外大學、獨立學院或專門學校，修習文學、教育、社會、政治、經濟或法律各學科畢業，得有證書者；三、曾在公立或經立案之大學、獨立學院、專門學校任前二款各學科教授一年以上者；四、在教育部認可之高級中學或舊制中學畢業，並曾執行新聞記者職務二年以上，有證明文件者；五、曾執行新聞記者職務三年以上，有證明文件者。」〔註7〕

這一法律體系表述完整清晰，反映出政府意欲對記者隊伍實行細化管理的良好初衷。但其中也有一個明顯缺陷，就是沒有包含在各廣播電臺尤其是官辦電臺的記者。這自然招致了廣播界的不滿。被稱為中國第一個廣播記者的陸鏗〔註8〕就曾公開撰文表示異議，認為「上面這種解釋，未免是太偏狹了，因為現代的完整的新聞事業，決不應亦不能所限於報業（包括通訊社）一端，而應該是報紙、廣播、電影三體合一的新聞事業。〔註9〕。但上述法規也表明，即使是在戰火紛飛的時代，在世界各國都重視廣播事業，以其作為宣傳主陣地的背景下，中國的廣播新聞在總體上卻仍未擺脫「報紙傳聲筒」的附屬地位，廣播新聞的獨立性仍有待提高。

二、民營電臺積極參與救國宣傳

抗戰初期，上海幾十座民營電臺積極配合廣大群眾的抗日救亡運動，投入到募捐救助和抗日救國的宣傳中。

1937 年 7 月 22 日，上海市 500 多個團體共同發起成立了上海市各界抗敵後援會。「為統一步驟，集中力量起見」〔註10〕，8 月，上海各界抗敵後援會

〔註7〕劉哲民編：《近現代出版新聞法規彙編》，學林出版社 1992 年版，第 520 頁。
〔註8〕陸鏗（1919～2008），號「大聲」，雲南保山人。曾任《中央日報》副總編兼採訪部主任，是資深的名記者。1940 年畢業於重慶政治學校新聞專修班後，進入國民黨的中國國際廣播電臺，係中國第一個廣播記者。他在一次轉播宋美齡園遊會的節目中開始嶄露頭角，「二戰」時曾去歐洲進行過戰地採訪。
〔註9〕陸鏗：《談廣播記者》，《廣播通訊》1943 年 1 卷 6 期。
〔註10〕《抗敵後援會宣傳委員會擬訂戰時廣播電臺統一宣傳辦法》，《舊中國的上海

與播音業同業公會共同擬訂了戰時廣播電臺統一宣傳辦法，並組成播音組，對各民營電臺節目的內容和時間進行統一安排，要求各廣播電臺「一律以下列各項為播音主要節目：1.時事報告（取材申、新、時事、大公、時事午刊、新聞夜、大公晚、申晚〔註11〕）；2.勸募救國公債；3.勸募慰勞物品及其它徵集事項；4.各類常識指導；5.外國語言演講及時事雜評；6.抗戰歌曲演唱；7.名人演講；8.遊藝勸募或宣傳」。〔註12〕同時規定第一項節目可由各電臺自由播送，惟須以受新聞檢查所檢查之報紙為限；第二項節目由宣傳委員會擬定宣傳稿件，並送各電臺播送；第三項節目由宣傳委員會依照慰勞委員會所需之物品及其它徵集事項，擬就稿件，通知各電臺播送；第四項至第八項節目一律由宣傳委員會特派人員播送。宣傳委員會還特別指定了五處電臺為監察電臺，隨時監察、糾正各電臺的廣播宣傳工作，並針對敵方的廣播宣傳，干擾敵臺的音波。從 8 月 10 日開始，上海各界抗敵後援會組織的籌募救國捐廣播演講陸續播出。每日 13 時 40 分起由社會各界 4 位名人分別在亞美、華美、大中華和中西廣播電臺演講，每次 20 至 30 分鐘，播音日程一直排到 8 月 29 日。吳蘊齋、黃金榮、張嘯林、嚴獨鶴、潘公弼、王芸生、潘公展、陶百川、曾虛白、董顯光、杜月笙等 80 餘人都參加了這次募捐廣播演說。9 月，上海市各界抗敵後援會與中國特種教育會聯合舉辦無線電名人抗日救亡廣播演講，每日兩次。第一次從 12 時 30 分至 13 時，第二次從 16 時 45 分至 17 時 15 分。每次由兩人分別在兩處電臺同時演講，其它電臺轉播。上海文化界救亡協會則從 9 月 11 日到 11 月 15 日，請文化界名人在交通部上海電臺作救亡播講 50 多次；10 月 30 日至 11 月 7 日，又舉辦「保衛大上海宣傳周」，113 個團體組織的 930 個宣傳隊共計 4690 人參加了這一活動。這是上海各界救亡團體第一次大規模行動。在其組織下，每日都有幾十位輪流到各民營電臺發表抗日救亡的廣播演說，號召人們募捐救國。

為了讓世界瞭解日本侵略中國的實質及中國人民的抗戰決心，爭取國際社會的同情和支持，抗敵後援會宣傳委員會國際宣傳部還擬訂外國語宣傳大

廣播事業》，第 265 頁。
〔註11〕 指《申報》、《新聞報》、《時事新報》、《大公報》、《時事午刊》、《新聞夜報》（由《新聞報》館於 1933 年 2 月 26 日創辦並發行）、《大公報》臨時晚刊（1937 年 8 月 14 日戰事發生後，《大公報》上海館增出的臨時晚刊，每天下午出半大張）和《申報》晚刊。
〔註12〕 《舊中國的上海廣播事業》，第 265 頁。

綱，針對日本國民、英美政府與人民、蘇法政府與人民，分別制定了不同的宣傳內容。自 1937 年 9 月初開始，每晚 19 時開始，分別用英語、法語、德語、日語、俄語、韓語進行 45 分鐘的對外廣播，直到上海淪陷。英語和日語播音每天都有，其餘時間為其它外國語播音。尤其是對日本廣播，每日下午都安排日語演講，圍繞中日關係、中國的立場、中日親善的基本條件、中日戰爭的起因、中日戰爭的影響等多個方面，向日本聽眾擺事實，講道理，說明日本的侵略戰爭與中國的自衛戰爭區別，要求日本人民明瞭戰爭是其國內軍閥對中國的侵略戰爭，非日本人民與中國的戰爭；凡日本愛好和平的人民都應該一致起來拒納捐稅，拒認公債，拒服兵役，反對戰爭。著名法學家吳經熊，滬江大學校長劉湛恩、上海各界救亡協會主席溫源寧、著名反法西斯戰士王安娜和她的丈夫王炳南等都先後到電臺演講。在上述節目播出時，上海市所有民營電臺一律放送。抗敵後援會下設的宣傳委員會廣播組還動員民眾利用收音機，把收聽到的抗戰消息或記錄下來編印成壁報張貼，或在親朋好友中進行傳播，以此來激勵廣大群眾堅持抗戰的信心和勇氣。有的民營電臺則將報紙內容以說書的方式向聽眾報告，便於不識字者及時瞭解國事。

上海的曲藝、戲劇、電影、音樂界救亡組織和愛國人士，也紛紛利用廣播電臺進行抗敵募捐宣傳。「八一三」滬戰一爆發，上海曲藝界救亡協會即分別在中西、華東、富星等電臺舉行募捐宣傳播音三天，參加播音的劇種有蘇灘、甬劇、越劇、滑稽、話劇、申曲、平劇（京劇）、彈詞等。9 月 24 日，上海戲劇界電影界聯合國難後援會為募集救國公債及慰勞前方將士舉行了平劇大會串播音，梅蘭芳、周信芳、李少春、高百歲等參加了這次演出，播音持續三天，募集捐款 13000 餘元。10 月 11 日，中國作曲家協會、上海戲劇界救亡協會話劇組在中西電臺聯合播音，每日 19 時至 20 時播出歌曲《出征歌》、《救亡之歌》、《募寒衣》、《保衛大上海》和話劇《保衛盧溝橋》；12 日演出了歌曲《中國的呼聲》、《中國空軍歌》、《傷兵慰勞歌》和鋼琴獨奏《少年中國進行曲》及話劇《保衛盧溝橋》第二幕。15 日，上海文化界救亡協會在中西電臺播送話劇《大家一條心》和教唱救亡歌曲，以後連續在中西和華東電臺播出話劇《青紗帳裏》、《最後一課》等。22 日，上海電影界與上海救濟委員會合作，連續三天在中西電臺播音募捐，救濟難民，播出了話劇、平劇及救亡歌曲。

在全民抗戰的熱潮中，上海市各民營電臺不僅放棄廣告收入，參加義務播音募捐，各臺還踴躍捐獻獻物，支持前線抗戰。上海電器公司開辦的友聯

電臺捐獻 1000 件棉背心，並在每件棉背心裏寫有不同的激勵話語，其中一則寫道：「親愛的將士！我們眞不知該怎樣對你們表示感激，但只對你們作心內的感激是不夠的，我們應在後方給你們種種的援助。親愛的忠勇將士！你們安心地幹吧！你們不用後顧，你們前方需要的東西，我們都能盡力輸送。你們放心大膽地前進吧！直到把敵人全部趕出我們國境。」〔註 13〕而各民營電臺爲捐助前線發起的募徵雨衣 5 萬件和募徵寒衣活動，也得到了全社會的大力支持。

就在萬眾一心支持抗戰的時候，卻有個別民營電臺趁機牟利，甚至侵吞捐款。亞聲電臺 33 歲的臺主黃菊隱，假借爲傷兵募捐名義，侵吞 8000 餘元（一說 9000 元）現金及一些金銀飾品，造成極壞的社會影響。經調查屬實，淞滬警備司令部以軍法判處其死刑，於 1937 年 10 月 26 日執行槍決，理由是，「黃犯所爲，原屬觸犯普通侵佔罪，但當此愛國人士正在救國倡捐，而爲不肖者所侵沒，雖不因此而阻其愛國熱腸，而憤恨敗類，殆人同此心。況在全面抗戰，前方將士正浴血拼命，後方接濟，不單爲國民應盡職責，也爲良心所驅使。黃犯昧著良心，其行爲顯係擾亂後方，依戰時軍律，自應處以極刑，以謝全市民眾，並使不肖之徒，知所警惕。吾知經此嚴懲，愛國人士，出錢必將更加踊躍，捐款救亡工作，將愈見順利。」〔註 14〕

宗教電臺也表現出強烈的民族氣節和愛國情懷。上海淪陷後，日本侵略者在上海南京路哈同大樓設立「廣播無線電監督處」，勒令民營電臺限期前往登記。租界內的上海民營無線電播音業同業公會成員在王完白主席的帶領下，拒絕登記，福音電臺也轉由教會中的美籍人士向美國領事署登記，以求保護，實質上仍由上海基督教廣播協會主持，一直持續到 1941 年太平洋戰爭爆發。積極參加福音電臺的各項活動並曾在電臺發表抗日演講的滬江大學校長劉湛恩，則因一貫的反日立場而在 1938 年被日僞特務暗殺。而廣大中國天主教徒，甚至是一些西方在華的教會人士，也同情並支持中國人民的抗日戰爭。1937 年 12 月 20 日，羅馬教皇駐華代表馬利奧・蔡寧總主教〔註 15〕發表

〔註 13〕莫：《抗戰中的廣播電臺》，《救亡日報》1937 年 10 月 3 日。

〔註 14〕徐志耕：《淞滬會戰大募捐時杜月笙爲何走在最前列？》。轉引自「鳳凰網讀書頻道」http：//book.ifeng.com/shuzhai/detail_2010_11/04/3005499_5.shtml。

〔註 15〕瑪利奧・蔡寧（Mario Zanin, 1890～1958），梵蒂岡外交家，出生於意大利，1913 年晉升神父，1926 年進入教廷傳信部，1933 年被任命爲宗座駐華代表，接替因病辭職的剛恒毅總主教。1946 年，教廷委任黎培里總主教爲駐華公使；

「耶誕節獻詞」的廣播演說，勸告國人「應該犧牲我們自己，獻身社會，以謀求中華民族的福利」，並號召「由東西各國來中國傳教的天主教神父、全國的教友，協同中華國家共同合作，以期達到中華民國國家和民族幸福之目的」。〔註16〕天主教人士的抗日廣播演說，在號召天主教徒投身抗戰救國方面起到了很大的引領作用。

佛教界人士也積極投入到抗戰募捐的宣傳中。淞滬抗戰爆發後，上海佛教界組織了在佛音電臺的大規模播音募捐活動，爲前線提供物資援助。9月21日至23日，上海慈善團體聯合救災會和救濟災區委員會特邀戲劇界、電影界、話劇界在佛音電臺舉行大規模播音募捐。24日至26日，佛音電臺參與了上海伶界聯合會、國難後援會爲籌集救國公債及救護傷兵、救濟難民、慰勞將士等款項而舉辦的平劇會串播音節目。佛教界人士還積極參與抗戰演講，黃涵之居士和王一亭居士曾在大中華電臺發表演說，呼籲大家踴躍捐款支持前線抗日〔註17〕。通過佛教組織和高僧們在電臺和報刊的大聲呼籲，很多佛教徒開始明白自己不能置身事外，作爲出家人，爲保衛國家而殺賊是不違反戒律的。一些青年愛國僧侶更是滿懷殺敵護國的熱誠，邁出佛門，走向抗戰的第一線。

1937年11月12日，中國軍隊全部撤離上海，只留下租界暫未落入敵手，一些原來在界外的民營電臺紛紛搬入租界，希望得到庇護。到太平洋戰爭爆發，「孤島」淪陷前，除了極少數電臺如大亞和大光明電臺仍堅持了一段時間的抗日宣傳外，絕大多數民營電臺都不再播出涉及抗日的政治性內容，而成了單純以娛樂和廣告爲主的商業媒體。

但民營電臺救濟難民的募捐工作還在繼續。1938年11月1日，上海難民救濟協會勸募委員會成立，各民營電臺主任及遊藝界知名人士均爲義務宣傳勸募委員。同年12月26日，全市播音界、遊藝界舉行聯合播音勸募認養難民活動，號召市民每月節省2元即可認養1名難民。1939年6月7日至25日，中國職業婦女俱樂部等團體還曾在大陸電臺、新新電臺舉行多次慈善義賣播

　　蔡寧遂返回教廷，於1947年出任教廷駐智力大使；1953年，調任教廷駐阿根廷大使。1958年8月4日，蔡寧病逝於布宜諾斯艾利斯。

〔註16〕陳金龍、傅玉能：《中國宗教界與抗日戰爭》，《長沙電力學院學報》（社會科學版）1999年第4期。

〔註17〕《大公報關於抗敵後援會舉行籌募救國廣播演講的報導》，《舊中國的上海廣播事業》，第266～267頁。

音，募集經費，救濟難民和支持新四軍。

第二節　淪陷區民營電臺的厄運

1937 年 7 月 29 日，日軍攻陷北平；次日天津淪陷。11 月，隨著中國軍隊棄守上海，上海除租界之外全部落入敵手。12 月，首都南京淪陷，國府西遷重慶。

覆巢之下，豈有完卵。「七七」事變後，「淪陷區電訊交通的破壞為各交通工具之冠」。〔註18〕為了形成「政令統一」的局面，日僞當局接收原國民黨的官辦電臺，改建爲自己的官方喉舌。對民營電臺則軟硬兼施，對順從者，允准其繼續營業了一段時間，不肯附逆者則直接取締或侵奪。一些商業電臺爲了避免更大的經濟損失，雖在日寇的刺刀下勉強生存，卻不得不放棄抗日愛國這一基本政治立場。有的則直接或間接淪爲日寇宣傳工具，爲日僞統治張目，成爲日後洗雪不清的歷史污點。

一、日僞當局對淪陷區廣播的控制

日本侵略者深知廣播宣傳效力強大，將其視爲控制人民思想和塑造意識形態的重要工具，因此在佔領一個地區後，會迅速對該地區的廣播事業實行嚴密管制，並建立起服務於其奴化宣傳體系的廣播網。從日僞統治時間最久的臺灣及東北地區廣播事業的發展情形，便不難管窺這一特徵。

日本侵略者在東北經營廣播的歷史可追溯至 1920 年代。1905 年日俄戰爭後，日本取代沙俄統治了大連地區。1925 年 8 月 9 日，日本侵略者在大連建立的大連廣播電臺開始播音，呼號 QAK，發射功率 500 瓦〔註19〕。這是日本帝國主義者在我國東北境內建立的第一座廣播電臺。該臺開辦之初，完全仿照日本的廣播電臺，且只有日語節目；後爲吸引中國聽眾又辦起了漢語節目。在當時日本還只有東京、名古屋等兩三座廣播電臺的情況下，就在中國建立廣播電臺，足見其對中國進行文化滲透和武力侵略的野心蓄謀已久。

「九・一八」事變後，日本侵佔整個東北地區，並攫取了我國東北地區僅有的兩座官辦電臺，即瀋陽廣播電臺和哈爾濱廣播電臺。日本關東軍把瀋陽廣播電臺改爲奉天放送局，於 1931 年 12 月恢復播音；把哈爾濱廣播電臺

〔註18〕鄭克倫《淪陷區的交通》，《經濟建設季刊》（1943 年）第一卷第 2 期。
〔註19〕楊本成：《日本在東三省經營之電信事業》，《學術》，電報學術研究會編印。

改爲哈爾濱放送局，於 1932 年 7 月 23 日恢復播音。爲避免國際輿論的譴責，侵華日軍迫切需要尋找一個政治幌子，以顯示關東軍並非佔領東北，而是滿族請他們來幫助建立新國家，於是清朝末代皇帝愛新覺羅‧溥儀成了新「國家」元首的最佳人選。1932 年 3 月 1 日，在日本軍隊的支持下，溥儀從北平順利到達東北，成立了傀儡政權「滿洲國」，並將長春定爲「國都」，改名「新京」。其「領土」範圍包括今遼寧、吉林和黑龍江三省全境，以及內蒙古東部與河北省的承德市（原熱河省）。

日本侵略者認爲，「滿洲放送事業，給慰安、報導、教養固有使命中，更富有宣揚王道，促進協和之特殊使命」〔註 20〕。正是因此，廣播成爲日軍控制東北人民思想的首要宣教工具。1932 年 4 月，關東軍命令滿鐵經濟調查會第三部第六班擬制《滿洲電信及廣播事業統制方案》；10 月，日本關東軍在長春設立演播室，建立廣播電臺，以「奉天放送局新京演奏所」的名義，通過長途電話線路，將廣播訊號傳輸到「奉天放送局」播出。1933 年 4 月 6 日，「新京放送局」開始播音，呼號 MTAY，發射功率 1 千瓦。「同年 8 月，根據日本政府和僞滿洲國當局簽訂的《關於在滿洲設立日滿合辦通訊公司協定》，在大連設立了『滿洲電信電話株式會社』，統一經營管理東北的通訊廣播。」〔註 21〕成立這一機構的目的，就是爲了壟斷東北地區的電報、電話和廣播等通訊事業，以便更好地爲其殖民和奴化宣傳服務。1934 年 11 月，僞「新京放送局」啓用 100 千瓦的大功率發射機進行廣播，其覆蓋範圍可達東北大部地區。

從 1937 年開始，日軍把大連、奉天、哈爾濱等放送局升格爲「中央放送局」，並陸續在延吉、通化、黑河、佳木斯、海拉爾、營口、安東、錦縣、撫順、鞍山、本溪湖、阜新等地建立了小型的廣播電臺。1938 年，僞哈爾濱市協和會本部還建設了五座覆蓋範圍廣泛的無線電發射塔，目的是「使五十萬民眾，於此非常時局下，認識事變第七年之長期戰，鞏固思想動員起見，特由放送局逐次放送時局講演，促進國民思想向上運動」〔註 22〕。1943 年 4 月，

〔註 20〕《無線電放送之重要》，《濱江日報》1938 年 12 月 4 日第 3 版。轉引自曲廣華、於海波：《東北淪陷時期日本的殖民宣傳——以〈濱江時報〉爲中心》，《民國檔案》2010 年第 3 期。

〔註 21〕吉林省地方志編纂委員會編纂：《吉林省志‧卷四十二‧新聞事業志‧廣播電視》，吉林人民出版社 1991 年版，第 13～14 頁。

〔註 22〕《建設無線電塔》，《濱江日報》1938 年 7 月 13 日第 3 版。轉引自曲廣華、於海波：《東北淪陷時期日本的殖民宣傳——以〈濱江時報〉爲中心》，《民國檔案》2010 年第 3 期。

日本又把僞「新京中央放送局」進一步升格爲「新京放送總局」。

　　日本侵略者還不斷擴張其勢力範圍，在佔領一塊區域後，就通過扶植中國傀儡政權的方式以實現其幕後掌控的野心，先後成立了「冀東防共自治政府」、「蒙古軍政府」、「中華民國臨時政府」、「中華民國維新政府」、「察南自治政府」、「晉北自治政府」、「蒙古聯盟自治政府」等政權。汪精衛投靠日本後，於 1940 年 3 月在南京成立「國民政府」，將由「中華民國臨時政府」改制的「華北政務委員會」〔註23〕和「蒙古聯盟自治政府」合併「察南自治政府」、「晉北自治政府」而成立的「蒙疆聯合委員會」進行統合，由汪精衛本人作「代主席」兼行政院長及中國國民黨總裁，同時設五院院長及中國國民黨各級黨部，恢復了戰前國民政府的一切體制。

　　緊接著，1940 年 6 月，僞「華北政務委員會」在北京成立了「華北廣播協會」，負責管理北京、天津、石家莊、唐山、太原、徐州、濟南、青島八座電臺，並於 24 日頒佈《華北廣播協會條例》。《條例》規定，「華北廣播協會爲中華民國財團法人，以經營左列各事業爲目的：一、廣播無線電事業；二、前項事業之附帶事業；三、對於前項經營各項事業所必須之其它事業之出資。」並規定「關於華北廣播協會之事業除特別規定者外，應免徵一切稅捐」；還提出「華北廣播協會因事業經營上之必要，得收用或使用他人之土地建築物及其它對象或權利或限制其權利之行使。」〔註24〕

　　爲了表示對汪僞傀儡政權的支持，1941 年 2 月，日方與汪僞政府簽訂「共同聲明」，表示要歸還廣播無線電臺的行政管理權，並成立「中國廣播事業建設協會」作爲汪僞統治廣播事業的最高權力機關，任務是「以中日兩國基本條約之原則爲根據，而爲文化溝通，宣傳一致之具體化」，隸屬僞宣傳部管轄；

〔註23〕抗戰時期漢奸機構。1940 年 3 月 30 日，原「中華民國臨時政府」名稱廢止，改稱「華北政務委員會」，大漢奸王克敏出任委員長。同日，汪僞國民政府發佈《華北政務委員會組織條例》規定：「國民政府爲處理河北、山東、山西三省及北京、天津、青島三市境內防共、治安、經濟及其它國民政府委內各項政務，並監督所屬各省市政府，設置華北政務委員會。」並設最高法院華北分院。該委員會名義上歸汪精衛管轄，實際在汪僞政權中享有極高的自治權，擁有直屬的「治安軍」，並全權處理河北、山東、山西三省淪陷區及北平、天津、青島三個特別市的政務，河南省的豫北、豫東地區也歸華北管轄，承擔所謂防共、治安、資源開發及調節物資供求關係等方面的任務，除對外關係外，在內政各方面實際不受汪僞政府統制，是由日本實際控制的一個傀儡政權。

〔註24〕《華北廣播協會條例》，參見國家圖書館數字資源，「民國法律」部分。

規定「中國廣播事業建設協會的理監人選，由中日雙方確定後，以宣傳部名義報經行院核准聘請」。〔註25〕在雙方擬定的 11 名理事名單中，5 名為日本人；5 個常務理事中，3 名為日本人。而其制定的《廣播無線電臺計劃》則明確提出要「統一管理」淪陷區的廣播電臺，「民間不得再有廣播電臺」。〔註26〕

同年 3 月，日本軍方宣佈將廣播事業交還汪偽政權。偽「中國廣播事業建設協會」隨即「接收」了南京、上海、漢口、杭州、寧波、蘇州、鎮江、廣州、廈門等地的廣播電臺，但實際控制權仍掌握在日方手中。偽宣傳部長林柏生在回答記者提問時，曾說：「中國廣播事業建設協會除政府撥付經費外，並接受友邦放送協會的援助，依此關係，特請友邦廣播事業專家為理事，參加工作，協助進行。在促進國家建設，復興東亞之前提下，使中日兩國廣播宣傳方針之一致。」〔註27〕到 1945 年日本投降前，日本按照計劃循序漸進，先後在中國本土建立起 60 多座廣播電臺，分佈於黑龍江、吉林、遼寧、內蒙古、北京、天津、河北、河南、山東、山西、上海、江蘇、浙江、湖北、福建、廣東、臺灣、香港等地區，發展速度和規模驚人。「這 60 多座日偽廣播機構，在侵華日軍的直接操縱控制下，瘋狂破壞中國五千年的民族文化，殘暴推行殖民文化，大力販賣法西斯文化思想，毒害聽眾，渙散中國人民的鬥志。」〔註28〕

二、民營電臺的厄運

盧溝橋事變是日本打開中國北大門的標誌，也是全面抗戰的開始。日軍侵佔北平後，取締了北平的所有廣播電臺，把各電臺的廣播設備集中到麻花胡同，改裝成 500 瓦、300 瓦和 100 瓦發射機，並盜用「北平廣播電臺」的名義繼續播音，「扼殺了十年來北京廣播電臺的正常發展。」〔註29〕

〔註25〕《日方交還廣播事業權，創立廣播事業建設協會，接辦各地電臺》，《平報》1941 年 2 月 23 日。轉引自馬光仁《日偽在上海的新聞活動概述》，《抗日戰爭研究》1993 年第 1 期。

〔註26〕《上海廣播電視志》，第 26 頁。

〔註27〕《日方歸還廣播事業權，林柏生招待新聞記者》，《平報》1941 年 2 月 25 日。轉引自馬光仁《日偽在上海的新聞活動概述》，《抗日戰爭研究》1993 年第 1 期。

〔註28〕薛文婷：《日偽淪陷區的廣播媒介控制》，《中國廣播電視學刊》2005 年第 8 期。

〔註29〕北京市地方志編纂委員會編：《北京志·新聞出版廣播電視卷·廣播電視志》，北京出版社 2006 年版，第 23 頁。

日軍攻陷天津後，四大廣播電臺中的東方電臺最先遭殃，電臺的器材設備被強行買走。仁昌、中華、青年會電臺又繼續廣播了一段時間，但生意日漸蕭條。1939 年冬，幾家電臺全部停播。

1937 年 11 月 27 日，日方宣佈對上海的郵政、電報、廣播實行管制。日軍首先「接管」了交通部上海廣播電臺和上海市政府電臺，並利用其設備，建立起日偽的「大上海廣播電臺」，用高薪誘使中國人爲其服務。據當時負責用廣東話播出新聞的鷗守機回憶，她 16 歲左右即通過考試，入職大上海廣播電臺，「每月工資有 70 元軍用票，當時敵汪時期是用儲備票，一元軍用票可作五元儲備票。」〔註 30〕這筆收入在當時是相當可觀的。

利用這座電臺，日偽當局「對於中國及外國任意做種種荒謬之宣傳，所用之語言，有國語、廣州語、英語，任意捏造事件淆惑聽聞；而國語節目並做極端反英宣傳，如稱其軍隊係驅逐英國及其它各國勢力於中國之外等謬論。但中外多數聽眾，凡有常識者，並不致深受影響，徒增敵人之煩悶而已」。〔註 31〕

1938 年 3 月，「由於日本軍隊在華中活動的軍事需要」〔註 32〕，日方在上海南京路 233 號哈同大樓 316 房間成立無線電廣播監督處，並宣佈自 4 月 1 日起管理上海市所有的無線廣播電臺，如逾期不往登記者，將以某種手段實行接收或封閉。其後又延長期限至 27 日。日方聲稱，成立無線電廣播監督處的目的是「防止上海及其周圍地區廣播電波的混亂，同時也爲了限制可能擾亂社會治安或妨礙日軍軍事行動的廣播節目」。〔註 33〕日方威脅說，如果民營電臺逾期還不肯登記，廣播監督處「即認爲各廣播電臺自行拋棄登記所享有之一切權利。」〔註 34〕同年 7 月 15 日，日軍廣播監督處公佈了《私人無線電發射臺管理條例》，規定任何人欲設立廣播電臺須先向廣播監督處提出申請，獲准後才可以進行裝設工作。

在此情況下，上海的民營電臺雖然剔除了反日的政治性內容和不利於日方的軍事消息，但仍朝不保夕，因爲只要不向日方登記，便「禁止播出」。雖

〔註 30〕鷗守機：《上海閨秀：一個婦人的人生自傳》，上海文藝出版社 2003 年版，第 56～57 頁。
〔註 31〕《上海廣播之現狀》（譯稿），《廣播周報》1939 年 9 月 14 日第 176 期。
〔註 32〕《舊中國的上海廣播事業》，第 348 頁
〔註 33〕《舊中國的上海廣播事業》，第 331 頁
〔註 34〕《舊中國的上海廣播事業》，第 345 頁。

然在 1938 年 4 月 15 日前日方廣播監督處還未干涉過民營電臺的日常工作，但各民營電臺仍如履薄冰，除少數電臺出於各種考慮，向日方登記並獲准繼續播音外，大多數停播觀望。1937 年 12 月 1 日，亞美電臺和華美電臺宣佈拆機停播，以避免爲敵所用。但蘇祖國和蘇祖圭此後還是因爲有抗日思想，且曾爲供給政府留滬各機關通訊材料的關係，被日本憲兵隊拘禁，受盡了酷刑。1938 年 4 月，元昌電臺宣佈停播。同年停播的還有富星電臺和佛音電臺。1938 年 5 月，上海的日文報紙《上海每日新聞》刊登日方廣播監督處主任（一說處長）淺野一男少佐的聲明：「十五家電臺，其中包括新成立者，已在本處登記，我們準備更換中國交通部頒發的全部舊執照；不過從有利於管理的角度看，電臺數目減少至此，我們頗感滿意。」〔註 35〕短短半年時間，上海民營電臺即銳減至此，可見其承受外部壓力之大。

太平洋戰爭爆發後，「孤島」淪陷。日軍報導部和憲兵隊專門組織接收隊伍，查封了一切利用租界庇護從事「敵性宣傳」的廣播電臺。日軍報導部平民少佐指揮第一班，接收了跑馬廳的華美電臺；松田少尉率領第二班，接收了華懋飯店四樓的民主電臺；淺野少佐帶領第三班，去博物院路 12 號接收了假託美商開辦的福音電臺；淺野中尉指揮第四班，接收了靜安寺路之電訊電臺。憲兵隊第一班，接收了法租界天主堂路 28 號之奇民電臺；第二班接收了愛多亞路 17 號之大美電臺。對被接收的各電臺，先行查封，禁止播音，然後清查財務，全部沒收。〔註 36〕並建立起大東、東亞、黃埔三座日偽廣播電臺，統歸汪偽「中國廣播事業建設協會」管轄。1941 年 12 月 5 日，日偽報刊《新申報》又增設中文廣播電臺。啟事稱，「茲爲謀更進一步敏捷廣泛之報導，特於南京路哈同大樓屋頂設置最新式大擴音機，自本日（15 日）起，隨時廣播時局重要新聞，務期全市民眾，先聞爲快」。〔註 37〕日偽還在「統一廣播事業」的口號下，通令全市民營電臺一律停播。至抗戰結束前，敵偽的法西斯廣播就壟斷了上海的電波空間。

爲了混淆視聽，蒙蔽民眾，汪偽「中國廣播事業建設協會」還把偽「南京廣播電臺」改稱「中央廣播電臺」，呼號與重慶國民黨中央臺呼號一樣。

〔註 35〕參見《舊中國的上海廣播事業》，第 287 頁。

〔註 36〕馬光仁主編：《上海新聞史（1850～1949）》，復旦大學出版社 1996 年版，第 923 頁。

〔註 37〕馬光仁主編：《上海新聞史（1850～1949）》，復旦大學出版社 1996 年版，第 925 頁。

對此，重慶國民黨中央廣播事業指導委員會進行了深刻的揭露和批判。

　　日僞統治時期，個別大城市也曾開辦過盈利性的商業電臺。這類電臺雖然實際由民間的廣告公司運營，但所有權仍歸日僞當局。如 1942 年 2 月 1 日，日軍在天津開辦了一個特殊廣播，也稱爲天津廣播電臺特殊放送節目或天津廣播電臺特殊廣播，是專播廣告的商業性電臺，實際是由北京廣益公司杜穎陶等人主持經營的，但掛的卻是日僞「天津廣播電臺」的旗號，是僞「天津廣播電臺」的「特殊電臺」。「該臺所有的商業廣告都由廣益公司包辦，廣益公司又分包給天津各廣告社。主要節目是曲藝節目、單人話劇、流行歌曲、西洋音樂、京劇唱片等。所有節目都是由要報廣告的商戶包訂播的。因做廣告的商戶多起來，又增加了分條廣告等形式。由於當時請到了不少有名的演員，要做廣告的客戶相當多，廣益公司獲利甚豐。」〔註 38〕下面是天津廣播電臺特殊電臺 1944 年 3 月的廣播節目表：〔註 39〕

　　9：00～9：10　　　　唱片（音樂）

　　9：10～10：00　　　佟浩如評書《精忠報國》

　　10：00～10：30　　唱片（西樂及新聞）

　　10：30～11：50　　王佩臣鐵片大鼓

　　11：50～1：10　　　小蘑菇、趙佩茹對口相聲

　　1：10～1：40　　　　唱片（西樂及新聞）

　　1：40～2：30　　　　石慧儒單弦

　　2：30～3：40　　　　侯寶林郭啓儒對口相聲

　　3：40～4：20　　　　馬寶山奉天大鼓《二進宮》

　　4：20～5：00　　　　李蒙（時代歌曲）

　　5：00～5：40　　　　焦秀蘭西河大鼓《劉公案》

　　5：40～6：20　　　　花小寶梅花大鼓

　　6：20～7：00　　　　常澍田單弦

〔註 38〕天津市地方志編修委員會辦公室、天津市廣播電視電影局、天津廣播電視電影集團編著：《天津通志・廣播電視電影志》，天津社會科學院出版社 2004 年版，第 89 頁。

〔註 39〕載《天聲》創刊號（1944 年 3 月版）。

7：00～8：20　　戴少甫、郭啓儒對口相聲

8：20～9：00　　唱片（西樂及新聞）

9：00～10：20　　李昌鑒單人話劇

10：20～11：40　　王豔秋京東大鼓《薛剛反唐》

11：40～1：00　　陳士和評書《聊齋》

時年的電臺廣告，一般是由播音員或演員在各類節目中或間隔進行現場演播，特別以收聽率高的曲藝節目中插播爲甚。40 年代初，馬三立在天津、北平演播的廣告相聲曾轟動一時。

1939 年天津《廣播日報》刊載的曲藝界播音名人照片

三、被嚴密控制的廣播聽衆

沒有永遠的戰爭，卻有永遠的民衆生活。戰爭期間收聽電臺廣播，無疑是舒解精神壓力並與外界保持溝通的重要方式。但對日偽當局來說，中國人收聽外界的反日廣播，卻不利於其愚民統治。爲此，日偽當局不僅對淪陷區民營電臺大加摧殘，還將注意力集中在收音機用戶身上，一系列限制收聽的措施陸續出臺。

以「確保戰時治安及防範反動宣傳」的名義，汪僞政權和日軍在全國的淪陷區內大肆取締短波收音機，限制收聽外部廣播，強迫市民拆除收音機的短波線圈，規定七燈以上的收音機除特許外，一律不得使用或持有，收音範圍不得超出周波數。1941 年 6 月 26 日，《武漢報》刊載了無線電收音機限期登記的告示，稱「遵照日前發表的漢口特別市管理無線電收音機規則，對全市無線電用戶限期進行重新登記，逾期不登記者將照章處罰。」〔註40〕1942 年 4 月 16 日，汪僞宣傳部公布施行《裝設無線電收音機登記暫行辦法》，廢止國民黨政府交通部頒佈的《收音機登記暫行辦法》。6 月 25 日，上海方面日軍最高指揮官通令上海地區無線電收音機用戶，不論國籍，均應於 7 月 1 日至 8 月 31 日向當局申請登記。12 月，日本侵略者又以駐華派遣軍最高指揮官、中國方面艦隊最高指揮官的名義，頒發了《取締無線電收報收音機布告》，嚴禁民間「製造、使用、持有或轉讓」「七燈以上眞空管」或「可收 550 千周至 1550 千周以外之周率」的高級收音機，違者「以軍法嚴懲不貸」。〔註41〕12 月 18 日，汪僞政權宣佈實施《修正無線電收音機取締暫行規則條例》及《施行細則》、《各地違禁收音機特許委員會組織辦法》及《違禁收音機使用持有特許標準》，對收音機的型號、收聽波長範圍、內部裝置進行了嚴格規定。「未經許可製造、使用、持有或轉讓違禁收音機者，處一年以下有期徒刑拘役或三千元以下罰金，並沒收其全部有關之設備及機器。」〔註42〕按照這一條款，大量民間擁有的收音機成爲「違禁」用品，需要到僞政府指定的電料行進行設備「改造」，並分別支付 25、30、35 元不等的「改造費」。如果有演奏唱片設備的，則須加收 15 元。不到指定地點改裝的，還需到指定地點檢查認可，同時提交檢查費 15 元。1943 年 1 月 13 日，上海日軍憲兵隊長頒發告示，重申對於違反取締違禁收音機布告規定者，「不問其國籍將採取嚴峻措置，切望未辦手續者，從速於限期前辦理。」〔註43〕1 月 18 日，汪僞上海特別市政府通告實施取締違禁收音機。7 月，汪僞機關經過縝密調查，發現上海市「違禁收音機不許可收聽者」名單共計 46 號，其中包括意大利新聞社等中外人士；而許可擁有短波收音機的用戶名單 44 號，包括陳群、丁默邨等人和一些特殊

〔註40〕謝立文、張遠林、歐陽謹文：《罪惡的聒噪——武漢淪陷時期日僞漢口廣播宣傳》，《中國廣播》2005 年第 12 期。
〔註41〕《舊中國的上海廣播事業》，第 440 頁。
〔註42〕《舊中國的上海廣播事業》，第 435 頁。
〔註43〕《上海廣播電視志》，第 26～27 頁。

機構。

　　與此同時，日偽政權還以行政訓令的手段，在淪陷區大肆推廣簡裝的日式收音機，以達到普及廣播，推行奴化宣傳的目的。1942 年 9 月，汪偽行政院訓令說，「中國廣播事業建設協會」已購置一批日本「優良收音機，以最低廉價出售」。〔註 44〕1944 年，日偽華北廣播協會在北京成立「華北廣播協會收信機工廠」，採用日本運來的全套組件，開始以工業方式組裝三燈和五燈的電子管收音機。

　　不僅如此，汪偽政權還強制收音機用戶交納收聽費，用以「擴充設備、充實廣播內容、完成重大使命」。〔註 45〕以上海爲例，1943 年 9 月，汪偽宣傳部公佈實施收音機裝置許可制，並准許偽「中國廣播協會」自 10 月 1 日起得與收音機所有人締結《收聽契約》，按月收取聽費中儲券 10 元。第二年，上海的收聽費價格上漲到 100 元，改裝費則漲到了 300 元。〔註 46〕1945 年 3 月 11 日，偽「中國廣播協會」發佈通告稱，對未交付收聽費的 30 家收音機用戶，即日起取消其《收聽契約》，並將收音機沒收。

　　日偽當局通過剝奪民營電臺的經營權、限制聽眾的收音權等辦法，意圖達到控制輿論、愚化民眾的目的。然而，「抗戰八年，淪陷區同胞與內地隔絕，惟有廣播電波，仍可每日照常收聽。日寇雖力事禁止，然聽者自聽，道者自道。八年來維繫同胞，人心不死，廣播的功績是不可磨滅的。」〔註 47〕據業餘無線電專家吳觀周回憶，他在淪陷時期曾「私裝一隻短波收音機，每晚收聽舊金山電臺的新聞評述廣播，使在陷處的我，知道抗戰的實況不少。」〔註 48〕

第三節　「孤島」時期民營廣播的畸形繁榮

　　國民黨軍隊撤離上海後，上海的華界以及公共租界位於蘇州河以北地區

〔註 44〕汪偽上海市政府檔案，轉引自《舊中國的上海廣播事業》，第 430 頁。
〔註 45〕謝立文、張遠林、歐陽謹文：《罪惡的聒噪——武漢淪陷時期日偽漢口廣播宣傳》，《中國廣播》2005 年第 12 期。
〔註 46〕《上海廣播電視志》，第 27 頁。
〔註 47〕《上海廣播事業一團糟》，原載北平《進步》革新號第一卷第一期，1947 年 3 月 8 日，轉引自趙玉明主編《中國現代廣播簡史》，中國廣播電視出版社 2001 年版，第 212 頁，
〔註 48〕吳觀周：《播音界與新聞界打成一片》，《大聲無線電半月刊》創刊號（1947 年 3 月）。

被日軍佔領，而蘇州河以南的公共租界和法租界，卻因日本尚未向英、美、法宣戰而暫時保持「獨立」，市政之權仍掌握在租界當局手中。從 1937 年 11 月 12 日上海淪陷，到 1941 年 12 月 8 日日軍進駐租界前，前後共 4 年零 27 天的時間，被史學界稱爲「孤島」時期。〔註49〕「孤島」的範圍東至黃浦江，西抵法華路（今新華路）、大西路（今延安西路），南達民國路（今人民路），北近蘇州河。華界淪陷，幾萬名難民一下湧入了相對「和平」的租界，導致人口劇增，消費市場火爆。「蘇州河一水之隔，一邊是炮聲震天，一邊是笙歌達旦，每當夜幕降臨，租界內徹夜通明的電炬，透過幽暗的夜空，與閘北的火光連成一片，映紅了半邊天。」〔註50〕借助租界當局的庇護，「孤島」的民營廣播一度極爲繁榮。但「孤島」淪陷，日寇進駐租界後，民營電臺也全部被封閉。

一、租界當局對民營電臺管控方式的變化

早在上海淪陷前夕，公共租界和法租界當局即意識到形勢的嚴峻，爲不觸怒如虎狼環飼的日軍，已經加強了對界內電臺的監管。1937 年 8 月 16 日，上海公共租界工部局發佈了《爲取締無線電臺濫播消息事》的「緊要布告」，指出「在此嚴重緊急時期，最易使人恐慌驚惶。茲爲公共利益計，特行通告所有廣播無線電台臺主，切勿播送任何未經該管當道證實之消息，否則當由本局警務處將各該電臺立時封閉。」〔註51〕接到上述通知後，民營無線電播音業同業公會次日即致函工部局，對這一布告的合理性提出質疑，強調「本會各會員電臺所報新聞，均根據滬上各大報紙。在報紙上既能披露，則在電臺方面想無不能宣佈之理也。」民營電臺同業公會還提醒租界當局，日本人才是擾亂上海廣播空間秩序的元兇，因爲「日人在虹口設立之電臺，頻頻有擾亂特區秩序之報告。」〔註52〕

但在強權面前，公理也蒼白無力。1937 年 11 月 27 日，日軍宣佈對上海郵政、電報和廣播實行管制。次年 4 月 1 日，日軍在哈同大樓設立的廣播無

〔註49〕 「孤島」一詞是國民黨軍隊撤退後，《大公報》滬版的一篇社論中首先提出來的。

〔註50〕 轉引自吳曉波：《跌蕩 100 年——中國企業 1870～1977》（下），第 3 頁，中信出版社 2012 年版。

〔註51〕 《舊中國的上海廣播事業》，第 280 頁。

〔註52〕 《舊中國的上海廣播事業》，第 281 頁。

線電監督處開始「接管原來交通部和中央執行委員會所進行的廣播管理工作〔註53〕」，並通知上海的20多家電臺於4月15日前申請登記，領取新執照。在此前後，租界內的大多數民營電臺都因「拒絕與日本人合作而寧肯犧牲自己的利益」〔註54〕，播音工作處於時播時停的狀態。鑒於日軍意欲控制和接收租界內民營電臺的企圖明顯，1938年4月11日，租界內20家電臺包括華東電臺、大陸電臺、華興電臺、利利電臺、國華電臺、航業電臺、元昌電臺、東方電臺、中西電臺、華泰電臺、佛音電臺、明遠電臺、李樹德堂電臺、富星電臺、友聯電臺、東陸電臺、大中華電臺、新新電臺、福音電臺和建華電臺等業主聯名簽署了呈遞兩租界當局的請願書，「敝電臺等自設立以來均繫民營性質，素無政治作用。當上海戰事西移，敝電臺等奉鈞局咨照，對於政治事件尤為慎重避免，迄今尚無不幸事件發生。惟查近日各電臺均有廣播無線電監督處名義來函二件，並限期於本月十五日前申請登記。查敝臺等皆處租界地域，此事一旦實行，或將引起其它不良事件之發生。」〔註55〕鑒於此，公共租界當局不得不派出巡邏隊，對所有電臺加以保護，以防遭遇不測。

對日方的各項指令，租界當局表現得敷衍塞責，同時與日方展開談判，不斷周旋，試圖以讓步換取日軍的諒解。但日方態度蠻橫，不僅中斷了與工部局在電臺登記問題上的會談，還給工部局一份備忘錄，表示不承認工部局對無線電廣播具有行使管理的權利，且無意與工部局共同進行管理，並不放棄對中國廣播電臺實行登記。一言以蔽之，就是「決不讓工部局僭取監督權」〔註56〕。5月4日，日軍監督處又發出第四號通令，要求各電臺最遲5月5日前必須登記，否則將嚴禁繼續播音。隨後日方當局即禁止未登記電臺播音，並聲明不承認新電臺或新過戶的電臺，甚至對擬搬到公共租界內的富星電臺也橫加阻攔，表示如租界當局同意遷入，「日本當局將不得不採取某種措施」。

無奈之下，租界當局對界內電臺的播音內容愈加嚴格審查。1938年5月14日，公共租界工部局下令租界內所有民營電臺均需遞交保證書，內容是「鑒於上海地區目前的特殊請況，本電臺自即日起自願不廣播工部局警務處認為

〔註53〕 《舊中國的上海廣播事業》，第382頁。
〔註54〕 《舊中國的上海廣播事業》，第285頁。
〔註55〕 《舊中國的上海廣播事業》，第295頁。
〔註56〕 《舊中國的上海廣播事業》，第286頁。

有妨礙的一切政治性的戲劇、歌曲、演說等節目。」〔註57〕同年5月16日，法租界公董局也頒佈《管理無線電話及無線電報章程》，要求停播所有政治性節目。

日方得寸進尺，步步緊逼。1939年6月10日，日方廣播監督處又發出通知，要求各電臺通知播音遊藝員於6月20日之前向該處登記，獲得該處頒發的登記證，否則不許播音。

租界當局表面上對日方的肆無忌憚百般遷就，實際卻極度不滿。他們認識到，「日本人已經決定不顧中國主有的老電臺的權利和享有治外法權的外國人的種種權利，獲取廣播局勢的控制權。」〔註58〕他們也非常清楚，從法律上來說，無線電臺的控制權是屬於國民政府的，日本人宣稱「接收」租界廣播管理權，不僅未受到租界當局承認，「也未被在華享有治外法權的各國政府所承認。」〔註59〕但租界當局同其所依託的國家一樣，在自身利益未受到嚴重侵害時，只能屈從於日方的種種挑釁，容忍著在華日軍的作惡和囂張。

在前景不明的拉鋸戰中，最先犧牲的就是民營電臺的利益。抗戰爆發前，上海的民營電臺有40多家，到1938年4月15日日本當局的截止登記日期前，電臺數目銳減，只有20多家。為了自保，明遠等十餘家電臺還不得不詳盡列出電臺設置情況，向租界當局登記備案。十餘家電臺均宣稱自己的主業是宣傳營業及廣告。後迫於日方壓力，工部局通知租界內的各電臺前往登記。「由誘惑而神經錯亂之結果，有六個中國民營電臺向該局登記，而其餘之各臺，至通告限期屆滿之日均停業，但不久又有意志薄弱之八個電臺重新廣播。」〔註60〕此時，曾被國民政府交通部吊銷執照的「同樂」、「周協記」、「敦本」、「安定」、「新聲」、「惠靈」、「市音」、「華光」等八家電臺向日方監督處請求更名復業。之後，一度停播的「建華」、「福音」等二十餘家也登記播音。但是，「歷若干時已向管理局登記之電臺亦漸入於痛苦不自由之境界。未幾即有一電臺，被迫變更意志，為敵人做昧心之宣傳。」〔註61〕

鑒於租界的特殊地位，日偽當局無法像對付華界電臺一樣隨意佔領或取

〔註57〕《舊中國的上海廣播事業》，第317頁。
〔註58〕《舊中國的上海廣播事業》，第343頁。
〔註59〕《舊中國的上海廣播事業》，第343頁。
〔註60〕《上海廣播之現狀》（譯稿），《廣播周報》1939年9月14日第176期。轉引自《舊中國的上海廣播事業》第492頁。
〔註61〕《上海廣播之現狀》（譯稿）。

締，於是用各種卑劣手段，逼其就範；對那些漠視或不理其通告的電臺，則想方設法迫使其停播。1938 年 6 月 1 日，位於法租界的東方電臺恢復播音，但拒絕向日方監督處登記。該臺經理陳靭春爲上海本地人，1932 年創辦東方電臺後，即以「宣揚文化，使播國策，服務社會爲宗旨，關於慰勞救濟等事宜，恒爲同業之先導。」〔註 62〕對其不肯向日僞低頭的行爲，日方監督處立刻採取報復行動，將東方電臺正在使用的 1080 千赫波長劃給了一座新建的漢奸電臺永生臺，使東方電臺失去廣播效能。東方電臺被迫更改波長爲 1220 千赫。由於此波段靠近波段末尾，聽眾人數減少，因而電臺收入銳減，經濟損失巨大。但日方仍不肯罷休，12 月 6 日又將東方電臺的新波長劃歸新成立的美聲電臺，終於將東方電臺徹底逼上了絕路，於當月停止播音。另一家同樣位於法租界的華東電臺，也因不理會日方的登記要求，於 1938 年 6 月 12 日被日僞特務在門口投放一枚手榴彈，所幸並未爆炸傷人。1938 年 12 月，東方電臺和華東電臺被迫出售給了一名英國人。大陸電臺同樣因拒絕登記，所使用的 1320 千赫被日方廣播監督處劃歸楊氏電臺，最後不得不改變波長，致使電臺廣告收入銳減。1939 年 1 月，日本人發給日籍公民定次宮原的雷通電臺波長，則同法租界一直都在播出的大中華電臺頻率相同。佛音電臺也因自認節目既無政治意味，更無商業性質，內容僅爲經聲佛號，「實無登記之必要，故拒絕登記」〔註 63〕。於是日方設立了一座 XQMW 電臺，用與佛音電臺同一周率的周波加以干擾。日方還裝置了電波干擾設備，備有 5 架 100 至 200 瓦的播送機，用來製造噪音，擾亂聽眾收聽。「更常用劫掠手段將電臺機件完全劫去，巡捕房對此種非法舉動，未能加以阻撓或制止。」〔註 64〕一些寧死不屈的民營電臺負責人只好另謀生路，如元昌電臺的負責人張元賢，就曾被日軍抓捕，受盡酷刑，出獄後被迫以經營雜貨攤爲生。而大中華電臺負責人周廉清及其屬下兩名員工也被敵僞憲兵隊逮捕，重刑審訊，幽禁數月，荼毒慘痛，無以復加。

二、「孤島」民營廣播的畸形繁榮

作爲中國東南沿海唯一的非戰爭地帶，孤島時期的工商業並不是一片蕭

〔註 62〕湯筆花：《抗戰期間八家電臺》，《勝利》周刊第 17 期，1946 年 5 月出版。
〔註 63〕《上海廣播之現狀》（譯稿）。
〔註 64〕《上海廣播之現狀》（譯稿）。

條、滿目瘡痍，而竟有過一段空前的畸形繁榮時期。大量難民從四下湧入租界，不僅爲孤島帶來了大批的廉價勞動力，也順便引入了鉅額的資金、財產和市場消費。租界內工商業的繁華，尤其是零售業的空前興旺，使得媒體的廣告業務驟然增多，民營電臺的廣告收入也水漲船高。至太平洋戰爭爆發前，「海上的無線電廣播事業，則發達至於極點，海上電臺，在戰前不過十餘座，現已將至三十座，且皆沒有時間空檔，同時遊藝界，廣告生意，發展異常迅速，大有一日千里之概。」〔註65〕

1938 年上海兩租界內廣播電臺登記表：公共租界和法租界內廣播電臺名單（1938 年 10 月 17 日）

頻 率	呼 號	臺號和地址	附 注
600	XMHA（美國）	跑馬廳路 445 號	
660	XQHA（日本）	大東，楊浦地區黃埔碼頭	
700	XMHC（美國）	《大美晚報》，愛文義路 1729 弄	
720	XHHB	建華，福煦路 504 弄 36 號	向監督處登記
760	XMHD（外國）	福音（基督教），博物院路 128 號	
800	XLHA	新新，南京路新新公司	
820	XQHB（外國）	奇開，法租界	
840	XHHU	大中華，公館馬路	
860	XLHG	東陸，浙江路 245 號	
900	XOJB（日本）	大上海，南京路哈同大樓	
940	XHHE	李樹德堂，白克路 250 號	向監督處登記
960	XHHF	明遠，湖北路 132 號	向監督處登記
980	XHHF	佛音（佛教），赫德路 418 號	
1000	XQHT（意大利）	商業廣播電臺，天津路 405 號	
1020	XLHB	華泰，廣東路 161 號	向監督處登記
1040	XHHH	中西，福州路 313 號	向監督處登記
1080	XHHJ	永生，勞合路 81 號太湖大樓 204 號房間	向監督處登記

〔註65〕吟風野禪：《新聞事業與廣播事業》，《廣播無線電》1941 年第 6 期。

1100	XHHA	新華，南京路 470 號	向監督處登記
1120	XMHJ	大來，湖北路迎春坊 7 號	向監督處登記
1140	XHHM	大美，靜安寺路 1 號	向監督處登記
1160	XHTM	精美（機件不良還未播音）	
1180	XHHZ	航業，廣東路 93 號	向監督處登記
1200	XHHN	國華，廣東路 535 號	向監督處登記
1220	XHHG	東方，虞洽卿路 120 號	
1240	XHHY	利利，靜安寺路 395 號	
1260	XHHP	華興，青島路 19 號	向監督處登記
1280	XHHC	大亞，九江路 545 號	監督處發出許可證
1300	XQCT（瑞士）	南京路 454 號	
1320	XHHT	楊氏，牯嶺路 145 弄 23 號	監督處發出許可證
1340	XHHK	大陸，北京路 851 號	
1360	XQHD	華東，廣西路 465 號	
1380	XQHK	金鷹，浙江路 159 號	監督處發出許可證
1400	FFZ	法國電臺，（在法租界）	

　　由於戰爭阻隔，當日報紙時常出不了上海，報刊廣告的效力無形中大為降低，而報紙徵收的廣告價格卻不降反升。相形之下，「無線電播送廣告之效力，則因四分各地，收聽日多，據各無線電收音機發賣行之估計，去年（1940年）四個月以來，流入內地之收音機，於數萬座……故無線電廣告之效力，遠較報章為大，亦為一不可否認的事實也明甚，而且取費也遠比報紙低廉。」〔註66〕

　　各電臺接收的廣告過多，播音員的嘴「簡直被商人利用做了商人的宣傳器。播音的藝員也是如此，一面做了商人的宣傳器，一面又做了人家玩具，此外就不准你多說一句。」〔註67〕有時為了拉廣告，播音界同行之間互相跌

〔註66〕吟風野禪：《新聞事業與廣播事業》，《廣播無線電》1941 年第 6 期。
〔註67〕孫永康：《播音員的嘴》，《播音潮》1939 年第 5 期。

價，彼此擠軋，自己降低了廣告費，結果兩敗俱傷，拉不到的廣告自然什麼也沒有，拉到廣告的卻是價格極低廉，「兜攬了許多商店來合做一檔節目，並且又兜了許多廣告，在節目之間像機關槍一般的迅速地報告一陣，播音臺的營業發達自然在意料之中了。」〔註68〕1938 年 12 月 25 日的《上海無線電》曾刊載《漫話電臺廣告》的文章，指出某電臺一個 40 分鐘檔的節目，實際只有 15 分鐘的內容，其餘時間都是播音員在介紹產品，或勸說收音機前的聽眾去哪裏買東西：

> 恐怕沒有一個國度的廣告播音會像上海若干國貨播音臺那麼多而且濫。每隻唱片播送之後，便有大批商品的廣告開始播送，連篇累牘地口誦著，過了半刻鐘或一刻鐘之後口誦完畢，方才把無辜的聽眾從壓迫中解放出來，讓他們再聽一隻唱片，或是一個歌曲。幾分鐘播送完畢，又是一大篇商品廣告的口誦。當我們聽了一曲《四郎探母》的名曲後，我們的廣告播音員便急促地發出沙音的警告，叫聽眾要趕緊到 xx 路、xx 號針織廠去買絲襪，要買的原因是該廠絲襪特別便宜，不買的便記好該廠的電話號碼；接著又叫你去買醬鴨和肉骨頭；又叫你去買祖傳的人參補藥。把你麻煩一陣子之後，方才肯給你再聽《貴妃醉酒》的名歌。這是播音臺安排給一般聽眾的恩賜。〔註69〕

令聽眾尤為不滿的是，1938 年國內瘟疫盛行，一些播音人員竟在電臺大事鼓吹賣藥，廣為推銷。「若干絕無醫藥經驗與學識者製造藥品出售，貽害良民，而其欺蒙大眾，唯利是圖，心實可誅。」〔註70〕

一些播音員對電臺的這種節目安排也頗有怨言，但迫於生計，又別無選擇。「每天依樣畫葫蘆地念著各商號發來的廣告詞，」在十分短促的時間裏一口氣要報告十家甚至二三十家廣告，根本無暇顧及聽眾是否聽得懂聽得清。「若是承認報告員還是一個有血有肉有情感的人，是一個和一切中國同胞同樣的『一品大國民』，則在『此時此地』整天在話筒前嗶啦嗶啦，說的大半是廢話，則意識到正有許多人在聽著你的報告，這內心的苦悶更有無從宣達之

〔註68〕 東廊：《播音臺上的苦悶者》，《申報》，1938 年 12 月 12 日。
〔註69〕 柳絮：《無線電聽眾的煩悶》，《申報》1938 年 12 月 15 日，轉引自《舊中國的上海廣播事業》，第 480～481 頁。
〔註70〕 浦藝修：《播音員與良善風俗》，《上海無線電》1938 年第 17 期。

苦。」〔註71〕

　　除了大量廣告及少數教育性節目外，戲曲、故事、音樂和經濟報導是「孤島」內多數商業電臺的常規內容。據1939年1月1日的各廣播電臺節目表所載，上海市29座電臺中，有23座設置故事播講節目，其中5座電臺一天安排2次以上故事節目；最多的為金鷹電臺，安排了4次故事節目。處在戰火包圍中的上海，播音員的生活也受到很大影響。因為故事類節目的鐘點往往都安排在夜裏，做完節目已是淩晨，加上大街上到處都有戒嚴，播音員往往只能在播音室坐以待旦，或者在沙發、地板上睡一下，等到天亮才回家。

　　一批滯留「孤島」的藝術家也常常到電臺參加播出。1939年，袁雪芬開始在上海的民營電臺播唱越劇，受到聽眾的熱烈歡迎。次年在推出新戲《恒娘》前，馬樟花、袁雪芬、傅全香在電臺預唱《恒娘》唱段片斷，連唱三天造勢，然後才對外售票，《恒娘》未演先熱，票房火爆，連演64場。1942年，上海滑稽戲演員江笑笑、鮑樂樂組建的滑稽劇團「笑笑劇團」根據獨腳戲內容敷衍而成的滑稽大戲《火燒豆腐店》公演前，同樣通過電臺預先造勢，聲稱電臺播唱的《火燒豆腐店》固然精彩，「可惜只聞其聲」；「今天搬演舞臺，有聲有色，噱頭更多，電臺聽眾不可不看」。江笑笑還與鮑樂樂共同合作《滑稽道中》，其開篇唱道，「三伏炎熱熱煞人，中國都說氣不景，只有上海頂愜意，不過現在市面也不靈。有銅鈿個朋友真快樂，日裏吃吃冰淇淋夜裏出去看戲文，梅蘭芳尚小雲程豔秋荀慧生四大名旦時常到春申；還有那跑狗場、跑馬廳，跳舞場一夜開到大天明。一半是上海婦女尋樂處，一般是洋鈿鈔票多勿過，恐怕強盜要來搶，用脫一眼可以保太平。其實還是開開無線電，聽聽說書與滑稽，雅而不俗樂而不淫，倒可作補助教育指南針。」〔註72〕

　　周璇、白虹、黎莉莉等流行歌手演唱的歌曲也借助各電臺的反覆播放，迴蕩在上海的上空。1938年夏天，從東南亞巡迴演唱到上海的周璇，與未婚夫嚴華參加了「爵士合唱團」，每天奔波於上海各民營電臺播音演唱；1938年秋又簽約上海國華影業公司，開始了新一輪的拍片熱潮。周璇一天幾場「唱電臺」，每檔節目要40分鐘，除了介紹廣告外，至少還要唱四五首歌，而且

〔註71〕報告員：《閒話幾句》，《播音潮》1939年第5期。

〔註72〕江笑笑、鮑樂樂：《滑稽道中開篇》http://www.ewen.cc/earbook/bkview.asp?
　　　　bkid=125606&cid=371266。

不能每天唱同樣的曲子，於是嚴華約了一些朋友，爲其專門作詞和譜寫新曲。但因爲在拍片和電臺播音之間左右奔波，懷有身孕的周璇不幸流產。當時藝人對電臺收入之倚重，由此可見一斑。

　　娛樂節目既塡補了知識精英離開上海後形成的文化空白，給戰火包圍中的人們以慰藉，同時也迎合了日方佔領當局對文化控制的政策要求。商業電臺整日裏弦絲叮咚，充斥著的盡是娛樂與廣告。電臺廣播在上海一枝獨秀，成爲「三百六十行之外的娛樂事業」〔註73〕，其實只是歷史大環境造就的一段小插曲，並非播音員、遊藝人員或電臺的經營者可以自行抉擇的。而在如此特殊的時空條件下，復播後的華泰電臺因唱片儲備多，能滿足聽眾的任意點播要求而成爲「孤島」民營電臺中的翹楚。〔註74〕而華東電臺爲方便聽眾點播唱片，還從 1939 年起印行《無線電特刊》，把本臺「灌音部自行灌製，專供華東電臺播送之用，外間並不售賣」的唱片曲目按筆畫順序列舉出來，供聽眾點播時參考。〔註75〕

　　商業廣播的牟利天性使其不斷標新立異，吸引聽眾關注。此時，新新公司「玻璃電臺」迎來其歷史上最好的時期，一躍成了「孤島」數一數二的商業電臺。不同於其它廣播電臺的只聞其聲，不見其人，新新公司的玻璃電臺可以讓客人就餐時，一方面有茶點供應，有冷氣開放，能聽廣播，還能一睹播音者眞容。這一招極大地刺激了新都飯店的生意，有的人爲了一睹某位歌星的芳容，或看一段戲劇，每天光臨，固訂座位，新都飯店一時門庭若市，生意大好。〔註76〕當時的上海電臺，一般都只有國語和上海話節目，但作爲廣東人爲主體的新新公司電臺卻同時辦有粵語節目和廣東音樂節目，而且還有鄉情報導，吸引了大批來自廣東的忠實聽眾。新新電臺還建立了一支由本公司職員組成的廣東樂隊，常常爲慈善機關賑災籌款表演。1941 年，新新玻璃電臺「爲鼓舞兒童興趣，提倡兒童教育起見」，特在「兒童節」（4月4日）期間，舉辦「第一屆兒童國語演講廣播比賽」，參賽講題以「名人少年故事」爲範圍，凡十五歲以下在學兒童均可報名參加，一時參與者眾多。新新電臺

〔註73〕一從業員：《怎樣使廣播事業永恒發展》，《播音潮》1939 年第 5 期。
〔註74〕《華泰電臺》，《上海無線電》1938 年 9 月第 25 期。
〔註75〕參見四而社編印：《無線電特刊》第一卷第 1～12 期（1940 年 1 月印），第 201 頁。
〔註76〕黎志剛：《李承基先生訪問紀錄》，臺灣中央研究院近代史研究所 2000 年版，第 179～180 頁。

趁機大作宣傳，在報刊上連續刊登參賽者的文章和獲獎者名單及照片。

這一時期，鑒於租界內特殊的政治和經濟環境，連平素本就嚴謹規範的宗教電臺也小心翼翼，儘量不觸碰戰爭等敏感話題。福音電臺的播音時間明顯縮短，新聞節目只有兩檔，且全部用英語播報，以顯示其「外國人」辦臺的身份和聽眾定位。

亂世之中，福音電臺仍一如既往地關注衛生教育和婦女兒童，在 1938 年冬季出版的《福音廣播季刊》第三卷一、二合刊中，專門闢出了《收音機畔的女信徒》板塊，其中有王完白的介紹文章，「就通信和會面的聽眾看起來，多數固屬男性，然而女界收聽受感的，確乎占著很高的數目，因爲家庭中日常能坐在收音機旁的，似乎女性居多，無論識字與否，無不易於領受，我以爲電臺勝於報紙的地方，這也是很有力的一點。就本社已出版的八期季刊中，檢查女界信主的記載，已經不少，現在專就已經知道的女信徒，再提出十位，證明主的奇妙救恩。」〔註 77〕

福音電臺還以曲折的方式，表達自己不屈從日僞當局的立場。1934 年至 1949 年，蔣介石政府曾發起「新生活運動」；1938 年，竺規身牧師在福音電臺發表演講，支持「新生活運動」，並尊稱蔣介石爲國家的「領袖」，他說，「我國領袖，自從信主耶穌以後，每晨讀經祈禱，他受了聖經的話感動，年來竭力提倡新生活運動。這是我們中國最大的希望。這新生活，換句話說，就是要棄舊換新，『作新人』。」〔註 78〕演講看似在談基督宗教，談人格完善，實質又表達了該臺一貫的政治立場。聯繫到租界當局嚴格限制政治性節目的播出，違者將被關閉電臺這一背景，福音電臺的這種政治「擦邊球」，實際也是需要很大勇氣，承擔一定風險的。

總體上看，由於戰爭導致的人們出行等問題上的滯礙，加上普通人對戰爭的恐懼心理，孤島時期的上海人，只能沉溺於各種安全的室內娛樂，尤其是收聽電臺的節目中。電臺播放的各種娛樂節目，恰好迎合了這種社會情緒，也滿足了部分聽眾的需求。但對具有清醒家國意識的知識分子而言，這種歌舞昇平的景象，無疑更增添對時局的失望。在一篇名爲《無線電聽眾的煩悶》

〔註 77〕《福音廣播季刊》第三卷第一二合刊，中華民國二十七年（1938 年）秋冬兩季。

〔註 78〕《福音廣播季刊》第二卷第三期，中華民國二十七年（1938 年）1 月至 3 月份。

的文章中，作者則以一個普通聽眾的身份，表達了對民營電臺廣播節目和播音員的雙重不滿：

> 這些老气橫秋的播音家，似乎多半是痰迷專家。終年患著傷風咳嗽，時常把咳聲和吐痰聲播送出來，讓聽慣咳嗽吐痰聲的本國聽眾隨時可以聽見。幸而播音機決不會播送微生蟲和病菌到聽眾家裏去，這是可以放心的。然而老牌播音家中似乎還有不少是黑籍同志，他們在飽餐福壽膏之後，走到播音機前，吐了幾口痰之後，便張開尊口，從寬弛的喉呢裏發出一種低調的龍鍾之聲，或是外加沙音，聽眾恭聆之下無需利用電視，便可以領會到又是一位癮君子在提腔發話了。比較敏感的時代聽眾，至少會發生厭惡的感覺。因為這種播出的聲音是代表一種不健全的聲音，病態的、不合衛生的。
>
> 〔註 79〕

不只如此，一些藝員把在戲院劇場中習用的粗俗不堪的用語直接帶到話筒前，一些誨淫誨盜的內容在滑稽、彈詞、蘇灘及話劇中比比皆是，即使是一些業內人員也覺得有傷風化，有的則大聲疾呼應改善播音內容，提高節目質量，以促進廣播事業的健康發展。〔註 80〕

三、「孤島」時期的播音明星

「孤島」時期繁盛的空中電波，使從事播音工作的人員劇增。1941 年 11 月，「專以播音為生涯的遊藝員，據我們所知道向電臺公會登記的約近四千左右。」〔註 81〕其中，湯筆花、唐霞輝和萬仰祖等都是當時知名度很高的播音明星。

日偽廣播監督處重點審查的，是「有損於大東亞民族的尊嚴」或「傳播共產主義，宣揚迷信、離間民族間友好關係、危及公共安全和造成其它不良影響」〔註 82〕的節目，而對不涉政治的娛樂性內容卻放任自流，甚至希望借娛樂製造歌舞昇平的假象。在嚴酷的現實面前，民營商臺為了聲存，只能苟且偷生，靠播放那些醉生夢死、燈紅酒綠的低級庸俗的娛樂節目以招徠聽眾，

〔註 79〕柳絮：《無線電聽眾的煩悶》，《申報》1938 年 12 月 15 日，轉引自《舊中國的上海廣播事業》，第 480 頁。
〔註 80〕一從業員：《怎樣使廣播事業永恒發展》，《播音潮》1939 年第 5 期。
〔註 81〕《報告員》，《廣播無線電》1941 年第 18 期。
〔註 82〕《字林西報》，1940 年 3 月 14 日。

一到深夜則鬼故事盛行，「什麼僵死、摸壁一類鬼魂統在此時出現」。〔註 83〕
湯筆花就是其中最著名的一位鬼故事播音員。

　　湯筆花（1897～1995），原名湯福源，浙江蕭山人。〔註 84〕早年在故鄉私
塾、海寧中學讀書，1915 年考入上海商務印書館，繼而又在中華書局、中美
圖書公司任職。因愛好文藝，考入上海中華電影學校，畢業後躋身文壇和影
壇，改名湯筆花。曾任上海《民國日報》、《影戲春秋》、《影戲生活》、《羅賓
漢》等報刊的編輯、主編。湯筆花還是一位業餘的電臺播音員，從 1933 年開
始充任電臺廣播的報告員及故事員。他曾在元昌電臺播講《聊齋》故事，在
新新、國華、東方、大中華、亞美、麟記等 10 多家電臺播講《伊索寓言》故
事、《岳傳》歷史故事、《人猿泰山》冒險故事、《霍桑探案》偵探故事以及《紅
樓夢》、《玉梨魂》、《談奇說怪》、《兒女英雄傳》等故事。

　　長期的播音工作，使湯筆花熟知播音界的行情和掌故。在發表於《申報》
1939 年 2 月 3 日、5 日的《播音生活》中，他不僅講述了播音員的工作內容
和報酬情況，還詳細介紹了電臺的運作方式和播音員在其間擔任的角色。對

〔註83〕土土：《時代的鬼》（1939 年 6 月 18 日），《上海無線電雜誌》1939 年 6 月 18
　　　　日第 63 期，轉引自《舊中國的上海廣播事業》，第 490 頁。

〔註84〕參見章達庵：《記九一老人湯筆花》，中國人民政治協商會議蕭山市委員會文
　　　　史工作委員會編印，《蕭山文史資料選輯》（第一輯），1988 年版，第 70～72
　　　　頁。

於播音員的甘苦，湯筆花也深有體會，「不佞對於播音生活快近六年了，所播的節目是故事，幸虧是業餘性質，當作兼職，否則，哪能生活。看到許多播音員的生活，實在太覺淒慘。」〔註85〕

與湯筆花不同，唐霞輝（1918～1991）是上海本地人，16 歲時因父親去世而中斷學業，以縫手套等掙錢養家糊口，同時還業餘補習英語並自學會計。1936 年前，唐霞輝進入民營的華東無線電公司任記帳員。一次偶然的機會，三友實業社聘請的在華東電臺播音的越劇名家袁雪芬（主要是在電臺播唱越劇，中間穿插三友實業社的藥品廣告）因病不能登臺，一時找不到合適的替代人選，廣告部主任就讓唐霞輝去頂檔，誰知一舉成名，從此與廣播結下不解之緣。〔註86〕唐霞輝以上海話播音，在主持節目時除播廣告外，還有新聞、故事及傳授「夫婦之道」，有時還請演員唱滬劇、越劇，並為電臺灌製唱片，隨時回答聽眾的來信。她口齒伶俐，語調婉轉，播音風格親切而自然，絕無矯揉造作，「在報告時常帶一種輕微而莊重的笑聲，更是美妙，在別人聽得沒精打彩的時候，你就來一聲笑聲。聽眾們就會像打了一針嗎啡針似的，立感興奮」〔註87〕。相較於那些常以插科打諢為噱頭的報告員，唐霞輝的播音則顯得清純典雅，活潑天真。如講到做丈夫怎樣才算「內行」時，她說：

> 諾！最要緊要懂得孝順爺娘，會得和睦親鄰，懂得生活原理，還有，夫人的知識假使不足，會得補充她，習慣不良的，能夠糾正她，品性不善的，會得開導她，夫人的言語、行動、品性，要統統能夠負責，還要做樣子給她看……好了，我末這樣瞎講講，聽眾也只好瞎聽聽，因為我根本不是內行……〔註88〕

在播商業廣告時，唐霞輝注意把資料重新組織編排，播得頗有情趣，與眾不同，逐漸引起一些欲作廣播廣告的公司重視。不久，三友實業社和童春堂國藥店邀請她每晚主持播音兩小時。在主持這一類節目時，有次一位聽眾無錢買藥，向唐小姐求助，她即在廣播中動員大家捐助，聽眾紛紛響應。從

〔註85〕 湯筆花：《播音生活》，《申報》1939 年 2 月 3 日、5 日，轉引自《舊中國的上海廣播事業》，第 489 頁。

〔註86〕 《歌訊：餘音嫋嫋》，《影舞新聞》1936 年第 2 卷第 6 期。

〔註87〕 見《無線電特刊》第一卷第 1～12 期，四面社編印，1940 年 1 月出版，第 436 頁。

〔註88〕 唐小姐講：《夫婦之道（丈夫章）》，《無線電特刊》，第一卷第 1～12 期，第 210～211 頁。

此問病求醫的信件像雪片般飛向華東電臺。爲此電臺特設「唐小姐秘書處」，專事處理聽眾來信，並聘請一位醫師任醫藥顧問，唐小姐根據他提供的資料，在廣播中耐心回答聽眾的提問。由於知名度高，寧波、無錫、南京等地的聽眾來信時只要寫上「上海唐小姐收」，這封信就會絲毫不差地到達唐霞輝手中。三友社老闆更是藉此大做廣告，特請屈伯剛、徐卓呆、范煙橋、李肖白等著名國學家爲唐小姐上國文課，規定凡電話購貨滿 50 元者，可請唐小姐朗誦「滕王閣序」等古文一段，電話購貨滿 1 元者，贈「唐小姐問答集」小冊子一本。「當時究竟印贈了多少本的《唐小姐問答集》？我僅記得秦老先生說笑過，『這數量，足夠壓得死一個人』。」〔註89〕聽眾稱唐霞輝爲「唐小姐」、「萬能小姐」、「上海之鶯」、「報告皇后」，也有人稱她「上海空中情人」〔註 90〕。當電臺播送她的節目時，常有人站在某無線電的店門口，「鵠立在人行道上，呆呆地向擴音器望著，魔力不小。」〔註91〕

但隨著日軍對孤島控制的加強，1940 年 11 月，唐霞輝因不願聽從日軍命令，填寫「忠誠登記」及「志願者」表單而離開電臺，自此惜別了心愛的播音事業。1941 年出版的《萬象》雜誌第一期以《唐小姐的情書》爲題，回顧了這位當時家喻戶曉的播音明星：

> 『上海之鶯』——唐霞輝小姐，提起了她，應該是大家所熟稔的吧！？過去，她曾在華東電臺擔任過一個長期的播音工作，有時候講幾句笑話，有時候讀一遍《滕王閣序》。她的清輕流利的聲容笑貌，在每一個無線臺聽眾的腦海裏蕩漾著，她擁有很多群眾……而她的『阿是』的口頭禪甚至成爲一種作風似的被沿用著。

解放後因主持上海電臺方言節目《阿富根談生產》而聞名全國的萬仰祖也在這一時期嶄露頭角，是與唐霞輝齊名的滬語播音員。萬仰祖（1919～2005），上海人。1937 年，年僅 18 歲的萬仰祖進入上海民營電臺當滬語播音員。此後，新成立的上海華明煙草公司（1940 年創辦）爲推銷自己的「大百萬金」牌香煙，就在廣播電臺買下固定的時間段開闢《大百萬金空中書場》的冠名節目，並聘請萬仰祖主持。當時評彈在上海擁有很多聽眾，電臺空中

〔註89〕唐霞輝：《這些美麗憂傷的過去》，《播音天地》1949 年第 6 期。
〔註90〕本刊記者鳳雛：《上海空中情人唐小姐新婚燕爾》，《上海特寫》1946 年第 3 期。
〔註91〕三友人：《上海之鶯：唐小姐》，《藝海周刊》1939 年第 1 期。

書場可以讓他們足不出戶地在家中收聽，萬仰祖專門約定評彈藝人排練節目，逐日連續播放評話的彈詞，在播放中插播廣告。由於萬仰祖聲音沉著，滬音清楚，言語簡練，且對評彈熟悉，語言詼諧，與評彈藝術家們的演出珠聯璧合，大受聽眾歡迎。因為電臺只能聽聲不能見人，有的電臺為了加強聽眾與說書者的聯繫，還特別印製萬仰祖和《大百萬金空中書場》說書人的合影照片，供聽眾寫信索取。經過這種別有風格的宣傳，華明廠的「大百萬金香煙」名噪一時。這也是上海首創的評彈空中直播節目。

在戰爭的動盪不安中，身處「孤島」的民營電臺同仁，雖然尚可苟且偷安，甚至還有豐富的廣告源。但基於各電臺之間的激烈競爭和日方監督處的蠻橫干涉，各電臺只能小心翼翼，小本經營；一座電臺幾個人，每月收支幾百元。在如此惡劣的環境之下，難有更大發展。

明遠等廣播電臺設置情況一覽表（1938 年 4 月）〔註92〕

電臺	創辦人	創辦目的	電臺組織	發電機電力	播音室	呼號	周率	工程師	播音人
明遠	秦德鄰	為商業宣傳產品及廣告	電臺主任一人，報告員四人，每月收支約三百元左右	100	湖北路32號	XHHF	960	程志賢	各遊藝員
華東	李聲	宣傳商業廣告	事務員一人，報告員二人，會計由華東公司管理	200	廣西路456號	XQHD	1360	潘武鼎	各遊藝員
東方	陳蚓春	宣傳商業廣告	電臺主任一人，會計一人，工程師一人，報告員二人，收入約三百餘元，支出約四百餘元，收支不足之數由友誼電器公司貼補，作為廣告費	100	虞洽卿路120號	XHHV	880	張大煒	各演藝家
東陸	陸省悟	宣傳營業	每月收入約兩百元左右	100	浙江路245號	XLHG	860	程志賢	播音員黃元鼎，何鳳倩

〔註92〕趙凱主編：《上海廣播電視志》，上海社會科學院出版社 1999 年版，第 303～306 頁

中西	陳廷楨	宣傳產品，推廣營業並灌輸市民衛生生產常識	屬於中西大藥房營業範圍之內，不另立會計	100	福州路313號中西大藥房樓上	XHHH	1040	翁木良	播音員姚國英
華興	許勁先	爲商業宣傳產品及廣告	主任一人，報告員二人，每月收支約三百元左右	100	青島路19好	XHHP	1260	許頸先	各遊藝員
新新	李澤、許頸先	爲本公司推廣商業廣告宣傳	主任一人，報告員一人，每月開支由新新公司負擔	50	南京路新新公司七樓	XLHA	800	許勁先	各遊藝員

四、民營電臺公會的重組及其命運

上海淪陷後，原先由王完白、蘇祖國等人爲首的廣播業同業公會解散，廣播界一時群龍無首。爲了在無序的競爭中取勝，各電臺紛紛壓低廣告價格，誇大產品質量，並迎合商家要求，只贊自己的出品，卻大揭他家產品的短處；而在藥品宣傳方面，一些電臺誇大其詞，貽害病人，甚至花柳病藥品的廣告也在電臺中播出，讓聽眾深惡痛絕。缺少一定的行業規範，商業電臺的信譽受到極大損傷。

鑒於「同業陷於對內無以團結、對外又乏人應對壓迫，且事關電臺業數千人員生活所繫，同業等遂公決重組屬會，爲同業法益之聯絡。」〔註93〕「孤島」的電臺同業人員遂公決由劉重恒〔註94〕、陳顯宗〔註95〕、馬襄卿〔註96〕、秦德鄰〔註97〕、黃寅初〔註98〕爲常務理事，並向公共租界工部局登記，屬下包括 28 家民營電臺，於 1938 年組成了上海市民營廣播電臺公會。

公會組建後，多次召開理事會議，制訂廣播廣告、戰時募捐及播音員管

〔註93〕《舊中國的上海廣播事業》，第 513 頁。
〔註94〕劉重恒，中華電臺負責人，上海《廣播無線電》總編（1941 年 2 月創辦，同年底停刊）。還有一說，是在民國 26 年 11 月日軍侵佔上海後，部分民營電臺負責人劉重恒、陳顯宗、馬襄卿等在日本廣播監督處指使下，另組上海市民營廣播電臺公會，自任理事，爲敵僞工作。
〔註95〕陳顯宗，華英電臺負責人。
〔註96〕馬襄卿，大來電臺負責人。
〔註97〕秦德鄰，明遠電臺負責人。
〔註98〕黃寅初，安華電臺負責人。

理等行業規則。〔註99〕1941 年 2 月，電臺公會創辦《廣播無線電》雜誌，意在「記述準確之節目，而有助於社會人士，收聽無線電之便利焉；其次，為記述無線電界同業，及播音人員等詳情，使社會人士，展此一冊之際，而對於最近無線電界進展情形，得以一目了然矣；復次，關於無線電學術，其進步，誠有如日新月異之感，而社會人士，從事研究於無線電者，固日趨眾矣，然有志研究而無從問津者，則尤為甚多，是以本刊特設無線電問答，以便已學者，得商量精進之機會，而未學者，更可以逐步知所學，而完成其夙志矣。其如論談、自修、常識、小說、消息、文藝、唱辭等欄，則尤為盡詳細記述之責任。」〔註100〕同年 7 月，電臺公會發起投票，選舉「播音皇帝皇后」〔註101〕；8 月 5 日，公會裝滿兩卡車的食糧和藥品，赴上海南市賑濟災民，受到社會稱讚。公會理事們一鼓作氣，組織召開了上海 28 家會員電臺的大會，成立「上海市民營電臺公會慈善救濟委員會」，公開向社會募捐播音。12 月，電臺公會又組織並成立了上海播音遊藝從業員聯誼社。

總體上看，電臺公會在當時還是做了一些有益的工作的。但由於其成立於特殊的「孤島」時期，沒有經過國民政府的批覆，同時一些會員電臺還與汪偽政權有著千絲萬縷的關係，有的則由於其負責人附逆而直接墮落為漢奸電臺。如黃浦電臺的負責人劉寶椿，本為洋行小職員，1937 年「八一三」淞滬抗戰時期，曾在大美電臺管理廣告賬務。上海淪陷後，因大美電臺的主持人懼禍出走，敵偽就把該臺更名為黃浦電臺，交給劉寶椿經營管理，「是為劉寶椿報身侍偽平步青雲之始。〔註102〕」他在電臺，也替日偽做空氣中的宣傳。而該臺就是戰後又恢復為「大美電臺」名稱的孤島會員臺之一。1945 年抗戰勝利，國民政府「收復」上海後，電臺公會曾上書國民黨中央廣播事業管理處申請復業：

> 數載經營，雖未能率同業明目發揚抗敵之宣傳，而兢兢業業苦心應對，以此廣大宣傳效力之公團終未被敵人所利用，然如募捐救災拯濟國人、輔助上海各慈善事業，則屬會率同業盡力於國人者誠不勝枚舉。殆至汪精衛提倡偽組織政府，偽宣傳部企圖利用屬會，

〔註99〕 參見《會務撮錄》，《廣播無線電》1941 年第 2 期。
〔註100〕《創刊詞》，載於《廣播無線電》第一期，1941 年 2 月版。
〔註101〕《播音皇帝皇后選舉規則》，《廣播無線電》1941 年第 10 期。
〔註102〕 音人：《附逆劣跡昭彰，電臺業記得否？》，《秋海棠》1946 年第 8 期。

經多方威壓，屬會歷盡艱辛拖延數月，終於嚴詞拒絕，保我同業之清白。及至太平洋大戰爆發之初，偽宣傳部乘此時機，唆使敵陸海軍竟將我二十八單位同業及工會會址無端封閉，且將同業機件全部沒收。屬會及同業一面受經濟之損失，而一面數千職工頓時失業，切齒心傷，徒喚奈何。旋由屬會同業集商，惟有靜待河山光復之時，由屬會召集同仁重謀復業，並將二十八單位沒收機件之一切損失具呈鈞處向敵所取賠償。」〔註103〕

但中央廣播事業管理處卻以該會「為敵偽當道之意志推動一切，出版刊物，為敵偽工作」，「確為不合法之組織」為理由，〔註104〕駁回了上述申請。亂世中難以自處的民營電臺，再次為「錯誤」的政治選擇而付出了代價。

商業電臺的逐利天性和渴望穩定的職業需求，使這些隸屬中小資本家階層的經營者總想跟強者站在一起。但在波譎雲詭、政權更迭頻繁的大時代，此時的掌權者，往往彼時又成為失勢者。處於利益搖擺中的民營電臺，一次次被迫或主動站隊，最終卻因「站錯」而被帶入歷史的泥沼。

〔註103〕《舊中國的上海廣播事業》，第513頁。
〔註104〕《舊中國的上海廣播事業》，第514～515頁。

第五章　短暫的復興

　　1945 年 7 月 26 日，中、美、英三國共同發表《波茨坦公告》，敦促日本無條件投降，否則將給日本「最後之打擊」。8 月 6 日和 9 日，美軍對日本廣島和長崎投擲了兩顆原子彈。8 月 15 日上午 11 時（東京時間正午 12 時），日本電臺播出裕仁天皇宣讀的《終戰詔書》，宣佈正式接受《波茨坦公告》決定。9 月 3 日，日本在南京向中華民國政府遞交投降書。八年的浴血抗戰，終以我國的勝利而結束。日本宣佈投降的消息，很多人都是最先通過廣播收聽到的。

　　抗戰勝利後，國民黨政府一面加緊收復原淪陷區的敵偽廣播電臺和各級廣播管理機構，同時大力擴張官辦的廣播事業；一面又通過查封和登記民營電臺的廣播設備等方式，力圖重新為民營廣播釐定規則，確立方向。各城市原有的民營電臺陸續復業，一些新辦電臺也紛紛成立。然而好景不長，1947年以後，由於國共內戰的全面拉開及國民黨政府各項改革的失敗，城市經濟狀況和民眾生活不斷惡化，民營廣播也受到很大打擊，逐漸從繁榮走向沒落。

第一節　戰後國民政府的廣播規劃及官辦廣播的擴張

　　經歷了戰爭的洗禮，民營廣播本應迅速復業，共同參與國家重建。但由於民營電臺紮堆的沿海城市大多曾為日偽政權佔領，一些地區甚至長期處於日偽控制之下，許多因各種原因未及撤走的廣播設備和人員都曾為日偽當局所徵用，社會關係錯綜複雜，因此國民政府決定先行「查明確實」，細加甄別後才能確定允否復業。在這一過程中，由於相關部門監管不力，處置隨意，加上官辦廣播與民營電臺蜂起爭利，致使民營電臺的生存條件日益惡化，許

多電臺旋生旋滅，勉力維持的合法電臺難以擴大經營，民營廣播的前景暗淡。

一、漸趨失序的政府廣播管理

　　1945 年 8 月 27 日，國民政府交通部江蘇省江南區電信規劃處處長郁秉堅簽署布告，稱「國軍即日到達上海，嗣後廣播宣傳極關重要。合行令仰該處長即日前往，將所屬各上海電臺及所存材料等一律暫行接管使用。」〔註1〕9 月 20 日，國民政府行政院發佈《管理收復區報紙通訊社雜誌電影廣播事業暫行辦法》「訓令」，規定「敵偽機關或私人經營之報紙、通訊社、雜誌及電影製片廠、廣播事業一律查封，其財產由宣傳部長會同當地政府接收管理。但其中原屬未附逆之私人及非帝國人民財產而由敵偽佔用者，經查明確實，並經中央核准後，得予發還。」隨後行政院「收復區全國性事業接收委員會」又擬定「廣播事業接收三原則」，即「一、凡廣播電臺原係國營或敵偽設立者，由中央廣播事業管理處接管運用；二、凡廣播電臺原係省（市）經營者，由各該省（市）政府接管運用；三、凡廣播電臺原係民營者，暫由中廣處會同原主接收。」同一天，國民黨中央廣播事業管理處派馮簡任特派員，主持京滬等地的廣播接收事宜，並任命葉桂馨為京滬區敵偽廣播電臺接收專員，由上海電信局局長郁秉堅具體負責，開展清理和整頓工作。

　　在接收原敵偽地區廣播電臺的過程中，由於政出多門，各行其是，各派系之間不斷上演分贓不均的「劫收」鬧劇。原日偽控制的上海市幾家電臺中，功率最強、波段最好、聽眾最多的大上海電臺（呼號 XGOI，電力 10 千瓦），按規定應由中央廣播事業管理處馮簡負責接收，但上海市公用局卻因在「上海市黨政接收委員會內，地位較佳，竟不讓該會發給本處接收命令，形成僵局。」〔註2〕一個地方接收委員會成員為了自身利益，公然與中央廣播事業管理處派駐的接收專員發生衝突，不僅反映出利益爭奪之激烈，也動搖了中央機構的權威。而接收機關自身不遵守相關規定和條例，勢必又造成其它部門的傚仿。

　　一些軍政單位也渾水摸魚，趁亂「接管」部分電臺設備，並利用這些設備自行設臺，播放節目，謀取廣告利益。而在電臺的「管轄方面，因多機關牽制，至今未見劃一，以致各電臺廣播節目中荒誕不經者有之，誨謠敗風者

〔註 1〕《舊中國的上海廣播事業》，第 497 頁。
〔註 2〕《舊中國的上海廣播事業》，第 509 頁。

有之，競以低級趣味迎合聽眾心理，似有積極加以糾察之必要」。〔註3〕但實際情況卻仍然每有各地軍政當局及有關機關各以立場及觀點不同，分競接管，且有的還要在中廣處接收後猶請移撥者，致使相關機構之間函電交馳，案牘盈尺，殊費周折。

戰爭期間因各種原因停播的民營電臺紛紛呈請復業，一些以前不曾辦過電臺的社團、學校和個人也申請設立電臺，令相關機構「甚感無法應付」〔註4〕。在上海，民間開放設立廣播電臺的呼聲一日高過一日，但因「市公用局和廣播管理處均欲預聞其事」，〔註5〕相關部門之間扯皮不斷，政府系統未管先亂。

在政府遲遲不發執照的情況下，1945 年 10 月，上海青年廣播電臺、勝利廣播電臺、建成廣播電臺未經批覆即自行播出節目，並大張旗鼓地播放廣告。按理，這種違規行為應得到懲處，但幾家電臺卻因係「黨軍方面出面主辦」（事實上一些電臺是假借黨政軍名義的私營電臺）而有恃無恐，相關部門「制止困難」。

前有車，後有轍。是年底，「黨政軍社團及外商所設立者，或曾函請備案，或竟自由設置，迄今已播音者有十三臺，在籌備者有七臺。」〔註6〕1946 年 1 月，公開營業的廣播電臺達 43 家，有的多家電臺使用同一個周率播音，電波紛擾不已，收音雜亂無章。30 年代初上海廣播界曾經普遍存在的混亂局面再度上演，甚至有過之而無不及。

在天津、北京、蘇州等地區，戰後也有一些電臺未經審批即開播，民營廣播處在一種失序狀態。其在政府管制真空地帶的虛假繁榮，再次倒逼著政府加快立法，控制這一局面。

1946 年 2 月 14 日，國民政府交通部公佈《廣播無線電臺設置規則》（見本章附錄，該規則以後曾有過五次修正）。規則第三條對「公營」廣播電臺和「民營」廣播電臺做出了明確析分：「公營廣播電臺——凡中華民國政府機關所辦廣播電臺，除交通部所辦者繫屬國營電臺外，其餘均稱為公營廣播電臺。」「民營廣播電臺——凡中華民國公民或正式立案完全華人組織設置之公司、

〔註3〕《舊中國的上海廣播事業》，第 575 頁。
〔註4〕《特派員馮簡關於陳報滬杭等地廣播電臺交涉接收情形的電》（1945 年 9 月 21 日），轉引自《舊中國的上海廣播事業》，第 509 頁。
〔註5〕《舊中國的上海廣播事業》，第 545 頁。
〔註6〕《舊中國的上海廣播事業》，第 556 頁。

廠商、學校、團體所設廣播電臺，均稱爲民營廣播電臺。」第四條又規定，「凡外籍機關人民、非完全華人組織設置的公司、廠商、學校、團體，一律不准在中國境內設立廣播電臺。」規則還明確表示，凡欲設立廣播電臺者，需填具申請書登記表，並敘明申請人情況、設臺目的、電臺名稱、組織概算及經費來源、發射機和播音室情況，送請交通部審核通過後方可架設。《規則》在民營電臺的設置、分佈、數量、發射功率及節目內容等方面均有詳細規定：廣播電臺的執照有效期爲一年；申請核發、換發、補發廣播電臺許可證者，需交納證書費 500 元，外加印花稅 5 元；申請核發、換發、補發廣播電臺執照者應繳納 2000 元，印花稅費 5 元。「凡公營廣播電臺，如係地方政府所設者，應以供所轄區域內公眾收聽爲標的，其電力以 100～5000 瓦特爲限；民營廣播電臺應以供所在市縣內公眾收聽爲標的，其電力以 50～500 瓦特爲限。」第十八條又規定，廣播電臺之分佈，每省不得超過 10 座，並以散佈各市縣爲原則；特別市除上海市不得超過 10 座外，其餘每市不得超過 6 座。民營廣播電臺在上列各項數目中不得超過半數。〔註7〕

　　無論從資源配置還是媒體屬性來說，一個城市的電臺不超 6 座的規定是較爲合理的。但對兩類電臺功率上限的規定，不僅在政策上顯示出對公營電臺的傾斜和對民營電臺的歧視，也從技術層面限制了民營廣播發展壯大的權利。此後的實踐也一再證明，這一《規則》既缺乏前瞻性，也不符合當時現實，因此在各個城市均未得到切實執行。

　　除了在建臺方面嚴格管控，政府還在收聽方面連續出臺一系列法規。1948 年 2 月，國民政府交通部公佈修正後的《廣播無線電收音機取締規則》，要求「無論是購自廠商或自行裝配零件而成，」只要是用於「收聽無線電廣播新聞講演、音樂歌曲等項而裝設廣播無線電收音機，均應向交通部所轄電政管理局或指定電政機關登記。」而「管理局對於各收音機之裝置及收聽情形得隨時派員檢查或調驗，查驗收音機人員備有身份證明文件。裝戶應隨時詳所答詢，不得攔阻」。並且規定收音機用戶只能收聽「本國及友邦合法廣播爲限，非經批准不得收聽其它電臺。」〔註8〕這種從發射端到接收端兩頭實行嚴格管控，既顯示出政府對廣播事業的高度重視，也表明這一法律體系的專制本性。

　　嚴格的立法還需到位的執法來保障貫徹實施。據統計，1946 年初，上海

〔註 7〕《舊中國的上海廣播事業》，第 570～571 頁。
〔註 8〕《舊中國的上海廣播事業》，第 690 頁。

的民營廣播電臺就已達 43 座，遠遠超過了戰前規模；同年 5 月交通部統計的上海電臺總數 108 家，比年初增加了一倍多。〔註9〕6 月，交通部開始整理上海電臺。上海《鐵報》6 月 14 日發表署名「白太官」的文章《廣播電臺鬥法》，對這次整理行動頗有微詞：

> 　　整理上海廣播電臺問題宣傳了好久，至今沒有具體的辦法。現在調查全上海廣播電臺是一百零六家，這一百零六家都有周波，都在播音，既然說廣播電臺有限制的數目，那麼，何以准許這 100 多家電臺播音呢？據最近的消息，交通部電信管理局將請上海警察局從事取締，除 22 家之外，其餘都不准播音，所以這幾天電臺老闆都在起忙頭，四處奔走門路，希望不在取締之列。自然中國的事情，只要有面子，一切都不成問題，且看這一百零六家電臺，誰的道法高，便是誰的苗頭足。〔註10〕

整理電臺的收效立竿見影。據上海《時事新報》6 月 23 日報導，上海各類電臺數目 73 座，數量比一個月前銳減 30 多家。〔註11〕7 月，上海市經政府核准並發予執照的民營電臺只有亞洲、九九、民聲、合作、青年和金都六家。一向遵紀守法，沒有像其它民營電臺那樣擅自開播的原播音業同業公會下屬九家老電臺，包括大中華、上海（亞美）、元昌、東方、華美、福音、鶴鳴、麟記、大陸電臺卻還在苦苦等候政府核發執照。

7 月 26 日下午，上海 40 多家未被批准的民營電臺負責人集會商討辦法。由於交通部要求 8 月 16 日起未曾核准登記領照之廣播電臺一律停止播音，這些被取締的電臺召開新聞發佈會，並派代表赴首都南京請願，理由是「其它行業均可改變辦法，處理善後，惟廣播事業機器無法改作他用。以電臺為職業者，依附電臺為職業者，均無以為生，希呈政府慎重考慮」。〔註12〕但交通部態度強硬，不肯收回成命，除要求本市 80 家（實際播音者 54 家）「不合格」民營電臺 8 月 9 日零時起停止播音外，並由淞滬警備司令部及上海市警察局各派出四名警官、四名警士，會同上海電信局派出的四人，從當天開始，分

〔註 9〕《舊中國的上海廣播事業》，第 591～600 頁。

〔註10〕白太官：《廣播電臺鬥法》，《鐵報》1946 年 6 月 14 日，轉引自《舊中國的廣播事業》，第 582 頁。

〔註11〕《時事新報》1946 年 6 月 23 日版，轉引自《舊中國的上海廣播事業》，第 539～542 頁。

〔註12〕《舊中國的上海廣播事業》，第 603 頁。

頭查封「不合格」電臺，在電臺的電源開關機按鈕上貼具封條以示封閉。

在著手查封「非法」電臺的同時，上海電信局也在加緊爲「合法」電臺核發執照。「1946 年 3 月，上海申請登記創辦廣播電臺的有 60 餘家，經核准的只有 7 家，7 月申請登記的有 70 多家，獲得批准的只有 16 家，54 家被淘汰。1947 年 3 月，申請登記者 100 餘家，僅核准 18 家，到年底增加到 22 家，」〔註 13〕遠超出了《廣播無線電臺設置規則》規定的數量上限。上海電信局於是又採用幾家民營臺合用一個周波頻率的辦法，對民營電臺進行查驗，根據電臺機械的優劣程度，分爲 A、B、C、D、E 五個等級，條件較好者兩三個廣播電臺合用一個頻率，差的三四個電臺合用一個額率，輪流播音。對於未經批准擅自播音者則嚴加取締，並課以重罰。但由於取締與審批的標準不一，一些被取締的民營電臺不服裁決，與政府管理部門之間的矛盾進一步加深。

一些非法電臺還與執法機關之間玩起了貓鼠遊戲，取締之聲越緊，非法電臺越多。1946 年 11 月，上海電信局承認，「本市電臺眾多，背景複雜，此僕彼起，訖難徹底整理，納於正規。」〔註 14〕是年底，交通部上海電信局再次發佈通告，要求除交通部核准的亞洲、合作、中華自由、亞美麟記等 18 家電臺輪流播音外，「其餘各電臺未經核准，統限於 12 月 31 日前停止播音，並將電臺撤除。」〔註 15〕但此後仍有許多電臺擅自啓封，繼續播音。

在北平、天津、蘇州等工商業發達的地區，戰後也多有屢禁不止的「非法」電臺。

在甄別與篩選民營電臺資質的同時，國民黨政府還把相當的精力投入到對廣播節目的管控方面。1946 年 6 月 28 日召開的國民黨中央廣播事業指導委員會第 29 次會議指出，鑒於「上海現有二三十家廣播電臺，任意造謠生事，流弊極大，應由中央廣播事業管理處會同交通部擬具管製辦法，以杜流弊」〔註 16〕。會議出臺了管制上海廣播電臺的辦法細則：在節目編排及人員安排上，應遵照交通部規定，送請中央廣播事業指導委員會核准施行；各廣播電臺播音節目時間內，應照交通部之規定，轉播中央廣播電臺播音。其暫無轉播設備者，得報明停播；凡遇中央廣播電臺有特別重要節目，經中央執

〔註 13〕 馬光仁主編：《上海新聞史（1850～1949）》，第 1069 頁。
〔註 14〕 《舊中國的上海廣播事業》，第 637 頁。
〔註 15〕 《舊中國的上海廣播事業》，第 645 頁。
〔註 16〕 《舊中國的上海廣播事業》，第 584 頁。

行委員會廣播事業指導委員會認為有轉播之必要時，得隨時通知辦理之；民營電臺應承擔教育演講及新聞報告的職責，並應以國語播送為原則；不得播送有干禁例或偏激之言論、誨淫誨盜、迷信荒誕之故事及歌曲唱詞。〔註17〕依據上述法規，上海市一些播送不合規定節目的電臺受到了懲處。新新公司五樓裝設的凱旋電臺就被上海市警察局以節目中有觸犯宋美齡的言辭為由在 1947 年 12 月 20 日強行封閉。

　　從法制建設的角度看，戰後國民黨政府在立法層面的工作還是有一些貢獻的，但在執法層面的成就卻乏善可陳。1948 年 2 月 26 日，國民黨《中央日報》就曾刊載署名「朱炭」的讀者來信，痛斥廣播界的亂象和政府的不作為：

> 「記得去年鄙人曾經投函貴報，對當時本市廣播電臺周波之凌亂表示遺憾，並建議電信局加以取締。一年來，倒也幾次看到電信局的文告，每次終（總）說不合法的電臺即將取締，但是樓梯是響了一年，人是始終不見下來。事實擺在我們耳朵裏，現在每天在刻度盤上可以收聽得到的電臺，比之電信局正式核准的無疑的要多上一倍有奇。」〔註18〕

廣播界越管越亂的情形，一直持續到國民黨撤出大陸為止。

二、官辦廣播的擴張與失範

　　己身不正，難於正人。戰後廣播界的各種亂象，除因政府的立法和監管存在嚴重問題外，一些黨政軍機構不經申報，擅自創設電臺，甚至大肆播放廣告，與民爭利，也是一個重要原因。它不僅嚴重擾亂了空中的電波秩序，也降低了法律法規在民眾中的威信。

　　日軍投降後，國民黨政府利用「接收」之機，迅速控制了原淪陷區的絕大多數廣播機器設備。在華東「接收」了南京、上海、蘇州、杭州、廈門和臺灣等地的一批日偽電臺，其中除上海的黃埔臺、東亞臺原係美商所辦，轉交原主處理外，其餘大都改建為官辦電臺。在華北「接收」了「華北廣播協會」下轄的北平、天津、濟南、青島、石家莊、太原、唐山、保定、開封、運城和北戴河等地的廣播電臺，以及日偽「蒙疆廣播電臺」。在華中先後「接

〔註17〕《舊中國的上海廣播事業》，第 585～586 頁。
〔註18〕《無線電裏下流廣告有傷社會道德，電信局何以充耳不聞？》，轉引自《舊中國的上海廣播事業》，第 697 頁。

收」了廣州、漢口兩處的日偽廣播電臺。到 1946 年 5 月，國民黨當局一共「接收」日偽廣播電臺 21 座，大小廣播發射機 41 部，總髮射功率 274 千瓦。這些接收而來的電臺設備，大多被國民黨當局重新利用，建成官辦的廣播電臺，如 1945 年 10 月 10 日復播的「北平廣播電臺」，就是在接收日偽北京中央臺設備和人員基礎上開辦起來的。1946 年 5 月 5 日國民黨政府「還都」南京後，國民黨中央廣播電臺隨即由重慶遷回南京繼續播音。

抗戰結束，意味著「一個新的、開始建國的時代已經展現在眼前，廣播事業之於建國的使命也就格外重大。必須配合建國工作的展開，與其它部門齊頭並進。因此，充實、改進和擴展我國的廣播事業，是我們當前重要的願望和工作的目標。」〔註 19〕爲此，國民黨中央廣播事業管理處還制定了一個「龐大而周密的全國廣播網」計劃，並成立了「中央廣播電臺擴充工程處」。經過一年多建設，據 1947 年 12 月底統計，國民黨中央廣播事業管理處所屬電臺增加到 42 座，總髮射功率 423 千瓦。

在經營管理方面，早在 1943 年，國民黨中央廣播事業管理處即開始醞釀對黨營廣播事業實行企業化股份制改革。國民政府還都南京後，經陳果夫多方洽談，1946 年 12 月初，國民黨中央委員會從「協助及服務廣播事業 15 年以上者」與「目前和將來有聯繫必要者」中，挑選出 17 人作爲股權代表，於 12 月 20 日國民黨中央委員會在南京湖南路 18 號召開「中國廣播股份有限公司（以下簡稱『中廣公司』）創立會議」，通過了《中國廣播股份有限公司章程》，並將其送交國民政府經濟部立案。會議選出董事 21 人、監察人 7 人，公推陳果夫向國民政府商洽辦理供應節目等事宜，但一切任務仍交中央廣播事業管理處負責。1947 年 1 月 10 日，中廣公司與國民政府行政院簽約；4 月 18 日，國民政府經濟部核准《中國廣播股份有限公司章程》，發給中廣「設字第 3629 號」執照。中廣公司除包括中央廣播事業管理處（設在南京）外，還擁有「修造所」（總所設在上海，分所設在北平與重慶）、唱片廠（設在上海）與 39 個廣播電臺，成爲國內實力最強的廣播公司。

依照合約，國民政府從 1947 年起每月補助中廣公司經費國幣 20 億元，相當於 20 萬美元。但由於國統區物價飛漲，貨幣急遽貶值，中廣公司每月都入不敷出，當年 5 月，政府撥款增加到 30 億元，8 月又增至 80 億元，到年末

〔註 19〕轉引自汪學起、是翰生主編：《第四戰線——國民黨中央廣播電臺揿實》，中國文史出版社 1988 年版，第 179 頁。

竟增加到 240 億元。1948 年，國統區的物價比抗日戰爭前漲了幾百萬倍。6
月，中廣處以「緊急支付，以資救濟，而維廣播」爲由，一次申請撥款 1500
億元。儘管表面上廣播經費像天文數字般的不斷增加，實際上仍是杯水車薪，
無濟於事，甚至辦了十幾年的《廣播周報》都無法維持，被迫宣告停刊。種
種跡象表明，國民黨的黨營廣播已到了「崩潰前夕」。〔註20〕

　　不僅中廣公司資金匱乏，其它官辦電臺的經費也嚴重不足，有的電臺靠
聽戶的註冊、執照費和廣告費維持，有的則把廣告當作主要經濟來源。1946
年 10 月，國民黨中央廣播事業管理處在偵聽上海廣播節目時，發現交通部上
海廣播電臺的廣告時間過長，且大量播放靡靡之音，於是要求整改。但上海
廣播電臺卻在致中廣處的信函中強調，「至於樂而不淫之歌曲，縱其唱法屬於
靡靡之類，仍不能立時取消，否則影響廣告收入極大。」〔註21〕這在當時實
際是公營電臺的一個普遍現象。「各臺節目內容，大都倒因爲果，非特民營電
臺頗多側重商業節目，即公營電臺私播商業節目者亦不少。」〔註22〕既然官
辦廣播都不肯爲了廣告收益而取消靡靡之音，又豈能要求民營電臺遵紀守
法，全部播放格調高雅的節目？而官辦廣播大量介入廣告經營，對民營電臺
的生存無疑又構成了巨大威脅。

　　國民黨各黨政軍機構私自開設的廣播電臺，也以播放低級趣味的娛樂節
目和大量商業廣告謀利。抗戰勝利後，一些戰前和戰爭期間忠貞不阿、守法
經營的上海老民營電臺如亞美、元昌等，雖一再申請復播，但政府卻遲遲不
予批覆。相反，上海市的一些黨、政、軍、社團卻不經申請，大肆辦臺。1946
年 8 月上海電信局決心整理電波並一舉取締了所有未經審批的電臺後不久，
這些電臺就死灰復燃，且扯上了各類公權機關做後臺。上海電信局徒喚奈何，
只好與上海警備司令部、國防部和中央廣播事業管理處聯合「執法」，但依然
無法徹底禁止。其中，國民電臺、海員電臺、海聲電臺、青年電臺均是上海
市黨部或三青團未經審批所創辦，交通部認爲這些電臺不合格，因此按照國
民黨中常會第 39 次及第 41 次會議議決，要求撤除上述四臺。但決議發出後，
上述四臺卻拒不執行，照常播出。在交通部封閉上述電臺後，一些電臺又擅

〔註20〕麥克瘋《崩潰前夕的黨營廣播事業》，載《新聞天地》第 47 期，1948 年 9 月
　　　　1 日出版。
〔註21〕《上海廣播電臺爲廣播收入不能取消靡靡之音致中央廣播事業管理處呈》
　　　　（1946 年 10 月 17 日），《舊中國的上海廣播事業》，第 634 頁。
〔註22〕郁秉堅：《上海各廣播電臺管理狀況》，《電影與播音》1948 年第 7 卷第 2 期。

自啓封播音。1947 年 6 月，上海電信局在呈報交通部的電文中稱，整頓滬市的廣播電臺之所以困難重重，一個重要的原因就在於權力部門的帶頭違紀和相互掣肘。

> 查上海現在播音之電臺，除大部核准之十八家外，尚有國防部第二廳飭淞滬警備司令部暫緩執行之十臺……此例既開，群起效尤者又有……等十臺。……其它如新運電臺雖經奉准設置，但機件設備尚未查驗合格，呼號、周率亦未頒發，竟已擅自播音，最近由三方共同制止，並由該臺具結，但仍播送廣告節目如故。新都電臺前奉院令准予市參議會開大會時播送會議新聞，一俟閉幕即應撤除，但亦不尊規定，仍舊經營廣告。〔註23〕

尤為荒唐的是，當相關機構前往取締這些違法的官辦電臺時，竟然遭到公權機關的暴力抗法。1948 年 3 月 25 日，在交通部上海電信局整理電臺的行動中，發現國民黨上海市黨部執行委員會頂風違紀，擅自設立國民廣播電臺，內容除普通平劇、歌曲唱片外，還有銷售鷹牌火油等商業廣告節目。為慎重起見，上海電信局致信國民黨上海市黨部，詢問是否為不法商人而為，同時上海淞滬警備司令部亦已查明，該臺為非法播音，於是電信局前往取締，結果「當馳往執行取締時，該臺竟召武裝人員倔強反抗，經軍警方面主動加派警員，始將全部機件拆運本局。」〔註24〕事後上海市黨部方面派人前往電信局，堅持要求發還機件。上海電信局只好在要求對方答應其三個條件後發還了機件設備。

1948 年 10 月，國民政府國防部還法外施法，以「戡亂」宣傳需要為名，准許上海 16 座「軍營」電臺播音，將下屬的非法電臺合法化。

一方面是公權機關任意設臺，取締困難，另一方面官辦電臺又不守規定，播放廣告，與民爭利。這對依仗廣告收入維持生計的民營電臺來說，無疑是雪上加霜。

1948 年 11 月，上海民營電臺公會接到國民政府交通部通知，要求「值茲戡亂時間經濟改革之際」，各電臺務必於每晚中原時間 9 時至 9 時 30 分，一律轉播中央電臺所播新聞。上海市民營電臺公會下屬的會員臺不顧營業損

〔註23〕《上海電信局關於陳報整頓滬市廣播電臺困難情形的電》（1947 年 6 月 9 日），《舊中國的上海廣播事業》，第 667 頁。
〔註24〕《舊中國的上海廣播事業》，第 700 頁。

失，迅即在規定時間內一律轉播，以期全國人民瞭解時事信息。但中央廣播事業管理處下轄的公營上海電臺和軍用電臺卻在同一時段大肆播放戲曲音樂，並插播各種廣告。民營電臺為此受到廣告客戶的責難和聽眾的誤解，損失慘重，百口莫辯，最後憤而上書交通部上海電信局局長，指出，「民營電臺全賴營業收入以維持，今令一律轉播新聞，而該管理處之上海電臺及公營、軍用等電臺則播送營業廣告與民爭利，實屬不當。」〔註25〕

　　官辦廣播的失控和失範，從一個側面反映了國民黨政權腐敗墮落、綱紀失常、搖搖欲墜的現實。

《勝利無線電》1946 年第 14 期刊載的插圖

第二節　民營廣播的短暫復興

　　抗戰勝利初期，隨著各城市的工商業復甦，民營廣播再度蓬勃發展，廣播中兒童教育、科學常識和雄壯的音樂給人一種積極向上的印象。但時隔不久，一些商業電臺即故態復萌，有的播放大量低級庸俗的節目，有的不經審批即自行開設電臺，不僅嚴重干擾了正規電臺的生計，也降低了民營電臺的信譽，並為此受到政府的數次整肅。民營廣播的生存環境日益惡化。

一、戰後民營電臺的地域分佈與股權分析

　　與戰前一樣，工商業發達、人口集中、電力資源充足的大中城市，是民

〔註25〕《廣播電臺商業同業公會關於陳報公營及軍用電臺兜攬商業廣告的呈》（1948年 11 月 22 日），《舊中國的上海廣播事業》，第 759～760 頁。

營廣播的滋生和繁衍之地。上海、天津、蘇州、寧波等沿海城市的民營電臺數量最多，亂播亂放的情況也最嚴重。

抗戰一結束，上海廣播業再度活躍，許多電臺不經申請即開播節目，但政府卻直到 1946 年 3 月才允許民營電臺限期登記核准，同時對混亂不堪的電波空間展開治理和整頓。遵命登記的電臺 106 家〔註26〕。

8 月，上海電信局一舉取締了大量私設電臺，「一時無線電的聽眾們頓覺清淨不少，平時擾雜不堪的隔音已一掃無餘，一般人都以為茲後的廣播界一定可以走上正軌了。不想時隔不久，新的電臺又似雨後春筍般地設立起來，而並不通過電訊局，即使電訊局去干涉，亦是來一個不理睬，好在都有相當的後門，不怕封門」。〔註27〕「所有從前取締的電臺竟然全部掛了一塊招牌又恢復播音了，因此電波又是淩亂狀態。……至於電臺方面實足有六十家之多，而 KC 亦有四十餘根之多。」〔註28〕上海空中電波之烏煙瘴氣比取締之前更甚。究其根源，正如上文所述，官辦電臺帶頭違法亂紀，民營廣播只是「趁火打劫」，並非這一亂象的主因。但在歷次「取締」行動中，損失最大的還是沒有任何背景的民營電臺，而那些背景強硬的非法電臺，卻總是在整理行動不久即很快以各種名義復播。

1946 年 9 月 8 日，歷盡劫波的戰前九家老民營電臺，包括大中華、大陸、元昌、鶴鳴、東方、華美、亞美、麟記、福音等同時復播。開播當日，上海市民營無線電播音業同業公會整理委員會常務委員張元賢發表廣播演講，表示要「負起吾等之使命，聯合廣播界同業腳踏實地地幹去，本宣揚文化，普及社會教育輔助工商發展之宗旨。」〔註29〕歷史證明，即使是忠實貫徹政府各項指令，認真履行廣播宣教職能，「腳踏實地」做事，民營電臺要想在跟官辦廣播的不公平競爭中勝出，實在是難於上青天。

〔註26〕郁秉堅：《上海各廣播電臺管理狀況》，《影音月刊》第 7 卷第 2 期（1948年版）。

〔註27〕冰熙：《寫在取締電臺之前》，《東南日報》（1946 年 12 月 28 日），轉引自《舊中國的上海廣播事業》，第 650 頁。

〔註28〕《如此整理電波》，《新夜報》1946 年 12 月 24 日，轉引自《舊中國的上海廣播事業》，第 649 頁。

〔註29〕張元賢：《民營廣播電臺於抗戰期間之經過情形》，《勝利無線電》1946 年第 4期。

九家老電臺復業時各臺負責人合影自左至右：大陸電臺負責人趙樂事、麟記
電臺負責人劉豐麟、元昌電臺負責人張元賢、亞美電臺負責人蘇祖圭、大中
華電臺負責人周廉清、東方電臺負責人嚴鴻生，福音電臺負責人王完白、華
美電臺負責人毛禮祚、九家電臺總工程師張大煒、亞美電臺總工程師蘇祖國、
鶴鳴電臺負責人王文彬、《勝利無線電》編輯小舍

　　1946 年，天津有四家民營電臺先後開播：1946 年 11 月 10 日，華聲廣播
電臺開播，呼號 XLMA，電力 500 瓦，臺長舒季衡；11 月 12 日，「中國廣播
電臺」開播，呼號曾先後使用 XLMC 和 XPCA 兩個，電力 500 瓦，由國防部
中美電機廠廠長樓兆綿夫婦開辦，內設總務部、廣告部、服務部、修理部、
播音部和工務部，節目注重服務性〔註30〕；12 月 15 日，天津中行貿易公司附
設的中行廣播電臺開播，呼號曾先後使用 XTCHL、XEMC，電力 500 瓦，是
中行公司為擴大影響並試圖通過經營商業廣告獲利而設的，臺長陳樹銘，副
臺長淩廷章負實際責任；12 月 28 日，世界電臺（「天津市文化廣播電臺」）開
播，呼號 XNBA，電力 200 瓦，社長范子文。1947 年又新增 6 家，分別是：

〔註30〕彪：《天津中國廣播電臺簡介》，《中國廣播月刊》第一卷第二期（1947 年 6
　　　　月 5 日出刊）。

1947 年元旦開播的「世界新聞廣播社」電臺；〔註31〕1947 年 1 月 3 日開播的友聲廣播電臺，呼號 XPBA，電力 200 瓦，1948 年停播，未能獲得政府的執照；3 月開播的宇宙廣播電臺，呼號 XTYC，電力 200 瓦，年底停播，未能獲得執照；同月開播的青聯廣播電臺，電力 200 瓦，開播幾月後因無執照被查封；6 月開播的天聲廣播電臺，電力 500 瓦播出數次仍未能領到執照後停播；9 月開播的青年廣播電臺，電力 500 瓦，由三青團與原天聲廣播電臺合辦，1948 年 6 月 10 日因仍未領到執照被查封。1948 年 7 月，天津鐘鏡廣播電臺開播，電力 200 瓦，由天津迪明無線電行和野玫瑰無線電行合辦，年底因未領到執照而停播。〔註32〕

在蘇州，除了老字號的「久大」廣播電臺迅速復播外，還先後新辦了七家民營的廣播電臺：1945 年 9 月，《明報》廣播電臺開播，由蘇州《明報》社社長張叔良創辦，呼號 XDNS，臺址在蘇州西中市德馨里 7 號。1946 年 1 月 1 日，文化廣播電臺開播，呼號 XCSS，功率 50 瓦，後增加爲 100 瓦，臺址位於蘇州官巷 36 號，由吳鑒生、潘仲彬、潘辛叔、余叔雄四人投資合辦。3 月，江南廣播電臺試播，由吳泃創辦，呼號 XVOK，功率 50 瓦，臺址位於蘇州北局青年會樓上。另一家利康廣播電臺也於同月試播，功率 50 瓦，臺址位於蘇州北局新市場，創辦人宋湛清。5 月 1 日，力行廣播電臺試播，呼號 XQSL，功率 100 瓦，臺址位於蘇州察院場中央飯店，由張振翼、沈學源創辦。該臺與《力行日報》掛鉤，電臺機器設備由張振翼提供，廣告收入對半拆賬。試播期間主要節目有《講故事》、《評彈》、《滑稽》、《中西唱片》等。同月，張壽鵬、鄭師勤籌辦的黎明廣播電臺在呼號和頻率均未確定的情況下，就把發射機於自上海運至蘇州並打算播音。由於抗戰勝利後交通部只准蘇州成立一座民營電臺，並已批准了「新中國廣播電臺」，因此上述六家民營電臺均屬於未經批准的「非法」營運，於 1946 年 9 月 11 日被當地電信局查封。唯一「合法」的「新中國廣播電臺」1946 年 4 月初由張辛成（張步增）申請籌辦，4 月 13 日交通部批准並發給廣字第 2 號許可證，功率 150 瓦，但卻因領取許可證後 4 個月沒有建成，且兩次改遷臺址等違章事項，於當年 9 月 21 日被交通

〔註31〕 《爲本社已於元月開始播音等事致市社會局的函》，天津市檔案館館存檔案，檔號：401206800-J0025-3-006059-020。

〔註32〕 參見《天津通志・廣播電視電影志（1924～2003）》，天津市社會科學院出版社 2004 年版，第 85～87 頁。

部弔銷許可證，電臺尚未播音即被查封。

在無錫，1946 年 5 月，方天煒創辦的錫音廣播電臺正式播音，呼號 XLAV，功率 100 瓦，臺址在無錫北大街戀綸綢布莊三樓，發射機設在周山浜三支路 8 號，是抗戰勝利後無錫唯一經交通部批准設立的民營電臺，於 1946 年 4 月獲交通部頒發民營廣字第 1 號建臺許可證，同年 12 月 10 日發給民字第 6 號播音執照。該臺開始時由方天煒與良友無線電機社談昌煒聯合經營，由談昌煒提供機器設備。次年 5 月，因發生經濟糾紛，談昌煒將發射機收回，電臺停播。後來方天煒自己購置發射機，並將功率增爲 200 瓦繼續播音。電臺每天播音 14 小時，設有《錫報新聞》、《社會服務》、《教育節目》、平劇、歌曲、彈詞、雜曲、故事等節目。與此同時，戰前即已經播音的國泰廣播電臺也迅速復業，並多次向交通部申領執照，卻始終未獲批准。1946 年 4 月，另一家民營電臺——吉士廣播電臺開始播音，呼號 XQTS，功率 50 瓦。電臺由無錫吉士照相館創辦，負責人張德馨，臺址在無錫中山路 277 號，辦有《早晨音樂》、《佛學》、《朱子家訓》、《錫報新聞》、《醫學常識》、《法律講座》、《家庭常識》、《婦女常識》、《兒童節目》、《英語教授》等節目，每天播音 4 次，共 10 小時，播音室設在照相館內的亭子間裏，四周用玻璃罩起來，又稱「玻璃電臺」，供人參觀，以此招徠顧客，擴大營業。吉士電臺曾多次申請核發播音執照，交通部以無錫只准設立一座民營電臺，並已批准錫音電臺成立爲由，未予批准。1946 年 12 月，凱聲廣播電臺開播，功率 100 瓦，臺址在無錫北大街 23 號，由無錫九綸綢布莊創辦，負責人陳企峰。電臺每天播音兩次，共 11 小時，節目有新聞、《家庭及文藝講座》、彈詞、滑稽、平劇等。與上述兩家電臺一樣，凱聲臺也曾多次向交通部申請領取熱照，未獲批准。最後，無錫電信局限定該臺與國泰、凱聲三臺共用 1150 千赫一個頻率輪流播音，後一直維持到 1949 年 4 月 23 日無錫解放前夕。

浙江省地處東南沿海，工業基礎較好，現代化城市和工商業金融機構較多，30 年代即湧現了一批民營的廣播電臺。抗戰結束後，杭州、寧波、嘉興、溫州、湖州、紹興等地先後又有 20 座民營電臺成立〔註33〕。但這些電臺「大都規模很小，發射功率多爲 50 瓦至 100 瓦，小的僅 12 瓦，只在電臺所在地及其附近才能收聽到廣播，其中大部分廣播電臺存在的時間極短，有的在辦臺當

〔註33〕浙江省新聞志編纂委員會編：《浙江省新聞志》，浙江人民出版社 2007 年版，第 336 頁。

年甚或當月就停播了。」〔註34〕1947 年 5 月 5 日開播的杭州大華廣播電臺由在浙江廣播電臺任職的傳音科科長、工程師王興蔚和工務員杜錫道、唐昂等合辦，總功率 75 瓦。該臺宣稱其宗旨是「興辦電化教育，經營廣告業務，謀求社會立足之地和保障經濟來源」〔註35〕，辦有《無線電常識》、《醫藥常識》和流行歌曲、戲曲等節目。在寧波，1946 年成立的民營電臺有「寧鐘」、「寧聲」、「寧波」三家，1947 年又有「泰山」電臺成立。〔註 36〕寧鐘廣播電臺由曾經營無線電料行的臺主趙寧鐘開辦，1946 年 5 月開播，起初發射功率 50 瓦，後擴大到 200 瓦，是當時幾家電臺中發射功率最大的一家。臺長兼工程師趙寧鐘是浙江餘姚人，上海大同大學數理系畢業，開辦電臺時約 35 歲，發射機器是他自己安裝的。由於趙寧鐘的一位親戚是當時國民黨行政院的秘書長，後臺較硬，他開辦的電臺是寧波唯一得到交通部註冊批准的。寧鐘臺開辦後的最興旺時期，每天播音時間在十六、七個小時左右。寧聲廣播電臺是一座家庭電臺，由電臺經理全平及其家人創辦並主持，1946 年 4 月 1 日開播，發射功率 15 瓦，是幾家電臺中功率最小的。電臺起初定名為「寧波廣播臺」，後因與另一寧波電臺重名而改稱「寧聲廣播電臺」。因為沒有經過當局正式註冊批准，因此無呼號。寧聲電臺全盛時期播音時間一天在十五、六個小時。寧波廣播電臺籌設於 1940 年春，後因寧波被日本侵略軍侵佔而未能開播，抗戰勝利後於 1946 年 6 月 3 日復業。這家電臺是民營合資開辦的，發射功率為 25 瓦，成員共有六人，除臺長、工程師外，還有二名播音員，一名廣告員和一名女傭。泰山廣播電臺開播於 1947 年底，發射功率 200 瓦。因未獲批准，電臺試播不久便被主管的國民黨鄞縣電信局查封。此外，嘉興市利聞廣播電臺也在抗戰後很快恢復播音。

國府首都南京抗戰前已有中央廣播電臺和南京短波兩個大功率電臺，沒有民營電臺。1946 年 5 月 5 日成立的益世廣播電臺是南京市區內出現的首家民營電臺，也是戰後國內第一家獲得政府執照的民營電臺。電臺設立的目的，「是為配合抗戰前唯一的宗教新聞事業《益世報》〔註 37〕，作新聞報導、宣

〔註34〕浙江省新聞志編纂委員會編：《浙江省新聞志》，第 336 頁。

〔註35〕浙江省新聞志編纂委員會編：《浙江省新聞志》，第 343 頁。

〔註36〕關於寧波的民營電臺情況，請參見《解放前和解放初期的寧波廣播事業》，材料來自於政協寧波市委員會網站 http://www.nbzx.gov.cn/art/2006/12/18/art_9745_429584.html。

〔註37〕《益世報》于 1915 年 10 月 10 日開始發行，創辦人是天主教天津教區的時任副主教雷鳴遠（比利時人）。在當時的天津地區，該報的地位和影響僅次於《大公報》。

傳福音、配合政府宣導政令、推行社會福利、喚醒國人認識真理愈顯主榮，是當時我國天主教唯一的宗教機構。」〔註38〕

益世電臺的發起人之一梁林蔭本是汪偽時期南京中央電臺的播音員，日本投降後留在中央電臺繼續工作。因不滿受到從重慶「還都」的同僚歧視，遂邀集一些電臺留用人員，「以天津《益世報》駐南京記者陸復初為媒介，找到了原重慶《益世報》社長、天主教神父楊慕時。雙方談妥，以《益世報》名義，在南京合股開辦益世廣播電臺。梁林蔭和電臺同仁負責資金、器材、技術、播音，《益世報》方面以鐵管巷房產入股作臺址。最後，搬出天主教紅衣大主教于斌的名義申報國民政府交通部批准。」〔註39〕電臺於 5 月 8 日正式播音，呼號 XPBK，功率 200 瓦。臺長楊慕時，副臺長由陸復初掛名，董事長于斌。

由於有宗教背景，加上于斌主教的社會影響力和《益世報》支持，益世電臺不像一般的民營電臺那樣財力拮据。它有新的樓房，電臺設備較為精良，工作人員素質普遍較高，節目內容也較為充實，加之一場內戰使許多人精神上失去皈依，轉而向宗教尋求寄託，因而這座電臺擁有較多的聽眾。1948 年秋，該臺仍勁頭十足地擴充電力，另裝 500 瓦發射機。1949 年春，新機器開始試播。但隨著解放戰爭的推進，1949 年 3 月，益世電臺匆忙南遷，後輾轉在臺灣復播。〔註40〕

之後南京又相繼成立了「建業」、「青年」、「金陵」和「首都」等四家民營的廣播電臺。建業廣播電臺是 1946 年春由南京瑞記無線電行老闆吳瑞鴻籌建，同年 10 月經交通部核准並發給播音執照，年底播音。電臺呼號 XLAX，功率 200 瓦，臺址在南京中正路 527 號（現建康路），由吳瑞鴻自任臺長。1948 年 3 月，該臺與南京工商會聯合成立建業廣播電臺股份有限公司，由南京市工商會會長穆華軒任董事長，《東方通訊社》和《交通服務社》社長朱光正任總經理，自此該臺成為南京市工商會的特約廣播電臺。青年廣播電臺，1946

〔註38〕 參見益世廣播電臺網站，「益世廣播電臺・公司沿革」。http://yishih.ehosting.com.tw/1-Pages/%E7%9B%8A%E4%B8%96-1%20%E9%9B%BB%E5%8F%B0%E7%B0%A1%E4%BB%8B.htm。

〔註39〕 汪學起、是翰生：《第四戰線——國民黨中央廣播電臺拟實》，中國文史出版社 1988 年版，第 194 頁。

〔註40〕 三水：《落日樓臺一笛風——小記在南京的益世廣播電臺》，載《視聽界》1990 年第 1 期。

年春由蘭緒人、盧崇烈籌建，同年底正式播音，呼號 XLAZ，功率 100 瓦，臺址位於南京延齡巷 79 號。金陵廣播電臺於 1946 年底開始播音，呼號 XLAW，功率 200 瓦，臺址在南京建康路 318 號，負責人陸振華。首都廣播電臺由朱品三、鄭達善、楊子韶創辦，1946 年 10 月由交通部核准並發給民字第 4 號播音執照，1947 年 1 月 1 日正式播音，呼號 XLAY，功率 100 瓦，臺址位於南京延齡巷 40 號。

在重慶，交通部規定只能設立三座民營電臺。最早領得交通部執照的是「谷聲廣播電臺」，於 1947 年 5 月 8 日正式開播，發射功率 150 瓦，每日播音 10 小時以上。經營業務以商業廣告為主，除金融市場行情和商品廣告外，還播放川戲、京劇和歌曲唱片、新聞節目和國民黨中央社及重慶各報消息，並辦有《重慶掌故》、《聽眾點播》、《無線電常識問答》等節目，此外還定時轉播「美國之音」的華語節目。其次是「陪都」電臺和「萬國」電臺。〔註41〕陪都廣播電臺開播於 1947 年 10 月 10 日，由重慶恒義興百貨行開辦，功率 300 瓦，每日播音八九小時，設新聞、評論、歌曲、曲藝、川戲、京劇等節目。萬國廣播電臺開播於 1948 年 5 月 30 日，功率 300 瓦，後增為 750 瓦，每日播音 10 小時以上，辦有廣告、新聞、評論、歌曲、曲藝、川戲、京劇等節目。〔註42〕

戰後北平先後成立了七家「民營」身份的廣播電臺，分別是「勝利廣播電臺」、「國華廣播電臺」、「中國廣播電臺」、「華聲廣播電臺」、「民生廣播電臺」、「北辰廣播電臺」和「聯合廣播電臺」，可說是民營廣播發展最興盛的時期。北平也因此成為當時中國北方民營電臺數量最多的城市。勝利廣播電臺是 1945 年 9 月經國民黨保定綏靖公署軍人張惠眞呈請第十一戰區政治部批准設立的，臺址在內二區北溝沿甲 49 號，1946 年 1 月開播，呼號 XLIB，發射功率 100 瓦。該臺宣稱「秉承第十一戰區政治部之意旨，以宣揚黨義，傳播政令，提高文化水準，注重國民教育為目標，並代本市（北平）黨政軍各機關宣傳政聞、公佈法令及播送各項文告。」〔註43〕國華廣播電臺開播於 1946 年 10 月，呼號 XPKH，發射功率 100 瓦，臺址位於內一區東單帥府園。1948

〔註41〕 《交部規定本市設立三家廣播電臺，谷聲已領得執照陪都萬國正請求中》，《徵信》（重慶）1947 年第 652 期。另據《四川省志·廣播電視志》記載，谷聲廣播電臺的功率為 500 瓦。

〔註42〕 參見《四川省志·廣播電視志》，四川科學技術出版社 1996 年版，第 28～29 頁。

〔註43〕 《北京志·新聞出版廣播電視卷·廣播電視志》，第 24 頁。

年 7 月又改稱軍友廣播電臺，負責人爲國震宇。中國廣播電臺開播於 1946 年 11 月，呼號 XPCK。該臺設有一、二兩個分臺，發射功率分別爲 500 瓦和 200 瓦，臺址位於外二區前觀音寺。其創辦人和主持人多有軍統背景，如董事長樓兆元和監事長馬漢三均爲軍統份子。華聲廣播電臺成立於 1946 年 12 月，呼號 XPAG，發射功率 100 瓦。臺址位於內一區八面槽椿樹胡同，臺長張芷江。民生廣播電臺於 1947 年 9 月開辦，呼號 XPMS，董事長樓兆元，經理朱熙元，副經理葉丹秋，後改由秦豐川擔任。北辰廣播電臺開播於 1947 年 9 月，呼號 XPPC。聯合廣播電臺開播於 1947 年 10 月，呼號 XPAY。

　　雲南省抗戰前沒有民營電臺，1946 年後僅昆明市就成立了十多家。〔註 44〕1946 年 6 月開播的亞明廣播電臺是昆明市最早的一家民營電臺，由亞明電料行經理葉學明創辦，功率 150 瓦，節目以商業廣告爲主。由於沒有經營執照，開播三月後被雲南電信局查封。1947 年 2 月開播的昆明市政府廣播電臺名爲政府電臺，實際爲無線電愛好者何韶昌開設，開播不久即因入不敷出而轉賣他人。大觀報廣播電臺於 1948 年底成立，功率 15 瓦，雖然是以《大觀報》社的名義創辦，實際由褚鴻斌私人經營，除新聞、唱片、戲曲節目外，還大量播放商業廣告。正義報正義之聲廣播電臺是《正義報》社出資數百元，由西南聯合大學和雲南大學的張世富、萬淮等 8 人創辦，1949 年元旦開播。雙方合同規定，《正義報》除供給電臺新聞稿件外，還負責電臺的房租和水電費，其它開支從電臺的廣告收入解決。電臺呼號 XLVK，電力 20 瓦，宗旨是「播送當日發生的消息，報導商場重要動態，提倡空中社會教育，供給市民正當娛樂。」〔註 45〕每日播音 9 小時 30 分，節目有新聞、《兒童樂園》、《家庭生活》、《衛生常識》、《空中雜誌》、《空中學校》、《小音樂會》、《商業常識》以及平劇、滇劇、西洋音樂、現代歌曲等，有時還舉辦特別文藝節目。同年 7 月因經費困難停播。1949 年 1 月 10 日試播的中央日報廣播電臺，由國民黨昆明《中央日報》社與亞明電料行合夥創辦，功率 300 瓦，呼號 BEF15。籌備期間，雙方簽訂合同，宣傳按照國民黨《中央日報》的口徑，播送該報的新聞和社論，廣告收入的 30% 歸報社，70% 歸電臺。該臺辦有新聞、時論介紹、商情、無線電問題、衛生常識等節目。1949 年 4 月開播的民聲廣播電臺由無線電愛好者趙超塵自己設計裝配，功率 15 瓦，節目有新聞、戲曲、古典音樂、

〔註 44〕參見《雲南省志・廣播電視志》，雲南人民出版社 1996 年版，第 50～52 頁。
〔註 45〕《雲南省志・廣播電視志》，第 51 頁。

故事、廣告、無線電常識信箱等，同年 9 月被國民黨當局查封。一個月後，由國民黨中央政治大學學生馬崇寬等人創辦的民眾之聲廣播電臺開播，功率100 瓦，辦有新聞、音樂、戲曲等節目，同年 9 月被當局查封。在此前後，昆明市還有掃蕩報廣播電臺、朝報廣播電臺、小時報廣播電臺以及社會之聲廣播電臺等民營電臺，存在的時間都較短。

湖北省武漢市戰後申請開辦電臺的有八家，但只有「華中」、「正聲」和「江漢」三家獲批。〔註46〕華中廣播電臺 1947 年 9 月籌辦，次年 11 月試播，1949 年 3 月 12 日正式播音，呼號 BEL34，功率 200 瓦，臺址位於漢口明星路同豐里，臺長潘采俠。電臺宗旨是「宣傳廣告，振興市面，提倡正當娛樂」，主要靠集資和廣告收入維持。正聲廣播電臺，登記民營，亦稱特殊電臺，由正聲無線廣播股份有限公司籌建於 1947 年 7 月，同年 10 月 13 日試播，15 日正式播音，呼號 XLOA，功率 200 瓦，臺址設在漢口黃興路。電臺宗旨是「宣傳三民主義，推廣文化，發展商業」。1949 年 2 月停播。江漢廣播電臺，1947年批准試播，1949 年停播。由中國業餘無線電協會主辦，發射功率 200 瓦，呼號 BEL33，臺址位於漢口友益街，負責人鄭光祖。

在遼寧，瀋陽華音廣播電臺於 1947 年 3 月 16 日開播，呼號 XNHB，電力 50 瓦，節目除商業廣告外，還有新聞、兒童教育和文藝節目。但由於瀋陽經濟凋敝，廣告業務不景氣，加上市內經常停電，電臺於同年 5 月 13 日停播。營口市青年廣播電臺於 1947 年 10 月播音，幾個月後停業。

在山東，1946 年 2 月 8 日，「山東無線電行廣播電臺」在青島動工興建，同年 4 月 1 日建成播音，臺址位於青島市觀海二路 68 號，呼號 XIMD，發射功率 100 瓦，主要播送商業廣告，還轉播國民黨中央廣播電臺的《簡明新聞》和《時事評述》。1949 年 6 月青島解放後停播。〔註47〕

在內陸省份江西，1946 年初，南昌市基督教青年會主辦的基督教青年會業餘廣播電臺建成開播。電臺的發射功率 100 瓦，主要播送音樂、戲曲等節目，供市民消遣娛樂。1949 年初，該臺停播。〔註48〕

抗戰勝利初期，我國境內仍有幾座外國人所設的商業電臺，如上海東方廣

〔註46〕關於武漢的民營電臺，主要參考《武漢市志‧新聞志》，武漢大學出版社 1991年版。

〔註47〕參見《山東省志‧廣播電視志》，第 26 頁。

〔註48〕參見江西省廣播電視志編纂委員會編《江西省廣播電視志》，第 17 頁，方志出版社 1999 年版。

播電臺（美籍）、大美廣播電臺（美籍）、國泰廣播電臺（法籍）等。1946 年 9 月，國民政府通過《取締外人在華設立廣播電臺決議案》，要求取締外國在華廣播電臺。但實際上美商廣播電臺卻繼續播音直到新中國成立前夕才絕跡。

總體上看，抗戰勝利後，民營廣播較戰前有了很大發展，民營電臺的分佈區域更加廣泛，電臺的數目也有所增加，但在結構和比例上仍嚴重失調：大城市如上海、天津、北平和沿海省區如江蘇、浙江等地，民營電臺彙聚，廣播收音機用戶較多；而在內陸的廣大地區，不要說新疆、西藏、青海、甘肅、蒙古、貴州、寧夏等省區沒有一家民營的廣播電臺，就是陝西、河南、山西等內地省份，也沒有民營的廣播電臺。

從內部組織和外部關係看，戰後民營電臺的資本構成較戰前更為複雜，一些電臺的實際身份介於公營與私營之間，性質很難界定。其中一個重要的原因是，政府對每個城市的廣播電臺都有嚴格限額，致使民營電臺申請執照的難度加大，沒有官方背景就很難拿到執照；即使有幸申請到執照，也難與官方勢力抗衡，於是出現了官商勾結，彼此滲透的現象。民營電臺藉此尋到政治靠山，政治權力則順勢滲透到民營廣播領地。

一種是名為民營，實際卻有官方背景。如 1947 年 5 月開播的廣州時代電臺，雖然標明「私營」，實為國民黨中央通訊社公務人員岳中權拉後臺做靠山辦的，因此每晚的播音節目中，都有來自中央通訊社的五分鐘新聞電訊稿。還有標注民營的革新臺，實際主辦部門是廣州市黨部，風行臺的後臺則是國民政府交通部電訊臨察科。再如 1947 年 5 月開播的杭州市大華廣播電臺，其資本方為在浙江廣播電臺任職的傳音科科長、工程師王興蔚和工務員杜錫道、唐昂等，雖然其辦臺宗旨確立為「興辦電化教育，經營廣告業務，謀求社會立足之地和保障經濟來源」〔註49〕，實際卻充當了官方喉舌。而 1947 年 8 月 15 日開播的上海公建廣播電臺，負責人淞滬警備司令部稽查處處長陶一珊和電信監察科科長胡振庸均是地位顯赫的公職人員。

天津戰後成立的幾家商業電臺也沒有一個是純民營的。這些電臺「有的屬於軍統，有的屬於中統，有的屬於國民黨軍閥或其它特務組織。其名曰商業廣播電臺，但多是以商業電臺的名義為掩護，而為特務組織搜集情報和進行其它的罪惡活動，這是當時幾個民營電臺的特點。」〔註50〕如華聲電台臺

〔註49〕浙江省新聞志編纂委員會編：《浙江省新聞志》，第 336 頁。
〔註50〕王木：《華聲廣播電臺及其背景》，《天津廣播電視史料》1993 年第 2 期。

長舒季衡曾在國民黨海軍及商輪任報務員，1937 年冬在武漢參加了國民黨的黨團組織復興社特務處，先後在漢口湖北站電臺、長沙軍統局電訊總臺、浙江站電訊股工作。1941 年初，軍統局派舒季衡到天津建立獨立潛伏電臺，舒任臺長，其妻子徐愛蓮任譯電和交通。1946 年 10 月間，國民黨政府以保密局特務控制的民營方式創辦了由舒季衡負責的天津華聲廣播電臺，另招收股東20 餘人，募集股金法幣 8000 萬元。而「中國廣播電臺」的負責人樓兆綿與北平「中國廣播電臺」臺長樓兆元是親兄弟。樓兆綿 1924 年畢業於浙江公立工業專門學校電機工程科（浙江大學前身），隨後到諸暨、餘杭等地的國民黨黨部工作，擔任縣委委員、執行委員等職。1931 年左右自費到美國留學，在波士頓市的哈佛大學學習電機工程專業知識，獲得碩士學位及博士學位。1935年學成歸國後，作爲一名專業技術人員任職於國民黨軍統部門。抗戰勝利後全家在上海短暫休整了一段時間，不久到天津市軍統處工作，曾任天津中美無線電機廠廠長，主要從事無線電電器件的設計研究及維修等，授國民黨少將軍銜，同時兼任北洋大學（天津大學前身）電機系教授，主講《無線電工程》等課程。1946 年春，接收日商東京芝浦天津分廠，改稱軍委會天津無線電廠，爲軍統局製造各種型號的無線電收發報機，供特務組織使用。該廠的技術員多係留用的日本人，樓兆綿任廠長。同年冬，樓兆綿又招募部分商股，更名爲中美無線電廠，公開對外營業，並在該廠營業部樓上附設一座中國廣播電臺，由樓妻阮一成任經理。

北平國華廣播電臺 1948 年後改稱軍友廣播電臺，與國民黨政府國防部也有著千絲萬縷的關係。北平和平解放前夕，軍友電臺出動廣播車在街頭進行煽動性宣傳，妄圖破壞人民解放軍進城。1949 年 1 月 31 日北平和平解放後，該臺作爲私營電臺被保留，但由於仍堅持播送「充滿毒素的節目和欺騙人的廣告」，於 1949 年 10 月被北京市軍管會查封。「中國廣播電臺」的創辦者樓兆元也是國民黨軍統人員，1949 年 10 月 25 日被北京市軍管會查封。而昆明戰後成立的十多家民營商業性廣播電臺，一般都與政府、報社或者社團掛鈎，情況更爲複雜。〔註51〕

國民黨當局也樂見公職人員創辦「民營」電臺，甚至以民營爲名，行官辦之實，意在混淆輿論，加強對民間輿論的控制。1948 年 3 月，國民政府行

〔註51〕參見雲南省地方志編纂委員會編：《雲南省志 卷七十八·廣播電視志》，雲南人民出版社 1996 年版，第 49 頁。

政院新聞局副局長曾虛白寫信給行政院新聞局上海辦事處處長魏景蒙，指出，「本局爲加強民間宣傳計，決在滬設立三百瓦特電力之廣播電臺一座，是項電臺將以民營爲掩護，俾易收效。」〔註52〕並要求在完全保密的情況下進行。

值得一提的是，抗戰勝利後，在上海，由中國共產黨地下組織創辦的中聯廣播電臺於 1946 年 3 月 10 日舉行開幕典禮並正式播音。這是當時唯一由中共地下組織創辦，以民營商業電臺名義爲掩護的廣播電臺。

一種是名爲官辦，實際卻是民營。抗戰勝利，廣播事業一時又獲得極大發展。不過由於國內政局複雜多變，政府對民營電臺又多方鉗制，不少民營電臺爲了便利工作，都尋找政府、軍隊做靠山。如廣州的勝利臺、新聞臺和新生臺，雖然「開播呼號爲公，實際都是私人經營」〔註53〕。1947 年開播的勝利電臺原是夫妻電臺，丈夫劉貽康主管技術廣告，妻子做播音員兼做收支，起初雇了三個工人，開業後卻因無執照被電監科強制停業。於是丈夫用送大禮、給紅股的辦法，買通了省府某要員，不到半個月，就以「廣東廣播電臺」名稱復業，還掛上了公營的牌照。〔註54〕新聞電臺也是如此。它是由廣州行轅電監科科長林郁民與梁永濟等人合資創辦。但在經理林郁民取得民營執照後，竟私自用於開辦個人獨資的風行電臺，又利用職務之便，取得公營執照，「機務組方面也只好接受了公營的名義『廣州行轅新聞廣播電臺』。所以，儘管電臺名義上是公營，實質上和其它民營的、純粹以盈利爲目的的廣播電臺毫無二致。廣州新聞廣播電臺所得的優惠只不過是在稅租、水電上占些便宜而已。」〔註55〕同時，由於電臺總量受限，「於是一些電臺商人另找門路，託庇於國民黨的黨政機關，以『軍營』、『公營』爲招牌，每月向有關機關交納『背景費』，實質上仍是以商業盈利爲目的的民營臺。」〔註56〕如上海華興廣播電臺負責人許勁先於 1933 年 3 月 6 日以華興公司名義登記開播華興電臺，

〔註52〕 《曾虛白爲行政院新聞局在滬設置以民營爲掩護的電臺事致魏景蒙函》，《舊中國的上海廣播事業》，第 701 頁。

〔註53〕 廣東廣播電視志編委會編：《廣東廣播電視志》，廣東人民出版社 1996 年版，第 58 頁。

〔註54〕 廣東廣播電視志編委會編：《廣東廣播電視志》，廣東人民出版社 1996 年版，第 58 頁。

〔註55〕 招宗勁：《民國時期廣播事業在廣州的發展》，《歷史教學》2008 年第 6 期。

〔註56〕 趙凱主編：《上海廣播電視志》，上海社會科學院出版社 1999 年版，第 113 頁。

1941 年 12 月被日軍封閉。抗戰勝利後，許勁先重整旗鼓準備復業，卻始終難以領到執照。1947 年 4 月，國民黨軍統上海站第二情報組組長黃特向其兜售播音電臺許可證，成交後遂假借黃的名義對外廣播，名為「中堅天聲」軍營電臺，故有國防部軍事電臺之說。但該臺實係許勁先獨資，經濟來源靠廣告費收入，按月付給黃特名義費。

　　還有一種情況，就是戰前為民營的，此時卻改為公營。如江蘇省立教育學院廣播電臺。抗戰勝利後，1946 年夏天，江蘇省立教育學院在無錫復課，並恢覆電化教育專修科。為便利開展學生實習和進行電化教育，該院向國民政府交通部呈文，申請恢覆電臺播音。交通部根據當年 2 月 14 日公佈實施的《廣播無線電臺設置規則》相關規定，無錫只能設立一座民營電臺，並已批准錫音電臺成立，教育學院恢覆電臺播音的申請未獲批准。後來，該院請求教育部進行疏通，交通部於是同意該院按照公營電臺辦法成立，並由江蘇省政府出面申請。這樣，江蘇教育學院電臺就以江蘇省政府特設無錫廣播電臺的名稱被批准成立，交通部發給了播音執照。電臺由抗戰前的民營性質變為公營性質後，雖然在節目中將江蘇省政府政令列入了日常廣播的內容，但實際仍由該院電化教育專修科主任陳汀聲負責。陳汀聲帶領專修科全班學生利用抗戰前保存下來的部分機件，又補充了一些器材，經數月裝置，於 1947 年 10 月安裝竣工並正式播音。〔註 57〕

　　這一時期，一些城市還出現過時有時無，絕不報告電臺名稱和呼號的「秘密電臺」，借廣播推銷假冒偽劣的產品，以謀取不正當利益〔註 58〕，這無疑更加損害了民營電臺形象，並為政府的干涉和控制提供了口實。

1948 年 11 月交通部電信總局統計的全國民營廣播電臺情況

城　　市	電臺名稱	臺　　址
上海	福音廣播電臺 中華廣播電臺	虎丘路 128 號
	自由廣播電臺 金都廣播電臺	中正中路 533 號

〔註 57〕此處主要參考《江蘇省志・廣播電視志》，江蘇古籍出版社 2000 年版。
〔註 58〕《請勿購買秘密電臺報告之「滑頭肥皂」》，《大聲無線電半月刊》，第 3 期。

	新運廣播電臺	中正南二路 112 號
上海	亞美廣播電臺 麟記廣播電臺	成都北路 470 號
	東方廣播電臺 華美廣播電臺	西藏中路 120 號
	元昌廣播電臺 鶴鳴廣播電臺	順昌路 170 弄 7 號
	亞洲廣播電臺	進賢路 234 號
	民聲廣播電臺	威海路 313 號
	大陸廣播電臺 大中華廣播電臺	北京東路 851 號
	合眾廣播電臺	吳江路 23 弄 12 號
	大美廣播電臺	中正中路 347 號
	合作廣播電臺	南京西路 830 號
	九九廣播電臺	永年路 149 弄 13 號
	新聲廣播電臺	西藏南路 161 弄 486 號
	新滬廣播電臺	中正東路 564 號中南飯店
	建成廣播電臺	西藏路 195 弄 4 號
	中國文化廣播電臺	福州路 679 號
	大中國廣播電臺	直隸路 250 號
	大同廣播電臺	壽寧路 71 弄 5 號
江蘇	久福廣播電臺	常熟道南街九號
	錫音廣播電臺	無錫北大街 30 號懋綸綢莊
山東	山東廣播電臺	青島觀海二路 69 號
重慶	陪都廣播電臺	重慶青年路 30 號
	谷聲廣播電臺	重慶民權路華華公司大樓
	美國廣播電臺	重慶上清寺街 180 號
湖北	正聲廣播電臺	漢口巴黎街天福里一號四樓
	江漢廣播電臺	漢口友益街 63 號
廣東	風行廣播電臺	廣州中華北路 87 號
	革新廣播電臺	廣州米市街 60 號

	時代廣播電臺	廣州國泰大戲院
廣東	華電廣播電臺	南海佛山
	華南廣播電臺	廣東深圳
北平	中國廣播電臺	北平前外觀音寺街 88 號
	民生廣播電臺	北平王府井大街 74 號
	華聲廣播電臺	北平內一椿街胡同 15 號
浙江	大華廣播電臺	杭州自由路
天津	華聲廣播電臺	天津羅斯福路壽德大樓
	中行廣播電臺	天津大沽路 151 號
	中國廣播電臺	天津羅斯福路 251 號

二、民營電臺行業組織的恢復

抗戰勝利後，上海市內那些遵紀守法、劫後餘生的民營電臺，在悲欣交集中等候著政府的復播通知；另一些則不管三七二十一，擅自建臺，播放節目和廣告。爲了壯大聲勢，1946 年 4 月 7 日，40 多家「非法」的民營電臺還組織成立了「上海廣播電臺聯合會」，作爲民營電臺的臨時統籌機構。同年 10 月 11 日，經交通部核准，原「上海市民營無線電播音業同業公會」更名爲「上海市民營廣播電臺商業同業公會」正式成立。上海市黨部、社會局和市商會代表參加了成立大會。

大會選舉福音電臺負責人王完白爲主席，王完白、張元賢和蘇祖國爲常務理事，並選出張元賢、蘇祖國、王完白、趙樂事（大陸電臺負責人）、劉鳳麟（麟記電臺負責人）、周廉清（大中華電臺負責人）、葛正心（民聲電臺負責人）、毛禮祚（華美電臺負責人）、凌曙東（新滬電臺負責人）等九人爲理事，陳靭春（東方電臺負責人）、朱智民（九九電臺負責人）爲候補理事；王叔賢（鶴鳴電臺負責人）、陳信厚（中華自由電臺負責人）、張壽椿（亞洲電臺負責人）爲監事。第一批加入民營電臺商業同業公會的成員有大陸、大中華、元昌、亞美、福音、東方、華美、鶴鳴、麟記、民聲、新滬、合作、合眾、亞洲、中華自由、金都、九九、新聲、大同、中國文化、大中國等 21 家，均經交通部電信局核准。

同業公會成立後，「上海廣播電臺聯合會」隨即解散，其中的多數電臺陸續參加了該會。

王完白，（摘自《勝利無線電》1946 年第 4 期）

　　由於戰前民營電臺同業公會的運營已較爲成熟，新的公會組織又與其一脈相承，因此各項會務工作已駕輕就熟。1947 年 9 月，同業公會制定了《上海市民營廣播電臺商業同業公會業規草案》，分別從「法令」、「電臺機件設備」、「營業」、「節目」、「處罰」和「人事」等六個方面，詳細訂定了會員電臺應遵守的業規。草案強調，「本業規爲聯絡同業情感，精誠團結，發展業務及宣揚文化，光大廣播事業爲宗旨」，要求各電臺除應遵守政府相關法規外，還需「絕對遵守」公會的各項決議。《草案》要求，凡會員電臺的機件設備，除需主管機關查驗合格外，還應隨時修整改進，以求迎合時代，不使當局有所批評及聽眾指謫；各會員電臺改進技術或設備時，需請求公會作技術上的協助。在營業方面，規定各電臺之間應共同議定並遵守電費價格，且在兜攬生意時應各謀發展，「不得競爭貶價，互相攻訐」；各會員電臺與顧客往來時，應採用公會規定之合同，如不採用公會的統一合同而日後發生糾紛時，則公會不予保障；客戶或播音員拖欠電費，或不於到期前依約通知而突然停止，或播音員不依約播送與電報電訊局相同之節目屢誡無效時，得有該會員電臺

申報公會轉知各會員不予接受或錄用。各電臺播送的節目應「力求高尚」，且不得私自接受慈善公益宣傳節目；遊藝界在各電臺播送的唱詞，應經過事先審查。〔註 59〕同業會員雇傭職工時，應注意其教育程度，且需殷實鋪保或人保；各臺職工服務誠懇確有成績者，應予獎勵；職工不得隨便離職且任意轉臺。「如貿然離職甲臺轉入乙臺時，乙臺應予拒絕，而甲臺得請公會通知會員電臺，該員今後不得錄用。」〔註 60〕草案強調，同業中如有違反上述業規者，由公會或呈請更高的主管機關給予相應處罰。

不難看出，草案最大限度地維護了民營電臺利益，降低了會員電臺的市場風險。

上海民營電臺商業同業公會成立之時，正值國家的多事之秋。1946 年 3 月，國民黨中央銀行為了「維持市面金融，穩定物價，供應軍需，協助建國」〔註 61〕，決定重新開放外匯市場，同時對部分民營企業實行所謂「國家化」改造，實質是變相掠奪民族工商業資本。一時間「物價狂漲，工資奇昂，人民憔悴，工業窒息，獨獨發了官僚資本與買辦階級。」〔註 62〕各民營電臺同民營工商業一樣，經濟上自保尚且困難，又要遭受官辦電臺和非法電臺的侵擾，真是苦不堪言。

1946 年 12 月 14 日，針對一些沒有申請執照即擅自播音，致使合法的同業電臺電波受擾，營業蒙受重大損失事件，民營電臺商業同業公會致函上海市電信局，要求制止播音臺再有擾亂事件發生。〔註 63〕但如前文所述，直到上海解放前夕，國民政府都沒有徹底禁絕非法電臺的亂播亂放問題，對那些特權電臺更是縱容不管，對守法的民營電臺卻多方限制，最後竟規定幾個民營電臺合用一個周率，輪流播音。為此，1948 年 1 月 13 日，民營電臺商業同業公會再次致函交通部，要求放寬民營電臺的周率。函件強調，

> 際茲行憲伊始，人民自應守法，惟主管機關似不應忽視守法者，
> 使守法之電臺反不及其它電臺之待遇，竊念政府似應有昭示人民守

〔註 59〕《上海市民營廣播電臺商業同業公會業規草案》（1947 年 9 月 18 日），《舊中國的上海廣播事業》，第 754～755 頁。

〔註 60〕《上海市民營廣播電臺商業同業公會業規草案》，《舊中國的上海廣播事業》，第 756 頁。

〔註 61〕《中國銀行副總經理貝祖貽》，http://www.caijing.com.cn/2012-01-17/111627877_3.html。

〔註 62〕王芸生：《中國時局前途的三個去向》，《觀察》1946 年 9 月 1 日創刊號。

〔註 63〕參見《舊中國的上海廣播事業》，第 742 頁。

法之鼓勵。〔註64〕

　　各民營電臺輪流播音，實際是減少了播音時間，廣告業務必然受到影響，多數電臺收支不抵，虧折嚴重。當時，各民營電臺的廣告業務以每檔節目的播出時段為取費等級，以一個月作為收費單位。1947 年 2 月 1 日，民營電臺商業同業公會通知各會員電臺，每檔 40 分鐘的節目需支付每月法幣 50 至 100 萬元，星期日的廣告費用則需每次支付法幣 25 至 75 萬元；小報告每天 3 次，每月法幣 15 萬元。3 月 14 日，同業公會遵照電信局提出的每隔半小時須報告呼號一次的要求，通知會員電臺自 4 月 1 日起所有節目每檔一律改為 30 分鐘，會員收取廣告電費按比例減低折實計算。對此，一部分播音員認為電臺對自己的剝削本已很重，此時的減短時間，無異於變相增加電費，於是向上海市遊藝協會及播音聯誼會呼籲，並派出代表與民營電臺商業同業公會協商。上海《誠報》為此連日載文，「煽動全體遊藝人員罷播」；《正言報》、《東南日報》也發表短訊，「擬由遊藝協會召集全體大會發動集體罷播。」〔註65〕眼看事情越來越大，民營電臺商業同業公會不得不請求上海市社會局出面，禁止報紙再「煽風點火」，徒然增加電臺與工作人員的矛盾。接著公會迅速做出折中處理，就是各電臺「不論三十分鐘一檔，四十分鐘一檔，在可能範圍內盡可便利行事，電費仍以三月份作為比例」。〔註66〕

　　為廣開財路，民營電臺商業同業公會還與其它行業聯合經營。1947 年 3 月，《申報》館提出，為「服務社會，協助政府推進新聞文化政策起見，特與上海各公營、民營廣播電臺商洽合作辦理新聞廣播，每日上午九時、下午五時、晚間九時各一次由本報供給新聞稿，隨時將國內外及本市重要新聞由各電臺播出，使本市及外埠聽眾能迅速獲得正確之新聞消息。」〔註67〕其具體運作是由上海市民營電臺商業同業公會與《申報》館簽訂協議，由《申報》館每日上、下午及晚上三次將廣播稿送電臺廣播，每次約 5 分鐘。每家電臺每日擔任小報告 10 次，每次以 100 字及客戶兩戶為限，每月由《申報》館津貼法幣 1000 萬元，分兩次付清。而每周一次的特別廣播，《申報》館則需支付當值電臺 70 萬元。播音員報告完畢後還需口頭說明，「以上消息由《申

〔註64〕《舊中國的上海廣播事業》，第 758 頁。
〔註65〕《舊中國的上海廣播事業》，第 758 頁。
〔註66〕探馬：《電的波折：民營電臺公會、播音聯誼會發生小糾紛》，《勝利無線電》
　　　　第 14 期（1947 年）。
〔註67〕《舊中國的上海廣播事業》，第 746 頁。

報》館供給。」〔註 68〕在免費爲《申報》播報新聞和廣告一個多月後,《申報》的廣告費調整加價,相應的,報館給 18 家電臺的「福利金亦酌加三成半」。〔註 69〕

　　若聯繫當時《申報》的特殊背景,即不難理解其如此行事的內在邏輯。

　　《申報》爲近代上海第一份成功的中文商業報刊,創刊於 1872 年 4 月 30 日（清同治十一年三月二十三日）,創辦人爲英國商人安納斯脫・美查（Ernest Major）。美查辦報的一個重要策略,就是放手讓中國人去承擔各項業務,認眞製作新聞和評論,用心經營副刊和廣告,使該報很快在上海灘站穩腳跟。1899 年,美查將《申報》改組爲股份有限公司,售出自己的股份,得銀 10 萬兩後返回英國。1907 年,上海金融世家席裕福以 75000 元購得《申報》所有股權,成爲唯一股東。1912 年,席裕福將《申報》股份全盤售予史量才、張謇和陳冷等五人,由史量才擔任總經理,陳冷爲總主筆。1915 年,張謇等人相繼退出《申報》的經營,將股份轉手售予史量才,於是《申報》所有股權均歸史量才一人所有。史量才全面接手《申報》後,聘用張竹平擔任經理,在報館內設置廣告推廣科和報紙推廣科,大力拓展廣告業務以及營銷業務,到 1916 年,《申報》全年發行量已達 2 萬餘份。「九一八」事變後,由於不滿國民黨政府的不抵抗政策,《申報》發表了一系列觀點鮮明批評政府的文章,引起蔣介石極大不滿,親自下令禁止郵送《申報》,史量才與蔣介石的矛盾由此進一步升級。1934 年,史量才由杭返滬途中被國民黨委派的特務暗殺。經過這一變故,《申報》的言論逐漸趨於保守。上海淪陷期間,《申報》爲日軍報導部控制。國民黨政府「收復」上海後,旋即以「附逆」爲名,成立了以「CC 系」要員潘公展爲主任的《申報》報務管理委員會,對該報實施接管,並將設備封存。1945 年 12 月 22 日《申報》復刊,任命潘公展任指導員,立法委員陳訓畬爲總經理兼總編輯。1946 年 5 月,國民黨當局又強迫史量才之子史泳賡出讓 51% 股份給政府,實行官商合辦,同時改組申報董事會,調整報社工作機構。政府委派杜月笙任董事長,陳冷任發行人,潘公展任社長兼總主筆,陳訓畬任總經理兼總編輯,史泳賡則轉任副董事長,徹底改變了 74 年來《申報》的民營性質,事實上已成了國民黨當局的喉舌。

〔註 68〕《舊中國的上海廣播事業》,第 746 頁。
〔註 69〕曉:《申報增加電臺業福利金》,《勝利無線電》1947 年第 16 期。

作為一家資深大報，《申報》的商業嗅覺一向靈敏。如前所述，1923 年上海第一家無線電廣播電臺奧斯邦電臺選擇與英文《大陸報》館合作。次年開播的開洛公司電臺卻與《申報》館密切合作，報館為其長期宣傳。1925 年，《申報》設立「無線電話部」；1933 年設「無線電周刊部」，還特設「無線電周刊」，隨時追蹤廣播事業發展，刊載廣播稿件以及社會各界評價，直至抗戰爆發。

1947 年 1 月 15 日，《申報》館邀請全市登記已核准的廣播電臺負責人到報館茶敘，其中受邀請的民營電臺有 16 家。對此，民營電臺商業同業公會積極響應，於 2 月 12 日在林園飯店宴請《申報》同仁。2 月 22 日，《申報》館經理帶領五名報館負責人，又在四馬路京華酒樓回宴上海民營電臺商業同業公會 18 家電臺的會員，討論各項合作事宜。〔註70〕3 月 15 日是中國國民黨六屆三中全會在南京開幕的日子，《申報》再次召集上海各民營電臺負責人到報館茶敘，敲定了與電臺合作的具體辦法，同時發表聯合啟事。上海各民營電臺報告《申報》新聞的傳統，一直延續到上海解放前夕。

戰後的上海，市面蕭條，工商業時有倒閉，民營電臺中經常有給人家做了廣告卻拿不到廣告費的情況。為此，1946 年 12 月 3 日，民營電臺商業同業公會致函上海市廣告商業同業公會，提出了與之合作的意向，「嗣後貴會會員如有前列情形（不付廣告費）發生時，希將該客戶戶名通知敝會，以便採取同一辦法，凡在欠款未曾理楚之前，所有同戶播音廣告亦予拒絕；而在敝會會員如有前列情形發生時，亦即通知貴會希予同樣辦理。」〔註71〕與此同時，同業公會還通知各會員電臺，「茲依同業向例，所有廣告電費一律先期付清，不得拖欠。凡有拖欠甲同業廣告電費者，其它同業在未得甲同業同意之前，概須拒絕該客戶之任何廣告，以為保障同業利益。」〔註72〕。

與戰前一樣，民營電臺商業同業公會積極參與各項社會福利和慈善事業。1947 年 9 月 17 日，其與中國紅十字會滬分會合辦空中勸募委員會，18 家會員電臺聯合舉辦空中勸募特別節目，三天內募得一億二千七百餘萬元，同時收到美國紅十字會捐贈的一部救護車和藥品。經改裝為流動診療車後，

〔註70〕 吳觀周：《播音界與新聞界打成一片》，《大聲無線電半月刊》創刊號（1937
　　　　 年 3 月）。
〔註71〕 《舊中國的上海廣播事業》，第 741 頁。
〔註72〕 《舊中國的上海廣播事業》，第 741～742 頁。

於 1947 年 10 月 10 日開始服務，每日輪流在四處診療站施診給藥。之後該會又擴大爲診療事業委員會，並聘社會熱心人士爲委員，「對於社會殊有貢獻」。〔註73〕

民營電臺商業同業公會的運營，提高了民營電臺的自治能力，也加強了電臺之間的合作：1947 年，爲了便於飛機識別各個電臺的天線，同業公會爲上海市所有民營電臺的天線柱杆塗漆，以突出標示。〔註74〕同年 4 月，上海市政府要求從 15 日起一律把時間撥快一小時。同業公會獲知消息後，迅速通知各會員電臺，一律遵照執行。〔註75〕5 月，同業公會奉命通告，因上海 6 日發生搶米風潮，自即日起不得報告米市行情。也是從 1947 年起，同業公會還每月組織電臺負責人聚餐，費用由各會員電臺輪流承擔。〔註76〕這種定期聚餐，既凝聚了人心，也有益於各電臺之間及時溝通情報，共同處理和應對危機。

此外，同業公會還積極爲電臺工作人員向政府爭取利益，要求電臺從業者享受新聞記者的配給標準等。

除了影響較大的民營電臺商業同業公會外，1947 年 8 月 17 日，上海市各民營電臺播音員還組織成立了上海市播音員協會，會員總數達 222 人。協會以「聯絡感情、研究學術、宣揚三民主義、輔助社會教育、提高文化水準並謀公共福利」爲宗旨，推舉滑稽劇播音名家、滑稽戲劇公會理事長沈菊隱爲理事長，錢無量爲常務監事，徐道明、黃兆熊爲常務理事，朱瘦竹、李竹庵、楊笑峰、朱良、姚慕雙、駱宏彥、潘善雲、方正爲理事，周柏春、徐清風、金志英爲候補理事，錢無量、駱月樓、顧合才爲監事，唐笑飛爲候補監事。

理事長沈菊隱是上海廣播界知名人士。他辦有「新村服務社」主要是承辦播音廣告，併兼接各界喜慶堂會，並主辦有《播音天地》雜誌，意在「建立一個播音的評論標準」，同時「普遍地灌輸播音的學識，以求聽眾和播音員的進步」〔註77〕。創刊號第一篇刊登的就是沈菊隱撰寫的《播音員的責任與

〔註73〕《上海市民營廣播業、中國紅十字滬分會合辦白色診療車開始服務》，《大都會》1947 年復刊新 2 號，上海元昌廣告社總發行。

〔註74〕治：《電臺天線杆加漆安全標記》，《勝利無線電》1947 年第 15 期。

〔註75〕家、張元賢：《本市廣播界日光時間播音》，《勝利無線電》1947 年第 15 期。

〔註76〕慶、張元賢：《播音圈：電臺主持人每月聚餐聯歡》，《勝利無線電》1947 年第 15 期。

〔註77〕一聲：《編者的話》，《播音天地》1949 年創刊號。

使命》：

> 播音員是神聖的事業，播音員是神聖的自由職業，播音員的素
> 質、學識和修養是播音事業發展的決定因素，正和新聞記者的對於
> 報紙一樣。

作者進而強調，播音員應協助政府擔當起宣傳的任務，同時肩負起嚮導和教化國民的職責。播音員是「吃開口飯的」的職業，理應注意自己的一舉一動，「嚴肅播音時工作的態度」，並注意研究播音技巧。

上海播音員協會理事長沈菊隱先生

大美電臺的名主持周瑛小姐，接到客戶要做廣告的電話，樂得合不攏嘴

在播音員協會成立前，上海眾多的「播音員們一直好像是一盤散沙，一些沒有團結，雖然遊藝界有著一個『遊藝協會』的組織，可是他們對播音員的福利，從來漠不關心，」〔註78〕播音員協會一成立，便站在播音員們的立場，積

〔註78〕 吉人：《民營電臺公會 播音員聯誼會：一場糾紛》，《大聲無線電半月刊》第8期（1947年8月20日出版）。

極爲播音員同行爭取利益。1947 年 7 月，民營電臺公會想再次提高電費價格，決定自 8 月 1 日起電費增加五成，受到播音員們的激烈反對。播音員協會於 7 月 27 日和 29 日連續召集開會，議決了三項內容：「第一，由七個負責人代表全滬播音員，向民營電臺公會負責人之一張元賢，以和平的方式去談判，如談判不成，決自 8 月 1 日起所有全滬遊藝播音節目一律停止播音。第二，由播音員聯誼會出面招待公營電臺負責人，請予以同情和援助。第三，必要時得商界公營電臺播音幾天特別節目，向各界呼籲。」〔註 79〕由於這一訴求明確，且態度強硬，民營電臺公會不得不高度重視，最後決定八月份雖名義上加價，但仍需給以相當的折扣優惠。經過一番討價還價，問題最終得到妥善解決。

上述行業組織的成立，拓展了上海民營電臺參與社會事務的空間，增強了彼此間的互動和職業認同，也引起其它城市民營電臺的傚仿——1947 年 3 月，天津的華聲、中行、中國、世界、友聲五家民營電臺在華聲電臺內發起成立了天津民營電臺聯誼會（又名「天津民營電臺聯誼社」），目的是匯總辦理各臺廣告，統一規定雇用演員的價格，防止惡性競爭。但因時局混亂，這一組織並未發揮多大作用。9 月，南京的首都廣播電臺、益世廣播電臺、金陵廣播電臺、建業廣播電臺和青年廣播電臺等五家民營電臺也向南京市社會局申請成立南京市民營電臺同業工會，由朱品三任籌備委員會主任，吳政（建業臺）、陸振華（金陵臺）爲籌委會委員。

三、戰後民營電臺的節目及效果

（一）商業電臺

戰後商業電臺的節目仍以娛樂和廣告爲主。這在市場競爭激烈的上海尤爲突出。1947 年，一位上海聽眾寫信，說本市廣播戰後如雨後春筍，層見迭出，然而其播出的節目「盡是一些陳舊的唱片，淫靡的歌曲，以及低級趣味的滑稽，至於富有教育意義的各種講座，則除英文而外，其它如歷史、地理、科學常識等等，就絕無僅有了。再論起廣播的精神，更是一團糟，大多數的電臺似乎都以盈利爲目的，各種廣告的節目，佔了一大半時間，其語絮絮，鬧人厭煩，不但得不到什麼愉快，反且叫人討厭。」〔註 80〕一些電臺只要客

〔註 79〕 吉人：《民營電臺公會 播音員聯誼會：一場糾紛》，《大聲無線電半月刊》第 8 期（1947 年 8 月 20 日出版）。
〔註 80〕《改進廣播事業》，載上海市政評論社《市政評論·讀者論壇》，1947 年第 9

戶肯出錢，就能得到播出廣告的機會，不管它是算命先生的廣告還是不良廠
商生產的假藥廣告。〔註81〕

　　為此，國民黨中央廣播事業管理處於1947年2月明令取締了一批「妨礙
善良風俗」的「淫靡歌曲」唱片，其中包括百代公司發行、周璇演唱的《愛
的歸宿》、《花開等郎來》、《點秋香》以及勝利公司發行、姚莉演唱的《處女
的心》等85首歌曲，還有部分滑稽、相聲、雜曲、南詞、申曲等〔註82〕。

　　天津的商業電臺也因播出的曲藝過多且重複而受到聽眾批評。有聽眾甚
至總結出一般電臺節目的五個「公式」：

　　（一）千篇一律，久而自熟，好像一個正患貧血的病人，沒有
遇上一個慣會打強心針的好大夫，那樣感到失望！

　　（二）電臺多，演員少，玩意短，趕場忙。差不多在天津廣播
的情形，一個播音劇團要上四五家電臺播音，一個劇本要來回翻播
送數次，自然會影響收聽者的注意及淡然置之？（原文如此，筆者
注）〔註83〕

　　（三）有純正藝術修養的雜技藝人，在電臺播音因種種關係，
感到不能一顯所長，相率離去，而致相聲、評書、墜子、歌曲佔據
了天下。似感美中不足者，電臺多，節目變更，而演員仍舊是一些
老藝人，東趕西趕，沒有什麼新鮮適合聽眾水準的娛樂節目，只成
為一部分商店的宣傳工具。

　　（四）當我們走進雜耍場，能聽到那些藝員，繪聲繪色。再返
回寓所，仍舊是那些藝員上了電臺而廣播，彷彿不如在園子裏聽著
自然。

　　（五）常識講座……節目太少，時間太短。〔註84〕

　　多家電臺同時播出一類節目或一個演員在多家電臺播唱同一內容的情
形，在40年代中晚期的民營電臺中是較為普遍的。

卷第5期。
〔註81〕冰熙：《寫在取締電臺之前》，《東南日報》1946年12月28日，轉引自《舊中
　　　國的上海廣播事業》，第651頁。
〔註82〕《轉知停止廣播及灌製之淫靡歌曲》，《甘肅省政府公報》，1947年第643期。
〔註83〕原文如此，筆者注。
〔註84〕紀萍：《目前遊藝貧乏狀態下天津各電臺節目分配之困難》，載《中國廣播月
　　　刊》1947年創刊號。

造成這一現象的一個根本原因，在於商業電臺的市場化導向。換句話說，是聽眾的喜好決定了大多數商業電臺的節目安排。據 1947 年天津市的一項收聽調查顯示，相聲是最受歡迎的節目。由於「電臺是完全靠聽眾來把握聽戶，當然要顧到大多數聽戶的需要，所以相聲便成了電臺節目中心一項，小蘑菇趙佩如、郭榮啓、朱相臣、侯寶林、郭啓茹都成了中心人物，第一是他們鬧得火熾，第二是商號都爭相約他們，因爲他們報起廣告來又自如又動人，電臺也不能不承認這種關係，所以相聲便被列入了優等而音樂就無人來注意了。」〔註 85〕同時，由於馬三立的粉絲眾多，聰明的商家也因勢利導，專點在馬三立的節目中做廣告，還不直言廣告內容，只在報上發佈諸如「請注意收聽某時某臺播放的馬三立的相聲」之類，讓聽眾在收聽馬三立相聲的過程中，潛移默化地接受廣告內容。1946 年，《天津晨報》又發起選舉播音大王與播音明星的活動，相聲演員張浩然被評爲播音大王，梁赤俠和天津西河大鼓藝人馬增芬則被選爲播音明星。〔註 86〕

在商業電臺播出的地方戲劇戲曲節目中，一些滑稽、相聲、評書等節目不僅因其鮮明的地域色彩而受到電臺青睞，還因其主持人的鮮明個性而受人矚目。抗戰勝利後，上海滑稽界迎來歷史上的最好時期，大量內地演員集中到上海，一時間人才濟濟，無論是演員陣容還是演唱內容都有很大發展。上海滑稽戲名家筱快樂〔註 87〕就因從 1946 年 10 月 14 日起每天在遠東電臺和勝利電臺播唱「怪現象」而聲譽鵲起。他演唱的「怪現象」全部取材於《申報》、《新聞報》、《大公報》等報刊新聞，但又不時加入即興的評說，因此這種嬉笑怒罵的內容顯然已超出了傳統「滑稽」的範疇，而進入了時評的行列。

在談到創辦這一節目的初衷時，筱快樂坦言：

〔註 85〕 美：《最歡迎與最不歡迎的節目》，《中國廣播月刊》第一卷第 2 期，1947 年 6 月 5 日北平中國廣播月刊社出刊。

〔註 86〕 王木：《選舉播音大王與明星》，天津廣播電視局史志編審辦公室主辦《天津廣播電視史料》1993 年第 3 期。

〔註 87〕 筱快樂（1917～1982）原名朱良，江蘇蘇州人。先拜仲心笑爲師，因仲正與劉快樂搭檔，遂取藝名筱快樂。後感到仲名望不大，便改投劉山門下，又稱張冶兒爲師。1946 年組成筱快樂劇團並自任班主，主要在電臺播音。在電臺播音時，他報廣告，說唱則由時笑芳、小劉春山等擔任。1946 年，筱快樂因在上海一些電臺播唱「社會怪現象」而聲譽鵲起。上海解放前夕，他追隨國民黨市黨部與各劇種一些演員上電臺「慰勞國軍」。解放後曾被上海市軍管會逮捕，1950 年去香港演出，後轉道至臺灣經商。

　　恢復播音生活以來，眼看到社會如此情形，貪官污吏造成民不聊生的局面，四月前，我們改變作風，專唱社會雜聞，勸導奸商貪官。我們始終站在民眾的立場上作正義的呼聲。」「我們才疏學淺，對於社會一切自知沒有深刻的認識，所以我們唱的資料完全拿報紙及一切輿論作根據，我們願意跟在新聞記者及輿論後面搖旗吶喊，新聞記者的文章或許是深刻的。我們的唱詞是通俗的，比較容易深入民間，報上沒有記載的，我們絕對不唱。諸位聽眾，若愛好『怪現象』，請打電話來，我們要比一比，究竟愛護怪現象的電話多，還是自來火洋燭換來的參議員票數多。〔註88〕

　時人評價筱快樂的滑稽，「像文學上的雜感，繪畫上的漫畫，音樂上的歌謠，多少還是一柄利刃。從社會的黴爛層發出的天然沼氣，經他舌頭一點水，炸開來，通過麥克風，傳到小市民的耳鼓裏，多少起了點共鳴」〔註89〕。他曾這樣唱評社會「怪現象」——

　　要曉得，勝利國家大中華，勿應當有怪現象，四萬萬多好百姓，一片期望化汪洋，歡笑變冤命，大家橫一橫，渾水裏摸魚，清竹淘屎坑，笑煞美國人，愛國同胞看得肚皮漲，滿目瘡痍一片黑，弄得不堪設想，希望快點來覺悟，埋頭苦幹學好樣，肅清大奸商，打倒怪現象，中國將來有立場。〔註90〕

滑稽名家筱快樂

〔註88〕 姚芳藻：《筱快樂與陸克明的廣播爭吵》，載《勝利無線電》1946年第6期。
〔註89〕 米葉：《嬉笑怒罵小（原文如此，筆者注）快樂》，《人物》1947年3月15日.
〔註90〕 姚芳藻：《筱快樂與陸克明的廣播爭吵》，載《勝利無線電》1946年第6期。

　　像他這樣直言抨擊社會的黑暗腐敗，自然受到被批評者的忌恨，還差點招致殺身之禍。

　　1947 年春夏之交，上海地區發生嚴重的糧食危機，米價扶搖直上，市民叫苦連天。筱快樂在華興電臺多次指名道姓，痛罵本市糧商萬墨林囤積居奇，是食人而肥的「米蛀蟲」。當時萬墨林開的萬昌米號是上海灘最大的米號之一。筱快樂的這一比喻，契合了上海市民憤懣不平的心理，引發了聽眾的廣泛共鳴，卻惹惱了他所譏諷的上海糧商。萬墨林的朋友們向他警告說，「儂敢再罵墨林哥，阿拉要請儂吃生活」。筱快樂把這一消息在電臺播出後，得到了聽眾的同情和支持。作為報復，萬墨林的朋友們結隊搗毀了電臺和筱快樂居所，還毆打了筱快樂妻子。潘漢年曾撰文評價這一事件說：「『廣播』是一項職業，既為職業，當然藉此有所收入，維持生活，為了廣播滑稽而遭受意外，不僅失業，還要遭受更慘的遭遇，這種風波，照理應該『不難平息』。如我輩一味鼓動筱快樂『滑稽』下去，結果大致是不太滑稽。」〔註91〕

　　筱快樂當時正處在事業的頂峰，連中央廣播事業管理處所屬上海廣播電臺都為其專闢六檔節目，並特意將 22336 號電話無條件贈予快樂劇團。「上海電臺如此犧牲堪稱浩大，而筱快樂劇團則受益匪淺焉。」〔註92〕打人事件一出，輿論大嘩。杜月笙只好命人前往慰問筱快樂一家，負責傷者的醫藥費，全部損失，優予賠償。但事情並未就此完結，淞滬警備司令部還依據筱快樂所廣播的「經營私運，壟斷市場，操縱米價高漲」的罪名，拘押了自動投案的萬墨林。

　　筱快樂在電臺節目中指斥江山，針砭時事，所引發的輿論風潮還不止一端。1948 年，上海物價驟漲，公用事業加價，生活指數調整，私立學校的教職工卻得不到政府的補助。為此，上海市長和教育局長決定向學生徵收部分費用以救助教師。但筱快樂等滑稽演員卻針對這事，「連日在電臺空氣中無的放矢，惡言謾罵，侮辱私校，摧殘教育，牴觸播音法規，莫此為甚。」〔註93〕最後上海電信局致函淞滬警備司令部、中央廣播事業管理處上海分臺

〔註91〕潘漢年：《筱快樂前車之鑒》，1946 年 10 月 29 日《聯合日報晚刊》（署名荊溪）。

〔註92〕《上海電臺犧牲浩大，快樂劇團得益匪淺》，《大省無線電半月刊半月刊》第 2 期。

〔註93〕《上海電信局關於播送滑稽遊唱節目應嚴加管理的公函（1948 年 11 月 29 日）》，《舊中國的上海廣播事業》，第 730 頁。

和上海民營廣播電臺商業同業公會，要求「立即制裁，予以懲辦，以儆不法，」並要求民營電臺商業同業公會所屬各臺今後對滑稽遊唱節目應「隨時嚴加管理，免肇事端」。〔註 94〕廣播的社會影響力和播音員的號召力之大，從筱快樂身上不難窺見一斑。

與此同時，抗戰期間即以講鬼故事聞名的湯筆花，也因繼續在上海各電臺深夜講「活鬼」──也就是社會黑幕而受到聽眾追捧，被認爲是投了聽眾之所好。〔註 95〕湯筆花曾撰文剖白心跡：「其實我何嘗喜歡講鬼，不過借鬼警人，試問張開眼睛瞧瞧，那一件事情給我們瞧得上眼，人間盡多著鬼戲，鬼鬼祟祟，鬼頭鬼腦，帶著人的假面具而演著鬼戲，我希望我不講鬼，更希望活人呢不要做鬼戲，向光明的前途邁進。」〔註 96〕因湯筆花推薦而在電臺節目中走紅的朱瘦竹，也成爲戰後廣播電臺講故事的名家。

話劇演員李昌鑒則憑藉惟妙惟肖的播音技巧而成爲京津滬幾個大城市商業電臺的寵兒。李昌鑒，字寄生，號俠風，江蘇吳縣（現屬蘇州）人，上海之江大學肄業。「五四」運動時期，李昌鑒組織勵志夜校學生會，被選爲會長。1926 年進入商務印書館編輯所，1927 年被選爲上海總工會委員。1932 年後開始從事戲劇工作，先後任華南影片公司編導，《滬光日報》主筆，黃埔、藝華、國華等影片公司編導。1935 年「一二八」紀念日當天，李昌鑒到張元賢主持的元昌電臺播送愛國劇，「以資喚起民眾，有所警惕」〔註 97〕。之後他又深入鑽研「空氣中的獨角戲」──單人話劇，一人分飾數角，因模仿得惟妙惟肖而一炮走紅。他的聲音變化極有功力。劇中人無論男女老幼、貧富貴賤、身份高低，由他播來，均能刻畫出人物性格，而聽者也能從他的聲音中分辨出或張三或李四。基於「廣播事業是發揚教育化的娛樂」〔註 98〕這一理念，李昌鑒注意宣揚對人生有益的文化。他所選的劇本也多屬名篇，如曹禺先生的《雷雨》、《日出》等。「他的節目有時安排在夜間，若值秋冬之際，窗外寒風陣陣，而他的戲情再有淒涼、悲怨或帶點兒恐怖氣氛，令聽者的情緒真個震

〔註 94〕 《上海電信局關於播送滑稽遊唱節目應嚴加管理的公函（1948 年 11 月 29日）》，《舊中國的上海廣播事業》，第 730 頁。
〔註 95〕 湯筆花：《廣播雜談》，《勝利無線電》1946 年第 10 期。
〔註 96〕 湯筆花：《廣播雜談》，《勝利無線電》1946 年第 10 期。
〔註 97〕 默然：《「元昌」、「鶴鳴」的復業經過》，上海張元賢發行《大都會畫報》1947年復刊第一期。
〔註 98〕 李昌鑒：《廣播事業是發揚教育化的娛樂》，載《中國廣播月刊》創刊號（1947年 5 月 5 日出刊）。

顫，甚至聽完節目很難入睡。」〔註99〕

　　「八一三」淞戰後，李昌鑒積極投身慈善事業，曾任難民救濟會兒童教養院殘廢養老堂等董事，每日在上海各電臺爲難民呼捐，引起了日僞當局的注意，強令他爲敵工作。李昌鑒寧死不從，後被迫出走華北，在天津廣播和創編單人話劇，「原爲提倡忠孝節義禮義廉恥，並詳解格言，以醒世勸人行善，籍補助社會教育之不足。」〔註100〕抗戰勝利後，李昌鑒加入國民黨94軍政治部，發起天津市舞業音樂歌劇賑濟義演大會，被選爲主任委員。1946年11月，應北平「中國廣播電臺」邀請，李昌鑒帶著兩個女兒李燕燕（七歲）、李燕飛（十二歲）開始在該臺廣播話劇。當時，李昌鑒的每月薪金是50萬元，每天擔任40分鐘；兩個女兒則是每月薪金70萬元，每天僅播20分鐘。「這二位小神童薪金，在華北高於一切，平津轟動，李昌鑒臨別天津數天，其門徒百餘人及同門友好，無不淚下。」〔註101〕

單人話劇李昌鑑全家合影

　　在廣州，被譽爲「諧劇大王」的鄧寄塵〔註102〕於戰後崛起，先是在新生電臺唱粵曲，後被時代電臺主任看中，引入該臺播出諧劇，一人分飾幾個角色，在同一場合可以扮演七八種不同的聲音，吸引了無數聽眾，最後被引入

〔註99〕王文玉：《津沽舊事：一人一臺戲》，《中老年時報》2011年1月3日。
〔註100〕《單人話劇李昌鑒》，載《中國廣播月刊》創刊號（1947年5月5日出刊）。
〔註101〕張悌：《李昌鑒赴北平廣播單人話劇，七齡童薪金空前記錄》，載《咪咪集》1946年第一卷第一期。
〔註102〕鄧寄塵（1912～1991），廣東南海人。能夠獨立造出八種截然不同的聲音演繹諧趣廣播劇，轟動一時，獲得「諧劇大王」之美譽。1949年，鄧寄塵加盟香港麗的呼聲廣播電臺後，星期一至六中午十二時半主持的「鄧寄塵諧劇」，一講便講了20多年。

香港電臺，成為一代傳奇。而李我〔註103〕在風行電臺首創中午播講的「空中小說」，無論是敘述事實還是分析事件，皆惟妙惟肖，風行一時。他講的故事全部沒有原稿，只有幾十字的大綱，所有故事情節均由本人即興演繹，結局則幾乎都是令人落淚的悲劇。當時廣州地區的一句歇後語「李我講古——包衰收尾」，即因此而生。

與上述叱吒風雲的男播音者相比，女播音員也是戰後上海民營電臺的一支主力。如素有「報告皇后」之稱，在大中國、新聲等多家電臺擔任報告員的朱美玲，還有新運電臺莊元庸、民聲電臺哈蓓蓓、大同電臺閃光波、中國文化電臺張夢琪、建國廣播電臺的劉素珍等。在當時的上海民營電臺中，已有臺聘的專職女報告員，其薪水待遇雖然也分等級，是按學歷而定，可是差數並不是很多，大約與普通的公務員差不多。

整體而言，抗戰結束後，民營電臺的播音員和主持人無論在來源還是素質上都與戰前相差不大，一些電臺在播音員的選擇上仍顯得較為隨意。1945年12月開播的上海建成電臺，其總經理陸錦榮作為資深電臺票友，常常親自主持節目；新滬電臺開播時，陸錦榮又以同行的身份幫忙，接替該臺播音員龔兆熊報告。〔註104〕

而對絕大多數的普通廣播從業者來說，一方面，官辦電臺群起開辦廣告節目，加上非法民營電臺眾多，嚴重擠壓了合法商業電臺的生存空間；另一方面，整個社會經濟和政治環境的日益惡化，也使商業電臺的生存環境日益艱難，多數電臺慘淡經營，普通工作人員的生活困頓。1947年以後，隨著國內物價飛漲，即便是廣播圈內名氣較大的播音人員，也很難純靠播音收入致富。在1947年由李燕飛、李燕燕合播的一個娃娃劇，用故事的形式講述了當時民營電臺播音員的生活：

　　《生活》

　　　娃娃劇合演：李燕飛　李燕燕　李昌鑒編

〔註103〕李我（1922～　）原名李晚景，又名李耀景，李國祥。生於廣州西關，其母葉露雲是第一位在廣東取得執業資格的女中醫。李我少年時曾入私塾和華仁書院讀書，但母親卻在他十幾歲時撒手人寰，使他在小小年紀即自食其力，受盡艱辛。抗戰勝利後，他以「李我」為藝名，表示只有孤身一人之意，在風行電臺開講「空中小說」，受到聽眾歡迎。後在澳門的綠村電臺和香港商業電臺任職，是省港澳三地廣播界的重要人物，醫卜星相，詩詞歌賦，戲曲唱做，編曲填詞無一不精。
〔註104〕予人：《新滬廣播電臺開幕典禮》，《勝利無線電》1946年第5期。

乙：李先生！

甲：吧！不敢當。

乙：您好呀：

甲：哈！近來身體倒還不錯。

乙：能吃飯？

甲：對了！晚上也能睡覺。

乙：近來挺發財吧。

甲：嗨！這年月談不到。對付把肚子混飽了。已經是挺不錯的了！

乙：這話說得太對了。您說這物資價往上一漲。我們窮人實在是活不了了。

甲：別說是窮人。就拿我們做藝的來說吧！物價漲了十倍。可是我們掙得錢反而少了。

乙：吆，這是什麼緣故？

甲：你知道我是靠什麼掙錢？

乙：這還用說嗎？你是在電臺上表演兒童趣劇說幾句笑話。騙得聽眾先生，女士，心裏這末一高興，你的錢就算是賺著了！

甲：這錢是誰給我的吶？

乙：誰請你做廣告，當然誰就得給你錢。

甲：物資高了，我們廣告不做了。

乙：那你可以在家休息了。

甲：可是收入沒有了！

乙：沒有收入就是沒有錢。

甲：您說我們隻身為業的，一天不做，還真一天沒有吃的。

乙：哈哈你也說得太可憐了！

甲：物價是漲了，我們掙錢的機會反而少了！

乙：這是肺腑之言。〔註105〕

_____

〔註105〕載於《中國廣播月刊》創刊號，民國 36 年（1947 年）5 月 5 日出刊。

而對有良知的電臺播音員來說，「最令人感到痛苦的，是常常口裏廣播的稿子，與自己的心發生矛盾，比如說新聞消息，我們明知道稿子上許多是造謠是反人民意志，然的，也得播（原文如此，筆者注），這種行業，在今天，老實說，眞是口是心非。」〔註106〕

（二）宗教電臺

宗教電臺中，以上海的基督教福音電臺和南京的天主教益世電臺最具代表性。二者的共同點是都有濃鬱的宗教色彩。益世電臺每日開播、停播時都要進行「晨禱」、「晚禱」，「聖經宣讀」、「教義講座」，福音電臺則上午有「靈修」，晚間有「基督教義」，禮拜日還有「特別節目」。二者的差異除了體現在教義不同外，還體現在政治色彩的強弱上。

益世電臺始終關心時局，明言支持國民黨政府，在節目設置上也體現出強烈的政治傾向，不僅設有《時事評論》節目，還每日轉播「美國之音」的新聞和評論節目。每當蔣介石政府有重大決策出臺，益世電臺總是明確站在政府一邊。此外還設置經濟、交通等節目，每天有 10 檔新聞類節目（周四和周六各增加一檔），體裁包括消息、時事評論、各地通訊、特寫等，報導的範圍涵蓋了國際、國內、地方、本市。除了綜合性的新聞之外，還按不同題材設置了專門的新聞版塊，包括外交、娛樂、教育、交通、經濟等，可說是除宗教外，還以新聞和輿論立身的廣播電臺。

益世電臺 1947 年初節目表〔註107〕

時　　間	節目內容
9：00	益世歌　益世福音　預告節目
9：10	報告新聞　進行曲
9：30	娛樂消息
9：35	室內音樂　古今名人格言
10：00	金融市值
10：05	平劇
10：30	精神講話（周一至周六）、科學叢談（周日）

〔註106〕呂紫雲：《我們是鸚鵡──電臺廣播員》，《婦女旬刊》，中國婦女學社印，1946年第一卷第 11 期。

〔註107〕選自《外埠各廣播電臺節目表》，載《勝利無線電》第 15 期。

10：35	歌曲 話劇
11：00	預告午晚節目 報時
12：00	預告午晚播音節目 報告新聞 金融市值 氣象市值
12：10	歌曲
12：30	雜曲
13：00	國外論壇介紹
13：05	平劇
13：30	中外名人故事
13：35	西洋舞曲 醫藥常識（周二）～錢舜友醫師
14：00	地方曲
14：30	歌詠
15：00	預告晚間節目 報時 休息
17：00	預告晚間節目 報告新聞 金融市值 平劇
17：30	歌詠
18：00	地方新聞 交通信息

18：10	輕音樂（周一至周六）	兒童遊藝（周日）
18：30	兒童節目（周一至周六）	
18：40	國樂（周一至周六）	

18：45	英語講道（周日）
19：00	家庭講座（周一至周六）家庭信箱（周日）
19：05	舞曲
19：30	平劇 口琴教授（周一至周五） 專門問題講座（周四） 專家講述合作事業講座
20：00	趣味講話（周一至周三） 廣播講話（周二） 特寫（周四）導遊（周五） 各地通訊（周六） 文藝朗誦（周日）
20：05	西樂～管絃樂（周一、周四） 交響樂（周二、周五） 輕音樂（周三、周六） 星期遊藝（周日）
20：30	時事評論
20：35	歌唱
21：00	社會服務時間
21：05	平劇
21：30	轉播「美國之音」華語新聞及時評
22：00	氣象預報 預告次日播音節目 單人話劇或故事——陳萍倩
22：30	電影歌曲
23：30	益世福音 益世歌 報時 休息

　　而此時的福音電臺，是與合眾電臺合用一個頻率播音。直到 1948 年以後才又一次取得獨立周波。該臺明言「不涉政治，專以宣揚福音，救人救國爲職志」〔註 108〕，節目也較爲單純，主要關注於宗教和衛生、婦女、兒童等領域，從不涉經濟領域，更沒有任何低級趣味的娛樂節目和廣告節目。

　　福音電臺一直受到蔣介石、孔祥熙等國民黨要員的禮遇，尤其是作爲基督徒的蔣介石夫婦的青睞。1946 年 7 月，國民政府在取締外商電臺的過程中，曾涉及福音電臺的國籍問題，該臺董事會名譽董事長孔祥熙（時任國民政府行政院長）還特意爲其作國籍證明，助其在當年 9 月 8 日獲准復業。1947 年 12 月 21 日晚 9 時，蔣介石又在福音電臺發表了題爲《效法耶穌精神，奮鬥到底，堅定信心，克服一切艱難》的耶穌聖誕節廣播，指責「政府與軍隊官兵以及公務人員，都被那些破壞統一不顧民族國家獨立自由的民族敗類——漢奸、共匪等，在國內國外用各種卑劣的宣傳方法來公開侮辱我們國家，中傷我們整個民族的人格。」〔註 109〕福音電臺自然是投桃報李，在電臺節目中稱蔣介石夫婦爲模範基督徒（model Christians）。

　　抗戰勝利後，各地還陸續出現了一些新辦的宗教電臺，如 1946 年初由南昌基督教青年會主辦的基督教青年會業餘廣播電臺〔註 110〕等。一些宗教團體也積極參與廣播事業，一定程度上擴展了宗教傳播的範圍。

（三）民營電臺參與社會公共事務

　　抗戰勝利了，各種天災人禍卻不因戰爭的結束而消逝。民營電臺一如既往，積極參與播音募捐和慈善救濟，搭建起民間社會守望相助的一個平臺。

　　1946 年，國民政府擬恢復監獄中罪犯的被服供給制度，但由於物價飛漲，經費困難，不能按規定的標準供給，致使缺衣少被者日增。新聞媒體中時有監獄中凍餓而死的犯人報導，最後不得不提倡自備，以緩解衣被不足。上海監獄只得通過報紙、電臺向社會各界呼籲捐助棉衣褲。以凱旋電臺爲首的上海民營電臺一方面通過廣播大聲呼籲救助，另一方面則身體力行，捐衣捐物。

〔註 108〕抱：《中華福音電臺全國總會　望各大城市成立福音電臺》，《通問報　耶穌教家庭新聞》，1947 年第 18 卷第 10 期。

〔註 109〕《蔣主席聖誕廣播——效法耶穌精神，奮鬥到底，堅定信心，克服一切艱難》，《公報》，第 12 卷，第 1 期，1948 年 1 月出版，第 3 頁。轉引自陳文文，徐翠：《上海福音廣播電臺——中國空中福音的先聲》，《科技信息》，2009 年 25 期。

〔註 110〕《江西省志‧江西省廣播電視志》，方志出版社 1999 年版，第 17 頁。

從 1946 年 11 月至 1948 年 10 月上海各界向部轄上海監獄捐助囚服情況表中可以看出，凱旋電臺和筱快樂劇團都做了很大貢獻：〔註 111〕

時　　間	單位或個人	捐助物品名稱及數量
1947 年 12 月 1 日	上海聯合凱旋電臺	棉衣褲 100 套
1948 年 1 月 20 日	筱快樂劇團義演募捐	棉衣褲 143 套、棉被 110 條
1948 年 3 月 26 日	筱快樂劇團義演募捐	棉衣褲 105 套、棉被 61 條

其它社會團體在發起募捐活動時，也常借民營電臺壯大聲勢。1946 年底，經上海市政會議通過，上海市冬令救濟委員會成立〔註 112〕。之後的兩年間，為籌募冬令救濟捐款，該委員會都在上海的民營電臺廣播勸募，收效甚著。1948 年春，蘇北邳縣發生嚴重災荒，上海佛教界人士聞訊分頭募集賑款，並組織了蘇北邳縣急賑委員會，推選屈映光、黃涵之任正副主任委員，竇存我、胡松年居士和海山、忠實、皖峰等法師為查訪委員，並由查訪委員攜帶募得的賑款，前往邳縣災區，查明災情，將賑款發放給災民。上海市佛教青年會通過廣播發動全體會員踴躍參加賑災活動，捐獻的錢物前往邳縣災區，救濟災民。「本會自去年十月起，為蘇北邳縣災民呼籲募賑，至今年四月十六日止，亦以災情慘重，需款至巨且急，發起聯合滬市各佛教慈善團體，成立邳縣賑災委員會，……復於五月二日，假座民聲電臺，請滬十大法師六大寺院，輪流說法誦經，自上午九時起迄午夜十二時止，全日廣播，各界捐款踴躍，情緒至為熱烈。」〔註 113〕

同年 12 月 19 日、20 日，上海佛教界借公建電臺為四川龍興舍利塔重建募捐，募捐廣播中不僅包括佛教法師、居士的演講，還邀請演藝界演員演播勸募話劇和講因果故事。「上海各佛教團體及諸大法師居士發起募建四川龍興舍利塔勸募廣播。於卅七年（1948 年）十二月十九、二十日假座公建電臺先後由興慈、圓瑛、寬道、道根、續可慧參、慧舟、慧當、清定諸法師暨陳共採、屈映光、李思浩、胡厚甫、鍾慧成等居士演講開示，並由李燕燕、李燕飛播勸募話劇，湯筆花、方正先生講因果故事。」〔註 114〕此次募捐除了收到

〔註 111〕上海市地方志辦公室網站。http://www.shtong.gov.cn/node2/node2245/node73095/node73103/node73144/userobject1ai86219.html。
〔註 112〕衛：《上海：冬令救濟委員會成立》，《經濟周報》1946 年第 3 卷第 19 期。
〔註 113〕《佛教集團播音勸賑》，《弘化月刊》第 84 期，第 13 卷。
〔註 114〕《募建東方第一大塔》，《覺訊月刊》第 25 期，第 14 版。

捐款金約十四萬元外，還有信徒捐助藏經全部及各種經書佛像，也有的捐贈金飾、皮衣、字畫。

　　1949 年 2 月 25 日，上海市教育局爲救濟清寒學生，成立了獎學金空中勸募委員會，由上海電臺、亞美麟記電臺和新新公司的凱旋電臺舉行廣播，全市各公民營廣播電臺一起轉播，這次勸募廣播聲勢浩大，動員了各界人士 2000 多人。〔註 115〕同年春，因戰爭和天災而無家可歸的難童大批湧進上海。爲關懷這些像漫畫家張樂平筆下的孤兒「三毛」一樣的窮苦兒童，募集兒童福利基金，從 4 月 4 日到 9 日，由中國福利基金委出面舉辦了「三毛畫展」和「三毛樂園會」。這次大型活動是中國福利基金會主席宋慶齡通過馮亦代和他的夫人鄭安娜與張樂平聯繫、商談後決定的。爲了配合這一募捐活動，上海廣播電臺商業同業公會作了許多準備工作，事先致電各會員電臺，要求各民營電臺義務宣傳中國福利基金會舉辦三毛樂園會的消息，事先電臺作了大量的義務廣告，畫展當天，上海多家民營廣播電臺現場直播了這場特別節目，並用國語、粵語和滬語播出。有位話劇演員出於對三毛的同情，還義務擔任了會場和電臺的播音員。〔註 116〕

　　類似這樣的活動，既爲民營廣播電臺贏得了聲譽，也爲其爭取了大量聽衆，可說是一舉兩得。

1948 年冬上海市救濟委員會籌募委員會給播音界同仁的表彰信

〔註 115〕《動員二千人，勸募獎學金：廣播節目精彩，成績十分美滿》，《播音天地》
　　　　1949 年第 3 期。
〔註 116〕丁景唐：《張樂平筆下的上海灘眾生相》，《世紀》2005 年第 3 期。

　　趕走了外來的侵略者，本應迎來一個和平建國時期。但在隨後的國共兩黨生死對決中，時代的主題已不再是發展民生，而是「誰主沉浮」。民營電臺在這種政治夾縫中更加舉步維艱。尤其是解放戰爭的最後階段，國民黨軍隊面臨全線潰退，國統區許多城市陸續宣佈進入「戰時」非常狀態，對民營電臺的管制更加嚴厲。1949 年 4 月 4 日，上海市淞滬警備司令部出臺《廣播電臺管製辦法》；4 月 25 日，上海警備司令部通令各民營電臺，稱上海已進入軍事狀態，爲適應戰時體制，限令市內半數電臺停播。經過自行協商後，大美電臺、中華自由電臺、大中華電臺、大陸電臺、東方電臺、華美電臺、合作電臺、九九電臺、合眾電臺和民聲電臺停播，繼續播音的只剩下福音、新滬、亞美、麟記、元昌、鶴鳴等 13 家；26 日，京滬杭警備司令部文教委員會禁止廣播《雷雨》和《日出》等劇。5 月 16 日，淞滬警備司令部命令各臺播音時間自即日起延長至午夜零時 50 分，延長時間內一律轉播重慶國際廣播電臺新聞消息；23 日，淞滬警備司令部徵用亞美、麟記、聯合、凱旋四家電臺爲空軍總部導航。幾天後，上海解放。

　　在政局紛擾的近代中國，誰都無法置身政治之外，民營電臺亦復如是。民營廣播本身即是依附於國民黨政府的一個存在，按照國民黨政府交通部、廣播事業指導委員會頒佈的各項法令，民營電臺的政治立場必須與執政黨和政府保持高度一致，否則就會面臨懲處。因此，民營電臺要想正常營業，就必需向執政者輸誠。而當新生的人民政權掌握這些民營電臺棲身的城市時，作爲「舊」社會、「舊」勢力的一部分，民營電臺受到人民政權的管制和改造也就成爲歷史的必然。

第三節　各大城市解放初期的廣播新政

　　解放戰爭後期，黨領導的人民軍隊陸續解放並接管了一批大中城市。爲迅速肅清國民黨殘餘勢力，保障國家和人民生命財產的安全，中共中央決定「對新收復的人口在五萬以上的城市或工業區，均應實行一個時期的軍事管理制度，指定攻城部隊最高指揮機關軍政負責同志與地方黨政若干負責人，組織該城市的軍事管理委員會」〔註 117〕。作爲特殊時期的一種軍事性、臨時

〔註 117〕《軍隊政治工作歷史資料》（第 13 冊），中國人民解放軍戰士出版社 1982 年版，第 52 頁。

性的政權機關，各地軍管會的主要任務，就是鎮壓一切反革命分子的活動，接受並管理一切公共機關、公共產業等；沒收官僚資本；保障守法的外國僑民生命與財產的安全，保護工農商學界一切正當權利；迅速恢復市政建設等各項事業；對省市機關進行接收、改組，並在條件許可時召集各界人民代表會議；頒佈法令、決定、命令，以維持社會秩序。從上述工作看，軍管會客觀上發揮了人民權力機關的職能。

　　處置和管理這些城市中原有的民營電臺，也是各地軍管會面臨的一項重要任務。

一、處理新解放城市廣播事業的總方針

　　中國共產黨一向重視發展和利用廣播。1940 年 12 月 30 日，延安新華廣播電臺的開播，標誌著黨領導的人民廣播事業的正式建立。1941 年 5 月 15 日，中共中央書記處在關於出版《解放日報》和改進新華社工作的通知中要求，「各地應注意接收延安的廣播」。5 月 25 日，在關於統一各根據地內外宣傳的指示中又強調，「各地應經常接收延安新華社的廣播，沒有收音機的應不惜代價設立之」。6 月 20 日，中共中央宣傳部下發《關於黨的宣傳鼓動工作提綱》，要求「必須善於使用一切宣傳鼓動工具，熟知它們的一切的性能」。《提綱》特別提到，在中國交通工具困難的情形下，發展無線電廣播事業是非常重要的，應當在黨的統一的宣傳政策之下，改進現有通訊社及廣播事業的工作。遺憾的是，由於設備簡陋，機器經常發生故障，使得延安臺播音效果受到很大影響。1943 年春天，因戰爭環境越發艱苦，無線電器材來源不能保證，播出的音質差，收聽效果不好，延安臺暫時終止了語言廣播，直到 1945 年抗戰勝利後才恢復播音。

　　解放戰爭打響後，隨著一批大中城市的相繼解放，中國共產黨領導的人民廣播電臺在張家口、哈爾濱、長春、瀋陽、通化、本溪、鞍山、營口、安東、吉林等新解放城市陸續成立。到新中國成立前，各地成立的人民廣播電臺已達 35 個。

　　1948 年 11 月，中共中央作出《對新解放城市的原廣播電臺及其人員政策的決定》，指出中國人民解放軍軍事管制委員會將全部接收國民黨政府、軍隊及黨部管理的廣播電臺，然後迅速利用其設備，建立人民廣播電臺，並播送入城法令、布告、城市政策等，同時按時轉播陝北臺的節目。對原有廣播電

臺技術方面的從業人員，則根據各人的實際情況，分別作出妥善安排。天津人民廣播電臺、張家口人民廣播電臺、唐山人民廣播電臺、長春人民廣播電臺、齊齊哈爾廣播電臺、濟南人民廣播電臺等一大批新建的人民電臺，都是在接管原國民黨電臺設備基礎上創辦起來的。

《對新解放城市的原廣播電臺及其人員政策的決定》指出，在軍事管制期間，廣播電臺一律歸軍管會統一管理，並需按照相關規定辦理登記手續，經批准後始得廣播。其中，「背景是國民黨、或其某一派系所經營，查明有據，專門進行反共、反蘇、反人民之宣傳者，沒收之。」〔註 118〕純粹係私人營業性質，靠商業廣播及音樂娛樂以維持者，可暫准繼續營業，但需在軍管會管理之下，廣播節目須經軍管會審查，並需轉播新華臺節目，且不得有反對人民解放軍及人民政府之任何宣傳。凡外國資本及外國人經營的廣播電臺，均應停止廣播。私人經營的短波廣播電臺，一律停止廣播。對於原有的廣播從業人員，中共中央分三種情況予以區別對待，總的原則是「舊」的廣播員和編輯人員基本不用。只有「歷史上經調查確無甚問題，而表現比較進步者，可經訓練後個別使用」〔註 119〕。「舊」的技術人員也需分別加以甄別後錄用，「舊」藝術人員，或其它靠廣播電臺售賣節目為生之人物，「如音樂隊員、說書、鼓詞、教英文、俄文講座之廣播講師等，可分別瞭解其情況後，照常錄用或雇請之。舊事務人員，倘其歷史清楚，而對廣播臺之業務有幫助者錄用，其餘遣散。」

最後強調：「新中國之廣播事業，應歸國家經營，禁止私人經營。在確定國營時，對某些私人經營之廣播電臺及其器材，可由國家付給適當之代價購買之。」〔註 120〕這一規定的出臺，意味著允許民營電臺的暫時存在只是權宜之計。它將在人民政權穩固後，按照既定的路線在大陸被取締。

1949 年 1 月 31 日，北平和平解放。當天下午，作為首批進城文職人員的范長江率領全體接管北平新聞機構的人員，隨中國人民解放軍前線司令部的先頭部隊入城。隨即北平市委宣傳部廣播管理委員會負責人徐邁進、軍管代

〔註 118〕《中共中央對新解放城市的原廣播電臺及其人員政策的決定》（1948 年 11 月 20 日），引自中央人民廣播電臺研究室、北京廣播學院新聞系編：《解放區廣播歷史資料選編》（1940～1949），中國廣播電視出版社 1985 年版，第 336 頁。
〔註 119〕《中共中央對新解放城市的原廣播電臺及其人員政策的決定》。
〔註 120〕《解放區廣播歷史資料選編》第 336～337 頁。

表李伍帶著編輯、播音員齊越、楊兆麟等人，接管了國民黨的北平廣播電臺，並立即籌辦北平新華廣播電臺。2月2日上午11時40分，北平新華廣播電臺開播。3月25日，中共中央由西柏坡遷進北平。同一天，新華總社和陝北新華廣播電臺也由平山北上來到北平。從這一天起，陝北臺改名爲北平新華廣播電臺，並開始具有對全國廣播的中央臺的性質，原北平新華廣播電臺則改名爲北平人民廣播電臺（後又改稱爲北平新華臺的第二臺）作爲北平市臺。6月5日，中共中央發出通知，將原新華總社語言廣播部擴充爲中央廣播事業管理處，負責全國廣播事業的管理和領導工作，任處長廖承志，任副處長李強。中央廣播事業管理處與新華總社爲平行組織，同受中共中央宣傳部領導。各中央局所屬廣播電臺，受各該中央局宣傳部與中央廣播事業管理處雙重領導。各地廣播電臺與中央廣播事業管理處的關係，與各地新華總分社、分社與新華總社關係相同。

同年9月，中共中央發出《關於對舊廣播人員政策的補充指示》，修正了以前「舊廣播員一般不用」的規定。「現查舊廣播員，僅作普通技術性的播音工作，政治上反動的不多，而有些在播音技術上則很熟練，我們亦無法大批代替。故舊廣播員經甄別除政治上確屬反動不用外，其餘仍可在我們的負責管理教育下留用，這對我們沒有壞處。」〔註121〕

此時，在新政權已經建立的城市，民營電臺均已被「私營電臺」的概念所置換。對此，1949年6月20日上海市軍管會召集新聞出版界第一次座談會時，文管會副主任范長江曾解釋說：「關於民營這一觀點，在國民黨反動派統治時期，有些私營的文化出版事業單位，是曾經在不同程度上代表人民，應該稱爲『民』營，或屬於『民間』的，但在人民政權下，政權的本身是代表人民的，這裏只有公營和私營之分，不再是『官方』與『民間』的區別。」〔註122〕一字之改，就把本屬於經濟範疇的概念與政治意識形態強行嫁接，把民營電臺歸到了「另類」行列，實質也爲民營廣播的改造敷設了前提和依據。

1949年9月21日至30日，中國人民政治協商會議在北京召開。會議通過的《共同綱領》第49條，寫上了「發展人民的廣播事業」。作爲新中國的

〔註121〕《解放區廣播歷史資料選編》（1940～1949），中國廣播電視出版社1985年版，第342頁。
〔註122〕《文匯報》1949年6月21日。

建國綱領,《共同綱領》用「人民」這一政治概念替代了以前的「國營」、「公營」、「民營」等經濟學領域的概念,喻示了民營廣播即將在中國大陸消亡的必然性。

二、區別對待不同城市的民營電臺

　　1949 年 1 月 15 日,隨著天津城垣被攻克,天津回到了人民解放軍手中。天津市是第一個解放的北方大城市,民營傳媒業極為發達。天津市處理民營電臺的做法,在當時具有一定的示範意義。

　　早在天津解放前夕,天津市軍事管制委員會已在距天津不遠的勝芳鎮成立。人民解放軍進城後,軍管會即通知市內所有民營報紙一律停辦,民營電臺一律停播。對此,中央嚴厲批評了天津軍管會叫停所有民營報紙的做法,肯定了其停播電臺的決定。中央在 1 月 17 日的電報中指出,「廣播事業,原則上應歸國營。目前大城市中私人經營的廣播電臺,雖可允其暫時營業,但必先查明其背景,以免為潛伏的敵人所利用,在調查期間,應停止其營業。天津各私營廣播電臺,聞均有特務機關的背景,望予縝密調查,在獲得確實結果後,再考慮是否准予復業。」〔註 123〕2 月 28 日,中共中央給天津市委下達處理辦法,同意天津市接管原有七所私營電臺中的四所,准許剩餘的三所繼續由私人經營,同時對私營電臺提出明確要求:必須向市人民政府或天津廣播事業管理處登記,並詳細彙報其資本來源、波長、播送節目、工作人員及播音員之籍貫履歷等;經審查批准後,方得營業,且只許用中波廣播;必須向人民政府領取執照,每半年更換一次,即每屆半年繳銷舊執照,領取新執照;必須轉播陝北新華廣播電臺晚間 19 點 30 分至 20 點的新聞節目,並轉播天津新華廣播電臺的本市新聞節目,不得有自行編撰之新聞節目;除播送音樂唱片及聘請藝人演播等外,並可以播送純屬商業性質之廣告,但不得有任何其它性質的廣告(如尋人、函件等);凡市人民政府禁止之音樂或唱片,私營廣播電臺不得播送。在軍管期間,私營廣播電臺之一切播送,軍管會或市政府得派軍事代表到場監督。指示還強調,私營廣播電臺倘利用廣播臺設備做任何市人民政府批准節目範圍以外活動時,當視其情節之輕重處分之。〔註 124〕

〔註 123〕孫旭培:《解放初期對舊新聞事業的接收和改造》,《新聞研究資料》1988 年第 3 期。
〔註 124〕《解放區廣播歷史資料選編》第 340～341 頁。

3 月，天津市軍管會宣佈，三家私營的文化廣播電臺（世界新聞廣播社）、青聯廣播電臺和華聲廣播電臺被軍管會接管：

> 查文化廣播電臺係國民黨中央調查統計局所經營，一貫做反革命的特務活動。青聯廣播電臺係國民黨軍事調查統計局所屬天津區保密組出資經營，雖已停播兩年，但仍爲該局特務活動機關。華聲廣播電臺係軍統局人員經營。除做反革命宣傳外，尚協助偽天津警備司令部政工處作偵查工作，並爲軍統局外圍反動團體忠義普濟社進行反人民活動。〔註125〕

同月，中國廣播電臺被查封。〔註126〕

北平解放前夕，舊廣播電臺的負責人多已逃離。2 月，軍中之聲、七十二電臺、勝利、北辰、華聲等五家電臺被接管，城內只剩私營廣播電臺 4 家。中共北平市委關於如何進行接管北平工作的通告第四項第七款提出，對私營廣播電臺一律實行軍管。但軍管會在北平解放初期按系統接管的任務很重，力量不足，所以對私營廣播電臺除責令其轉播新華廣播電臺的政治新聞外，對其自己編排的娛樂節目並未過多干涉。〔註127〕5 月 5 日，《人民日報》刊登《改造私營廣播電臺》的社評，指出「解放後的北平，某些私營廣播電臺仍然整日播送淫蕩色情歌曲，引起人民的不滿，一致認爲如此惡劣現象在人民城市裏不應允許存在。這種意見，我們完全贊成。」文章強調，「他們要求私營廣播電臺進行必要的改革，靡靡之音應該停止而代之以人民大眾的雄壯聲音，人民的城市只能發出人民的呼聲。」該文還要求加強對私營廣播電臺的監督和領導，「要告訴這些私營廣播電臺應該播送的節目，規定一些廣播內容，幫助他們解決一些困難，教育他們以新民主主義的道理，使他們懂得新舊社會的根本區別，懂得應該發揚什麼，反對什麼，從而進一步改進播送工作。」9 月 27 日，「北平」改稱「北京」。29 日，《北京市軍事管制委員會關於北京市私營廣播電臺管理暫行辦法》出臺。

《辦法》要求，本市私營廣播電臺一律按照上述辦法向軍事管制委員會

〔註125〕《天津接管三家廣播電臺》，《人民日報》1949 年 3 月 27 日版。

〔註126〕1950 年 8 月，天津最後一家民營廣播電臺中行貿易公司附設的中行電臺經產業作價處理，與天津人民廣播電臺合併。天津，這座最早解放的北方大城市，「爲全國觀瞻所繫」，民營廣播的歷史至此終結。

〔註127〕張壽頤：《北平解放初期接管報社和廣播電臺紀實》，《北京黨史》1989 年第 1 期。

申請登記,外國人一律不准設立電臺。《辦法》還規定,私營電臺在申請登記時,應填寫包括電臺負責人、主要工作人員及播音員的姓名、籍貫、住址、履歷及其過去的政治經歷,黨派關係及現在的政治態度,電臺的經濟來源及營業賬目,播音時間及節目等事項;私營電臺只准用中波機,電力不得超過250瓦,播音波長由軍管會規定;不得進行反人民民主事業的宣傳;每天必須轉播北京新華廣播電臺的新聞節目,在軍事管制期間,不得播送自行編寫的新聞節目;私營廣播電臺可在法令限制範圍內播送純商業性廣告;一概不得用外語播送講演及新聞;不得播送軍管會及人民政府已行禁止之含有毒素的音樂、戲劇及歌曲等;各臺的播音節目表須事先呈報軍管會得到批准;其廣播的原稿,須事後送軍管會備案;在軍事管制期間,軍管會「於必須時得派員到私營廣播電臺檢查其有無違法情形」〔註128〕。

1949年4月23日,南京解放。次日清晨,原國民黨中央廣播電臺用「南京廣播電臺」的呼號播出了南京解放的消息。同日中國人民解放軍南京軍事管制委員會成立。此前,益世電臺已匆匆南遷,建業、青年、金陵和首都廣播電臺也已停播。南京解放後,首都電臺與金陵電臺、建業電臺曾申請恢復播音,但未獲南京市軍管會批准。南京市的民營廣播至此劃上了句號。

5月25日,中國人民解放軍攻入上海蘇州河以南地區。此時的國民黨上海電臺,已由進城的解放軍戰士把守值勤。當天,上海電臺和民營的凱旋電臺、中華自由電臺等都報導了「上海解放」的消息。27日,周新武〔註129〕等27名解放軍幹部乘車到大西路7號上海廣播電臺,召集電臺全體人員宣讀上海市軍事管制委員會主任陳毅、副主任粟裕簽署的命令:「上海廣播電臺為國民黨宣傳機關,茲任命周新武為本會接收專員,代表本會前往辦理接管事宜」。當晚,參與接管的播音員夏之平、蘇珮以「上海人民廣播電臺」呼號向全市人民廣播,先由夏之平播出以中國人民解放軍總司令朱德、副總司令彭德懷名義發佈的布告,接著蘇珮播出了上海人民廣播電臺的第一次新聞。〔註130〕

〔註128〕《北京市軍事管制委員會關於北京市私營廣播電臺管理暫行辦法》,載《解放區廣播歷史資料選編》(1940~1949),第345~347頁。

〔註129〕周新武(1916~2000),河南息縣人。北平中國大學肄業。1935年12月加入中國共產主義青年團,1936年5月由團轉入中國共產黨。1948年起從事廣播事業,主持創辦了華東新華廣播電臺並任管理委員會主任。建國後歷任上海市軍事管制委員會新聞出版處處長,華東新聞出版局副局長、局長,華東、上海人民廣播電台臺長,中央廣播事業局副局長,北京廣播學院院長。

〔註130〕參見趙凱主編:《上海廣播電視志》,第137頁。

　　上海是當時國內最大的工商業城市，各項文化事業也高度繁榮。毛澤東曾特別強調指出，「進上海是中國革命過一個難關，它帶有全黨全世界性質。」〔註131〕中共中央對上海的各項接收工作做了充分準備，在上海解放當天就宣佈成立軍事管制委員會，下設文化教育事業管理委員會（以下簡稱「文管會」），負責包括廣播電臺在內的文教單位接收和改造工作，由熟悉上海情況的夏衍、錢俊瑞、范長江、唐守愚、戴伯韜負責。考慮到上海文化教育機構和著名人士多，為了實現順利接管，同時團結好文化界人士，文化教育管理委員會由軍管會主任和市長陳毅親自擔任主任。這在其它城市的接管過程中是沒有的。

　　此時，原來停播的民營電臺紛紛復播，一些新辦的民營電臺也趁機採用獨立周波播出，上海廣播界一時又呈繁榮景象。在此背景下，6 月 13 日，上海市軍管會頒佈《上海市私營廣播電臺暫行管制條例》，要求本市私營廣播電臺凡在條例頒佈之日繼續播音者，皆須於本月 25 日前向文管會新聞出版處做出詳細書面報告，以備參考。報告內容包括電臺名稱、地點、電話號碼；電臺組織情形，現任總負責人姓名、學歷、社會職業、政治背景及參加社會活動情形；創立沿革（包括創辦宗旨、創辦時間、地點、經費來源、曾領何種津貼、創辦後演變情形及原因、創辦以來的重大歷史事件）；創辦人及過去歷屆負責人姓名、學歷、社會職業及政治背景、參加社會活動情形；機器情況：電臺的波長、周率、動力、輸出電力、何處出品、如何得來、使用年代；現在經費來源，每月營業收入及支出狀況；臺內現有人數、姓名、職別、簡歷；每天播音時間、播音節目、播音內容和各種節目在時間上所佔百分比；與國民黨廣播事業管理處及與私營廣播電臺同業公會的關係等。《條例》要求各民營電臺每天廣播的節目及內容必須於次日向上海市軍管會文化教育管理委員會新聞出版處作書面報告，並必須轉播文管會指定節目。「非得本會許可，不得有任何自播之政治性節目，如新聞評論、政治性講演及通訊等。」條例還特別強調，各民營電臺不得有反對人民政府、反對人民解放軍及任何反共、反人民、反對世界民主運動的反宣傳與敗壞風俗之節目；不得與其它電臺進行通話聯絡，亦不得使用短波；凡欲新創設或復業的私營廣播電臺，必先向本會文化教育管理委員會新聞出版處登記並獲得許可後，始得創設或

〔註131〕中國人民解放軍上海警備區中共上海市委黨史資料徵集委員會編：《上海戰役》，學林出版社 1989 年版，第 330 頁。

復業。

上海解放初期，尚存私營廣播電臺 23 座。經軍管會審核登記，除中國文化電臺查明原係國民黨「公營電臺」未予登記，奉令停播外，其餘 22 座准予登記，繼續播音。它們是大美、亞洲、福音、新滬、金都、鶴鳴、中華自由、民聲、亞美、麟記、大中華、大陸、東方、華美、合眾、九九、元昌、建成、新聲、大同、大中國和滬聲電臺。在上海市軍管會看來，上述電臺並非都是純粹的民營性質，而是各自存在不同的問題。在這些電臺中，有的「名義上是私營，實際有國民黨黨政軍憲警和特務機構政治背景的」，如新滬電臺就屬於中統的新滬通訊社，合作電臺則屬於國民政府全國合作社物品供銷處；還有的電臺「名義上是私營，實際卻「與帝國主義勢力有關」，如大美電臺與美國新聞處有關，福音電臺與美國基督教會有關。〔註 132〕

即便如此，上海市軍管會對本市的私營電臺還是採取了較爲溫和的漸進式改造方法。本著「穩打穩紮，寧慢勿亂」的方針，軍管會「用爭取方式減少刺激、穩定情緒，避免不必要的不合作，轉而對人民政權信任，直接間接幫助宣傳。」〔註 133〕

1949 年 6 月 29 日，在南京西路的華美酒樓，文管會新聞出版處舉辦了第一次私營廣播電臺和上海劇藝界負責人茶話會。建成電臺陸錦榮、民聲電臺葛正心、亞美麟記電臺蘇祖國、元昌電臺張元賢等幾家私營電臺的負責人和上海的一些劇藝家、播音員共 50 餘人受邀參加。在會上，范長江和夏衍代表上海軍管會闡明了政府對私營電臺的立場、方針和態度。范長江說，「私營廣播電臺，財產爲私人所有，其性質與私營報紙工廠相同，人民政府本『公私兼顧』的政策，是要予以保護的；但其作用卻與私營工商業不同，它是宣傳鬥爭的最銳利工具，多數國家均爲政府所控制，不准私營，新民主主義的社會裏，因爲它已經存在，是要予以照顧的。解放後人民政府曾公佈私營廣播電臺暫行管理條例，但許多電臺沒有遵守，查其現象，有下列四點」〔註 134〕：一是「亂談政治」。如毛主席傳，像說評書那樣，不夠嚴肅，也不能起教育作

〔註 132〕 馮浩：《偶憶上海私營廣播電臺改造的過程》，《當代中國廣播電視回憶錄》（一），中國廣播電視出版社 1994 年版，第 304 頁。

〔註 133〕 《上海市軍事管制委員會文化教育管理委員會新聞出版處廣播室關於廣播電臺管制工作的報告》（1950 年 3 月 10 日），《舊中國的上海廣播事業》，第 779 頁。

〔註 134〕 《上海文管會招待播音界》，《解放區廣播歷史資料選編》，第 361～363 頁。

用;如解答問題時,對攤販說「你們組織起來開個公司」,簡直是「信口開河」。
總之,這現象是違背了「不得有政治性節目」的規定。二是黃色節目,「宣傳
迷信腐化墮落的」節目。比如白光演唱的《假正經》〔註135〕仍在播送;還有
一些電臺播出算命看相的宣傳,或大講神怪故事,以吸引「落後」的群眾,
都是不對的。三是「廣告誇大不夠真實」,如反動書籍、投機書籍和壞藥品的
廣告不詳予審核,就代廣播,也是錯誤的。范長江強調,在以後的播音中,
私營電臺的工作原則應是採用進步的文藝節目,所需材料可由軍管會文藝處
供給。就消極方面說,舊材料中不為帝國主義、封建主義、官僚資本主義作
宣傳的,也可採用;應多播自然科學和文化教育方面的節目,如講解理化常
識、教讀俄文英文等,都是可以教育廣大群眾的;廣告方面,正當的可以廣
播,凡為帝國主義、國民黨反動派作宣傳的,欺騙的不能採用;凡帝國主義
及國民黨反動派電臺的,不可轉播,北平等處人民電臺的節目,歡迎轉播,
除特定節目外,並不強迫。最後范長江強調,「電臺對廣大人民有教育作用和
宣傳作用,希望大家能注意軍管會的法令,慎重處理節目,共同為建設新上
海、新中國而服務。」〔註136〕夏衍說,人民政府並不想控制私營廣播電臺,
目前的方針只是消極地要求廣播節目「對於人民沒有害,在空氣中多供給無
毒的食糧。由於過去對政治不關心不瞭解造成的錯誤是可以諒解的,今後應
竭力糾正,最好不談政治,並應提高警覺性,知道文化工作者的一言一語可
對廣大人民發生影響,嗣後最好彼此不斷接觸和交換意見,大家能打成一片。」
〔註137〕范長江、夏衍都有在大城市生活和工作的經歷,對上海的情形較為熟
悉,對上海一些私營電臺的「越軌」行為,沒有像北京、天津等地那樣粗暴
地一棍子打死,而是採取了較為溫和的「口頭教育」和訓示。但上述講話對
私營電臺經營者的思想衝擊也是可想而知的。

　　此後這樣的活動每周舉行一次,各私營電臺以頻率為序,輪流擔任召集
人。僅 1949 年就召開了 12 次。

　　第一次邀請出席廣播界座談會的人員是經文管會慎重遴選的。最先受到

〔註135〕《假正經》是由黎錦光作曲、葉逸芳作詞,白光演唱的一首流行於 20 世紀
　　　　40 年代的愛情歌曲。其中因有「假正經,假正經,你的眼睛早已經在溜過來、
　　　　又溜過去,偷偷的看個不停;難為情,難為情,什麼叫做難為情,想愛我要
　　　　愛我,你就痛快的表表明」等挑逗性詞句,受到一些正人君子的批評。
〔註136〕《上海文管會招待播音界》,《解放區廣播歷史資料選編》,第 362 頁。
〔註137〕《上海文管會招待播音界》,《解放區廣播歷史資料選編》,第 362 頁。

邀請的，是對人民政權抱有強烈歸屬願望的積極份子。如建成電臺老闆陸錦榮之所以排在受邀者首位，就是因為軍管會發出《上海市私營廣播電臺暫行管制條例》後，一些電臺經過會商，只提交了簡單的表格，經軍管會指出不足後才又提交補充說明，而建成電臺卻「將與偽兩路黨部之關係經過和盤托出」〔註138〕，贏得了軍管會的信任。至於那些「政治面目不清」，對軍管會不夠坦白者，則「暫時保留不請他們參加，這樣他們感覺到自己坦白的程度不同，享受的政治待遇也就不同，使他們自動地呈報材料。」〔註139〕

在此氛圍下，受到邀請者就意味著政治「過關」，也即被新生的人民政權接納。「各到會的人都踴躍發言，綜合大意為請求人民政府幫助私營電臺發展，對於播音員及廣播的廣告予以檢查，認為合格者發給『派司』，解決和幫助播音員學習、勞資等問題。」〔註140〕一時未被邀請者，則紛紛要求參加。亞洲電臺老闆張壽椿由於電信局檔案上提到他曾得到過蔣介石的獎狀和獎章，所以在初期的座談會中沒有受到邀請。後來張壽椿主動拿出獎狀獎章，向軍管會交代說是在抗戰時期花費鉅資購買了一副鎮海炮臺的軍事地圖，獻給了當地政府獲的獎，目的出於愛國的熱忱，和蔣匪的勾結應有所區別。軍管會瞭解到事情原委後，批准亞洲電臺參加了會議。

最後被邀請參加座談的，是國民黨政府時期最受重視的基督教福音電臺和背景複雜的大美電臺。

鑒於華東地區是中國私營電臺最密集的地區，建國前夕尚有27處（包括上海22處，寧波3處，杭州1處，青島1處），1949年8月10日，中央廣播事業管理處與中宣部聯合發出成立華東廣播事業管理處的指示，意在管理並領導華東各地人民廣播電臺，並負責華東各地私營廣播電臺和收音機的調查、登記、配售等事項。《指示》強調，「為加強上海人民臺之力量，應有計劃地爭取和逐步改造某些私營臺，使之成為人民臺之外圍臺，來有計劃地和最落後的不堪造就的廣播臺做鬥爭，直至其停閉。」〔註141〕

〔註138〕《上海市軍事管制文員會文化教育管理委員會新聞出版處廣播室關於廣播電臺管制工作的報告》（1950年3月10日），《舊中國的上海廣播事業》，第779頁。

〔註139〕《上海市軍事管制文員會文化教育管理委員會新聞出版處廣播室關於廣播電臺管制工作的報告》（1950年3月10日），《舊中國的上海廣播事業》，第780頁。

〔註140〕《上海文管會招待播音界》，《解放區廣播歷史資料選編》，第362～363頁。

〔註141〕《中共中央宣傳部及中央廣播事業管理處關於成立華東廣播事業管理處的指示》（1949年8月10日）《解放區廣播歷史資料選編》（1940～1949），第54頁。

《指示》對私營廣播電臺的管理提出了七項具體規定：

（一）華東各地私營臺由華東廣播事業管理處統一管理，但關於登記及日常管理工作，應由各該城市人民政府或公安局出面執行。

（二）現有私營臺應實行登記。凡屬特務主辦或迄今仍在播送反動言論之廣播電臺，即予封閉之。凡屬私人經營，而迄今言論並無乖謬者，准予登記。原則上，上海私營電臺之處理，應較平津略寬，以適應上海之複雜情況。但應注意以再不增設新私營臺為原則，其辦法是不准再增設新臺（其它各地也如此）。

（三）所有私營臺在登記獲准後，均需領取登記證，該登記證每半年更換一次。

（四）應規定私營臺必須轉播北平新華臺或人民臺一定的節目。其必須轉播之節目由華東管理處另定之。上海私營臺可以有自編的新聞、講座等節目，但應事先（每周）將節目表呈報管理處得到批准。其新聞、講座等稿件應事後送管理處備案。

（五）私營臺一概不得用外國語播送講演及新聞等（教授外國語文的講座除外）。

（六）私營臺波長只准用 900 千周至 1600 千周之間的中波。

（七）上海現存之佛教及基督教私營臺暫時可不加干涉，如該臺前來請求登記，可予准允，但如發現其宣傳反共反人民反蘇等反動言論，則應依法處置之。〔註142〕

依照上述原則，對私營電臺為增加收入擅自更換頻率，不經審批即播音的做法，上海市軍管會在初期都沒有出面干涉。但在逐步走上正軌後，軍管會即要求八月底前恢復到解放前原狀。軍管會還組織全體播音員，學習了《新民主主義論》、《實踐論》、《為人民服務》等毛主席著作。

三、私營電臺的節目變化

在新的人民政權看來，民營電臺播放的大多數節目，包括相聲、評書、舊劇清唱和一些「流行歌曲」，內容不是宣傳封建道德，就是污穢的色情歌曲，

〔註142〕《中共中央宣傳部及中央廣播事業管理處關於成立華東廣播事業管理處的指示》（1949 年 8 月 10 日）。

甚至連「最不正派的色情狂的歌曲小調也搬了出來」，是十分落後和低級趣味的，甚至是十分「下流」的。特別是像北平民聲電臺那樣，天天播送什麼《相見不怕晚》、《等待你回來》、《候郎曲》等「無聊」歌曲，對社會教育的影響很惡劣。而一般私營電臺偏好的「迷信淫亂的舊戲」以及和它相似的東西，如「大鼓、蓮花落、單弦、評書以及流行歌曲等」，裏面「提倡淫亂思想、表揚封建等是很多的。」「尤其是流行歌曲，差不多都是郎呀妹呀的唱個不停，十分難聽」，〔註143〕而很多廣告節目，包括什麼《御製》、《仁丹》之類，也都包含著「毒素」，應該嚴屬禁止。對此《人民日報》曾發表社論，要求各地私營電臺不要再「傳播封建與污穢的東西」，而是應「增加對市民有益的政治文化教育節目。」〔註144〕這些過去私營電臺中常見的節目內容和形式，受到如此嚴屬的點名批評，說明對其整改是遲早的事情。

　　各私營電臺也在努力順應著時代的要求。上海解放後第三天，上海市廣播電臺商業同業公會即發佈通告，「現值解放時期，各會員應迎合大時代，挑選播送有意義之民歌及詞稿，對於黃色毒素靡靡之音勿再播送。」〔註145〕爲此，「大多數電臺一反舊習，歌唱節目多爲《碼頭工人歌》、《揚子江暴風雨》以及《大路歌》等比較進步的歌曲。」〔註146〕但這類歌曲對上海及附近聽眾的吸引力不強，因爲私營電臺的聽眾大都是城市的中小資產階級小市民，「政治水平不高」，聽廣播的趣味也側重在地方戲等遊藝節目，要接受上述充滿階級意識的進步歌曲，還需要一個長期的教育和提高過程。

　　一些私營電臺還組織播出了具有較強政治性和教育性的節目，如農業講座、無線電知識、簿記會計、京劇研究、醫藥衛生、兒童園地、圖文、外語、社會服務（答覆來信、新聞報告、生活常識）、家庭講座（剪裁、烹飪、縫紉）等，但因人員少，編輯水平低，節目機械乏味，聽眾不領情。聽眾少了，電臺的廣告收入自然減少。於是沒過多久，私營電臺又故態復萌，《郎呀郎》的「黃色歌曲」又來了。上海《解放日報》於6月11日刊發讀者來信《不要廣播下流音樂》，要求主管機關予以糾正，並希望各私營電臺加以改變。6月17日，同業公會再次要求各會員電臺「深自檢討，勿再播唱，免遭物議，是爲

〔註143〕戈矛：《廣播電臺應多播新曲》，《人民日報》1949年4月20日。
〔註144〕《北平私營廣播電臺靡靡之音毒害人民》，《人民日報》1949年5月5日。
〔註145〕《舊中國的上海廣播事業》，第764頁。
〔註146〕《不要廣播下流音樂》，《解放日報》1949年6月11日，轉引自《解放區廣播歷史資料選編》，第366頁。

至要。」〔註147〕

　　6 月 29 日，在上海市政府的領導下，以上海人民廣播電臺爲主陣地，大多數私營電臺都積極參與了當天的大型宣傳活動，轉播了北平（北京）新華廣播電臺、中央人民廣播電臺的重要節目，還播出了慰問人民解放軍、勸購公債以及爲反轟炸捐款救濟被炸同胞等節目。在軍管會的統一組織下，各民營電臺都抽調人員，分攤費用，有的甚至從早上一直忙到深夜，播出的節目受到了聽眾熱烈歡迎。7 月 22 日，響應上海市工商界普遍發起慰勞人民解放軍的活動，廣播電臺商業同業公會理事會決議，特擬具慰勞報告詞一份，要求各會員電臺勤予報告，以便讓市民更多地瞭解慰勞的意義。

　　北京的私營電臺也積極響應人民政府的號召，在各項公共事務中盡力。1949 年 9 月 10 日，北京市公安局開始整理本市交通秩序。民生、軍友、華聲、中國等私營電臺爲配合整理交通工作，也於當天起分別在各電臺廣播市府布告、市公安局通告、交通規則和交通常識等。曲藝公會藝人侯一塵等還編製有關整理交通的鼓詞，並分別在電臺及雜耍場演唱。〔註148〕

　　寧波解放後，三家私營電臺順應形勢，在節目設置上也作了一些改進。寧鐘電臺開設了時事講座、經濟商情、教唱歌曲等節目。其中的政治性講座、新聞內容都是採取讀報方式。寧聲電臺節目設置比例調整爲廣告 5%，歌曲10%，戲曲 20%，新聞 20%，地方曲藝 15%，其它 30%。寧波電臺每周六還邀請當地醫生播出醫藥問答節目。

　　在私營電臺的業主中，除極個別外，絕大多數都是向新政權積極靠攏的。他們小心翼翼地跟著時代，節目設置也有相應的改進。但商業電臺以盈利爲旨歸的本質和宗教電臺以宗教傳播爲皈依的特點，卻與人民政權的總體目標相違背，也與「解放區的天」難以兼容。一般來說，私營商業電臺的節目以文藝娛樂爲主，依靠廣告收入維持營業。但私營電臺不同於一般的私營工商業，它是屬於意識形態的範疇，靠節目內容和形式吸引聽眾而盈利。私人資本家開辦的廣播電臺中，不可避免地要宣揚資產階級的世界觀、人生觀和價值觀，而對工農的生活和趣味卻相對隔膜，與共產黨和人民政府提倡的無產階級的新思想和新作風尤其是階級鬥爭等觀念存在較大差距。加之，私營電

〔註147〕《舊中國的上海廣播事業》，第 765 頁。
〔註148〕《整理交通秩序，昨起展開廣泛宣傳》，《人民日報》1949 年 9 月 11 日第 4版。

臺爲了吸引聽眾，舊習難改，仍大量播出虛假廣告和「低級下流」的娛樂節
目，「危害」社會經濟秩序和正常的文化生活。在主政者看來，這些「無影無
形的毒素，在敵僞時代作爲麻醉的工具，在蔣幫盤踞的年頭裏，配合著美國
帝國主義，資本家，色情瘋狂淫蕩地傳播著的黃色歌曲，在我們上海，在我
們祖國遼闊的天空中到處飛揚，這種毒素，最大的媒介物便是廣播電臺，它
曾經滲透到無數小市民，工人，職業青年，甚至知識分子的心理，我們的市
民，工人，職業青年，知識分子本身不是不向上的，可是，這一個恐怖的毒
害，它霸佔了我們的天空。」〔註149〕這種對「舊社會」廣播的嚴重政治定性，
主要指向的就是私營電臺。不僅如此，一些私營電臺的頻率還干擾了人民臺
的正常播音。凡此種種，都表明對私營電臺的改造勢在必行。

〔註149〕宗群：《別放鬆了空氣中的解放工作》，《文匯報》1949 年 6 月 25 日，轉引自
《解放區廣播歷史資料選編》，第 364 頁。

第六章　對私營電臺的社會主義改造

　　1949 年 10 月 1 日，中華人民共和國宣告成立。爲了鞏固新生政權，恢復和發展生產，黨和政府把工作重心從農村轉移到城市，並用短短幾年時間「在全國絕大部分地區基本上完成了對生產資料私有制的社會主義改造」〔註1〕。私營電臺作爲舊時代私有制的產物，也按照黨和政府的既定方針，經過脫胎換骨的改造，全部消融於國有國營的廣播事業體系中。

第一節　新中國的廣播政策和廣播事業建設

　　爲加強廣播事業的領導和管理工作，1949 年 11 月，中央廣播事業管理處升格爲廣播事業局〔註2〕，劃歸中央人民政府政務院文化教育委員會所屬之新聞總署領導。局長李強〔註3〕，副局長梅益〔註4〕和徐邁進〔註5〕。廣播事業

〔註 1〕《中共中央關於建國以來黨的若干歷史問題的決議》。
〔註 2〕作爲政務院新聞總署的直屬機構，建立初期稱「廣播事業局」。1952 年改稱「中央廣播事業局」。1954 年又改稱「廣播事業局」，直到 1967 年。1967 年 12 月起，廣播事業局爲中共中央直屬部門序列，在中央有關文件中開始使用「中央廣播事業局」的名稱，至 1982 年 5 月改組爲廣播電視部爲止。參見國家廣播電影電視總局網站「歷史沿革」部分。
〔註 3〕李強（1905～1996），中國科學院院士，無線電技術專家，曾任中央廣播事業管理處副處長，廣播事業局首任局長。
〔註 4〕梅益（1913～2003）原名陳少卿。廣東潮安人。1935 年在北平參加左翼作家聯盟，1937 年在上海參加中國共產黨。抗日戰爭時期，任中共上海市文委成員、書記，創辦《每日譯報》，並主編《華美周刊》、《求知文叢》和《上海一日》等書刊。1946 年任南京中共代表團發言人、新華社南京分社社長。1949 年春進入北平後，任北平新華廣播電臺（今中央人民廣播電臺）編輯部第一

局的職責是領導全國各地的人民廣播電臺，直接領導中央人民廣播電臺對國內和對國外廣播，指導和管理各地的私營廣播電臺。〔註6〕1950 年 1 月 4 日，廣播事業局發出《關於規定各地人民廣播電臺分區管理辦法的通令》〔註7〕，宣佈除華北五省、北京、天津及唐山等地的人民廣播電臺由廣播事業局直接管理外，各大行政區的人民廣播電臺及私營廣播電臺，均由各該大行政區臺管轄；華東區仍由華東軍政委員會廣播管理處負責。

一、建國初期的廣播政策

　　與報刊要求具有一定的文字閱讀能力不同，廣播是「直接和群眾說話的宣傳工具」。新中國成立之初，黨和政府推出了一系列廣播政策，希望推動這一現代化新式武器的發展，「去執行巨大規模的宣傳教育工作」。〔註8〕

　　1949 年 12 月 5 日，經中共中央批准，北京新華廣播電臺第一臺定名爲中央人民廣播電臺。同日，北京新華廣播電臺第二臺改稱北京市人民廣播電臺。

　　1950 年 2 月 27 日，新聞總署召開京津新聞工作會議，討論了報紙、通訊社和廣播電臺的發展方向與相互關係問題。會議明確了中央臺、大行政區臺、各省臺和市臺的不同分工：「廣播電臺應以發佈新聞、社會教育及文化娛樂爲主，市臺則應著重社會教育。人民廣播電臺對全國及對國際廣播節目，應集中於中央人民廣播電臺；地方人民廣播電臺除聯播中央人民廣播電臺外，並

　　　　部長兼北平人民廣播電臺管理委員會委員。新中國成立後，歷任中央廣播局副局長、局長、顧問等職。著述有《梅益談廣播電視》，翻譯作品有《鋼鐵是怎樣煉成的》、《對馬》等。

〔註 5〕徐邁進（1907～1987），又名徐文元、徐秋蟬、周善、徐建三，江蘇省吳縣人。解放前長期在黨的新聞文化戰線工作，曾任上海《立報》編輯，重慶《新華日報》編輯部副主任、報委兼辦公廳主任，中國青年新聞記者學會常務理事，延安《解放日報》副總編輯，新華通訊社總社社委，中共中央廣播事業管理處管委會委員兼辦公室主任等職。解放後歷任中央人民政府新聞總署辦公廳主任兼廣播事業局副局長、中共中央宣傳部副秘書長兼新聞廣播處處長、政務院文教委員會辦公廳主任、國務院文教委員會黨委副書記、文化部顧問等職。

〔註 6〕1952 年 2 月 12 日，新聞總署撤消，中央廣播事業局改由政務院文化教育委員會領導，宣傳業務歸中共中央宣傳部領導。同年 9 月李強調任其它工作，梅益任局長，徐邁進、溫濟澤任副局長。轉引自左漠野主編《當代中國的廣播電視》（上），中國社會科學出版社 1987 年版，第 34 頁。

〔註 7〕《廣播通報》第 1 卷第 10 期。1950 年 5 月 1 日編印。

〔註 8〕梅益：《各級領導機關應當有效地利用無線電廣播》（1950 年 6 月 8 日），《梅益廣播電視》，中國廣播電視出版社 1987 年版，第 22 頁。

應特別加強地方性節目。」會議還對報紙、通訊社與廣播電臺的相互關係做出指示：「全國性與全世界性的重要新聞，報紙與廣播（電）臺均應以新華社為主要來源。但除公告及主要公告性新聞外，各報社及廣播（電）臺亦應在可能條件下對國內外重要新聞進行自行的採訪工作。新華總社應將重要新聞盡早交中央人民廣播電臺發表。」「任何外國通訊社稿件，均須經過新華社才能發表，各報及廣播電臺均不得自行抄收與採用。」「廣播電臺應採用報紙言論及消息，並應有自己的新聞與評論。」〔註9〕接著，在3月29日至4月16日舉行的全國新聞工作會議上，梅益作了題為《人民廣播事業概況》的報告，總結了人民廣播事業獨有的特點，是「以其廣播為廣大人民服務，在工作中不斷加強他們與聽眾的聯繫，並使它成為新聞的源泉、教育的講壇和文化娛樂的工具。」會議提出，為使人民廣播事業建立在確實的群眾基礎上，發揮應有的宣傳教育作用，應在全國建立廣播收音網。幾天後，新聞總署發佈《關於建立廣播收音網的決定》〔註10〕。這是中華人民共和國成立後第一個由政府公佈的有關無線電廣播的政令。

6月6日，《人民日報》發表題為《各級領導機關應當有效地利用無線電廣播》的社論，指出「無線電廣播是群眾性宣傳教育的最有力的工具之一，特別是在我國目前交通不便、文盲眾多、報紙不足的條件下，如果善於利用無線電廣播，則將發揮極大的作用。」社論要求，各級領導機關應當迅速執行新聞總署不久前發佈的《關於建立廣播收音網的決定》，充分地和多方面地利用廣播來推動和改進工作。9月7日，中共中央宣傳部批轉東北局宣傳部關於加強廣播電臺工作的決定，要求各中央局宣傳部和各省、市委宣傳部討論上述決定，做出改進本地廣播工作的決定。

1951年4月23日，《人民日報》再發社論，要求各級領導機關必須重視和利用廣播。社論提到，「一年來，從中央至各省市級黨委政府與部隊領導機關，為建設人民的廣播事業，曾先後發出了126件決定、指示、通令和通告」。〔註11〕同年9月，新聞總署和中華全國總工會聯合發佈《關於在全國工廠礦山企業中建立廣播收音網的決定》，要求凡是沒有建立有線廣播臺或收音站的

〔註9〕以上均引自《京津新聞工作會議關於（新聞工作）統一與分工的初步意見摘要》，載中央廣播事業局《廣播通報》第1卷第7期第2～3頁。1950年4月2日編印。

〔註10〕《廣播通報》第1卷第10期。1950年5月1日編印。

〔註11〕《必須重視廣播》，《人民日報》1951年4月23日。

工礦企業，都應在行政方面的幫助下和當地人民廣播電臺的協助下，將有線廣播臺或收音站建立起來。從廣播的工具性定位和中國國情出發，黨和政府對於發展廣播收音網的上述決策，極大地促進了廣播收音網的推廣和收聽設備的普及。

1952 年 12 月，全國各大區、省、市、自治區廣播電臺的臺長，五個廣播器材廠的廠長，一部分編輯、記者、工程師、播音員和十七個縣的廣播收音員及中央廣播事業局有關負責同志共 176 人彙聚北京，召開了第一次全國廣播工作會議。會議討論了廣播工作在三年來經濟恢復時期的情況，確定了 1953年的方針和任務，總結了提高廣播宣傳質量的經驗。會議提出，爲了「啓發和培養人民的政治覺悟，提高人民的文化水平以及鼓勵人民的愛國熱情和勞動熱情」〔註 12〕，廣播電臺在日常宣傳工作中應擔負五種任務：宣傳馬克思列寧主義和毛澤東思想；關於解釋共同綱領和政府的各種政策；報導當前政治生活和經濟建設中的重大事件；傳播科學知識和先進經驗；播送優秀的文藝作品。由於這時純私營電臺已不復存在，會議特別強調，廣播電臺，無論是中央的、省的、市的，它的主要對象是基本群眾，首先是工人；但「工商實業界等資產階級分子，也應當成爲我們的宣傳對象。人民廣播電臺應當把教育這些人的工作擔負起來。在城市廣播節目中，必須照顧到後一類聽眾的需要。」〔註 13〕

第一次全國廣播工作會議的召開，成爲全國廣播事業統一建設、按計劃發展的一個里程碑。

二、建國初期國家的廣播事業建設

全國解放初期建立起來的國營廣播事業體系，一部分來源於革命戰爭年代延安革命根據地和各解放區共產黨領導下的廣播事業，一部分來源於國統區遺留下來的官辦電臺，其房產、設備和人員技術力量，成爲人民廣播事業的一個有機構成部分。建國初期，各地軍管會繼續對新解放地區的原國民黨官辦電臺進行接收。1949 年 10 月 14 日廣州解放，16 日廣州市軍管會派軍代表接管了國民黨廣州廣播電臺；11 月 15 日貴陽解放，17 日貴陽市軍管會派軍

〔註 12〕《全國廣播工作會議文件選編》，第 20～21 頁。
〔註 13〕中央廣播事業局辦公室 1982 年 3 月編內部資料，《全國廣播工作會議文件選編》，第 18 頁。

代表接管了國民黨貴陽廣播電臺；11 月 29 日重慶解放，重慶市軍管會派軍代表接管了國民黨的「國際廣播電臺」，並籌備創建西南人民廣播電臺和重慶廣播電臺；1950 年 2 月，中央廣播局派往雲南的代表抵達昆明，與軍管會和地下黨同志在雲南黨委統一領導下，接管了國民黨昆明廣播電臺，建立了昆明人民廣播電臺。至 1950 年初，隨著人民解放戰爭的最後勝利，全國已有 49 座人民廣播電臺，使用 89 部長、中、短波廣播發射機向國內外播音。

　　沿著「人民政府規定的道路」，〔註14〕建國初期，黨和政府下大力氣發展廣播收音網，提高國營廣播的覆蓋範圍，並增加民間收音機的供給。「廣播事業經費占中央和地方文教經費很大的一部分。在短短一年中，廣播收音網已普及全國二十八個省、八個行署、一個自治區和一千八百零六個縣和盟旗。擁有二千一百五十五處收音站和一萬一千一百九十四個收音員。在各大城市，又有收聽小組一萬二千八百五十九個和收音員二千六百多人，此外，在各工廠、礦山、鐵道系統以及學校文化館等，還設置能自行播音的有線廣播臺約一千座。」〔註 15〕在各級收音站和廣播站工作人員（主要是收音員）的幫助下，很多農村群眾也都聽到了人民電臺的廣播，從中受到政治教育，提高了文化水平。這在過去是不可能做到的。

　　第一次全國廣播工作會議還制定了廣播事業建設的第一個五年計劃，即「先中央後地方」、「集中力量建設中央臺」，同時要「鞏固廣播站和收音站」。貫徹這一方針，各級政府和廣播工作者積極努力，除重點建設中央人民廣播電臺外，還在全國各地普遍設立收音網，大力發展農村有線廣播站。「截至 1952 年 10 月，全國共建成人民廣播電臺 71 座，比 1949 年 10 月增加了 26 座，廣播機數增加 67 部；輸出電力為 1949 年 10 月的 382%。」增長最快的是廣播收聽工具，在新聞總署的統一部署下，「各地已先後建立了 20519 個收音站和 4664 個廣播站，共有專職和兼職的工作人員 42622 人。廣播第一次走進了農村。」「廣播收音網的廣泛展開和組織收聽工作的普遍推行，使人民廣播事業具有了確實的群眾基礎。」〔註 16〕各地廣播收音員背著收音機下鄉幫助農民聽廣播，使得我們的農村中有了最現代化的文化生活，農民們真正有了『千

〔註14〕　《中央人民政府政務院文化教育委員會副主任馬敘倫在第一次全國廣播工作
　　　　　會議上的講話》，《全國廣播工作會議文件選編》，第 3 頁。
〔註15〕　《必須重視廣播》，《人民日報》1951 年 4 月 23 日。
〔註16〕　中央廣播事業局辦公室 1982 年 3 月編內部資料：《全國廣播工作會議文件選
　　　　　編》，第 5 頁。

里眼』、『順風耳』，多少年的幻想開始實現了。」〔註17〕廣播事業建設成為這一階段國家文教事業各部門中基本建設投資比重最高、發展速度最快的一個部門。〔註18〕按照計劃，到 1957 年，「無論是在青藏高原或是在柴達木盆地，都能及時地聽到毛主席和其它國家領導人員親切的聲音」。〔註19〕

根據上述要求，中央人民廣播電臺很快創辦起一批聽眾歡迎的節目，如《首都報紙摘要》（1950 年 4 月開辦）、《社會科學講座》（1950 年 4 月開辦）、《全國各地人民廣播電臺聯播》（1951 年 5 月開辦）等。1950 年 4 月，廣播事業局發出《關於各人民臺聯播中央人民廣播電臺節目的規定》，要求各地人民廣播電臺必須聯播 7 點（或 7 點 45 分）和 21 點的兩次新聞及 21 點 15 分的評論，初步奠定了中央人民廣播電臺在全國廣播網中的核心地位。

這一時期，各地人民廣播電臺也適當推出了一些廣告節目，以適應社會的需求。1949 年，天津人民廣播電臺設立廣告臺。「增設廣告臺的目的，基本上是為了發展與繁榮工商業，加強城鄉物資交流，增加收入，減少國家開支。」〔註20〕到 1951 年，天津臺在經濟上全部自給。1951 年 3 月，廣州人民廣播電臺成立工商臺，目的是「宣傳財經政策，解釋工商法令」，並將財經廣播節目全部移到工商臺廣播，作為華南和廣州市財經部門與工商界聯繫的橋梁（辦了一年多後停辦）。〔註21〕

1951 年 9 月 15 日至 17 日，根據廣播事業局的指示，華北五省二市廣播電臺所屬的廣告臺趁華北城鄉物資交流展覽會開幕之際，在天津人民廣播電臺召開華北五省二市廣播廣告工作會議。會議檢查了兩年來的廣播廣告情況，對非政治性的單純贏利思想作了批判，確定廣告臺的經營方針是：第一，必須把國家經濟政策、工商業發展情況和群眾需要密切結合起來；第二，為保持廣告播音的嚴肅性，要建立嚴格的監聽制度；第三，加強對播音藝人的領導，定期向他們進行教育；第四，保持文藝節目的完整性，儘量避免在文

〔註17〕《中央人民政府政務院文化教育委員會副主任馬敘倫在第一次全國廣播工作會議上的講話》。
〔註18〕《當代中國的廣播電視》編輯部選編：《中國廣播電視大事記》，第 103 頁。
〔註19〕《光輝燦爛的文化事業》，大公報編輯部編輯《第一個五年計劃講話》，通俗讀物出版社 1955 年版，第 254～255 頁。
〔註20〕魯荻：《關於華北五省二市廣播廣告工作會議的報告》，《廣播通報》1951 年第 3 卷第 4 期
〔註21〕《中國廣播電視大事記》，第 41 頁。

藝節目中插播廣告。〔註22〕1951 年 12 月 1 日，北京人民廣播電臺第二、三、四臺（廣告臺）改革報告廣告工作，取消了私人演員、劇社「包時間」、「包節目」，爲私營工商業作廣告宣傳的辦法，取締了廣告工作中一部分「把頭式」和「拉纖式」的惡劣做法，保留了正當廣告社的合法利潤，所有廣告統由電臺管理。這一改革，增加了國家收入，提高了廣告臺的文藝節目質量。〔註23〕1952 年 5 月，中央機關生產處理委員會還批准各地人民廣播電臺附設的修理服務部門以企業化方式經營。〔註24〕

上述電臺的廣告活動和企業化經營策略，既爲電臺增加了收入，也減輕了國家的財政負擔。但此後隨著社會主義三大改造的完成和公有制經濟的全面推行，廣播廣告很快便銷聲匿跡。

第二節　私營廣播的社會主義改造

建國初期，黨對私營資本採取的是「利用、限制、改造」的方針，即在過渡時期利用它有利於國計民生的一面，以後通過政策限制再逐步改變其所有制性質。私營廣播的社會主義改造，也是按照國家預設的既定軌道逐步推進的。

一、對私營電臺的系統改造

新中國成立初期，執政者的觀念深受蘇聯影響，在城市治理和經濟建設方面也多「以俄爲師」，認爲私營經濟是與社會主義經濟直接對立的，並認爲資本家對利潤的追求就是更大範圍地剝削工人，自由競爭更多地被從破壞秩序的角度來加以解讀。1950 年，政務院公佈的《私營企業條例》將私營企業規定爲：「私人投資經營從事營利的各種經濟事業」。而政府對於所有的私營工商業又統一實行了利用、限制和改造的政。私營電臺的活動雖屬私營經濟的一個組成部分，但又與純粹盈利的工商業經濟不同，其內容又屬於國家高度重視的意識形態範疇，因此早在建國前即作爲消滅對象提上了黨和政府的議事日程。而在具體的執行環節看，無論從節目內容還是經營方式、經營理念看，私營電臺都屬新政權重點監管和改造的對象。

〔註22〕《中國廣播電視大事記》，第 44 頁。
〔註23〕《中國廣播電視大事記》，第 46 頁。
〔註24〕《中國廣播電視大事記》，第 50 頁。

在節目內容方面，私營電臺哪怕「散佈一點點毒素，對於人民便是很大的損害。在國民黨統治時候的電臺曾用低級趣味，色情文藝來引誘聽眾，用麻醉人民的方法來賺人民的錢，藉以達到盈利目的，實際上是為統治階級服務，作了統治人民麻醉毒害人民意識的一個喇叭筒。」〔註25〕而在新的社會、新的制度下，這類內容是絕對不允許的，必須通過漸進的改造，使之適應新時代的要求。

與對私營報紙的政策稍有不同，建國初期，各地私營電臺的節目均需事先報呈軍管會審批。此前，私營電臺在節目時間的安排上是較為自由的，除了必須轉播國民黨中央電臺的新聞宣傳節目外，各電臺可以根據廣告情況，自行調控其它節目的播出時間。新中國成立後，出於塑造新社會意識形態的需要，「使每個電臺有其特性，以進行相當的分工，使私營電臺聽眾從若干節目（包括教育性節目及娛樂節目中）能得到教育，這就需要把節目內容逐步提高。所以，使節目漸趨固定是個重要的步驟。然而如何使私營電臺的節目漸趨固定則是件很須花一番氣力的事情。」〔註26〕為此，軍管會「除隨時收聽、研究、指導提高外，盡可能使他們節目穩定下來，一方面防止有毒素的、欺騙的、迷信的節目的散佈，一方面促使他們每家辦好一二個文化教育節目或社會教育節目。同時，通過座談會等各種形式來提高他們的政治認識，幫助其瞭解時事中的重大事件的意義和宣傳方針。」〔註27〕一旦私營電臺所播節目被認為是封建、迷信的，或者是含有「毒素」的，將面臨很大的社會壓力。1950 年 3 月 26 日，《人民日報》刊發讀者來信，批評北京華聲廣播電臺播放的「斷後」一劇是封建迷信：

> 在這戲裏，當瞎了的李后遇到了包公，說出自己是『當今皇上』的生身親母的時候，包公不信，於是就說：『我不免把她扶在上座，受我一拜。她若受得起老夫一拜，就真是當今國母；他若受不住老夫一拜，就是假冒。』（大意）這樣，他拜了下去，而李后受住了，

〔註25〕《改造私營廣播電臺》，《人民日報》短論，1949 年 5 月 5 日。

〔註26〕《上海市軍事管制委員會文化教育管理委員會新聞出版處廣播室關於廣播電臺管制工作的報告》（1950 年 3 月 10 日），《舊中國上海的廣播事業》第 804 頁。

〔註27〕《上海市軍事管制委員會文化教育管理委員會新聞出版處廣播室關於廣播電臺管制工作的報告》（1950 年 3 月 10 日），《舊中國上海的廣播事業》第 806 頁。

沒有死。於是包公才實心實意地信了她……這簡直是既封建又迷信的作品的典型。但藝人們卻照樣唱著，電臺也照樣放送著。這是一個值得注意的問題。因此，我希望文藝工作者能加強與舊藝人的合作，幫助他們提高覺悟，把作品中的毒素加以肅清。例如藝人曹寶祿在演唱快書『蜈蚣嶺』的時候，便自動地摒除了其中有毒的部分，使之成爲健康的東西。這是很值得藝人們學習的。同時，我更希望這家電臺今後認眞檢查自己的廣播節目，以免給聽眾以惡劣的影響。〔註28〕

華聲電臺立即登報導歉，並表示「陸先生所指本月我臺放過兩次《斷後》內容含有封建迷信成分的意見，完全正確。我臺疏忽了對節目內容的認眞檢查，以致給予聽眾惡劣印象。我們今後應加強與演員同志間的聯繫，努力改善節目內容。同時希望群眾給我們更多的批評和幫助。」〔註29〕

黨和政府還給私營電臺布置了一些硬性的宣傳任務——抗美援朝開始後，上海市創新宣傳方式，用人民電臺與全市私營廣播臺聯播的方式，舉行空中控訴晚會——「在這種控訴會上廣播的節目，先經過組織安排，由家庭婦女、工人、工商界、戲曲藝人等等控訴各人親身經歷的美帝國主義者和日本法西斯的暴行，由抗日戰士報告抗戰時期在共產黨領導下依靠人民戰勝日寇的經驗，每一個控訴和報告時間不長，中間又插入聽眾平素最歡迎的文藝戲曲界著名藝術家的以抗美援朝、反對美國武裝日本爲主題的歌詠、朗誦、地方戲、評彈、開篇等等文娛節目，這樣就使廣播晚會豐富生動，而不感到枯燥。上海人民電臺和各私營電臺在 3 月 1 日和 2 日連續舉行了兩天反對美國武裝日本的聯播，在上海和鄰近各縣的無線電聽眾之間引起了極爲深刻的影響，廣播時各電臺電話不斷，聽眾紛紛打電話來向控訴者慰問，向抗日戰士致敬，自動捐款慰勞中朝戰士，事後還接到遠自蘇北、皖南、福建各地聽眾來信，報告收聽當時的激動。」〔註30〕1951 年國際勞動節期間，華東與上海各人民團體及華東人民廣播電臺，於 4 月 25、26、27 日三個晚上舉行了「華東人民慶祝『五一』勞動節廣播大會」。全華東 15 家人民廣播電臺及 22 家私

〔註28〕陸希治：《私營廣播電臺應認眞檢查自己的節目》，《人民日報》1950 年 3 月 21 日第 6 版。

〔註29〕《華聲廣播電臺接受聽眾批評》，《人民日報》1950 年 3 月 26 日第 6 版。

〔註30〕秋原：《上海進行抗美援朝宣傳的幾種新方式》，《人民日報》1951 年 3 月 15 日第 3 版。

營電臺同時轉播。據不完全統計，3 天內華東各城市及農村中有組織地收聽大會實況的聽眾，共有六百萬人以上。

　　建國初期尚存的私營電臺中，除上海福音電臺外，基本都以營利為生。為了切實掌握私營電臺的營利情況，建國初期，各地人民政府都要求私營電臺翔實呈報營業狀況。在私營電臺集中的上海，還成立了印刷工會廣播業基層小組聯合會，其下設的「生產工資工作委員會」對各電臺的營業總收入、員工薪金、每天工作時間等都要進行詳細的數據統計並上報。

　　改造私營電臺，重要的是改造私營電臺的人，使他們認識到自身與時代的差距，從而自覺與黨和政府保持一致。建國初期，在私營電臺集中的上海，對廣播從業者的思想改造，首先就是從組織開會和辦學習班入手的。

　　上海地區具有悠久的商業傳統，私營電臺最多，其從業人員多為遵紀守法的愛國公民。但由於長期處在國統區，受國民黨宣傳的影響較深，這些私營電臺從業者對共產黨和解放區缺乏足夠瞭解，與新政權之間也缺乏充分的信任。於是，在每周一次的上海廣播界座談會上，軍管會代表注意做好私營電臺方面的統戰工作，積極宣傳黨的政策，交流情況，力爭提高他們的覺悟。這種定期召開的座談會形式，起到了「組織起來」的關鍵作用。

　　從 1951 年開始，上海市又定期組織私營電臺的播音員集中學習。在私營電臺中，播音員大多實行編播合一，播音員自己編輯製作並主持節目，少數電臺還有一二個編輯人員。為了幫助私營電臺播音員建立新的世界觀，端正工作態度，上海人民廣播電臺副臺長苗力沈和上海市的各級領導經常為私營電臺的播音員上課，既講廣播業務，又組織各臺的播音員編寫新聞插播稿。每逢上海人民廣播電臺有重大廣播活動時，還組織私營電臺播音員協助接聽聽眾電話。通過言傳身教，私營電臺的播音員對黨的播音事業從過去完全陌生到逐漸有所瞭解。

　　1952 年 1 月 5 日，政協一屆全國委員會第 34 次會議作出了《關於開展各界人士思想改造的學習運動的決定》，號召各民主黨派、各人民團體以及工商界和宗教界人士參加思想改造學習運動。通過聽報告、學文件、總結思想、開展批評與自我批評，各界逐漸分清了「革命」與「反革命」的界限，端正了立場，確立了為人民服務的觀點，世界觀有了逐步改變。

　　26 日，中共中央下發毛澤東起草的《關於首先在大中城市開展「五反」運動的指示》，要求向違法的資產階級開展大規模的堅決徹底的反對行賄、反

對偷稅漏稅、反對盜騙國家財產、反對偷工減料和反對盜竊經濟情報的鬥爭。2 月上旬，「五反」運動陸續在各大城市展開，並很快掀起了高潮。各地大張旗鼓地開展宣傳，揭露不法資本家的「五毒」行為，並對私營工商業戶分類排隊，確定重點。各級政府還抽調國家幹部和工人、店員中的積極分子，組成了「五反」工作隊，進駐私營廠店，依靠工人，團結職員，爭取和團結守法的資本家及其家庭，組成以工人階級以為主體，包括守法資本家在內的「五反」統一戰線，向不法資本家開展面對面的說理鬥爭。在黨的有關政策的震懾和教育下，在聲勢浩大的群眾攻勢下，大多數不法資本家坦白交待了自己的「五毒」行為。運動「打擊了不法資本家的違法行為，有力地配合了『三反』運動，但由於運動來勢兇猛，一些城市一度出現打擊面過寬的現象，不同程度地傷害了一部分守法經營的工商業者。從 2 月份開始，一些私營企業處於停業或半停業狀態，許多工人失業或半失業，市場冷清，稅收減少，經濟恢復和市民生活受到影響。」〔註31〕

　　私營電臺自然也屬於「五反」的對象。一些私營電臺的播音員積極分子被發動起來，參與了「五反」工作隊。不久又在私營電臺建立了工會和團支部，在組織上確保私營電臺的廣播內容置於中國共產黨和人民政府的監督之下。而在公私合營聯合臺成立前，上海的私營電臺播音員又和其它職工一起，集中在新聞出版印刷工會學習一個多月，懂得了人民政府對廣播工作者的基本要求。

二、民營廣播在中國大陸的消失

　　舊的時代解體了，新的社會規則正在建立。從舊社會一路走來的民營廣播，雖然一直在努力改造和爭取政治進步，卻似乎仍跟不上時代的步伐。

　　一些私營電臺因其主辦者的「匪特」身份被撤出而為當地軍管會果斷取締。1949 年 10 月 25 日，北京市軍管會一舉查封了中國、民生、軍友三家「匪特」廣播電臺，理由是上述電臺「均為國民黨反動派特務分子所主辦，在北京解放以前，即從事反革命的罪惡宣傳，證據確鑿；在北京解放以後，它們仍假私營廣播電臺之名，暗地進行反革命活動，並不斷傳播具有封建買辦毒素的靡靡之音，繼續麻醉廣大人民；以虛偽誇張的廉價廣告，騙取缺乏常識

〔註31〕當代中國研究所著：《中華人民共和國史稿》，（第一卷 1949～1956），人民出版社、當代中國出版社 2012 年版，第 112 頁。

的顧客。」〔註 32〕次日《人民日報》發表社評，旗幟鮮明地支持上述取締行
為，認為「從此北京市和附近地區的人民再不會受到反動廣播的欺騙和毒害
了。」當時上述三家電臺共有員工 37 人，已證實係特務份子且情節較重的，
由公安局逮捕審訊者 6 人；有政治嫌疑且須繼續審查、先予洗刷者有 6 人；
股東兼職員發還原有股後自行轉業者 2 人；無政治問題的播音員、技術人員
及工友 17 人，由北京新華廣播電臺留用。此外，有事務人員 6 人無法安插，
發遣散費勸其轉業。三個廣播電臺的設備器材及傢具，還有民生電臺之臺址
房產，均由北京新華廣播電合接收。曾為商業廣播繁華之都的北京，至此只
剩下了華聲廣播電臺一家。由於該臺確係私人集資經營，又未發現與反動組
織有關，因此，北京市軍管會做出了暫准其營業並「緩行」處理的決定。

一些私營電臺解放後申請復業，但未獲當地軍管會批准。如杭州的大華
廣播電臺，解放後向杭州市軍管會申請復業，未獲批准。〔註 33〕杭州、蘇州
的民營廣播歷史到此結束。

據 1950 年 4 月廣播事業局公佈的一份統計數據顯示，當時全國尚有私營
廣播電臺 33 座，分佈在六個大中城市。分別是：上海 22 座，北京 1 座，天
津 1 座，寧波 2 座，廣州 3 座，重慶 3 座。

1950 年 4 月全國各地現有民營廣播電臺調查表（原載《廣播通報》第 1
卷第 8 期）

地 址	臺 名	周 率	波 長	電 力	臺長姓名
北京	華聲	1080KC	477.8	200 瓦	張芷江
天津	中行	1020	294.1	450	淩廷璋
上海	大中華	960	312.5	約 500	潘克夷
	大陸	960	312.5	約 500	趙樂事
	亞美	990	303.03	約 500	蘇祖國
	麟記	990	303.03	約 500	劉鳳麟
	東方	1050	285.7	約 500	陳靭春
	華美	1050	285.7	約 500	李佩衍

〔註 32〕《取締反動廣播電臺，加強人民廣播事業》，《人民日報》1949 年 10 月 26 日。
〔註 33〕浙江省新聞志編纂委員會編：《浙江省新聞志》，浙江人民出版社 2007 年版，
第 343 頁。

上海	元昌	1080	277.7	約 450	張元賢
	滬聲	1080	277.7	500	李介夫
	九九	1140	263.2	200	朱智民
	合眾	1140	263.2	500	王丹青
	金都	1220	245.9	400 足	王福慶
	鶴鳴	1220	245.9	400 足	王叔寶
	民聲	1250	240	500 足	葛正心
	中華自由	1250	240	約 500	陳信厚
	建成	1310	229	500	陸錦榮
	新聲	1310	229	500	史美申
	大中國	1370	218.9	500	陳亦
	大同	1370	218.9	500	劉寶椿
	亞洲	1400	214.3	500	張壽椿
	大美	1400	214.3	約 500	李戴華
	福音	1430	209.8	500	王完白
	大滬	1430	209.8	500	張一蘋
寧波	寧鐘	1010	297	200	張寧鐘
	寧波	1200	250	25	王之祥
青島	山東無線電業行	1420	216	300	袁有為
廣州	時代	1000	300	500	岳中權
	新生	1072	229.8	400	王梓材
	勝利	1243	241	200	劉貽康
重慶	谷聲	1340	223	100	
	陪都	950	316	300	
	萬國				

　　上述六大城市中，上海的私營電臺最多，占到了全國私營電臺總數的三分之二，其社會主義改造的過程也最複雜，最具有典型性。

　　建國初期，爲了減少對人民廣播電臺的干擾，同時新辦的上海人民廣播電臺需要預先留出波段以供擴展之用，而華東區的主要電臺及中央人民廣播電臺也需要留出相應的周率，因此，上海市軍管會決定合併私營電臺頻率，並由夏衍親自向業主們做了說明。按照主管機關規定，1949 年 12 月底以後，

兩個私營電臺合用一個頻率，並根據中共中央指示，把頻率安排在 900 千赫之後。其先後次序按照各私營電臺的表現而排定。

對此，上海私營電臺紛紛表示擁護，並從 1949 年 12 月起便依照新周率播音。但在軍管會看來，這種態度「當然也有其自私的作用：第一，新周率的規定，無形間是政府承認了私營電臺的合法存在，他們當然要抓住這個機會；第二，反正遲早要把周率改動的，不如趁早落個人情；第三，他們趁早實行了，使本來獨用 KC 的也不能再提異議，KC 無形間便減少了他們在商業上的競爭對象，對他們也是有利的。」〔註34〕

限制頻率的結果，是私營電臺的播音時間大大縮短。1949 年，上海市的私營電臺有 14 套節目，每天播音 206 小時 49 分鐘；1950 年，私營電臺只有 11 套節目，每天播音 162 小時 20 分鐘。1950 年 1 月，上海私營廣播電臺成立同業公會，蘇祖國任副主任委員。該會由上海市民營無線電播音業同業公會和廣播電臺聯合會合併後產生。其主要業務對同業營業進行指導、研究、調查、統計，興辦同業教育及其它慈善公益事項，調解同業勞資間糾紛，制訂行業規範。2 月 6 日，上海電力公司被炸，上海人民廣播電臺和其它私營電臺立即動員起來，組織了「上海市廣播界緊急救濟美蔣轟炸受難同胞勸募委員會」，並於 2 月 16 日（陰曆除夕）舉辦了一次捐款廣播。

1951 年，上海新聞出版處規定各私營電臺必須有一定比例的教育節目。一些電臺就自辦了以讀報為主的時事學習節目和青少年節目，並播送蘇聯小說、抗美援朝中的戰地通訊、詩歌朗誦等。同時，由於中央電臺和上海電臺的政治性特別節目和廣播大會較多，私營電臺需同時轉播，這樣勢必影響私營電臺的節目安排，並直接衝擊了私營臺的廣告時間。「1951 年 3 月，經上海廣播界座談會協商，取消了私營電臺的商業性特別節目，並對私營臺的『電費』收入做了限制。」〔註35〕同年，因違反軍事管制條例和人民政府法令，亞洲、新聲、福音、大同、大中國和鶴鳴 6 家私營電臺被責令停播。停播的理由各有相同。福音電臺是由於「賬目不清」，且進行反動政治內容的宗教宣傳。實質該臺的美國教會背景，在當時被看作「帝國主義勢力」在華代言人。

〔註34〕《上海市軍事管制委員會文化教育管理委員會新聞出版處廣播室關於廣播電臺管制工作的報告》（1950 年 3 月 10 日），《舊中國的上海廣播事業》，第 783 頁。

〔註35〕袁軍：《解放初期廣播廣告概況》，《新聞研究資料》1991 年第 3 期。

而福音電臺臺長、曾任民營電臺播音業同業公會會長，長期致力於社會救濟和福利事業的王完白，此時也因其複雜的西方背景而受到黨和新政府的不信任。過去以福音電臺爲首進行的社會救助事業也受到新政權的否定：

> 在蔣匪統治上海的日子裏，我們也曾經得到一些所謂『救濟物資』，但這些物資的主要作用，除了美帝用來企圖麻醉中國人民，欺騙中國人民，以便掩蓋它對中國領土主權的侵略事實之外，還會有什麼呢？誠如伍修權代表所說：『美國統治集團在中國辦了許多文化、宗教和人道事業』，也的確有過不少善良的美國人民聽信過他們的欺騙宣傳，參加了這些事業。但創辦這些事業的實際目的和客觀效果從總的方面來說卻是麻痺中國人民，使他們不要反抗美國的侵略。〔註36〕

鶴鳴電臺卻是由於群眾告密，說該臺未經申報軍管會同意而擅自出讓股權。新聞出版處調查屬實後，對電臺予以停播處置。雖然電臺負責人王叔賢、鮑家方幾次書面解釋原因，乃不暸解政策，且只是手續上有錯誤，請求減輕處分，但華東軍管會新聞出版處仍舊以口頭通知的形式，維持原決定。〔註37〕禁止大中國電臺播音的理由是該臺輸入電力超規，且「負責人缺乏經營之信心」。實質卻是由於該臺經理被定性爲「一貫保留帝國主義反動派的思想」，且對政府的公債運動採取「消極抵抗態度」〔註38〕，表面是經濟問題，實質卻是「政治」上不過關。

之後，剩餘的16家私營電臺，開始使用8個頻率播音。

軍管會還嚴打廣告經理商（上海電臺間的術語，所謂「黃牛」），也就是尋找客戶去買廣播時間，再去接洽播音的、曲藝的中間人，意在「消滅中間剝削分子」，並認爲播音員也是帶有黃牛性質的。如此一來，作爲私營電臺主要收入來源的商業特別節目和銷售廣播時段都被取消，私營電臺已幾近無利可圖。

〔註36〕《上海市救濟福利界抗美援朝保家衛國示威大會宣言》（1950年12月22日），選自黃堅志編輯：《人民公文》，彙文堂書局1951年8月版，第238頁。

〔註37〕《新管（51字）第1127號》，上檔，全宗號B35，目錄號2，卷宗號88，頁2。轉引自杜英：《上海廣播電臺業的接管與改造》，《二十一世紀雙月刊》，2009年10月號，總第115期。

〔註38〕杜英：《上海廣播電臺業的接管與改造》，《二十一世紀雙月刊》，2009年10月號，總第115期。

早在新中國成立初期，新滬電臺和合作電臺就主動向軍管會提出了改組要求。新滬電臺由原中統特務淩曙東創辦，其官僚資本部分作爲公股改造爲公私合營大滬電臺。國民黨社會部「全國合作社物品供銷處上海分處」創辦的合作電臺也被改爲公私合營滬聲電臺。之後，兩臺合併一起，改組爲公私合營大滬、滬聲廣播電臺，由非中共人士張一蘋、張祥、陳耀堂爲公方代表，分任正副經理，李介夫任臺長。原滬聲電臺私股股東、廣告商胡克敏作爲私方代表任副經理。

「五反」運動開始後，私營電臺只有一小部分職工參加工作，其餘大部分職工參加由新聞工會領導的集中學習，營業普遍不振，入不敷出，勞資雙方矛盾不斷。一些電臺老闆還成了「鎮反」對象，或因未能對解放前的行爲「坦白悔罪」而受到懲處。例如建成電臺老闆就因被檢舉解放前是「地皮流氓」，解放後「私生活十分糜爛」而受到新聞出版處懲罰，建成電臺也被責令停止播音。

1952 年 7 月 5 日，中華自由廣播電臺申請歇業。其申請函中所反映的問題，在當時的上海私營電臺中具有相當的普遍性：

> 五反運動勝利結束，工商界清洗五毒，提高思想，努力增產，加工訂貨，無論工廠商店多已獲得照顧，正常發展；而電臺則毫無起色。足證各業均已實事求是，降低生產成本，減除中間剝削，節約消費者負擔，已不仗廣告者吹噓，此實一進步現象。故私營電臺，在今日已甚少生產價值。況我臺自五反開始，迄今營業空空，每月賠累，但職工薪金仍勉予全數照發，以致負責人等負債，已超過電臺資本半數。〔註39〕

從 1952 年 9 月 1 日起，上海全市私營電臺臨時用 4 個頻率播音，每天播出時間合計 50 小時 15 分，約爲 1949 年私營臺全天播音時間的四分之一，播音內容主要是廣播曲藝節目和廣告，但在經濟上已難以維持。爲此，各臺主動要求公私合營。人民政府同意了這一申請。同年 10 月 1 日，包括原已公私合營的大滬、滬聲電臺在內，全上海 16 家私營電臺合組的上海聯合廣播電臺成立。蘇祖國任董事、監察人。李之華任秘書兼編輯組長。受軍管會文管會新聞出版處廣播室委託，上海電臺參加了聯合臺的組織工作。

〔註39〕杜英：《上海廣播電臺業的接管與改造》，《二十一世紀雙月刊》，2009 年 10 月號，總第 115 期。

至此，上海市的私營廣播電臺走入歷史。

上海聯合廣播電臺接受上海人民廣播電臺的指導，節目由上海人民電臺統一安排。其三個頻率仍以戲曲爲主，有京劇教唱、北方曲藝、紹興大班、江淮戲、甬劇、常錫戲、評彈、滬劇、滑稽等等，主要任務是提供大量「正當的」、爲一般聽眾所喜聞樂見的文娛節目，所有新的、進步的曲藝節目固然要大力推行倡導，而對「舊」的只要其內容不涉及神怪迷信誨淫誨盜，只要與革命無大害，也仍允許其自由播唱。同時，電臺還安排了部分教育類節目，如「普通話學習」、「偉大祖國」、「科技講話」、「政治常識」、「郵政常識」、「電信常識」、「醫學衛生常識」等。聯合臺的廣告由總務處經辦。此時的上海，軍管會主持下的報紙幾乎一率不登廣告，人民電臺也不播廣告，公私合營聯合臺就成了唯一一家播放廣告的單位。此時，聯合電臺扭轉了過去商業電臺那種一味注重盈利的做法，在保證完成宣傳任務的前提下，主要播放的是一些有利國計民生的廣告。該臺在經濟上仍入不敷出，需要上海軍管會文委撥款貼補，才能勉力維持。

由於原私營電臺的業主多爲無線電工商企業者，認爲長期參加聯合臺的工作難以全力經營企業，勢必影響收入。爲了集中力量辦好企業，1953 年 9月，上海聯合臺私方代表提出，要轉讓聯合臺中的包括廣播器材設備等的所有私股財產，申請人民政府收購。經上海市人民政府審查予以批准，由上海人民廣播電臺出資 9 億人民幣（舊幣）予以收購。

1953 年 6 月 27 日公私合營上海聯合廣播電臺股份有限公司成立後，下設總管理處、編輯組、工務組，辦公地址逐步集中在上海人民電臺。對原在私營電臺的職工，則採取「包下來」的政策，對編播、技術人員等知識分子，根據各人特長，分配到上海人民電臺各組工作，充實了廣播宣傳隊伍，有的成了業務骨幹。聯合臺成立半年後，又對職工實行定級定薪。在私營臺工會幹部和團員的帶動下，大家一致擁護。於是，聯合臺職工和人民電臺職工一樣，全部實行定級定薪，沒有保留工資，經濟困難者由工會定期補助。過去聞名滬上的電臺播音員，如李介夫、萬仰祖等，很多都進了人民電臺，繼續爲人民服務──1949 年 5 月 27 日，經李之華介紹，李介夫參加了軍管會接管國民黨上海廣播電臺總務工作，任上海人民廣播電臺總務科副科長。1950 年7 月，李介夫又調到上海新聞出版處廣播管理科工作，同時兼任公私合營滬聲廣播電臺經理，並協助接管外籍華美電臺，負責總務管理工作。1952 年起在

上海人民廣播電臺行政科、總務科工作，直至逝世。萬仰祖 1952 年進入上海人民廣播電臺，先後主持滬語的《對農村廣播・阿富根談生產》、《空中書場》等節目，因語調樸素、態度親切自然，受到聽眾的追捧。上海郊縣廣播站的許多播音員都是他的學生。

　　1956 年 6 月，上海聯合廣播電臺停止播音。

萬仰祖在電臺主持節目

　　在北京，華聲廣播電臺於 1949 年 12 月被軍管會派出的代表周遊〔註40〕實行軍管監督。隨著首都工商業的穩定和發展，起初，華聲電臺的營業狀況良好，月有盈餘，在協助人民政府宣傳法令、教育群眾方面也起了一定作用。1951 年，華聲電臺經理張芷江致函北京市人民政府新聞出版處，提出了公私合營的要求。1952 年 6 月，隨著「三反」、「五反」運動的開展，張芷江再次致信北京市政府新聞出版處處長周遊，對自己過去重圖謀私利、輕視廣播業務的重大政治意義的做法表示深刻反省，並向北京市人民政府申請將電臺收歸國有，以便「在政府直接領導下發揮人民廣播事業應有的作用」〔註41〕。30 日，北京市政府代表周遊和私方代表張芷江簽訂了北京市人民政府收購北

〔註40〕周遊（1915～1995），湖南長沙人，燕京大學新聞系肄業，《北京日報》創始人之一，也是首都黨的新聞事業奠基人。1949 年 1 月北平和平解放之初，周遊任北平市軍事管制委員會新聞出版部新聞處處長。隨後北平市人民政府成立，周遊任當時及此後的北京市人民政府新聞出版處第一任處長。
〔註41〕方竟成：《吳晗與中國書店創立及北京華聲電臺收購》，《古今談》2009 年第 2期。

京華聲廣播電臺財產的協議書。雙方協議自 1952 年 7 月 1 日起由政府單獨經營，保留或更改名稱由政府自行決定。全臺 9 名職工，兩名由私方自行處理，其餘 7 人由政府考核後量才調配。對該臺財產，政府先付人民幣 3000 萬元，按清冊清點後再按正式作價補齊餘款。至此，北京結束了私人經營廣播事業的歷史。〔註 42〕曾任臺長張芷江，則在後來的運動中跳樓自殺。〔註 43〕而天津中行廣播電臺因抵債需要，於 1950 年 8 月把電臺所有設備作價處理，出售給了天津人民廣播電臺。

廣州解放後，1949 年 10 月 25 日，廣州市軍事管制委員會公佈了《私營廣播電臺暫行管理條例》，要求凡在軍管會審查期間「欲創設或復業的私營廣播電臺，必須事前向本會文教部新聞出版處申請登記，獲得許可後，始得創設或復業，」〔註 44〕並須轉播廣州人民廣播電臺全部節目，「在全部轉播時間外，准予播送廣告，以維持收入。」但由於此時「各行商業冷落，商人之彷徨恐懼」〔註 45〕，私營電臺的廣告業務急劇下降，有的不得不宣佈倒閉。而官僚資本及反革命分子所經營的廣播電臺均先後被軍管會接管或代管。唯有時代廣播電臺是私營的商業性質廣播電臺，因此，在解放後的一年多里，雖未准予登記，但仍准其繼續播音，由市政府新聞出版處領導、管理。到 1951 年 11 月，該臺由政府收購，由廣州人民廣播電臺接辦。

重慶的私營電臺改造工作也在 1952 年宣告結束。1950 年 7 月 12 日，重慶市軍管會頒佈《關於重慶市私營廣播電臺管理暫行辦法》。接著，根據業主申請，谷聲電臺於同年 12 月撤銷，所有無線電機件、器材及播音設備由西南人民廣播電臺作價收購，對部分員工量才錄用；同月，陪都廣播電臺撤銷，所有無線電設備由西南人民廣播電臺處置。1952 年 9 月 15 日，重慶最後一家私營電臺萬國廣播電臺撤銷，其設備由西南人民廣播電臺作價收受。〔註 46〕

〔註 42〕 張壽頤：《北平解放初期接管報社和廣播電臺紀實》，《北京黨史通訊》1989 年第 1 期。

〔註 43〕 孫孚淩：《我在北京工作和生活的 60 年》，《北京黨史》2009 年第 4 期。

〔註 44〕 《廣州市軍事管制委員會公佈私營廣播電臺暫行管理條例》（1949 年 10 月 25 日），《解放區廣播歷史資料選編》（1940～1949），第 348～349 頁。

〔註 45〕 《廣州新聞廣播電臺商業廣告陞降情形》，《廣州新聞電台臺情一覽》，廣東省檔案館，總宗號：61，目錄號：1，總卷號：7.轉引自中山大學招宗勁（2005）碩士學位論文：《民國時期廣播事業的發展——以滬、穗兩地爲中心（1923～1949）》。

〔註 46〕 參見四川省地方志編纂委員會編，《四川省志·廣播電視志》，四川科學技術

　　私營廣播事業消失最晚的城市是浙江寧波。1951 年，寧聲廣播電臺自行停辦。寧鐘廣播電臺在寧波解放初期由於經濟日趨恢復，廣告開始增多，播音時間又逐漸延長。1952 年 2 月，寧波的「五反」運動在全市推開。同年 9 月 15 日，寧鐘電臺由人民解放軍寧波軍事管制委員會予以接管。1953 年，寧波廣播電臺的生意越來越清淡，約一年多以後自行停播解散，機器設備折價轉讓給國家。

　　上述 6 座城市 33 家私營電臺的相繼停辦，意味著中國大陸民營廣播的終結。「對私營臺的社會主義改造早於對一般資本主義工商業的改造，這是由於廣播電臺本身性質決定的，也是爲了適應黨和人民政府的宣傳需要。中國大陸私營臺改造的完成，使所有廣播電臺實現了由國家經營，這在中國廣播史上是一件具有歷史意義的事件。」〔註 47〕

　　　出版社 1996 年版，第 28～29 頁。
〔註 47〕趙玉明主編：《中國廣播電視通史》，中國傳媒大學出版社 2006 年版，第 210 頁。

結　語

　　與一般民營企業不同，電臺廣播是以聲音爲介質的大眾交流活動，它向聽眾「兜售」的是時間和無形的精神產品，與有形的物質產品交換有著本質區別。既然是精神產品，其對人的思想和社會生活的影響就主要是精神而非物質層面的。從這一角度說，民營電臺 30 年生存與發展的曲折歷程，對中國聽眾乃至對城市大眾文化的影響還是顯而易見的。民營電臺在參與現代城市文化建構的過程中，始終發揮了馬前卒的作用。

　　首先，正是由於趨利動機和生存的壓力，商業電臺一般都具有較強的創新觀念和受眾意識，所播節目更易於被聽眾接受。民國時期，各大城市中，聽眾最喜歡的電臺無一不是商業電臺。1946 年上海的一個小範圍聽眾調查顯示，聽眾最喜歡的電臺是大美電臺，其次才是上海電臺。〔註1〕無論是黨營廣播還是政府經營的廣播，都受到政治權力的多方干涉，「規定動作」太多而個性不太顯明，尤其是擔負重要教化責任的中國官辦廣播，更是乏善可陳。唯有民營電臺，雖然也承擔教化和轉播中央電臺新聞演講節目的職責，但因爲目的較爲單純，而出現民間票選「播音皇帝」、「播音皇后」的職業操作，玻璃電臺、流行歌曲、滑稽戲等風靡一時的廣播節目，也無一不是首先由民營電臺發起，之後在全國廣泛傳播。只有這種活潑而相對獨立的電臺機制才能產生如許眾多的鮮活節目。這或許正如新聞史中最具個性和價值的報紙均爲民營一樣。

〔註 1〕　《聽眾信箱：最愛聽電臺》，《大美電臺周報.創刊號》（1946 年版）。

其次，民營電臺對現代流行音樂的推廣功不可沒。以白話運動的先驅黎錦輝先生創作、其女兒黎明暉演唱的《毛毛雨》為標誌，現代流行歌曲正式面世。研究者們已經普遍注意到，流行歌曲之所以在此時風靡全國，一個主要的傳播載體就是民營商業電臺。〔註 2〕因為無論是從時間點還是地域分佈看，中國現代流行音樂的發展都與民營電臺的興衰軌跡高度吻合。尤其是各電臺日夜不停的播放，不僅降低了流行音樂的傳播成本，也使反覆播放和聽眾點播成為顯示受眾口味和時代風向的標誌。

而類型化電臺的出現和發展，也是民營電臺的努力使然。商業電臺、宗教電臺和文化教育類電臺的並置發展，既增加了聽眾的選項，也豐富了普通人的精神文化生活。換句話說，如果僅容許官辦電臺一種形式的存在，上述類型化電臺和節目的出現恐怕還需要很長一段的時間。

民營廣播是在現代城市的土壤中興起的。從民營電臺集結於上海、天津、北京等幾個工商業發達的城市這一分佈規律，便不難總結出其與城市現代化程度和商業化水平的緊密關聯。

眾所週知，廣播電臺的節目傳播和接收需要持續不斷的電力供應。僅此一點，就把舊中國絕大多數沒有通電的鄉村地區隔絕在外了。不僅如此，直到 1953 年民營廣播事業徹底消失前，收音機都屬於奢侈品，主要為城市有錢人家擁有。在市場經濟發達的上海尚且無法普及，在邊緣省區就更屬稀罕之物。僅以貴州為例。1946 年上半年，全貴州省只有 305 架收音機，其中包括中央廣播電臺管理處 1943～1945 年間陸續配發的 71 架公用收音機。1948 年，收音機數量增至 1000 架。這一數目還高出青海、寧夏的十倍。〔註 3〕皮之不存，毛將焉附？受眾群集中，廣播的市場有限，依靠受眾和市場才能生存的民營廣播生態之脆弱也就可想而知了。

民營電臺的經營主體是城市中的工商業階層、宗教團體和文化事業機關，其中的主力商業電臺作為民族工商業的一個分支，甚至更直接說是民族工商業的衍生品，附屬物，其生存支點是廣告。雖然說很多商業電臺創辦之

〔註 2〕參見王麗慧：《民國時期流行歌曲背後的媒體力量──電臺》，《北方音樂》2010年第 6 期；周康：《上海早期流行歌曲成因研究──以黎派音樂為代表》，華東師範大學 2011 碩士學位論文；周慧喆：《20 世紀二十至四十年代「時代曲」的產生與傳播》，（西安音樂學院 2012 碩士學位論文），等等。

〔註 3〕貴州省地方志編纂委員會編：《貴州省志‧廣播電視志》，貴州人民出版社 1999年版，第 56 頁。

初是為本公司產品提供免費廣告平臺，一旦付諸正常營運，那麼為其它公司所做的有償廣告就成為電臺的主要經濟來源。因此，一個城市民營廣播業的興旺與否，可以說是衡量當地工商業發達程度的一個重要指標。而當民族工商業遭遇挫折時，最直接打擊的就是電臺和其它媒體的商業廣播。

而在民營廣播30多年的曲折進程中，政府針對這一新興事物頒佈的相關法規多如牛毛，顯示出國家層面對民營電臺制度化和規範化的迫切要求。作為一種現代科技的最新成果，民營廣播業在中國首先由外國人於上海租界實踐運營，本質上是外商借助不平等條約和特權而強行植入的一種媒介體制模式。它未經中國政府授權，天生地帶有「原罪」。在政府立法確定民營廣播的合法身份後，一些電臺仍遊走於「合法」與「非法」的邊緣，與政府的各項禁令相周旋。其結果不僅沒有使政府對民營電臺規管思路和手段得到改進，反而授人以柄，民營電臺的制度環境愈發惡劣，生存愈益艱難。

與西方歐美法系國家注重對私權的保護不同，南京國民政府在立法確定民營廣播電臺的權責範圍時，不僅要求其承擔政府的宣教職能，每晚黃金時間轉播國民黨中央電臺節目，還對民營電臺的功率進行限制，對其播音內容實行嚴格審查，實際把民營電臺置於一個有責無權的危險境地，從而與「有權無責」的英美媒體形成鮮明對照。當戰爭和災禍降臨時，民營電臺無不積極擔當大任，甘願冒著經濟損失參與社會救助，彰顯媒體作為社會公器的力量。但總體上看，如同民營企業一樣，作為一個責任和義務主體而不是權利主體，民營電臺始終與如同待宰的羔羊，沒有與政權博弈的足夠資本。民營電臺缺少法律的切實保障，就只能委身政治。可惜城門失火，殃及池魚。頻繁的內外戰爭和政權更迭，最直接損害的就是集民間資本與民間輿論為一體的民營媒體了。

當然，往更深層面說，即使那些發展極好的民營報刊，與政治權力之間的關係也是晦澀莫名，即使被最高當權者奉為「座上賓」的張繼鸞及其新記《大公報》，某種程度上仍仰賴權力的賞賜，而不肯屈服權力的《申報》老闆史量才卻遇刺身亡。中國民營報業的發展，無疑也是一曲時代的悲歌，是相對弱勢的民間社會與集專制獨裁與一身的國民黨政府之間博弈失敗的典型樣本。

中華人民共和國成立後，私營傳媒完成改造是在國民經濟恢復階段，這也是新政權的一個既定目標。「這是因為大眾傳媒和物質產品生產機構不同，

提供的是精神產品，不同所有制的傳媒具有不同的意識形態屬性。私營傳媒是具有意識形態屬性的私營資本企業，而且具有同步參與現實的新聞傳播特徵，其改造提前完成與這一屬性和特徵密切相關。」〔註4〕「作爲階級鬥爭的工具，新聞傳媒要代表本階級的利益，而私營傳媒不能代表無產階級利益，反映的只是民族資產階級或小資產階級的意識形態，所以提前完成改造勢不可免。」〔註5〕既然與社會主義經濟體的總體規劃相悖逆，加上民營電臺普遍面臨經濟困境，活動空間日趨逼仄，其最終消失也是勢所必然。

〔註4〕李斯頤：《也談建國初期私營傳媒消亡的原因》，《當代中國研究》2009年第3期。

〔註5〕李斯頤：《也談建國初期私營傳媒消亡的原因》，《當代中國研究》2009年第3期。

附　錄

附一：交通部公佈指導全國廣播電臺播送節目辦法
（1936 年 10 月 28 日）

一、編排節目

（一）各廣播電臺應將播音節目種類及播送時間、預編節目時間表遵照交通部之規定，送請中央執行委員會廣播事業指導委員會審查後，核准施行。嗣後如需更改亦經報准實行。

（二）各廣播電臺逐日播送每種節目之標題（如演講某事，奏唱某書、某曲）及擔任人員姓名，應先編排節目內容預報表送呈中央執行委員會廣播事業指導委員會審閱，如有更改之必要者，得通知改正之。

（三）各廣播電臺預定節目如不得已臨時變更、增加或停缺，應不逾每日節目五分之一限度。

（四）各廣播電臺播音時間內，應照交通部之規定轉播中央廣播電臺播音，其暫無轉播設備者，得報明停播。

（五）凡遇中央廣播電臺有特別重要節目、經中央執行委員會廣播事業指導委員會認為有轉播之必要時，得隨時通知辦理之，但至多每日一節目為限。

二、節目內容

（一）播音節目之成分：關於宣傳、教育演講方面，公營廣播電臺應占

多數，民營廣播電臺亦不得少於百分之四十；其娛樂節目至多不得超過百分之六十，廣告節目應包括在娛樂節目內，不得超過娛樂節目三分之一。

（二）各廣播電臺除娛樂節目外，對於宣傳、教育、演講節目應以國語播送爲原則，暫時兼用當地方言者，應另加教授國語節目。

（三）各廣播電臺不得播送有干禁例或偏激之言論、誨淫誨盜、迷信荒誕之故事及歌曲唱詞。

三、播送時間

（一）各廣播電臺播送節目之時間應以規定各區標準時間爲標準，此項標準時間應與中央廣播電臺每日播音校對之。

（二）在同一市縣以內已有一百瓦特廣播電臺五座以上者，該地未滿一百瓦特之廣播電臺，其播送節目之時間應有限制，由交通部隨時規定，飭知不得逾越。

四、附則

（一）各廣播電臺不遵守本辦法者，由交通部按其情節輕重警告或取締之。

（二）本辦法自公佈之日施行。

（《中華民國法律法規彙編‧交通》第 4195 頁）

附二：中央廣播事業指導委員會制訂暫定民營電臺播音節目時間標準表及說明

起	止	節目內容（1937 年 4 月 10 日起）	節目性質
6：00	6：10	國樂、軍樂、西樂（除跳舞音樂）或雄壯之歌曲	娛樂
6：10	6：40	外國文教授（英、法、日、德、俄……一二種）或其它常識教育節目（有連續性）	教育
6：40	7：00	國樂或軍樂（內容與 6：00～6：10 一節相仿）	娛樂
6：30	6：50	早操（轉播中央臺或自備早操唱片）	教育
6：50	7：20	國樂、軍樂、西樂（除跳舞音樂）或雄壯之歌曲	娛樂
7：00	7：20	早操（轉播中央臺或自備早操唱片）	教育
7：20	7：30	體育知識或其它衛生、品德修養知識	教育

7：30	8：10	說書、彈詞、話劇或音樂〈國樂、軍樂、西樂（除跳舞音樂）或雄壯之歌曲〉	娛樂
8：10	8：40	國語教授或其它適合後期小學或初中程度之教育節目（有連續性）	教育
8：40	9：20	說書、彈詞、話劇或音樂（內容與 7：30～8：10 一節相仿）	娛樂
9：20	9：50	外國文教授（英、法、日、德、俄……一二種）或其它常識教育節目（有連續性）	教育
9：50	10：00	國樂、軍樂、西樂（除跳舞音樂）或雄壯之歌曲	娛樂
10：00	11：00	休息	--
11：00	11：40	各類娛樂節目〈大鼓、彈詞、說書、各種小曲、灘簧、宣卷、文書、南詞、各地戲曲（如粵、閩、秦、蜀、滇、豫、湘、鄂、越等）滑稽、相聲、平劇、崑曲、話劇、歌曲、各種音樂、西樂（跳舞音樂在內）〉一種或數種	娛樂
11：40	12：00	新聞或教育節目（各種知識，不必有連續性）	教育
12：00	12：40	各類娛樂節目一二種（內容與 11：00～11：40 相仿）	娛樂
12：40	13：00	防衛知識或其它國防知識	教育
13：00	13：40	各類娛樂節目一二種（內容與 11：00～11：40 相仿）	娛樂
13：40	14：00	教育節目（各種常識）	教育
14：00	16：00	休息	--
16：00	16：40	各類娛樂節目一二種（內容與 11：00～11：40 一節相仿）	娛樂
16：40	17：00	教育節目（長篇或短篇故事）	教育
17：00	17：40	各類娛樂節目一二種（內容與 11：00～11：40 一節相仿）	娛樂
17：40	18：00	家庭節目	教育
18：00	18：40	各類娛樂節目一二種（內容與 11：00～11：40 一節相仿）	娛樂
18：40	19：00	兒童教育	教育
19：00	20：00	優良娛樂節目〈國樂、軍樂、雄壯之歌曲、西樂（除跳舞音樂）、詞意純正之平劇、大鼓、崑曲、話劇或各地【戲】曲（適合地方性而詞意純正者）、歷史評話——說書（如列國、三國、岳傳等）——彈詞（如琵琶記、珍珠塔、笑緣等）〉一種或二種	娛樂
20：00	21：05	轉播中央臺節目	教育

21：05	22：00	優良娛樂節目一二種（內容與 19：00～20：00 一節相仿）	娛樂
22：00	22：20	教育節目（各種常識）	教育
22：20	23：00	各類娛樂節目一二種（內容與 11：00～11：40 一節相仿）	娛樂
23：00	23：20	教育節目（長篇或短篇故事）	教育
23：20	24：00	各類娛樂節目一二種（內容與 11：00～11：40 一節相仿）	娛樂
24：00	--	停止	--
00：00	01：00	各類娛樂節目（內容與 11：00～11：40 一節相仿）專用於星期六及星期日晚	娛樂

附三：交通部公佈民營廣播電臺違背指導播送節目辦法處分簡則（1937 年 4 月 12 日）

第一條　廣播電臺不遵守指導全國廣播電臺播送節目辦法（以後簡稱指導辦法）者，其處分：

一、警告；

二、停播；

三、取消執照。

第二條　廣播電臺有左列事項之一者，得予以警告：

一、不遵規定寄呈各項表格及稿件送請審查，經中央廣播事業指導委員會通告後而仍不遵守者；

二、不遵指導辦法第一節第四條之規定者；

三、播音稿本及歌曲、唱詞等未經核准或許可，擅自播放者；

四、廣播節目內容與審定稿本不符者；

五、不遵中央廣播事業指導委員會關於廣播節目之指示者。

第三條　廣播電臺有左列事項之一者，得予以停播一日至七日之處分：

一、接到指導辦法第一節第五條所規定之通知，並不遵照辦理，或遇中央通令停止娛樂而依然播放娛樂節目者，或播送節目之內容未經審查核准擅自播放而有下列各項情形之一者：

二、經警告後而仍犯本簡則第二項任何一款之情事者：

（一）破壞民族固有道德；

（二）侮辱國人共同敬仰之先哲或時賢；

（三）鬼神妖異、荒誕不經之故事；

（四）詞句鄙俚粗穢及誨淫誨盜；

（五）違禁物品或違禁出版品之廣告；

（六）危害身心之藥品或場所之廣告；

（七）違反民族平等之旨，引起國際惡感。

第四條　廣播電臺播送節目之內容未經審查核准擅自播放而有下列各項情形之一者，得勒令停播一月或弔銷執照：

一、爲他國宣傳危害本國安全；

二、詆毀或違背政府法令；

三、詆毀或違反本黨主義；

四、妨害社會治安。

第五條　本簡則由交通部執行之。

（《中華民國法律法規彙編‧交通》第 4216 頁）

後　記

　　本書直到最後交稿，一些有關中國民營廣播的關鍵性問題依然懸而未決：開洛電臺、新新公司廣播電臺是否領到了政府執照？民國時期名震一方的民營電臺負責人王完白、張元賢等，新中國成立後又有怎樣的職業人生？民營電臺的新聞節目中，哪些是電臺自己採集製作的？……諸如此類困擾著我，使我在初稿完成許久都不願意交付出版，仍在努力搜尋各種老舊報刊和網絡數據庫資源，希冀破譯這些令人如鯁在喉的歷史疑團。

　　尋求答案的過程雖其樂無窮，卻需不斷承受「上窮碧落下黃泉，兩處茫茫皆不見」的精神打擊。我發現，一個問題的線索找到後，隨著更多、更詳盡的資料逐漸呈現，又暴露出前面工作的諸多不足。這或許是學術事業薪火相傳的魅力之所在。但對研究者個人而言，又何嘗不是一種煎熬！本人深知，書中尚有大量疏漏乃至可能是錯訛之處，懇請業內方家不吝賜教。

2015 年 9 月於北京